MW01170845

Frank Round

Frank Round nació en Barcelona en 1968. Su primer safari africano fue a los veinte años, producto de los muchos libros que leyó. Continuó su rumbo de aventuras y viajes durante años, hasta que dejó España y se fue a estudiar inglés a Mánchester, Reino Unido. Allí acabó estudiando periodismo y siendo un consumado chef, inmerso en la cultura británica. La guerra interna entre el amor y la libertad lo llevó de nuevo a África, y a redefinir su futuro. En 1997, emigró hacia la región del Caribe, donde inició diferentes empresas. Cuando el éxito empresarial se materializó, e invirtió en varios proyectos inmobiliarios, un grupo de abogados y jueces lo emboscaron, como a tantos otros. Traicionado y extorsionado por sus propios abogados y un sistema judicial corrupto, buscó, una vez más, el camino que lo sacara del lío en que estaba.

En 2020, publicó su primera novela, *Atrapado en el paraíso*, una biografía y denuncia del sistema judicial en la isla. En 2023, la segunda parte: *Juego de corruptos*.

ATRAPADO EN EL PARAÍSO

Agradecimientos

Primero, debo agradecer a los *malos* por «forzarme» a escribir este manuscrito, sin ellos no hubiera sido posible; segundo, a todos los abogados que tuve, por darme material de sobra para escribir.

No puedo olvidarme de todas las personas que reflejaron la duda en sus caras cuando les comuniqué mi proyecto. Eso me hizo cuestionarme repetidamente y repasar, repasar y repasar.

Gracias a mi hermana, que vivió conversaciones telefónicas tenebrosas las muchas veces que el fin estaba cerca.

A mi hermano, por siempre creer en su hermano mayor, y claro, a mi madre, que me nutrió con todos esos libros y me motivó en mi búsqueda de lo que había detrás del horizonte.

Finalmente, gracias infinitas a mis amigos, su fe en mí me dio sustento y ganas para continuar por un camino desconocido.

ATRAPADO EN EL PARAÍSO

Frank Round

PRIMERA PARTE

22 de marzo de 2018

«La desesperación es el medio para quien no tiene esperanzas», escribió Virgilio.

5 a. m. Bahía Honda, La isla.

Desperté sobresaltado. El corazón me golpeaba el pecho como un tambor que retumbaba dentro de mí, y los tímpanos me vibraban con cada latido. Sudaba, a pesar de que el aire acondicionado mantenía la temperatura de la habitación por debajo de los veinte grados. Encendí la luz de la mesita de noche y vi que la cama estaba totalmente deshecha, fruto de mis vaivenes nocturnos. Una de las almohadas se encontraba en el suelo, a unos metros de la cama. Notaba cómo el miedo que se apoderó de mis sueños se alejaba, mientras que la respiración volvía a la normalidad. Me senté al borde de la cama y miré el reloj, las cuatro y cuarto de la madrugada; la última vez eran las tres y treinta y tres, apenas había dormido una hora. La pesadilla desapareció, solo quedaba el recuerdo de la tierra roja, la oscuridad, el miedo y los abogados. Los perros levantaban sus cabezas, buscaban algún signo de alarma, pero algo les decía que era lo mismo de siempre, algo que ellos no podían ver ni oler, mucho menos imaginarse.

Antes de quedarme dormido, como era habitual, pasaba un buen rato dando vueltas en la cama de un lado para el otro, inquieto. Buscaba soluciones donde tal vez no las había, hasta que, azuzado por el cansancio del día, me dormía.

Cada noche era igual, luego la narcosis me traía el temor, las dudas se oscurecían, después se metían en mis sueños, y me despertaban al poco

10

rato, envuelto en un sudor frío y con violentas palpitaciones. Era el instinto que me avisaba, últimamente las señales eran cada vez más intensas.

Buscaba la salida de la ratonera en la que estaba, pero no la encontraba, esta gente sabía lo que hacía. El futuro estaba cada día más negro, poco a poco me acorralaban, me empujaban hacia el final.

Miraba al pasado con añoranza, buscaba esa fecha que tienen las computadoras para reiniciarse cuando algo va mal. Nada. Rastreaba ese momento en que mi vida dejó de ser normal; me preguntaba si podía haberlo evitado. «¿Dónde empezó todo esto?»

Recordaba el pasado feliz, sin responsabilidades, mis aventuras, África. Luego llegó el negocio, después dinero, inversiones, construcciones y proyectos. Eso los atrajo, olían el dinero como las alimañas huelen la sangre.

Alguien me avisó: «nada a tu nombre en la isla o te lo quitarán todo», me dijo sin acento de duda.

«Si lo hubiera escuchado, nada de esto ocurriría», pensaba y pensaba como si fuera un disco rayado. Cada propiedad, cada vehículo, cada inversión tenía que estar bajo la protección de una compañía, como los cercos de espinas que usan los masáis para defenderse de los leones. Y así era en la isla.

La desesperación no descansaba, me hacía escudriñar todo, y la noche lo empeoraba. El cerebro me iba a mil, intentaba encontrar la más mínima pista, algo que pudiera utilizar, algo que se me hubiera escapado.

Seguí muchos caminos diferentes durante mi vida por el mundo, ahora percibía que el fin estaba cerca, no tenía adónde ir, esto acababa aquí, no había escapatoria. El pasado siempre me enseñó esa pequeña oportunidad que vive escondida cerca del último instante, antes del final, donde las cosas cambian y se encuentra la solución cuando el mañana parece perdido. Pero esta vez la realidad parecía dispar, la ecuación era distinta; en esta ocasión no estaba solo, ni la edad me hacía invencible.

No podía simplemente irme y dejarlo todo. ¿Después de veinte años? ¿Y los perros? ¿Salir huyendo? ¿Por unos malditos abogados?

El futuro en la isla se hundía poco a poco, lentamente; si seguía así, temía lo que les pudiera ocurrir a mis amigos de cuatro patas cuando yo estuviera acabado, sin nada. La vejez en la isla, con las cosas como estaban, era impensable o suicida.

Me arrastraba hacia un precipicio, mis enemigos me empujaban hacia él, y no encontraba la forma de escabullirme. Si ellos no acababan conmigo, yo acabaría con ellos y lo sabían. De ninguna manera permitirían que eso pasara. Harían lo que fuera necesario para evitarlo.

«¿Qué hice mal?», me repetía una y otra vez.

Desde que recibí la última notificación de alguacil meses atrás, me levantaba en medio de la noche sin poder dormir y hurgaba entre notificaciones y documentos con todas las luces de casa encendidas, desesperado buscaba una salida entre pilas desordenadas de expedientes. Comparaba escritos para intentar predecir lo que el futuro traería, para calcular de cuánto tiempo disponía. Los abogados poco a poco cerraban el cerco, planearon todo al detalle, querían mis propiedades, mi dinero y que yo saliera corriendo. Las amenazas eran claras: «dile a tu amigo que tiene hasta fin de año para dejar la isla, si no, algo malo le pasará», le enviaron a una conocida que, asustadísima, me pasó el mensaje. Sabían que enviar los ultimátums a terceros dificultaría los rastreos. Sus demandas, notificaciones y embargos enloquecían a cualquiera, y me hacían buscar soluciones que, tal vez, donde estaba, no existían.

Hace media vida que llegué aquí, y siempre capeé los inconvenientes y los vaivenes que te trae el destino al llegar a un nuevo hogar. Pero esta vez no eran simples inconvenientes. Esta gente quería acabar conmigo. El robo de mi maletín en el coche, mientras estaba en el supermercado, indicaba de lo que esta gente era capaz. «Caballero, a usted lo están siguiendo», dijo el jefe de seguridad del local. De repente, estaba en una de esas películas que se ven en la televisión, donde el protagonista no para de correr y de pensar en cómo salir del atolladero.

¿Qué buscaban?, ¿documentos?, ¿comunicaciones con mis abogados?, ¿chats comprometedores?

Intentaban saber mis intenciones, de eso estaba seguro; preguntas y respuestas saltaban por mi cabeza. Las decenas de mensajes difamatorios anónimos por internet a amigos y conocidos se añadían a la trama. Intentaban derribarme por todos los lados, se habían metido en mi

Facebook, leído mis conversaciones y cogido mis contactos. Tenían mi pasado, a mis amigos, a amigos de mis amigos, a empresarios locales y a cualquier persona que colaborara conmigo. Luego lanzaban sus mensajes.

—¿Usted es extranjero, verdad? —me preguntó un abogado, mientras chateábamos por teléfono después de que un conocido me pasara su contacto.

«¿Cómo puede este hombre saber que no soy de la isla solo por mi forma de escribir? Mi español escrito no me podía delatar», pensé.

—¿Cómo lo sabe? — pregunté.

—Porque esas cosas solo se las hacen a los de fuera.

Los isleños jamás se fían de los abogados, ni de la policía, ni de nadie. Nosotros veníamos de países primermundistas donde, por lo general, desde pequeños nos educaron para respetar y creer en las instituciones y en los profesionales; la ventaja se volvía desventaja en la isla. El futuro avanza mucho más despacio sin respeto ni confianza.

El fin se veía venir. Esta vez no me iba a escapar. Lo intuía, como intuí aquella vez al león que casi me come en el Tsavo. Recordaba ese momento, cada instante de mi primera gran aventura.

En el verano del ochenta y nueve, seguía la ruta centenaria de los traficantes de esclavos que bajaba del norte de Kenia hacia Mombasa, sin sospechar que, en el pasado, los cautivos enfermos o los que morían de cansancio eran consumidos por los leones. Con el tiempo se acostumbraron al sabor de la carne humana y a la caza fácil. No lejos de donde acampaba, dos de ellos se habían comido ciento treinta y cinco trabajadores del ferrocarril durante el Imperio británico, en los nueve meses que duró la construcción del puente que cruza el río con el mismo nombre. Tsavo, conocido localmente como «lugar de matanza», es un lugar donde la tierra es roja como la sangre, los matorrales están armados de espinas desmedidas y los gigantescos baobabs brotan del suelo y se retuercen como si quisieran arrancar sus raíces y huir de ese sitio.

Las memorias del pasado me hacían olvidar el presente y enterrar, al menos por unas horas, el temido futuro. Eran como un antídoto que neutralizaba mi situación.

Llevaba tres semanas de safaris, bajaba de Marsabit cuando cazadores furtivos somalís se escabulleron por la frontera y acabaron con la vida del naturalista George Adams.

El autor de *Nacida libre* fue, sin duda, uno de los que sembró en mí esa semilla de amor por África desde pequeño. Desafortunadamente, murió asesinado cuando pasaba por el parque que él mismo creó, el Kora.

Comía día tras día ensalada de col con carne enlatada y, por la noche, carne dura cocinada en la hoguera. Ya estaba acostumbrado a dormir en el suelo, a estar cubierto de polvo y a los susurros de la noche africana.

Ese día, la oscuridad trajo algo diferente, algo que no se veía, ni oía, y estaba envuelto en el silencio más absoluto. Los insectos ruidosos callaron y se hizo una calma lúgubre, mientras yo sacaba medio cuerpo de la tienda de campaña y escaneaba la noche. No había nada, pero el instinto presentía el peligro más allá del resplandor del fuego, donde la hierba baja de la planicie del camping se encontraba con la alta, en tierra de nadie.

Corría desesperado a la letrina campestre tras ser traicionado por mi estómago y la apetitosa comida que me zampé en un *lodge* cercano, al medio día, feliz de abandonar el aburrido régimen alimenticio.

Cuando regresaba aliviado a mi refugio con el corazón a mil, me decía a mí mismo: «ya pasó, ya pasó», mientras recuperaba el aliento e intentaba dormir. Minutos más tarde, mis tripas seguían pidiendo justicia.

Aquella vez me salvé; tal vez por algún segundo, no sé, nunca sabré qué tan cerca llegó el león de mí, en mis muchas salidas de urgencia al baño.

Por la mañana, el guía del safari me mostró huellas de gato gigante impresas en la tierra roja arenosa, y dijo que eran de un gran león viejo que andaba cerca del campamento esa noche. «Buscaba algo que comer», acentuó con un cambio de voz.

Los leones de Tsavo no tenían miedo al hombre, supe después. El terreno hostil del parque mantuvo apartados a sus cazadores, las tribus Samburus y sus primos, los Masáis. Entonces los felinos reinaron sin temor a los humanos.

Esas huellas me llevaron a escasos metros de mi tienda. Entonces entendí lo que el instinto me quería decir, era la primera vez en mi vida que me avisó. Tenía veinte años.

A veces, aún recuerdo ese momento, justo antes de salir desesperado de mi carpa, en búsqueda del desahogo, miraba penetrantemente hacia la oscuridad, quería atravesarla, verla, forzaba el oído para percibir el más mínimo sonido, nada. Pero la cabeza te dice que sí, que vigiles, que te quedes quieto y que no hagas ruido.

«Solo en Tsavo ocurren esas cosas», pensé regresando a mi desespero. Tal vez estos abogados sean como esos leones, se han acostumbrado a engañar y quitar lo que no es suyo a quien ellos quieran. Viven para eso y este país es el ambiente propicio para ellos. La isla era hostil para los emprendedores extranjeros, como el parque africano lo era para la vida.

El instinto nos avisa, siempre lo hace. Me avisó unas cuantas veces durante los años siguientes, pitando a las puertas de algún enredo, y me volvió a salvar de nuevo cuando las autoridades corruptas isleñas, en tropa uniformada de color azul, me sacaron de mis propiedades con la ayuda del juez que *no tenía amigos*, o eso decía el cartel a las puertas de su tribunal. Llegaron salidos de la nada, sin avisar, pidieron un vaso de agua para entrar a traición, y cuando me llamaron diciendo que fuera para allí ya estaban todos dentro de casa, listos para desalojarnos. El maldito juez nos desahució cuando peleábamos en otro tribunal, armados de todas las evidencias que demostraban quién era el dueño de la propiedad. De un zarpazo se la llevaron y un desconocido se la quedó, dejando un rastro de injusticia, maldad y experiencia. Sabían lo que hacían.

Ya había tenido la corazonada, a modo de visión nocturna, que me decía: «no te fíes de nadie», eso me dio algo de tiempo para prepararme; porque estaba preparado. ¡Vaya si lo estaba!, a pesar de que esos chupatintas de mis abogados me aseguraron que nada sucedería, que estaba protegido y que no me preocupara. Si no fuera por el instinto, me hubiera quedado en la calle, bajo la lluvia, con los muebles de los cuatro apartamentos y los perros, sin ningún sitio donde ir, y con mis defensores sin responder al teléfono. «Un fiscal corrupto», dirían días después mis ineptos representantes, tratando de ocultar su ineficiencia o mezclándola con parte de la realidad.

Ahora sé que era la presa de los abogados *malos,* y de los *buenos* también. Unos te quitaban y los otros te estrujaban por pretender recuperar lo quitado. De nuevo, treinta años más tarde, estaba en tierra de leones, en tierra salvaje, sin ley.

Mentir a los clientes en ese submundo era habitual en todas las situaciones, sobre todo las que implicaban sacarte dinero, difuminar su responsabilidad o tratar de ocultar sus errores.

Nosotros, los extranjeros, éramos las víctimas más comunes, más fáciles, aunque estaba seguro de que era imposible que no se lo hicieran entre ellos, incluso entre familiares.

Con el tiempo, me di cuenta de que la trama tejida a mi alrededor era algo que sucedía con frecuencia en la isla, pero solo lo descubrías realmente cuando te ocurría a ti. Detrás de las cortinas del día a día, lejos de los titulares de los periódicos y de la vida cotidiana, había gente que vivía en una especie de purgatorio regentado por abogados, alguaciles, fiscales y jueces. Las trampas, los engaños y las mentiras corrían a sus anchas en esa especie de infierno legal. Ahí el futuro era siempre incierto, los caminos cambiaban de destino y la simpleza siempre se complicaba.

En apariencia, la vida transcurría plácidamente en el paraíso. El clima benigno, la flora tropical y el cielo azul intenso parecían erradicar o diluir los problemas diarios, junto con la tranquilidad, las sonrisas y la alegría de los isleños. En el momento en que te dabas cuenta de lo que sucedía, ya era demasiado tarde. Iban a por ti, a por lo tuyo, a sacarte lo que ellos no podían ganar honradamente. Ya el plan estaba hecho hacía tiempo, te habían investigado, conocían tus bienes y tal vez sin enterarte, tu futuro caso ya fue vendido. Sí, así como suena. Ahora con el jaque ya listo solo quedaba asustarte, hacerte huir, que miraras para otro lado y que dejaras tus pertenencias. Ellos sabían que enfrentarlos te llevaría al mismísimo infierno. Ya tenían todo listo, todo planeado.

La primera notificación, el primer embargo y la primera sentencia llegarían por sorpresa, tú siempre pensando que se trata de un error, que no podía ser.

«Un trabajador inexistente embargó tus bienes sin tú saberlo», escucharía años después. «Un empleado de apenas unos meses y con sueldo mínimo ganó una sentencia suculenta», sería lo próximo.

En los hoteles, una horda de mozos sin ley entraba y saqueaba la propiedad, amparados en una sentencia y en un alguacil con la fuerza pública, que venían a embargar todo lo que pudieran, bajo la mirada atónita de los turistas. Nadie sabía de dónde había salido ese acto, y la única manera de devolver la paz era pagando.

Tener empleados era un riesgo, las personas aparentemente buenas se transforman cuando les ofrecen dinero fácil de obtener.

Inventarse sueldos y tiempo laborado era el pasatiempo de algunos abogados. Notificar en el aire la demanda era su *hobby*. Seguro que se reían entre ellos mientras el pánico y la desesperación se apoderaba de sus víctimas.

Frustrado, me imaginaba el pavor de los pobres infelices cuando preguntaran las consecuencias y qué hacer. Apelar un embargo, depositar el duplo, abogado defensor, cuota litis, demandas reconvencionales, referimientos... era como recitar versos satánicos.

Alguna víctima cabeza dura gastaría lo que no tenía en perseguir a los culpables, hipnotizados por las palabras de sus defensores, trataban de demostrar el fraude cometido. ¡Pobres!

La cárcel preventiva, sus imágenes inhumanas y la poca fe en la justicia jugaban a favor de los malos, de los delincuentes, de los corruptos y de tus abogados. El miedo tenía una recompensa y los criminales lo sabían. El instinto decía subyugarte, huir o pelear.

La disputa nunca sería limpia, poco a poco te cerrarían los caminos, tus opciones, acorralándote, utilizando el arsenal de conocimiento acumulado durante años de experiencia criminal y, para colmo, tenían sus contactos en posiciones clave en los tribunales.

¿Tú?, tú no tenías nada, excepto fe, nacida de la estupidez de no saber. Tus abogados que juraron defenderte te joderán. Estaba escrito.

Así era la cosa, pero pocos lo sabían. El día a día en el paraíso era como jugar a la ruleta rusa sin saberlo. Todo era cuestión de tiempo y suerte.

El primer representante contratado para defenderte de la injusticia cometerá el primer gran error, sin ninguna duda, luego lo esconderá de alguna manera. Después, otros que viven de la rapiña, atraídos por tu desesperación y recomendados por alguien, se ocuparán de continuar. En unos meses acabarán con lo que quede de ti. Poco a poco te sacarán el dinero, hallarán demandas infalibles, concebirán querellas demoledoras e ingeniarán notificaciones al poder judicial sin precedentes, que pronto se quedarán en nada, en papel sin uso. Volviéndote loco, desesperado.

Con el tiempo, sentenciado por la incertidumbre y la desesperación, leería sobre gente embargada por sorpresa, asaltados en sus viviendas por algún fiscal vivaracho, alguacil pillo o coronel avispado y necesitado de efectivo. Robados vilmente a cara descubierta por la justicia. ¿Garantía judicial?, ¿seguridad jurídica?, ¿justicia?

El recuerdo de mis primeras visitas al tribunal, vestido elegantemente en señal de respeto, antes de saber lo que sé hoy, me produce una mezcla de arcadas y dolor de cabeza, similar a una mala resaca.

El verbo respetar parece no existir en la isla, pero yo no lo sabía. Se ve a diario, por todas partes. El tráfico te atrapa, te bloquea, te arrolla como una estampida sin control. Tú intentas ayudar a que el orden fluya, pero es imposible. Una melé mal educada de vehículos te engulle y desafía las leyes de la lógica y del civismo.

Los avisos estaban, las señales eran inequívocas y, aun así, por algún extraño motivo, no las vi, nadie las ve, nadie las conecta. El respeto de una sociedad se ve por todas partes, pero solo lo descubres cuando te lo han quitado y lo buscas a propósito. Si ves que nadie respeta nada, es inútil pensar que vas a ser respetado. A nadie le importa nada más que uno mismo. Sin respeto no puede haber justicia.

Con el tiempo, todo tuvo sentido, aunque para entonces ya era tarde.

Llevaba cuatro años de lucha, de malgastar miles de dólares, de ser abandonado a mi suerte por abogados sin escrúpulos, por inútiles, por charlatanes, por gente sin moral, una y otra vez. Mi defensa se quedaba siempre, poco después del principio, con las primeras notificaciones tras los pagos iniciales.

Después de tener a más de veinte representantes contratados, no podía más. Tras los primeros errores llegó la desconfianza, las dudas, y después cada paso que daban lo verificaba.

Estaba cansado de oírme a mí mismo repetir el caso, repetir lo mismo, responder a las mismas preguntas. Lo peor era tener que confiar en ellos, con el tiempo era como caminar en una cuerda floja encima de un profundo precipicio. Les dejas todo en sus manos, claro, preciso, y poco a poco lo pierden. O presentan mal los documentos, o se olvidan, o se venden. ¡Encima con todas las pruebas a mi favor!

Cuando presentí la trampa me preparé. Lo tenía todo listo para defenderme y ganar, y estas malditas sanguijuelas encorbatadas, cometiendo error tras error, me hicieron perder todo hasta dejarme sin nada. Los malos jugaban con mis abogados como gatos con ratoncitos, unos ratoncitos dóciles, sin energía y sin preparación.

Pensaba en mis representantes legales y los comparaba con los guías nobles que había tenido alrededor del mundo cuando me hallaba en tierra extraña, en sitios desconocidos: conocen el terreno, el idioma, planean, solucionan, te enseñan, viven contigo, se preocupan... ¿Qué es si no un abogado? Es una persona que te guía por el mundo legal.

Por algún extraño motivo, hasta los guías de montaña eran diferentes en la isla. Las regulaciones para entrar en un parque nacional pasan por tener que contratar obligatoriamente un guía, y luego el mulo-ambulancia para que él vaya sentado pagando tú. En la isla siempre pagas tú. En cierta manera, es igual que tener que legalizar, certificar o apostillar cualquier trozo de papel.

¿Cuántas veces un guía local no desapareció con los mulos durante una tormenta, justo antes de que los arroyos se desbordaran e inutilizaran los precarios puentes? Por no decir las muchas veces que se esfumaban tan pronto olían la fría tempestad, justo debajo de la cumbre. ¡Se iban, sí! Dejaban a sus clientes solos en el momento más necesitado.

No había diferencia entre las miradas de mis letrados y mis lazarillos de montaña. Tras sus errores, de hecho, nunca percibí el más mínimo remordimiento en sus ojos. Unos, por claramente no saber sus responsabilidades, y los otros, por saber y no hacer. Lo que tenían en común era que a ninguno les importaba nada de sus clientes más que el dinero y lo que les pudieran sacar extra.

A los guías les encantan las propinas y tu equipo de montaña, chaquetas y botas. A los abogados las cenas, comidas en buenos restaurantes, hoteles y cualquier cosa a la que le puedan poner el adjetivo «gratis». Eso incluye comida para llevar a familiares, amigos o noviecitas fuera del restaurante, justo antes de pedir la cuenta. Es vergonzoso. Tú intentas tenerlos motivados, contentos, y ellos abusan de tu generosidad y continúan haciendo lo mismo, que es una rayita cercana a nada.

La imagen del guía sonriente encima del mulo-ambulancia encaja a la perfección con mis abogados.

«Hablar es barato», dice una vieja canción de Keith Richards. ¡Será para el viejo *rolling*!, no para mí, me autorrespondo. Cada vez que hablan estos malditos me cuesta tiempo y dinero.

Recuerdo brevemente a uno de los letrados facturándome por consulta; a la cuarta me di cuenta de que cobraba sin haberse leído los documentos, sin ver la evidencia, inventándose todo. Increíble. Y lo peor era que trabajaba de profesor de derecho en la universidad. Luego entendí de dónde salían esos ejércitos de inútiles, tramposos y mentirosos. Me topé por casualidad con más *profesores* y vi cómo despedazaban financieramente a pobres víctimas, inocentes o no, que acudían a su auxilio. Presencié cómo se las repartían entre sus socios, como había visto hacer con las sobras a los carroñeros de la sabana.

Mientras escarbaba desesperado en pilas de documentos, levanté la vista y me topé con la foto laminada en madera que mi madre había ampliado y me había regalado en Navidad hacía ya más de tres décadas.

La recordaba perfectamente, estaba en Tsavo el día después de la fatídica noche. Cansado por la falta de sueño y con las tripas aún haciéndome ruido, detrás de mí los hipopótamos sacaban sus cabezas de entre las aguas transparentes de un manantial nacido en medio de aquella tierra árida, donde todo era una lucha por no perecer. La vegetación brotaba patrocinada por el líquido y contrastaba violentamente con la estepa semidesértica del resto del inmenso parque.

Estaba deshecho, sucio, completamente inmerso en el sueño que quise vivir. «Tsavo», me dije sonriendo. Tierra de matanzas, de leones asesinos, tierra roja.

En aquel entonces el instinto por sobrevivir me salvó, ahora estaba rodeado de otro tipo de depredadores que querían acabar conmigo, y todo indicaba que esta vez ni el instinto me salvaría. No con esta gente.

«Tal vez…», pensé, continuando mi monólogo. Sí, eso escribí, cómo no. «Vamos a contar lo que esta gente hace, sus trampas, sus engaños, sus métodos. Cómo funciona la justicia y el riesgo de invertir en esta tierra. Avisaré de lo que sucede para que la gente ingenua como yo, que viene a vivir al paraíso, lo sepa. Así sabrán de los peligros, emboscadas, trampas y errores de los abogados. Que vean la realidad escondida de la isla. Eso los neutralizará. ¿Seré capaz? Mezclaré mis aventuras y temas legales para hacerlo más interesante».

Buscaba una salida para huir, mi idea podría abrir una puerta. El proyecto era ambicioso, un reto, pero la desesperación me guiaba.

Las memorias eran el antídoto al presente calamitoso, y escribir la posible solución. Me sumergí en el pasado, olvidándome temporalmente de lo que estaba por venir. Estaba atrapado y la única salida era contar lo sucedido.

El reloj marcaba ya las cinco de la mañana, la claridad empezaba a asomar por el horizonte y mostraba las siluetas de las palmeras. La casa olía a café cuando las primeras frases se formaron.

El pasaje

Alguien dijo: «las cosas no cambian, cambiamos nosotros».

Barcelona (España)
1970-1988

¿Cómo puede alguien cambiar cuando en la pequeña y tradicional sociedad en la que vive todo el mundo hace lo mismo?

Leí en algún sitio que los de nuestra especie poseemos un gen de la locura que nos hace diferentes a las demás especies de este planeta. Ese gen es el responsable de haber ido a la luna, hacernos subir una montaña que a partir de cierta altura nos empieza a matar, o cruzar océanos y desiertos sin saber a dónde vamos, o sin saber si vamos a poder regresar. Ese gen, también nos hace pintar, esculpir, escribir... ¿Qué otra especie haría eso?

Recuerdo, de pequeño, ir en el asiento trasero del viejo coche de mi padre y mirar por la ventana mientras surcábamos valles, zigzagueábamos por montañas o íbamos en línea recta por la autopista y buscábamos la playa durante las vacaciones de verano. Por algún motivo, siempre quise saber qué había más allá de donde llegaba mi vista.

¿Qué habría detrás de aquella lejana montaña? ¿Qué habría más abajo o más arriba del río caudaloso que cruzaba la carretera? ¿Qué habría más allá de esa planicie interminable llena de avellaneros o encinas? Miraba a los aviones surcar los cielos y me preguntaba dónde irían, qué tipo de gente llevarían dentro. ¿Serían muy diferentes a mí?

Nunca me gustó el colegio. No me gustaban los profesores, y tampoco yo a ellos. Los adultos siempre decían que «se tenía que estudiar», que era «la clave de un buen futuro». También decían que «cuanta más educación, más felicidad».

Años más tarde, descubrí que ni lo uno ni lo otro eran verdad, solo tenía que mirar a la cara de mi guía sonreír eternamente encima del mulo-ambulancia.

Me pasé los primeros años escolares como un preso que cumple condena, imagino. Para que el tiempo corriera más rápido me tenía que inventar actividades extras. Sentía gran pasión por hacer agujeros en los pupitres, utilizaba la afilada aguja de los compases y la cuchilla del sacapuntas. Igual algún profesor pensó que eran señales inequívocas de un futuro ingeniero, pero se equivocó.

Cuando el clima era cálido y las moscas abundantes, solía cazar a los ejemplares más grandes y robustos. Les ataba un hilacho delgadísimo y ligero alrededor de su torso sin apretar mucho, claro, y después de ponerle un mensaje al otro lado del fino hilo las soltaba como avión publicitario en una playa abarrotada. Las risas brotaban por el aula y la clase se paraba hasta que alguien detenía al agotado insecto. Puede que alguno de mis tutores pensara que era un signo de que sería piloto.

Usar los bolígrafos de cerbatana era otra de mis grandes pasiones. Las municiones estándares eran trozos de papel masticados y comprimidos, y las municiones balísticas más precisas eran granos de arroz. Pudiera ser que tuviera alma guerrera, pero al estar exento del servicio militar al cumplir los dieciocho no me dieron posibilidad alguna.

Una vez, en la biblioteca del colegio, concentrado en una de mis actividades clandestinas, noté unos dedos por la espalda. Al girarme, vi el rostro barbudo del profesor y me di por cazado. Cuando ya mi mente me visualizaba expulsado de nuevo fuera del recinto, para mi sorpresa, el profesor me dio un libro. No osó decirme que lo leyera. Sabría la reacción que hubiera tenido. En vez de eso, simplemente lo dejó en la mesa. Era de color fucsia, con una silueta de un lobo en negro. *Colmillo Blanco* se titulaba. No había fotos y tenía muchas páginas.

Bajo la mirada atenta de los otros niños disimulé mi sorpresa, primero por no haber sido expulsado de la clase de lectura, y segundo por el libro. Como un estúpido, le di vueltas y vueltas como si no supiera abrirlo, como si no supiera leerlo del lado correcto. Cuando ya nadie me prestaba atención me puse a leer las primeras palabras. Pronto fueron frases, párrafos y páginas. Después fueron libros, muchos libros. Primero de aventuras, luego de historia, biografías de gente diferente, de gente importante, de vidas increíbles, de temas que ni sabía que existían. Los libros, a diferencia de la televisión o el cine, hacen que imagines lo que lees. Supongo que eso debe provocar una mutación en uno de alguna manera, el cerebro se ensancha, crece, cambia.

Y ahí, posiblemente, empezó todo.

La puerta

La luna llena nos iluminaba como una potente bombilla blanca colgada del firmamento. Zigzagueábamos a más de dos mil metros de altura, entre abetos y pinos, montaña arriba, en una helada noche del mes de febrero. La nieve cristalizada y dura por la temperatura nos llegaba hasta la rodilla, y a veces se tragaba toda la pierna, emitiendo un seco crujido con cada paso que dábamos. Cuando parabas el frío se apoderaba de ti en cuestión de segundos, rápido como un ladrón de carteras.

—¿Dónde estará el refugio? —lancé al aire dejando escapar una nube de vapor por la boca.

—Pues no sé, pero no puede estar muy lejos —respondió una voz algunos metros por debajo de mi posición.

Habíamos caminado cerca de cuatro horas desde que dejamos las pistas de esquí de fondo que bajaban de la parte alta del valle y atravesaban el boscaje. Al mediodía, cuando nos paramos a comer en un montículo rocoso en medio del bosque, el grupo estaba relajado y optimista. Entonces íbamos juntos, en fila india, paralelos a las huellas de los esquís, para no destruirles la calzada blanca. Luego vimos el sol desaparecer detrás de las montañas y empezamos a subir por la empinada ladera despacio, mientras tratábamos de ahorrar energía. Ahora, unos encima de los otros, separados por escasos metros de altura, trepábamos en silencio como podíamos encallados por la nevada.

«Alguien debió calcular mal las horas de camino, o la nieve nos hizo una mala jugada», pensé.

Las bromas y las conversaciones iniciales quedaron atrás, donde los prados eran verdes y la nieve se veía solo en las sombras de los árboles, o lejos, cerca de las altas montañas, rodeadas de cientos de miles de pinos, adonde nos dirigíamos en línea recta.

Ahora nadie hablaba. El momento en el que el coche nos dejó, poco después del amanecer, a los pies de la última aldea habitada en medio de ningún sitio, rodeados de montañas, había desaparecido, y ahora daba la sensación de que llevábamos toda la vida caminando.

El pensamiento: «me tenía que haber quedado en casa. A estas horas estaría riéndome en la discoteca con mis amigos en vez de estar perdido y medio congelado», iba y venía. El contraste era brutal, no podía haber más diferencia.

Me los imaginaba en la barra del bar viendo chicas bonitas con el trago en la mano, envueltos en el calor de la calefacción del local y el sonido estrepitoso de la música. Veía a mi exnovia mirándome desde la pista de baile con desprecio, bailando con su nueva pareja. Igual no le tenía que haber dicho que no podía ser que la vida estuviera hecha solo para nacer, reproducirse y morir. Yo quería ver el mundo, saber qué había más allá del horizonte.

La visión de ir conduciendo al lado de mi esposa y ver a mi hijo por el retrovisor mirar por la ventana, como yo acostumbraba a hacer, preguntándose qué habría más allá de donde alcanza la vista, me daba pánico.

Eran cerca de las cinco de la tarde de un viernes de febrero cuando un compañero en la fábrica de estampados textiles donde trabajaba me dijo:

—Mañana vamos a cruzar por las montañas a Andorra, ¿quieres venir?, queda un sitio libre en el coche. Necesitarás ropa para la nieve.

Joaquín pertenecía a un grupo excursionista con el que me juntaba un par de veces al año y desaparecíamos por unos días por las montañas del Pirineo catalán.

—Pues claro que me gustaría —respondí rápido, sin pensar que me perdería la discoteca ese fin de semana y no vería a mi ex.

—Necesitarás lo de siempre. ¿Tienes paranieves? Si no tienes yo te puedo dejar unos. Además de una buena chaqueta y unos pantalones impermeables, hará frío. El domingo planeamos comer en Andorra, así que necesitarás comida para todo el sábado y el desayuno del domingo. Lleva poco peso, será una travesía dura. A las cuatro de la mañana pasaré por tu casa a recogerte.

Como siempre ante una nueva aventura me costó dormirme. Cuando mi madre me despertó, poco después de las tres y media de la mañana, me vestí en silencio, tomé un café con leche, cogí la mochila ya preparada la noche anterior y esperé en la puerta de casa a que me vinieran a buscar.

Ahora, montaña arriba, la energía desaparecía a medida que la noche pasaba. Los sollozos se hacían más profundos y ruidosos. Inhalábamos un aire frío y seco, y exhalábamos vapor y un suspiro.

—¿A qué temperatura debemos estar? ¡Hace un frío de mil diablos! —chillé.

—A menos quince, más o menos. Eso vi hace un par de días en la previsión del tiempo —alguien respondió detrás de mí.

Imagino que todos hicimos los mismos cálculos: «o encontramos el refugio donde quiera que esté, o nos encuentran congelados. Imposible pasar la noche aquí fuera a esta altura».

La imagen de los buscadores de oro congelados en el Yukón apareció momentáneamente en mi cabeza. Los veía con los ojos y la boca abiertos, con pequeñas gotas congeladas, atrapadas mientras bajaban por su rostro.

«El miedo es combustible», pensé mientras dejaba al pequeño grupo detrás y redoblaba mis esfuerzos. Alguien tiene que encontrar el refugio.

La desesperación me empujaba. El valle nos miraba desde abajo en la distancia. La belleza salvaje del paisaje contrastaba con nuestro deterioro físico. Antes de que el sol desapareciera, engullido por las montañas, intenté hacer una foto, pero las pilas congeladas no me dejaban y un signo de batería baja aparecía en la cámara.

Unos meses antes, me había topado con un libro de fotografía en la biblioteca, y con la cámara recién comprada, hacía todo tipo de pruebas y experimentos. Mientras subía me imaginaba la foto que se podría hacer con ese paisaje.

Se necesitaría un trípode o algún sitio fijo para apoyar bien la cámara. A velocidad lenta y con una buena apertura se podría tomar sin *flash*. Haría unas cuantas variando la velocidad y la apertura. A veces, con esa luz brillante de luna llena, o me salían muy luminosas, o muy oscuras.

De repente, una de mis piernas se hundió hasta la cintura, y los pensamientos desaparecieron. Sin fuerza para salir, me limité a mirar hacia atrás y dejé seguir mis reflexiones mientras intentaba recuperar algo de energía. La luz de la luna se reflejaba en el paisaje. Nunca había visto un escenario similar, un valle estrecho y largo rodeado de altas montañas que la noche había convertido en siluetas, salpicadas de pinos que emergían de entre un profundo manto de nieve brillante.

El frío me hizo volver rápidamente a la realidad, y esos breves segundos me dieron la energía para sacar la pierna y continuar. Debía tener los pantalones mojados. Llevaba unos impermeables y debajo unos tejanos viejos descoloridos. Acababa de aprender que los tejanos y el frío no eran muy buenos amigos. ¡Necesitaba un fuego ya!

Miré hacia arriba y no vi más que bosque y nieve. Alcé la vista aún más y me topé con millares de estrellas envueltas en un cielo negro, luego enfoqué mi vista un poco más abajo y vi el camino hacia el otro lado del valle y la frontera natural de nuestro país. El paso entre las dos cumbres era rocoso y sin árboles. Calculé que faltaban dos o tres de horas de pendiente aterradora. El refugio quedaba entre nuestra posición y ese paso pero, ¿dónde? ¿Cómo sabíamos que no nos lo habíamos pasado?

Con ese último pensamiento aún en la cabeza, el refugio apareció de entre los pinos. Era de bloques de piedra maciza, tenía unos escasos dos metros de altura, el techo estaba cubierto de nieve y la pizarra que lo cubría asomaba por la parte de abajo. El recinto no parecía muy grande, pero calculé que era suficiente para los cinco del grupo. Empujé la pesada puerta de hierro y, después de sacudirme la nieve de las botas y los paranieves contra la pared, entré.

Enfoqué hacia la oscuridad y la luz me devolvió un mundo olvidado y frío. Nadie visitó ese lugar en mucho tiempo. La imagen me transportó por un segundo a los libros leídos, y pensé que podía muy bien pertenecer a principios de siglo XIX, en plena fiebre del oro. Mi imaginación chispeó por un momento, pero la baja temperatura la congeló y me hizo concentrarme en lo necesario. El sitio no era para grandes grupos ni tampoco tenía el más mínimo lujo. Olía a aire cerrado y helado. Su misión consistía simplemente en mantener a salvo de la intemperie a quien quiera que se topara con él.

Una pequeña sala de escasos metros, de techo bajo, sin ventanas y con un asiento hecho de cemento para cuatro excursionistas justo enfrente de una chimenea. No tardé mucho en salir de nuevo a buscar, tras escudriñar sin éxito, algo para quemar y encender el fuego. Ya me imaginaba la hoguera y el bienestar que irradiaría; la gelidez me empujaba a buscar calor.

Salí desesperado a cachear el monte por leña, el frío se apoderó de mí y empecé a tiritar. Necesitaba quitarme la ropa y secarme rápido, el sudor de la camiseta parecía congelarse a la más mínima parada. Buscaba, pero no encontraba troncos secos por ningún sitio, a pesar de estar en medio del bosque. «Estarán bajo la nieve», pensé.

Arranqué como pude unas cuantas ramas bajas, medio secas, con ayuda de mi cuchillo de monte, y me dirigí temblando de nuevo hacia el refugio. La luna iluminaba mi camino y mis huellas previas me guiaban.

—¿Quién tiene un encendedor o cerillas? —grité nada más entrar, mientras colocaba papel de baño debajo de las ramas más delgadas.

Los otros habían abierto sus mochilas, sacado sus sacos alpinos de dormir, extendido sus cómodas esterillas para neutralizar el frío suelo y, tras quitarse la ropa mojada, se habían metido dentro con pequeños escalofríos de confort. Buscaron algo de comer entre sus pertenencias, y en silencio comían bajo la luz tenue de sus linternas. En vez de un refugio parecía que estábamos dentro de una cripta antigua.

—¿Alguien tiene algo para hacer fuego? —repetí.

Nadie respondía en aquel silencio oscuro. La única y embarazosa respuesta quedaba dentro de cada uno de nosotros. No traíamos nada para encender el fuego.

«¡Mierda!» grité para mí mismo. Tenía un buen problema.

Busqué ropa seca en la mochila, pero solo encontré un par de calcetines de lana gruesa, unos pantalones cortos de montaña y una camiseta de manga corta. Para colmo, mi saco no era de alta montaña y, por si fuera poco, no tenía esterilla que me separara del duro y congelado suelo. Iba a ser una noche larga.

«La inexperiencia puesta al extremo puede matar», pensé mientras me preparaba para pasar la noche.

En silencio, imité al resto del grupo y me metí en el saco, dejando la ropa mojada colgada en la chimenea sin fuego. Comí algo e intenté dormir. Había leído que la digestión aportaba calor al cuerpo. A mí no.

El frío no me dejaba adormecerme, ni parar de moverme. Si me quedaba quieto, empezaba a temblar y mis dientes castañeaban. Notaba la frialdad entrar y salir por el saco de dormir. Encendí la linterna y busqué de nuevo en mi mochila, repasaba mi vestuario y no me podía creer lo que elegí: los tejanos viejos, los pantalones impermeables que no ofrecían confort contra el frío, tres pares de calcetines, dos de calzoncillos, dos camisetas, la chaqueta de montaña, unas zapatillas deportivas y una camisa gruesa de montaña que estaba sudada y fría. En el fondo de la bolsa, aplastado por el peso, sentí un bulto envuelto en una bolsa plástica. Rápidamente lo abrí y apareció un pantalón de chándal de lana que mi madre debió poner sin yo saberlo. «Las madres cuidan siempre de sus hijos. ¡Menos mal!», pensé.

Me puse la ropa seca, que inmediatamente dio alivio a mis piernas heladas, y me cubrí con la chaqueta y la camisa medio empapada por el sudor a modo de manta.

Mis movimientos continuos llamaron la atención de uno del grupo y, mientras yo me acomodaba en el improvisado lecho, el líder excursionista, en susurros para no despertar al resto que ya dormía, dijo:

—Mete tu saco aquí —Mientras me enfocaba con su linterna y me pasaba una gran bolsa de plástico de las que usan los restaurantes para la basura.

—El saco estará mojado por fuera cuando te levantes por la mañana, pero no tendrás frío esta noche.

Y así fue. El plástico impidió que la caliente transpiración de mi cuerpo se evaporara y quedara retenida a modo de calefacción corporal. Dejé de temblar y me pareció estar en la mejor de las camas. Notaba el calor salir de mi cuerpo y envolverme placenteramente.

El cansancio suavizó el suelo y me dormí soñando que estaba en mi casa y que era Navidad. Fuera hacía mucho frío y había mucha, mucha nieve.

La mañana nos despertó con el más profundo y gélido de los silencios. El sol debía de estar detrás de alguna alta montaña, y su luz se difuminaba por el valle. Esa tenue claridad se filtraba por las rendijas de la puerta y aclaraba la oscuridad frígida del refugio. Desperté feliz, pronto la curiosidad por ver de nuevo el paisaje me sacó de mi caliente —y mojado por fuera— saco de dormir. La ropa estaba toda congelada donde la había dejado la noche anterior. Me dejé puestos los calcetines secos, la camiseta y los pantalones de chándal con los que había dormido. Las botas crujieron al ponérmelas, y su frío se extendió por mis pies tan solo meterlos dentro.

Fuera, el paisaje me esperaba para mostrarme su esplendor. Un viento afilado como agujas me atravesó nada más abrir la puerta. Desde adentro alguien chilló:

—¡Cierra la puerta!

El sol asomaba su cabeza por la cumbre de uno de los picos más altos. El valle estaba cubierto de nieve que reflejaba los rayos solares. El aire, con olor a pino, te enfriaba la nariz y los pulmones cada vez que lo inhalabas. Me senté en la entrada de la cabaña y disfruté del momento soleándome; al rato, un vapor empezó a emanar de mis ropas húmedas y se juntó con el que salía de la mañana por todas partes.

Lo peor había pasado, ahora el bienestar que da la luz solar nos acompañaría hasta la llegada a nuestro destino y después a mi casa. Esa noche dormiría en mi caliente y confortable cama. El fin de semana acabó, y lo vivido se quedaría conmigo el resto de mi vida.

Poco a poco, empujaba mis límites y ensanchaba mis horizontes.

Sin querer, había abierto una puerta invisible, una puerta que no te das cuenta cuando la cruzas. Lo leído y lo vivido se empezaban a parecer, a entremezclarse. Los libros comenzaban a burbujear en mi cabeza, y los mundos paralelos inalcanzables que leía y veía en la televisión ya no me parecían inalcanzables.

23 de noviembre de 2017

No hacía ni frío ni calor y la brisa matinal era refrescante. El café estaba listo, y yo sentado en el jardín al amanecer, como cada mañana; notaba con agrado los primeros rayos solares acariciándome. La sensación era relajante, especialmente mezclada con el silencio, el aire limpio con olor a mar, un zumo de fruta tropical y el aroma del café.

Ojeaba los correos que la noche había traído, y leía los titulares de las noticias del día mientras jugaba con mis perros y su pelota de béisbol.

Primero empezaba con la prensa local, que eran básicamente incidentes de la población donde vivía en la isla caribeña; luego seguían las nacionales, que eran incidentes y política; después continuaba con las internacionales, más incidentes, más política y alguna noticia interesante. La tranquilidad de las mañanas en el Caribe y sus noches tropicales me enamoraban; esa temperatura, la brisa constante y la vegetación salvaje que crecía por doquier, tenían un poder hipnotizante. Desgraciadamente, mi experiencia en los últimos años —de mis cerca de veinte en la isla— me decía que el hecho de que el día empezara tranquilo y plácido no era un indicativo de que acabara igual.

Iba camino al hotel donde tenía un pequeño negocio de buceo y actividades acuáticas cuando, de repente, el claxon del todoterreno que conducía empezó a sonar sin cesar. Era bastante normal que la gente pitara de manera exagerada mientras manejaba por esas latitudes, pero no de esa forma. Sin sentir mucha vergüenza, un poco irritado, detuve el vehículo y quité la llave de contacto, pero nada, seguía pitando sin cesar. Abrí el capó para desconectar la batería, pero no encontraba la jodida llave inglesa que llevaba siempre en la guantera. Tampoco estaba la linterna que tenía en el bolsillo detrás de mi asiento. Luego recordé que la semana anterior llevé el coche al taller para un cambio de aceite.

—¡*Fuck*! —maldije en inglés, como aprendí y me acostumbré a decir en la cocina del restaurante italiano de Mánchester en el que trabajé.

Llamaba al mecánico cuando el ruido cesó.

El suceso empañó el principio de la tranquila y agradable mañana. Hacía un buen día, el mar estaba tranquilo, las olas rompían suavemente en la orilla sin apenas hacer ruido. La brisa refrescada por el agua y enfriada por la montaña gigante, repleta de vegetación exuberante, aumentaba su velocidad con el paso de las horas. Las palmeras que salpicaban el paisaje bailaban al compás del viento, despacito al amanecer, y «rocanroleando» pasado el mediodía.

Los turistas canadienses y americanos empezaban a llenar el hotel, tras un verano más europeo. Huían de los primeros fríos del norte y sonreían al sentirse arropados por el clima tropical. Caminaban alegres por el resort, y a los pocos días de su llegada ya parecía que eran parte de él, como los edificios, los jardines y la decoración. Faltaba apenas una semana para acabar la temporada de huracanes y, una vez más, salimos airosos de un clima cada vez más difícil y hostil, donde el océano se calentaba más y más, subiendo el listón de los desastres.

Dos catastróficas tormentas nos esquivaron en el último momento, dejando apenas daño y un poco de lluvia; fuimos afortunados, su rastro llevaba destrucción y muchos muertos. Los clientes azuzados por las noticias sensacionalistas salieron volando por donde vinieron, y después contaron a sus familiares y amigos, ya en la seguridad de sus países fríos y aburridos, que se escaparon del desastre «por poco».

Había pasado más de diez huracanes, algunos cuando vivía en México, y el resto en la isla. Estuve en uno con destrucción total, donde uno descubre el poder de la naturaleza. Viví otros con mucha lluvia y algún destrozo, y disfruté los mejores, que eran los muchos que se desviaban a última hora.

Nunca te acostumbras, y jamás osas pensar que no pasará nada después de lo vivido. Proteges las ventanas y sitios vulnerables de la casa, tienes agua, pilas, comida enlatada, comida para los perros, todos los aparatos eléctricos para comunicarte con la carga llena, igual que el todoterreno y la gasolina para el negocio. Barcos fuera del agua en algún lugar seguro, y el local del negocio —situado a menos de cien metros del mar— preparado por si es engullido por el mar o arrastrado por el viento.

Estaba en mi oficina cuando me llamaron de seguridad para comunicarme que había un alguacil en la puerta del hotel buscándome.

Como siempre, el corazón se me aceleró. «¿Y ahora qué?», me pregunté mientras sufría un leve tembleque en las piernas.

Camino a la caseta de seguridad repasaba mis casos e intentaba predecir lo que quería esta vez. No se me ocurría nada. Llevaba cerca de cuatro años recibiendo periódicamente ese tipo de visitas y sus notificaciones.

La primera vez la recibí como era estándar en casos similares al mío, por sorpresa, y encima el día después de mi salida del país. Anteriormente, para dejar todo listo y amarrado, mis enemigos habían lanzado una notificación en el aire con su alguacil favorito. Eso dejaba claro ante la ley que yo ignoraba cualquier petición que me estuvieran haciendo. Después, solo esperaron al momento perfecto para decirme que me habían embargado todo.

Con el paso de los años recibí muchas. Cuando te comunican que tienes un alguacil en la puerta, primero notas el corazón que se acelera automáticamente, después la flojera en las piernas. Eso era siempre parte del proceso, no importa la cantidad de avisos recibidos ni el tiempo en el proceso.

De camino a recoger el parte, cinco minutos de paseo por los frondosos jardines del hotel hasta la entrada, controlada por la seguridad, vas imaginando qué puede ser. Por experiencia ya sabía que en mi caso podría tratarse de algo real, ficticio o inimaginable, como fue la querella en mi contra por estafa, después de haber sido yo el estafado y desposeído de casi todo.

Tan pronto como tuve el documento en mis manos, en la intimidad de mi oficina, lo leí. Era una sentencia de la Corte Suprema, yo era el culpable y se me condenaba a las costas del proceso. No entendí mucho de lo que iba, no tenía el más mínimo sentido, así que le pasé una foto de las dos primeras páginas por WhatsApp a Abelardo, el abogado a cargo de mi caso. Para entonces ya entendía que una sentencia en contra implicaba no solo las costas manipuladas por litigantes carroñeros, sino una contrademanda.

Un buen rato más tarde respondió:

—Mándemelo —dijo como siempre.

Y como siempre, envié el escrito por un servicio de mensajería que dejaba el sobre con los documentos a unos centenares de metros de las oficinas de mis representantes legales, al otro lado de la isla. Unos días más tarde, cuando calculé que había pasado tiempo suficiente, basado en las previas experiencias, lo contacté.

—Perdona, pero me preocupa ese fallo en mi contra de la Corte Suprema, ¿lo pudiste leer?

—Todavía no —respondió—. En cuanto lo haga le dejo saber.

Imagino que todas las profesiones tienen su lado complicado, pero a los clientes se les tiene que prestar un mínimo de atención. En la isla, sin importar el abogado, siempre era lo mismo. Espera, espera, espera. Cuando, ansioso por saber, volvías a llamar a tu representante, días o semanas después, la respuesta habitual era la misma: «yo le dejo saber», o «lo llamo más tarde».

Después, siempre silencio, un silencio sepulcral, envenenado, que te mataba lentamente, sobre todo cuando sabes que sentencias y notificaciones tienen un tiempo para contestarse, y que los abogados acostumbraban a hacerlo en el último minuto, mal hecho y, a menudo, lo olvidaban.

Para mi sorpresa, esa tarde Abelardo me contactó a través de un mensaje:

—¿A qué hora podemos hablar? —preguntó—. Ese abogado no es de los nuestros.

En cuanto vi el mensaje lo llamé.

—¿Cómo que no es de los vuestros? Mío no es. No conozco ese nombre.

—Mire —dijo el licenciado utilizando siempre un tono formal—. Si fuera de nuestro bufete el nombre del doctor aparecería junto al nombre del otro representante.

«Entonces, ¿de dónde salió ese abogado», me pregunté nada más colgar el teléfono.

Había contratado a unos cuantos defensores para ayudarme con el fraude en el que estaba, pero ninguno con ese nombre. Pagaba consejeros que me orientaban, sin embargo, tampoco encajaban. Miraba la copia del documento y me preguntaba de dónde demonios venía y quién sería el responsable. Cuando no eres abogado, ni sabes cómo funcionan los procesos, todo es como un pantano enmarañado donde no se ve el sol ni el fin. Tu orientación sin tus abogados es casi nula y, en mi caso, con el lío que tenía, aún más.

Tenía que volver en el tiempo y situarme en la fecha en que se puso la demanda. Sobrevolaba la duda de que alguno de ellos, sin darme cuenta, me hubiera hecho firmar algo sin yo leerlo. Los múltiples procesos, cientos de documentos y los cuatro años de batalla legal, complicaban todo todavía más.

«No, imposible», me decía. No entraba en mi cabeza firmar un documento sin leerlo.

La memoria siempre traiciona, pero no las costumbres. Sabía que jamás iba a firmar nada, que uno de mis litigantes me diera, sin leerlo y releerlo.

Al acabar la tarde, mientras combatía la ansiedad producida por la incertidumbre de la situación con unos tragos y una buena cena, le daba vueltas a la situación. Algo no marchaba bien, no cuadraba. Nadie ponía una demanda en tu nombre sin tu consentimiento ni conocimiento por nada. Era parte de un plan, de un propósito, pero ¿cuál? Buscaba esa pieza que faltaba, pero por mucho que pensara no encontraba el motivo para hacer semejante cosa.

Por la noche, mientras dormía con todos los pensamientos mezclados en la cabeza, un profundo zumbido rompió la delgada capa entre mi sueño y la realidad.

Era el claxon de nuevo. Los perros ladraban enloquecidos por el pitido agudo. Acostumbraba a dejar el vehículo en la calle para evitar abrir la puerta del garaje y que alguno de los perros se escapara a perseguir a los perros del vecino. Fuera diluviaba tan fuerte que el desagradable sonido era amortiguado por la lluvia. No había manera de pararlo, presionaba el signo de alarma del vehículo desde la ventana más cercana para detenerlo, pero nada. Yo apretaba y apretaba el botón.

Al día siguiente, el mecánico me explicó que el reflejo directo del sol sobre el volante derritió algún cablecito, y el claxon hacía contacto al mover el guía; por eso sonaba sin cesar. Por la noche, cuando la temperatura bajaba, ocurría algo similar. Nunca lo tuve muy claro, pero a pesar de sus reparaciones seguía sin funcionar.

Minutos más tarde, ya castigado por la intemperie, levanté el capó, cerré la puerta, y empecé a mover la batería, temiendo electrocutarme al estar empapado. Moví y volví a mover la caja sin ningún resultado. Luego mi instinto me guio. Abrí la puerta, golpeé salvajemente el volante de un puñetazo, y el ruido acabó. Las luces de las casas de los vecinos brillaban bajo la lluvia y producían en mí un sentimiento de culpa.

Tras secarme, regresé a la cama y a mis pensamientos.

Siempre procuraba tener una copia de todos los documentos y notificaciones que recibía, pero acababa dando la copia de la copia a alguien que no tenía una copia, así que mis ficheros estaban incompletos. Angustiado, me levanté, encendí el portátil, me metí en internet y me puse a hurgar en los correos que me autoenviaba con las conversaciones de WhatsApp de abogados, consejeros y amigos. Hacía años que acostumbraba a almacenar todo tipo de documentos y fotografías en la nube. Cuando mi volcán legal explotó, y los años pasaron, dejaron un rastro de correos y conversaciones congeladas en el pasado. Me puse a buscarlos, convencido de que podría reconstruir el tiempo olvidado.

De tanto en tanto, me levantaba de la mesa y removía archivos de demandas y documentos que tenía en diferentes sitios de casa, en pilas desordenadas, tratando de completar pistas.

Eran las cuatro de la mañana y preparé café. Los perros dormían. Fuera continuaba lloviendo a cántaros.

Poco a poco, pude reconstruir ese momento: 15 de marzo de 2016, pero el nombre de ese abogado, que supuestamente me representaba, no aparecía por ningún sitio, aunque había alguna pista.

La gran aventura

«El que no valora la vida no se la merece». Leonardo Da Vinci.

Barcelona, 1989-94

Mi primera visita a África fue en un viaje contratado. Safari en camión por Kenia durmiendo en tienda de campaña. Fue mi debut. El tiempo en el que me introduje en el mundo de los libros, las películas y los documentales; me fascinaban. Vi hipopótamos que sacaban sus cabezas del agua en lagos verduzcos, franjeados por cañaverales acuáticos, revoloteados por flamencos rosados de largas alas y de puntas negras, mientras yo iba a bordo de una pequeña canoa a motor. También vi a los gigantes acuáticos salir del agua de un río de aguas marrones y cruzar por delante de nosotros, mientras bebíamos cerveza en la terraza de un bar. Una noche, acampado en la orilla cubierta de hierba verde y frondosa del lago Baringo, me topé con uno que pastaba delante de mi tienda, justo cuando yo salía campante y abrí la cremallera. Su silueta gigantesca me hizo cerrar la tienda, sin siquiera pestañear en una fracción de lo que me llevó abrirla.

La vida salvaje, que en la subsistencia cotidiana solo se podía ver a través de una pantalla, o imaginar de manera imperfecta leyendo un libro, era parte de mi día a día; la sentía.

Mandriles parduzcos, de tamaño considerable y sin miedo, me mostraron sus gigantescos colmillos amenazantes, mientras rebuscaban con sus manos hábiles dentro de mi tienda de campaña, tratando de encontrar la lata de piña en almíbar que tenía abierta y ellos olían.

Cocodrilos que tomaban el sol miraban con disimulo nuestros movimientos desde el otro lado del río en Samburu, mientras montábamos el campamento sin quitarles ojo y nos preguntábamos si esas altas orillas nos protegerían.

Elefantes de piel rugosa y sin modales defecaron junto a mi tienda, protegidos por la oscuridad de la noche, en las tierras secas que rodean al lago Turkana. Hienas risueñas, chacales de lomo plateado y jirafas masái. Kudus, impalas, ñus, leopardos, guepardos, leones...

Después de haber visitado Kenia, no hubo marcha atrás. No podía haberla. Siguió Venezuela. Me interné en la selva, en sus ríos, conocí a los indios piaroa y la belleza brutal de Canaima, uno de los parques nacionales más conocidos. Subí a su cumbre reina, en la bella Mérida, antes de que los ejércitos bolivarianos del presente sembraran el desastre.

Ahora quería algo más impresionante, algo increíble.

Puede que la decisión de ir a Papúa Nueva Guinea viniera de la parte más profunda de mi cabeza, donde guardo mis mejores memorias y las de los muchos libros leídos. Puede que *Relatos de los mares del sur*, de Jack London, influyera en esa decisión. Islas tropicales con vertiginosos desfiladeros repletos de vegetación indómita, rodeadas de aguas cristalinas y corales, infestadas de tiburones voraces y pobladas de guerreros salvajes con un apetito insaciable por la carne humana. Un sitio donde el millonario famoso Michael Rockefeller desapareció, posiblemente comido por los tiburones o los isleños.

El viaje a Papúa no era nada fácil. Avión a Frankfurt desde Barcelona, después Abu Dabi, Singapur, Yakarta, Ujung Pandang y, finalmente, Jayapura. De ahí, tras obtener un permiso especial, si el tiempo y las autoridades nos lo permitían, volaríamos hacia el interior de la isla, al Baliem Valley, y Wamena, la puerta del pasado, la puerta a la edad de piedra, o eso decían los pocos libros de viaje que hablan de la región.

Decidí presentarles el viaje a unos amigos belgas, Werner y Anne, con los que compartí campamento en la selva del Orinoco, estando en Venezuela, junto con un español, Pere, con el que también coincidimos allí. Sin apenas dudarlo, aceptaron de inmediato.

La novia del amigo español se agregó. «Ramona es enfermera, nos vendrá muy bien», pensé.

En la preparación, buscando información para el viaje, descubrí que la segunda isla más grande del mundo estaba dividida en dos: la oriental, llamada Papúa Nueva Guinea, y Nueva Guinea Occidental, donde se encontraba nuestro destino, Irian Jaya, la provincia más lejana de Indonesia. El nombre ya daba escalofríos. Las imágenes de las tribus miedo.

Nuestro primer contacto con los papúes fue en el pueblo costero de Sentani, pegado a la capital —Jayapura—, donde estaba el aeropuerto. Un tipo, al que juraría que vi en algún sitio cortándole la cabeza a un marinero, se ofreció como guía para cumplimentar el papeleo de los permisos necesarios para volar al interior de la gran y montañosa isla. Mi instinto pitaba, su físico y sus ojos no trasmitían nada bueno. Igual lo leído distorsionaba la realidad y uno solo podía imaginarse lo peor.

Sin tener muchas más opciones, decidimos contratar al «caníbal» camuflado de guía. Increíblemente, nuestro nuevo amigo hizo un trabajo espectacular.

Al día siguiente, tras una noche infernal en un cuartucho lleno de insectos, después de un desayuno incomible, salimos felices de nuevo hacia el aeropuerto camino a Wamena, nuestro destino final. Estaba emocionado.

WhatsApp

Llevaba toda la noche tratando de saber quién era el abogado que había puesto esa demanda a mi nombre. Empecé a leer los correos que me autoenviaba con las conversaciones de WhatsApp. La pista era saber qué sucedía cuando se presentó ese caso ante los tribunales hacía ya un año y medio. ¿Qué abogados y consejeros utilizaba?

La imagen de lo sucedido a través de los chats y correos empezó a dar luz al misterio, reflejaba casi todo: nombres, asuntos, y los problemas en ese momento específico. Mi memoria, después de ser iluminada, hacía el resto.

«¡Eso fue cuando tenía problemas con Eduardo!», me dije tras leer una de las conversaciones.

Eduardo era un joven abogado recomendado por una amiga. En las primeras reuniones que tuvimos trazó su plan. Se veía seguro y determinado a ayudarme. El hecho de que compartíamos amistades profesionales me dio más confianza. Parecía a gusto con nuestra compañía y todas mis amistades que lo conocieron le dieron su visto bueno.

—Con estas evidencias que tenemos, lo más efectivo será una querella penal por estafa y asociación de malhechores —dijo haciéndome hinchar de orgullo.

«Espectacular. Los malos acabarán en la cárcel. Estos no saben con quién se han metido. Se lo merecen», me atreví a pensar.

Pocos meses más tarde, dejó de responder al teléfono. Los números de expedientes que me mandaba buscar en el tribunal estaban equivocados y afirmaba haber dado notificaciones a Kibian, nuestro alguacil, para detener mis procesos en contra, que no existían. El camino hacia la victoria empezó a estrecharse y a oscurecerse.

«Maldito», pensé mientras leía las viejas comunicaciones que refrescaban su traición.

Cuando lo confronté por su dejadez y falta de responsabilidad, abandonó mi caso sin decir absolutamente nada, pretendía aún trabajar, dejando caer los plazos y las apelaciones pendientes. Los mensajes mostraban el rastro, las no respuestas, la fricción y las mentiras. El porqué podía intuirse al haber un juez de tierras involucrado. Todo se había ido al traste por su culpa, pero en aquellos entonces yo aún no lo sabía.

Con semejante comportamiento, empecé la búsqueda de un nuevo defensor, por lo menos de alguien que me orientara en qué hacer, y que esta vez lo hiciera. Los chats mostraban las huellas y la desesperación del lenguaje.

Sigo leyendo diálogos mientras pienso que otro nombre podía estar involucrado en la demanda misteriosa. Pongo el nombre al azar de varios consejeros en el buscador y exploro en los correos las conversaciones con fecha cercana a la demanda.

En el chat con Kelvin, uno de mis asesores, veo que me reúno con él, y luego, días más tarde, le menciono cómo fue la reunión con un nuevo letrado.

«Espera», me digo. Recuerdo, cómo no, a la abogada a la que fui a ver antes que a él. Ada me la recomendó. Me dijo que tenía problemas con la misma gente que yo. Por eso la fui a ver, para ver si me podía ayudar a buscar un buen abogado.

Empecé a recordar su oficina, su cara seria pero amable dispuesta a ayudar; sin embargo, tan solo leer la primera página de una de las notificaciones, todo cambió, me miró y, con los ojos clavados en los míos, dijo:

—Todo lo que usted diga puede ser utilizado en su contra para que sepa. Conozco a esta gente y le aseguro que se está metiendo en el sitio equivocado.

Me quedé de piedra.

—Licenciada, yo solo busco a alguien que me recomiende un buen abogado.

—Si no tiene defensor, pídale recomendación al colegio de abogados —espetó.

Intentando no perder la compostura, le pregunté cuánto le debía por la consulta.

—Es gratis— berreó, y buena suerte en su búsqueda.

Salí de la oficina con la cabeza baja y verdaderamente sorprendido. La verdad es que no me esperaba eso.

La frase «buena suerte» rebotaba de un lado a otro de mi cabeza. «Buena suerte», me repetía.

«Entonces ella también sabía que no tenía abogado», pensé.

«De alguna manera alguien sabía que estaba sin abogado, y al no tener representante legal, decide poner esa demanda temeraria a mi nombre, sabiendo que fallarían en mi contra», continué rumiando.

Pero eso también sugería que quien fuera sabía que mi defensor había desertado. Lo sabía antes que yo. ¿Estarían juntos? La sangre se me helaba y hervía al mismo tiempo. «Saben que no tengo defensa, ¿entonces?»

No acababa de entender por qué alguien pondría una demanda a mi nombre, pero de seguro que debía de haber un buen motivo.

Todo olía mal, muy mal. No sabía las consecuencias de esa sentencia inapelable, pero no podía ser nada bueno. Solo quedaba tratar de buscar al responsable.

—Ese nombre me suena —dijo una amiga, después de preguntar si alguien conocía a la persona que me representaba en la notificación.

Luego de poner su nombre en varios medios sociales, dijo:

—Mira, es este, Nelson Tapete. Sí, él trabajaba de vendedor de excursiones en la playa, ahí lo conocí. Alguien me comentó que se hizo abogado. Pero este no puede ser. No es más que un pobre diablo. Imposible. No se atrevería a hacer nada ilegal.

—Lo averiguaremos pronto —respondí, exaltado por poder al fin encontrar al maldito abogado que me representaba sin mi permiso.

—Tiene su oficina delante de la iglesia de los testigos de Jehová.

Ahora teníamos un nombre y una dirección. Faltaba un plan.

«Si escucha mi nombre desaparecerá, así que la cautela es esencial», pensé.

—¿Especialista en tierras?, perfecto —dije, tras oír a mi amiga dándome más información—. Aquí son todos especialistas en todo.

Al día siguiente mi secretaria lo llamó utilizando el nombre de ella, haciendo referencia a unos terrenos familiares en la mejor zona de playa de la región. Imposible resistir el cebo.

—¿A las diez?, allí estaré —respondió mi secretaria por teléfono.

Y allí estuve.

Wamena

«El descubrimiento del valle perdido es una de las últimas sorpresas que el mundo ha visto», leía en mi guía de viaje. Descubierto en 1938 por el explorador Richard Archbold, quien aterrizó en un hidroavión y tuvo que salir rápido al ser atacado por las tribus. En 1945, un avión de guerra norteamericano se estrelló y los supervivientes tuvieron que ser dramáticamente rescatados. Luego, en el cincuenta y cuatro, llegaron los primeros misioneros, que fueron sacrificados y comidos. Después, una vez consiguieron apaciguar a las tribus, aparecieron más religiosos buscando salvar almas. Se sorprendieron de la gran cantidad de habitantes que vivía en el valle. En el cincuenta y seis, el gobierno de Holanda estableció un puesto en Wamena y, después del sesenta y tres, cuando Indonesia tomó posición del territorio, los extranjeros no fueron permitidos.

Los pocos que llegaron hablaban de jornadas repletas de trampas mortales y tribus agresivas y peligrosas.

Ahora, en 1991, a las puertas de nuestra llegada, el control de la zona estaba bajo custodia militar, pero permitían la entrada al valle. Nada de alcohol, nada de armas. Mis días monótonos en España acabaron; por delante tenía mi aventura más increíble.

Después de una hora de sobrevolar una sólida alfombra verde arrugada por la extensa cordillera, apareció el Gran Valle, poco después, unos techos de zinc anunciaban Wamena.

Mis ojos escudriñaban todo desde la ventanilla, veía cabañas difuminadas en un mar verde y plano. Montañas enormes custodiaban el valle a ambos lados, ríos marrones rasgaban el color esmeralda de la vegetación. Poco a poco, ayudado por el descenso, empecé a ver gente que parecía desnuda, mientras planeábamos perdiendo velocidad sobre una calle rojiza y ancha que supuse era el mercado. Los locales corrían a ambos lados, una sirena les anunciaba nuestro aterrizaje. Tras dar la vuelta y perder más altura tocamos tierra.

Solo bajar las escalerillas chocamos con un aire caliente y húmedo. Los lugareños invadían de nuevo su calle y nos miraban fijamente sin mostrar ninguna emoción. Nos dirigimos guiados por el capitán de la nave a una casa rosada de techo de hojas de banano. Las ventanas no tenían cristales y el suelo era de cemento rojizo; al fondo, un mostrador móvil de madera anunciaba la terminal del aeropuerto. Un olor fuerte a rancio nos rodeó y pronto supe que venía de la multitud que se agolpaba alrededor nuestro.

Ya con el equipaje en la mano, saliendo del edificio, topábamos con una mezcla inverosímil de gente. Niños que lloraban al vernos, sentados en el regazo de sus mamás «culonas» de pelo corto, que sorteábamos a medida que nos las encontrábamos por los suelos, sentadas en pequeños círculos. Jovencitas de ojos alegres y vivarachos de pie, mostrando sus tempranos pechos, vestidas con faldas de hierba tejida, acompañadas de sus protectores de rostros serios y feroces, cubiertos en nada, excepto su larga calabaza en el pene. Ellos nos miraban y nosotros a ellos.

—¿Viste aquel de allí? —le decía a mi amigo Pere en voz baja—. Seguro que si lo dejas en medio de la plaza Cataluña salen todos corriendo.

Los rostros de los guerreros eran fibrosos, con facciones muy definidas y mandíbula ancha. Mirándolos no se podía dudar de la evolución humana. Sin embargo, detrás de sus rostros fieros, los ojos dejaban ver otra cosa. Si los mirabas fijamente y aguantabas la mirada sonreían.

—Jordi, mira ese con los pantalones amarillos, ¿de dónde los habrá sacado? — dijo mi amigo.

—No señales que se da cuenta de que hablamos de él. Mira, viene hacia aquí.

Era único, el atuendo multicolor contrastaba con el resto. Parecía que venía de otro planeta. Las zapatillas deportivas rojo chillón, los pantalones anchos amarillos con letras negras gigantes a los lados y una camisa hawaiana multicolor, lo hacían indistinguible. Su rostro era serio y feo. La nariz era como una patata deforme y sus ojos diminutos se hundían en su rostro. Era sin duda la persona más fea que jamás habíamos visto y venía derecha a nosotros. Como nos vio hablando de él, se dirigió a Pere y a mí.

—*Guide*? (¿guía?) —dijo sin apenas sonreír.

Nos quedamos un poco sorprendidos. Pensábamos primero buscar un hotel y después preguntaríamos por un guía.

—Con ese atuendo seguro que ha tenido contacto con turistas —dijo Pere chistosamente.

—Creo que deberíamos ir primero al hotel y después conversamos con él. Así también podemos pedir referencias de él antes de nada —dijo en inglés Werner, nuestro amigo belga.

—*Hotel first* (hotel primero) —le respondimos a Selias, que era como se llamaba.

Con él al frente nos dirigimos al único hotel con baño en las habitaciones del lugar, seguidos por un séquito de niños y gentes sin nombre. A lo largo de la vía había vendedores ambulantes de vegetales, de pequeños montículos de leña y de plátanos, otros tan solo permanecían sentados en cuclillas.

Al día siguiente organizamos una mini excursión a un poblado cercano. Queríamos familiarizarnos con nuestro guía antes de partir hacia las montañas.

Su inglés era desastroso, igual que la precisión del tiempo. La caminata de mediodía acabó casi al anochecer, cuando nos maldecíamos por no haber cogido las linternas, y cuando estábamos hartos de los *five minutes* (cinco minutos) que obteníamos siempre de respuesta.

Rápido nos dimos cuenta de que no íbamos a ser comidos ni atacados por nadie; es más, llegamos a la conclusión de que un niño podría cruzar el valle de extremo a extremo sin ningún problema. Pronto vimos que estábamos rodeados de una gente extraordinaria, que dan miedo a primera vista, pero cuando la tratas te das cuenta de que está llena de afecto y de una mezcla peculiar de orgullo, curiosidad y ganas de ayudar.

Tras contratar un equipo de porteadores y comprar provisiones para dos semanas, partimos hacia el otro extremo del valle, hacia las montañas. Selias iba delante.

Las jornadas eran duras, lluviosas, y un barrizal nos servía de camino interminable. El terreno era como un imán, el fango atrapaba las botas y no dejaba dar el paso siguiente. Al subir las montañas era peor. Los resbalones eran comunes, y solo hacíamos trepar y trepar. Empezaba a hacer frío. La altura era de unos dos mil doscientos metros. Las comidas eran mínimas, por lo menos para mí. Ellos acostumbraban a comer poco, pero yo no. Las barras energéticas de emergencia me sustentaban, así como las piñas y mandarinas que veía por el camino. El agua la hervíamos o desinfectábamos con pastillas, cosa que nos quitaba el placer de beber un trago de agua fresca durante la caminata.

Una noche, mientras dormíamos en las tiendas, un ruido nos despertó. Las memorias de los safaris africanos aconsejaban no salir. Pero el interior de la isla no era África. Tan solo los cocodrilos y las serpientes marinas podrían ser letales, y estábamos muy lejos de su hábitat. Aun así, despacio y machete en mano, abrimos la cremallera. La alta hierba se movía violenta justo detrás de la tienda. Cuando iluminamos, un cerdo enorme negruzco salió corriendo. Después de reírnos un rato nos dormimos.

Caminábamos, caminábamos, caminábamos... Un buen día llegamos a un poblado en medio de la cordillera, rodeado de selva y de un terreno que subía y bajaba cada cien metros. El lugar, de una decena de chozas de madera y techo de hoja de banano, estaba encajado en medio del abrupto terreno.

—Es la primera vez que un blanco los visita —dijo Selias, mientras justificaba las caras de sorpresa de sus habitantes.

—No me extraña —respondí—. Aquí es donde Dios perdió la alpargata.

Nuestras caras reflejaban cansancio, pero detrás de la capa de suciedad y sudor pegajoso mostrábamos satisfacción. Conseguimos lo que pocos viajeros lograban: llegar a los confines de nuestro mundo y entrar en otro, vivir como vivía el hombre hace miles de años. A pesar de que estaba exhausto, nada más llegar, acompañado de uno de los porteadores, salí a dar una vuelta.

Partimos por la parte baja de la aldea, siguiendo un sendero similar al que utilizamos para llegar, pero parecía más concurrido. Caminábamos en silencio, usando el lenguaje de signos para comunicarnos, a falta de idioma común. Era gracioso. Pronto nos topamos con un arroyo y no me pude resistir a beber sus frescas y limpias aguas tras ver a Pasu hacerlo. Intenté beber solo un poco, si el agua estaba contaminada las consecuencias podían ser terribles, pero después de tantos días bebiendo agua caliente, de las largas caminatas, de la humedad, del agobiante y achicharrante sol en pleno ecuador a esa altura, no pude parar hasta que me llené.

Pusimos las dos tiendas de campaña en el sitio más plano del poblado, que era en la parte de abajo. Viendo a Selias y los porteadores que se instalaban en una de las chozas, decidí unirme a ellos y puse mi saco de dormir entre la paja, utilicé la mochila de almohada. El cansancio hizo que tan pronto como oscureció todos dormíamos.

No sé cuánto tiempo más tarde desperté. Abrí los ojos y de inmediato me empezaron a picar por el humo. Cuando mi visión se aclaró, apareció la imagen más increíble. Los hombres de la tribu alrededor del fuego, hablando su incomprensible lengua, comían trozos de algo que parecía patata. Me quedé un buen rato observándolos, disfrutaba de ese momento tan especial; por un momento, la estúpida idea de hacer una foto única me vino a la mente. «Imagínate la gente cuando la vea», me dije.

Dejé el momento sin mancillar, me quité mi sucia camiseta para intentar ser como ellos y me senté invitado alrededor del fuego. La patata era boniato y me pasaron un pedazo.

Hablaban y comían. Ocasionalmente, alguno me miraba y sonreía. Era como si yo fuera uno más de la tribu.

Salí de la choza para ir al baño, y la oscura noche me sorprendió con un cielo repleto de millones de estrellas que parecían más cercanas de lo habitual. Me senté a mirarlas hasta que el frío me hizo regresar a la choza llena de humo, al lado de mis amigos alrededor del fuego, comiendo boniato.

Estar allí era la cúspide de mi imaginación. Jamás en mi vida me hubiera imaginado que yo podría estar ahí. Pero sí, ahí estaba. Era como en los libros que había leído.

Al día siguiente, los Dani, que era el nombre de la tribu que nos alojaba, nos obsequiaron con un banquete. Yo pululaba como un niño hiperactivo, tomaba fotos que consideraba únicas, y lanzaba flechas al aire con sus arcos, como hasta hacía poco había hecho con mis amigos de la infancia. El fuego estaba encendido. Me pareció extraño que empezaran a poner piedras dentro. Las mujeres cortaban y acarreaban grandes hojas de banano. No supe cuándo cavaron el hoyo, igual ya estaba hecho. Un rato más tarde, ayudados con palos a modo de palillos chinos gigantes, cogieron las piedras del fuego y las envolvieron en las hojas.

La película continuaba, a los veintitrés años había conseguido entrar al otro lado de la pantalla, ahora era parte de la película. El mundo era mío, o eso creía inocentemente.

Los cerdos fueron sacrificados a flechazos, sus gritos agónicos se mezclaban con el fuego, el sonido de las piedras al chocar, los gritos de la gente y el humo. Una vez troceados, los pedazos de carne fueron mezclados meticulosamente con las hojas de banano y las piedras calientes, creando una especie de humeante montículo en el terreno. Horas más tarde, cuando la magia del momento empezó a decaer, o nos acostumbramos a ella, empezamos a comer.

Estaban sosos, y claro, sin pimienta ni ningún otro aderezo, pero las largas jornadas con escaso alimento los aliñaron con la mejor de las salsas y el banquete fue memorable.

Con Selias uno nunca sabía ni donde dormiríamos, ni lo que haríamos al día siguiente, no por malas intenciones o improvisaciones, simplemente por el idioma. Caminar ocho horas pudiera muy bien implicar cruzar un ancho río de aguas turbulentas en tres troncos atados. El verbo caminar parecía tener una conjugación especial, era simplemente moverse, eso a veces tenía unas consecuencias terribles.

—Imposible —les dije a los otros al intuir la única manera posible de cruzar el río. Por mucho que lo pensara, no había forma de cruzarlo, y menos en tres troncos mal atados. Pero la hubo.

Fui el primero en cruzar para tantear la dificultad. Sabía nadar, me sentía seguro en el agua, pero una cosa es nadar en una piscina, el mar, un lago… y otra muy diferente es caerte en un ancho y movido río de aguas de color marrón en medio de Papúa Nueva Guinea. No había vuelta atrás, tampoco se discutió. Solo sentarme y sentir el agua fría, un escalofrío recorrió mi columna vertebral. El agua entraba y salía entre mis pies por los espacios que dejaban los troncos.

Aún pegado a la orilla, intentaba mantener el equilibrio en las aguas un poco más calmadas y, tras un hábil y preciso empujón, nos lanzamos a las aguas turbulentas en busca de la orilla contraria. El «capitán», armado con una pértiga delgada y larga, surcaba el río dirigiendo de pie la precaria embarcación. El agua cubría casi totalmente los troncos y yo luchaba por mantener el equilibrio con la mochila pequeña en la espalda. Me enfoqué en un punto entre mis pies, que fue de los primeros en desaparecer completamente bajo el agua. Sin apoyo visual, el pánico apareció. Íbamos corriente abajo perpendicular a las orillas, el río debía de tener unos cincuenta metros de ancho. Corriente abajo, solo se veía selva hasta el infinito. «Es suicida», pensé. Para entonces, ya estaba al otro lado, y empapado de cintura para abajo.

Cuando acabé de quitarme la ropa mojada y la tendí alrededor del fuego recién encendido, el «capitán» ya estaba en el otro lado. Aunque muy, muy abajo. Con ayuda de alguno de los porteadores y una soga, remolcaron los troncos hacia el resto del grupo. Werner era el próximo. Pegado a la orilla rocosa, seguí sus movimientos, por momentos parecía flotar sentado en el agua.

—Estate atento por si Anne cae al río —me pidió una vez en la otra orilla, preocupado por su compañera sentimental.

—Sí, claro, no te preocupes, si se cae la iré a buscar —le aseguré mientras miraba las aguas perderse de vista, engullidas por la jungla, y me imaginaba el sentimiento al ser arrastrado hacia la profundidad de la isla.

Poco a poco todos cruzaron, poniendo en vilo al resto que los seguían en cada segundo de su travesía. Para entonces, mis ropas ya estaban secas. Antes de abandonar el lugar vimos a un lugareño asido a un tronco y llevado por la corriente río abajo.

—Irá a algún poblado —conjeturó Selias, como si nada, ante nuestras caras de preocupación. El río era como quien cogía el tren en nuestro país. Nada más fácil que coger un tronco como flotador, y lanzarte aguas abajo para ir a ver a tu tía.

Tras el *shock* de la jornada, continuamos entre barro y precarios puentes.

—Espero no tener que cruzar más ríos —les dije a mis compañeros.

Los rostros tostados por el sol y erosionados por el esfuerzo diario ni respondieron.

Poco a poco íbamos deteriorándonos, caminar por un terreno tan difícil tenía un doble coste, el físico y el psicológico. Cuando Pere empezó a sentir mareos, la realidad nos alcanzó. No había de otra que seguir hasta salir del medio de ningún sitio. Estábamos atrapados por nuestros propios sueños, ahora nos empujábamos para salir de allí y volver a nuestras vidas. Días después, en el momento que apareció el único camino ancho que cruza el valle, supimos que lo logramos, habíamos llegado al umbral de la civilización. Era cuestión de tiempo antes de que pasara uno de los pocos vehículos todoterrenos que circulaban. Cuando, después de horas de espera, uno apareció, logramos convencerlo de que nos llevara hasta Wamena. Justo antes de subir, me di la vuelta y decidí continuar a pie con Selias y los porteadores. No hubiera podido perdonarme jamás dejarme el más mínimo minuto de esos momentos tan especiales sin aprovechar.

Una vez solos, Selias y yo continuamos por el camino cogidos de la mano, símbolo indudable de amistad en esas montañas. No estaba acostumbrado a ir cogido de la mano de un hombre, pero la verdad es que no me importó.

«Espero que no aparezca un fotógrafo del National Geographic y me saque en su portada», pensé mientras me imaginaba la cara de mis amigos.

Estaba sucio, hambriento, repleto de picaduras infectadas y con una extraña tos que jamás se me fue. Los tejanos me dijeron que había perdido bastantes kilos. Todos los malos olores percibidos a nuestra llegada habían desaparecido. Ahora ya formábamos parte de ellos.

Cuando llegué a Wamena horas después, me fui directo a comerme unas cuantas sopas de vegetales. Mis amigos me sorprendieron devorando la cuarta ración. Estaban limpios y reían felices.

—¿Te acuerdas cuando llegamos que me dijiste qué mal huele esta gente? Pues ahora tú hueles igual —dijo Ramona riendo.

Mi amigo Werner se llevó de recuerdo de las tribus el gusano de la tenia. Meses más tarde, ya en Europa, lo bautizamos Paolo.

Nelson Tapete

El despacho del licenciado Tapete estaba en una plaza estrecha y mal diseñada, donde solo cabían cuatro coches y tenías que hacer un sinfín de maniobras para entrar o salir de ella, con la continua amenaza de los bólidos de todo tipo que pasaban por la carretera principal, la arteria de la ciudad. Como era costumbre en la isla, los conductores, en vez de aminorar la velocidad al verte para dejarte salir o maniobrar tranquilo, aceleraban al máximo para impedir que pudieras salir antes de que ellos pasaran. El despacho, como la plaza, era estrecho y pésimamente diseñado. Parecía como si las dimensiones de los planos originales de la construcción no encajaron con las medidas del terreno y tuvieron que reajustarlo en el último momento a la fuerza.

Como parte del plan, le pregunté a una amiga si quería acompañarme, necesitaba un testigo, y dos cabezas siempre piensan más que una; especialmente en territorio enemigo, hacia donde sin duda alguna nos dirigíamos.

Hacía ya unos meses que conocí a Alina. Hablábamos mucho, constantemente. Nuestra amistad crecía a medida que nos conocíamos. Era una española residente de toda una vida en el Reino Unido, donde tenía sus negocios. Unos años atrás, se retiró de la húmeda y fría isla, y buscó una más cálida y paradisíaca. La conocí durante una cena. Era —o fue— abogada, por lo que imaginé que me podría ayudar a orientarme durante la inaudita cita, así que le pedí que me acompañara.

Tras recogerla, enfilamos hacia la oficina del jurista, sin saber qué esperar. La documentación que teníamos no indicaba nada bueno y durante los diez minutos conduciendo barajábamos las pocas variantes.

—A ver qué explicación nos da —le decía un tanto nervioso a mi amiga.

—Algo te tiene que decir. Su nombre está ahí representándote. Necesitará demostrar por escrito algún poder que le hayas dado. Nadie puede poner una demanda a tu nombre sin tu autorización. Eso tiene consecuencias penales. El tipo puede ir a la cárcel.

A primera vista, el abogado me pareció igual que el resto de sus colegas, todos vestían igual. Unos usaban ropas de más calidad, otros de menos. Unos usaban trajes nuevos, impecables, con corbatas de diseño; otros telas deshilachadas, arrugadas, desproporcionadas. Este era del grupo último, su físico tampoco le ayudaba, ni parecía que se esforzaba mucho por cambiar. Intentaba ocultar su calvicie peinándose estratégicamente, pero nada podía hacer para ocultar su prominente panza que le dificultaba, sin duda, ciertos movimientos.

—Buenos días, señor Tapete —dije con tono formal presentándome—. Mi secretaria llamó hace un rato para una cita.

Un poco desubicado al principio, el abogado dudó, esperaba ver a alguien local de alguna conocida familia, pero al encontrarse con dos extranjeros sonrió y no le importó en absoluto que el asunto fuera otro.

—Buenos días —respondió—. Sí, claro, vamos adentro y vemos cómo les puedo ayudar.

Dos gringos seguro que traerían algún buen negocio fácil para un abogado, debió pensar.

Su lenguaje y la felicidad con que se movía nos decía que no sabía el motivo de nuestra visita, y mi nombre no parecía decirle nada en absoluto. Yo analizaba cada palabra, cada movimiento, buscaba una pista que indicara lo contrario.

Tras unos pocos pasos por el ceñido pasillo, doblamos a la derecha y entramos en su despacho. Al fondo del corredor, a media penumbra, se veía la mesa vacía de la secretaria que bloqueaba el paso. Nada parecía encajar en su sitio, la oficina dentro de la plaza distorsionada, la mesa en medio del pasillo, y mi caso con este abogado que yo no conocía ni él parecía conocerme a mí.

Como todos los despachos de abogados que visité, estaba repleto de libros. Imagino que para inyectar así una dosis de conocimiento a su imagen. Este olía a polvo. Una biblia abierta marcaba el centro de la mesa.

Sin más preámbulos, extraje la notificación de la sentencia de mi maletín y se la pasé.

—Mire, licenciado, hace unos días recibí esta sentencia en mi oficina. Tras confirmarlo con mis abogados, me dijeron que ellos no sabían nada de esa demanda. Después de ver su nombre como mi representante y averiguar quién era usted, decidí venir a verlo y para saber lo que está pasando —le dije en un tono de voz neutro, fuerte y un poco desafiante.

Después añadí:

—Mis abogados son Asensio & Co. De esta manera trataba de intimidarlo un poco más, todo el mundo los conocía.

—Sí —respondió breve mientras se leía el documento—. De los mejores y muy caros.

Tras hojear la notificación, me devolvió una mirada grave.

—Esto es serio, muy serio. Obvio que no nos conocemos y yo es la primera vez que oigo o veo su nombre. No tengo conocimiento de nada de esto. Alguien usó mi nombre.

De reojo miraba a Alina, incrédula de lo que veía y oía. De seguro su formación de abogado en la tierra de los *gentlemen* estaba siendo desafiada, sus exagerados movimientos de manos tocándose la frente me lo decían.

El especialista en derecho se transformó en un pobre hombre que apenas podía leer. Su voz mostraba temor.

—¿Podría hacer una copia? —preguntó dudoso.

—Sí, claro —respondí—. Y si usted no hizo ese documento, ¿quién entonces?

—Pues la respuesta tiene que estar en uno de estos otros abogados aquí mencionados —dijo el abogado con voz que sonaba melancólica—. No hay de otra. Tiene que ser alguien directamente involucrado, si no, ¿quién haría una cosa así?, ¿para qué? Tiene que ser una persona que gane algo con esta demanda, pero ¿quién?

El hombre estaba acorralado. Su nombre impreso en el documento como mi representante lo implicaba, y él sabía muy bien hacia dónde nos dirigíamos. Aun así, se lo recordé.

—Mis abogados me dijeron que no tienen más remedio que demandarlo. Para la ley usted es el responsable. Usted tendrá que investigar y buscar quién está detrás de esto.

—Sí, claro, lo sé. Deme unos días para averiguar y yo lo llamo —respondió bajando la mirada.

Mi amiga llevaba rato sin hablar. Estaba como en estado de *shock,* incapaz de poder comprender lo que ocurría. Que alguien utilizara el nombre de otro abogado sin pedir permiso, y pusiera una demanda a nombre de una persona sin esta saberlo, no era una situación que ella se hubiera encontrado con anterioridad.

Le pasé una tarjeta con mi número de teléfono y nos despedimos, dejándolo nadar en su preocupación. Tras unas cuantas maniobras para salir del estacionamiento, vigilando no ser embestidos en la salida, nos fuimos.

Vimos al abogado más inquieto que nosotros, aunque la pregunta del motivo de la demanda aún quedaba en el aire. Las pistas apuntaban hacia una dirección cada vez más siniestra.

Injusticia

La historia de Irian Jaya, Selias y las tribus no acabó bien. Salimos tristes al ver lo que en realidad pasaba: nuestros nuevos amigos eran exterminados por la política e intereses mineros del gobierno indonesio. Durante nuestros últimos días en Wamena, conocimos un equipo de espeleólogos que tenían mucha información y contactos con la resistencia papú.

Las tribus vivían bajo la opresión de una administración que era de raza distinta, que los regía y explotaba, abusaban de ellos como querían, sin que nadie supiera e hiciera nada. Las riquezas naturales de Irian Jaya eran enormes: petróleo, bronce y sus interminables bosques suponían un valor incalculable. Demasiado atractivo para no ser explotadas por las grandes multinacionales. Cuando los clanes se oponían, aparecían helicópteros con armas sofisticadas que no ofrecían la más mínima oportunidad a sus arcos y flechas. A veces les regalaban cerdos contaminados con el parásito de la tenia, otras, mantas infectadas con el virus de la gripe que diezmaba a la población.

Ellos, al igual que los pueblos de América del Norte antes de la llegada de los europeos, no entendían cómo la gente podía apropiarse de la tierra. La tierra es de la tierra, no es de nadie.

Las palabras del jefe Sioux Águila Roja me vinieron a la mente: «Enseñen a sus hijos lo que nosotros enseñamos a los nuestros, que la tierra es nuestra madre, todo lo que le pase a la tierra les pasará a sus hijos».

Días después, empezamos los preparativos de regreso. Milagrosamente, nuestro amigo se recuperó con un poco de descanso y comida abundante. Ahora necesitábamos que el valle estuviera despejado de nubes y que el pequeño destacamento militar nos diera permiso de salida. Mi pase de entrada estaba maltrecho por las peculiares jornadas, cosa que no gustó en absoluto al oficial indonesio. Tras un arreglo de diez dólares y buen tiempo, partimos.

La despedida de Selias y los porteadores no fue fácil. Mientras esperábamos en la calle-rampa a que nos dieran la orden de subir a la avioneta, bromeábamos como estúpidos, intentábamos acortar como podíamos la incómoda despedida. Evitábamos las miradas prologadas para así ocultar nuestra pena e incomodidad. Compartimos días intensos, bromeamos, nos desesperamos y, en ocasiones, maldecíamos. Pero el final de la jornada siempre acababa en sonrisas. Cuando llegó el momento y sonó la sirena para que la gente abandonara la calle y poder despegar, nos dimos la mano, nos abrazamos y, mirando al suelo, tras un *bye bye* soso, subimos al avión.

Sabíamos que nunca más nos volveríamos a ver.

Aún quedaban unos días, así que volamos hacia la isla de Biak, y de allí, en una piragua polinesia a motor, surcamos los mares del sur. Y como buenos «robinsones» tuvimos nuestra isla desierta, sembrada de palmeras y rodeada de aguas azules y lagunas transparentes.

«¿Qué más podía pedir?», me decía, mientras caminaba de isla en isla con la marea baja del amanecer, o dormía bajo las palmeras por la noche, arrullado por la canción de las olas.

Todo lo leído en los libros e imaginado antes del viaje se materializó de una u otra manera. Fueron mi viaje a los mares del sur y las tribus salvajes, mis amigos.

El verano se acababa, era tiempo de regresar a casa. Mi vida se dividía entre lo que era y lo que quería ser.

La trampa

—Dagoberto, Dagoberto Martínez es la persona que puso esa demanda —oigo al otro lado de la línea telefónica.

Era el licenciado Tapete para confirmar sus investigaciones e intentar así salir de la línea de fuego en que se encontraba.

—Salgo para allá —le dije, evitando hablar más de lo necesario por teléfono.

Era increíble, mi vida había cambiado tanto que cada paso que daba me tenía que asegurar de que no cometía ningún error. Un comentario confidencial por teléfono podía tener consecuencias inimaginables. Las llamadas desesperadas a amigos o representantes buscando consuelo o soluciones se cancelaron. Lo último que queríamos era que mis enemigos supieran de nuestras debilidades, y mis defensores tenían muchas.

—Esa gente interviene hasta los teléfonos. Vigila lo que hablas. Nada importante por teléfono —dijo uno de mis asesores locales una vez haciendo referencia a los abogados contrarios

Cuando me robaron el maletín, al explicar a la policía que tenía problemas con una gente en los tribunales, me mostraron el vídeo del robo, y el oficial me dijo lo mismo que el jefe de seguridad del establecimiento:

—Caballero, esa gente lo seguía. ¿Ve?, ellos entran al aparcamiento por la otra puerta, pero al mismo tiempo que usted. ¡Y mire como van derechito hacia usted! Tiene que cuidarse.

Solo me faltó eso para acentuar ese día. Abogados inútiles, sistema judicial corrupto y, encima, perseguido como en una película de espías.

Antes de ir a la oficina del abogado, como siempre, necesitaba un testigo.

—Alina, el abogado me acaba de llamar, ¿te importaría acompañarme? —le pregunté de nuevo. Como la otra vez, accedió a acompañarme.

El licenciado Tapete estaba nervioso, sudaba a pesar del aire acondicionado, y se movía sin cesar. Olía a miedo.

—Fui a ver a todos los abogados mencionados en la sentencia —aseguró, mientras luchaba por mantener su respiración bajo control—. Nadie sabía nada aparentemente. Ya sabe usted que toda esta gente se conoce, siempre tienen sus cositas.

Al último que fui a ver fue a Dagoberto Martínez, él representaba a la parte que dicen que demandamos usted y yo. Me esperaba sentado en su despacho, ¡con una pistola en su regazo! Imagínese usted. Me dijo que estuviera tranquilo, que todo se solucionaría, que si quería me hacía una descarga de responsabilidad, que no iba a pasar nada.

—¡O sea que fue él! — chillé—. Bueno…

Poco a poco, la realidad del inframundo legal de la isla aparecía ante nuestros ojos en forma de figuras grotescas de abogados que suplantaban a otros abogados. Alina no podía creer lo que sucedía.

Su entrenamiento basado en moral y justicia se desmoronaba con la realidad.

¿Quién le debió decir que yo no tenía abogado? Porque poner una demanda, aunque sea utilizando el nombre de otro representante, solo lo puede hacer si yo no tengo abogado. ¡Y obvio que él lo sabía! El único que sabía que yo no tenía abogado era precisamente el mío, que acababa de abandonar el caso sin decirme nada.

Mi propio abogado me vendió, y eso me dolía, me desesperaba y me arrastraba hacia algún sitio sin que yo pudiera hacer absolutamente nada. Mis intentos de asirme a lo que fuera se traducían en buscar nuevos abogados que, sonrientes y felices, estaban dispuestos a ayudar y sabían lo que se tenía que hacer. Dinero por delante, claro.

—Mire, caballero, yo necesitaría que me hiciera un documento con todo lo que me está diciendo —le dije al letrado sudoroso.

Mientras discutíamos el tema, dejé a mi amiga al cargo y me escabullí. Entonces llamé a Abelardo.

—Estoy ocupado, llámeme después —respondió al mensaje.

Qué raro que respondiera tan rápido, pensé.

—No tengo tiempo. ¡Quiero que me digas lo que necesitamos del tipo por escrito!

Increíblemente, mensajes de voz con las frases empezaron a llegar al poco rato.

Repitiéndolas en el teléfono las materializamos en el documento. Tras llamar a dos testigos e informarles de su deber, fuimos a buscar a un notario. No quería ningún error. No podía cometer ninguno.

Sabía que todo era cuestión de tiempo, desde que le mencioné el escrito el abogado no dejaba de sudar más y más. Buscaba la manera de escaparse, pero nosotros no lo dejábamos.

—¿Que le hagamos una exoneración de responsabilidad? —pregunté ante la petición del abogado, repitiendo la oferta que le hizo el otro abogado—. La mejor exoneración suya de cara a la justicia es esta carta en buena fe y explicar lo sucedido.

Le estaba poniendo una soga al cuello, y mientras tanto le decía que estuviese tranquilo, que no pasaba nada.

Cuando salimos de su oficina en busca del notario, y seguíamos su coche, le pregunté a mi amiga por los documentos.

—Los tiene él —respondió con voz de preocupación.

—¡Maldición! Si habla por teléfono con cualquiera le dirán que por nada del mundo firme nada. Y menos un documento como ese.

Poco rato después, lo perdimos en el tráfico. Tampoco contestaba al móvil.

Cambio de rumbo

«El hombre absurdo es el que no cambia nunca».

Después de mis aventuras en Irian Jaya, el mundo se hizo más pequeño, tan pequeño que tan solo regresar de mi último gran safari un año más tarde, en el noventa y dos, decidí que era tiempo de hacer un cambio en mi vida.

Acababa de pasar mi veinticuatro cumpleaños en África. El *rafting* bajo las cataratas Victoria marcó el momento. Mi vida pasó a ser una noria; a veces estaba en lugares impresionantes y veía el mundo desde las alturas, otras seguía el camino recorrido miles de veces a ras de suelo: levantarte, desayunar, ir al trabajo, comer, descansar, más trabajo, gimnasio, cenar, ver televisión, leer y dormir. Y al día siguiente lo mismo. Y al otro, también.

Esa vez, cuando el avión tocó de nuevo mi tierra natal, por primera vez mi mente chocó con la realidad. La vida cotidiana, el día a día en el mundo normal, donde todos seguíamos nuestros quehaceres cotidianos como robots. El preciado fin de semana se volvió a materializar como el único objetivo a desear hasta las próximas vacaciones y la próxima aventura.

A la mañana siguiente, tan solo despertar, me fui a la montaña a pasear perseguido por un extraño malestar. No podía volver a irme y regresar al mismo punto, pensaba sin parar. Ese camino se acababa ahí, lo sentía y tenía que encontrar otro. No quería otra aventura, regresar, y volver a chocar con la realidad. Tenía que cambiar. La sensación de no saber qué hacer o a dónde ir era abrumadora, era similar a la claustrofobia mezclada con la oscuridad. Afortunadamente, duró poco.

«Me iré a estudiar inglés al extranjero. Primero me tendré que preparar», me dije, pensando que no sabía hacer nada más que trabajar en el pequeño negocio familiar de estampados textiles.

No sabía hacer nada, incluyendo cocinar. ¿Cómo sobreviviría? Tenía que dar ese primer paso hacia un nuevo e impredecible futuro. Así que, como continuaría haciendo durante mi vida adulta, me puse a planear mis pasos. A estudiar lo que necesitaría.

El nuevo camino estaba trazado, por lo menos a grandes líneas; tenía un objetivo, pero no un lugar, ahora era cuestión de seguirlo a ver a dónde llevaba. Estaba satisfecho con mi elección, ahora venían los primeros obstáculos que siempre traen ese tipo de decisiones. Tras anunciarle a mis padres mi decisión de irme a vivir y estudiar fuera del país, decidí proponerle al dueño de un restaurante trabajar gratis el fin de semana a cambio de que me enseñara a cocinar.

—Perfecto —dijo— me gusta tu decisión e interés por la cocina.

En casa no todo el mundo era tan optimista. Mi padre temía por sus clientes. Si el hijo mayor desaparecía del negocio, ¿qué pensarían? Cuando le dije que trabajaría gratis los fines de semana para aprender a cocinar, explotó.

—¡Pero tú no estás bien de la cabeza! —gritó—. ¿Dónde has visto tú que alguien trabaje todo el fin de semana sin cobrar nada?

«¿Dónde?», pensé esa noche. «¿De dónde saqué yo esa idea?» La respuesta estaba en la parte especial de mi cabeza.

Recuerdo mi primer safari a África con apenas veinte años. Sentado por las noches alrededor del fuego, conversaba a trompicones con los ayudantes de cocina del campamento, trataba de explicar lo que yo hacía, de qué vivía en España. Hablábamos de nuestros sueños, de lo que queríamos ser de mayores.

—Pues no lo sé, ¿y tú? —pregunté ayudado por la guía del grupo, que dominaba un inglés perfecto.

—Yo quiero ser cocinero —dijo girando los ojos para arriba a modo de deseo imposible—. O profesor de inglés. O chofer de camiones y autobuses.

Más tarde, cuando todo el mundo se retiró a dormir a sus tiendas de campaña en medio de la sabana africana, mientras oía mil sonidos diferentes y contemplaba la magia y el bienestar que nos produce el fuego, pensé que en ese país la gente no tenía las mismas oportunidades que en el mío. Era tan difícil para él poder hacer esas cosas tan simples que realmente no eran deseos, eran sueños.

Años más tarde, en esa montaña, cuando decidí salir de casa, me propuse hacer realidad los sueños de mi amigo keniata. Trabajar gratis era la fórmula perfecta para aprender si no sabes nada.

Días más tarde, les dije a mis padres que quería sacarme la licencia de autobús y tráiler.

—Si no sabes ni conducir un coche, ¡cómo vas a conducir un tráiler de dieciocho metros! —se rio con razón mi padre.

Y así, sin más, empecé a prepararme para mi nueva vida. Comenzaba a trabajar a las ocho de la mañana con mi padre y mi hermano en el negocio familiar, a la una y media comida y siesta, de tres a siete más trabajo, luego dos o tres horas de gimnasio, y después de la cena mis clases en solitario de inglés, con libros y casetes de audio. Ya llevaba más de un año utilizando ese método, después de dejar a la profesora australiana por jugar al *Monopoly* durante una de las clases. No estaba para perder el tiempo. El fin de semana empezaba a las nueve en el restaurante y tenía libre el domingo a partir de las cinco de la tarde. El lunes, vuelta a empezar. Los preciados fines de semana desaparecieron de mi vida.

Esos días, cuando me iba a la cama, antes de cerrar los ojos, pensaba: «cien por cien, viviste e hiciste el cien por cien». Y me dormía feliz.

Lo más difícil eran las prácticas con el tráiler y el autobús. Con la teoría, que es todo el funcionamiento del motor, suspensión, refrigeración, transmisión, etc., pasé los exámenes a la primera. No me podía permitir fallar, cada fallo exigía renovar papeleo que costaba una fortuna en aquellos tiempos, especialmente para alguien que quería ahorrar como yo para salir del país a estudiar.

Las prácticas con tráiler y autobús eran aún más caras. Viendo mi imposibilidad de pasar esos exámenes sin gastarme todo lo que ganaba y parte de lo que ahorraba, decidí cambiar de táctica.

Gracias a la benevolencia de mi padre, que vio la perseverancia en mí, empecé a usar el coche familiar. Poco a poco me empecé a familiarizar con las carreteras y el arte de conducir. Me levantaba mucho antes del amanecer, sin importar si llovía, si las carreteras estaban heladas por el frío o cubiertas por la niebla. Me metía por ciudades desconocidas, calles estrechas, plazas, aparcamientos, por todos lados. Meses más tarde, obtuve finalmente mi recompensa.

Unos seis meses después de empezar a trabajar gratis en el restaurante, alguien me preguntó si no quería trabajar los fines de semana en otro restaurante, esta vez cobrando.

—Claro que sí —respondí—. ¿Qué es lo que tengo que hacer?

—Tienes que llevar la parrilla del restaurante. Carnes, verduras y alcachofas a la brasa, la especialidad de la casa.

Un año y medio más tarde salí camino de Mánchester con mi inglés básico, sabiendo cocinar un poco y con mi licencia para conducir todo lo que se pudiera mover por una carretera. Los sueños de alguien ya estaban cumplidos, ahora faltaba el inglés.

Cazador cazado

El abogado desapareció en medio del caos vehicular. Yo conducía, intentaba intuir su posible trayectoria, pero con tanto tráfico era imposible. Cuando lo dábamos por perdido y maldecíamos nuestro error llamó.

—¿Dónde están? —preguntó—. Estoy estacionado en la esquina de la oficina del puerto.

—Nos vemos ahí en dos minutos —dijo mi amiga.

Una vez localizado, lo seguimos pegados a él por las vías principales hasta que giró bruscamente y se metió en estrechas callejuelas locales. La tarea no era nada fácil, sortear los baches del asfalto, las motos que salían de todas direcciones y por todos lados, carros en dirección contraria, semáforos que la mayoría de la gente ignoraba, y Nelson que conducía sin intermitentes y con cambios de dirección violentos; todo ello hacía del verbo seguir una persecución al límite.

Delante de una casa medio destartalada, de paredes peladas de color verde claro, se paró. Era donde vivía y tenía su oficina el notario público. Tras desaparecer un breve momento por una escalera exterior sin baranda, que llevaba a un segundo piso, regresó acompañado de una persona amable y cordial que parecía de todo menos lo que era. Su color de piel, su físico y la rugosidad de sus manos, hablaban de otra actividad que no era legalizar documentos. En el capó del *jeep*, sin dejar de sonreír, legalizó el escrito. Tras pagarle un precio módico y darle una copia al abogado, partimos alegres con tres duplicados en nuestras manos. Aunque fuera difícil de creer, teníamos los certificados que reflejaban cada palabra acusatoria que el letrado había dicho. Alguien iba a estar en serios problemas.

Alina había dejado de consultar nuestras dudas con sus viejos colegas en Londres. Nadie creía lo que sucedía, era imposible, incluso después de enviarles una foto por WhatsApp del documento recién firmado por el abogado, los testigos y el notario. La realidad de lo que sucedía destruyó todo marco jurídico, y de ahí nació la primera idea de escribir sobre lo que pasaba.

«Nadie se creerá todo esto», había dicho Alina con un tono de voz serio, mezclado con preocupación.

Ahora solo quedaba por ver qué pasaba si los otros abogados embargaban, como acostumbraban, para cobrar las costas inventadas del proceso. Alguien repitió que en Europa se llevaban hasta a los perros, y el mundo se empezó a oscurecer. Tenía un problema, un buen problema. Debíamos anular esa sentencia lo antes posible; mis abogados ya tenían todos los documentos. Por precaución, los perros y yo salimos de casa. Estábamos en puertas de Navidad.

Mánchester

Alguien dijo: «Los grandes cambios siempre vienen acompañados de una fuerte sacudida», aunque también que: «La excepción hace la regla».

Cuando te vas a vivir a un nuevo país es como si te dieran un lienzo en blanco y lo tuvieras que pintar hasta dejar el cuadro completo. Primero tu vida es nada, la tienes que crear, colorear, rellenar. Un sitio donde vivir y un colegio donde estudiar era el principio, después completaría el paisaje. Me encantaba coger el autobús, el tren, el tranvía, pasear los sábados por la tarde cuando todo el mundo salía a comprar, ir a los parques, al cine, emborracharme en solitario, rodeado de gente sin nombre, escuchando música *rock* en vivo de una banda que ni conocía.

A pesar de estudiar inglés durante casi tres años solo en casa, no entendía a nadie. El primer año tuve un vecino que siempre pensé que era alemán, ya que no entendía nada de lo que decía. No importaba cuánto chillara.

De joven siempre la gente decía que en Inglaterra las mujeres se volvían locas por los españoles. Ante tal expectativa de éxito, decidí ir a una farmacia a comprar condones.

Intenté buscar entre mi vocabulario la mejor y más precisa palabra.

—*I would like a packet of preservatives* —dije seguro de mí mismo, pero en voz baja tras haberlo practicado a solas unas cuantas veces.

La respuesta me dejó helado. Y lo peor era cómo responderla.

—*Preservatives? To eat?*

Salí de la farmacia sin poder haber cumplido el objetivo. Había demasiada gente y responderle a la dependienta que no quería los preservativos para comer o, mejor dicho, preservar la comida, sino para tener sexo, no entraba en mi zona de confort.

Empecé estudiando diariamente en solitario con un profesor, excepto los viernes que venía una doctora iraní. Meses más tarde, recomendado por el propio profesor, cambié de colegio. «Es mejor que te relaciones con más gente, así tu inglés mejorará», me dijo.

Cuando llegué al colegio que me recomendó, no había plazas, y el próximo que me aconsejaron quedaba a veinte minutos en tren y cuarenta y cinco minutos en autobús de casa, más la vuelta. La ruta era un laberinto de calles interiores, y donde pasaba solo un autobús cada hora. Se podía llegar antes si hacías un intercambio de autobuses, pero para eso necesitabas comunicarte muy bien o tener a alguien que te lo explicara correctamente, como me sucedió al final. Los problemas empezaban a aparecer: a muchos conductores no los entendía, ni ellos a mí. Tenía que llevar siempre un papel escrito con la dirección en el bolsillo, si me lo dejaba en un cambio de ropa… Pero rápido mi entusiasmo erradicaba los inconvenientes.

Lo que no pude neutralizar fue al tipo que compartía piso conmigo. Se llamaba Christopher, y lo habían conocido mis amigos belgas en Venezuela. Al pobre le robaron todo, y mis colegas lo ayudaron. Más adelante su amistad continuó floreciendo.

Cuando le mencioné mis planes de irme a estudiar inglés fuera de España, mi amiga Ann habló con Christopher, que propuso que fuera a vivir con él.

—Cris me dijo que está en proceso de comprarse una casa y que te puede alquilar una de las habitaciones —dijo mi amiga entusiasmada.

—¿Y para cuándo podría ir?

—Cuando tú quieras. Hasta que tenga la casa te puedes quedar donde él está viviendo.

Decidí esperar a Navidad para dejar el hogar que compartí toda mi vida con mis padres y hermanos, antes de emprender la búsqueda hacia mi nueva vida. Antes de llegar a las islas británicas, pasé las fiestas y fin de año con mis amigos en Amberes, después volé hacia mi nueva casa.

Las cosas no salieron muy bien para Cristopher y su casa no llegó, por lo menos en el tiempo que estuve con él. Unos meses después, justo después de encontrar por fin un colegio, una tarde me dijo: «La próxima semana tienes que dejar el apartamento». Su tono de voz contenía más enojo que tristeza. Era viernes.

Imagino que a nadie le gusta tener un individuo durmiendo en su estudio por tanto tiempo. Lo que en principio iban a ser semanas pasaron a ser meses. No tenía intimidad ni éramos amigos, ni siquiera compartíamos nada.

Cuando la gente no habla tu idioma o lo habla mal, la comunicación y la convivencia se hacen terribles, especialmente en un pisito de cuarenta metros cuadrados y una sola habitación.

Tenía escuela, estaba familiarizado con la ruta, y ahora me quedaba sin casa. Los primeros trazos de mi cuadro imaginario se borraban al poco de dibujarlos, pronto me quedaría en nada. Irme a una agencia inmobiliaria a buscar vivienda era inimaginable con el dominio del idioma. Con eso en la cabeza cogí el tren a Piccadilly station, en el centro de Mánchester, y me fui de tragos yo solo, como acostumbraba a hacer. Algún cometa cargado de suerte debió pasar en un momento dado rasgando el cielo mancuniano. Serían cerca de las once de la noche, hora en que la mayoría de los *pubs* cerraban. En vez de coger el tren, monté en un autobús y, apenas sentarme, oí sonidos familiares. Se trataba de un grupo de españoles. Sin pensármelo dos veces me dirigí hacia donde estaban sentados y les dije:

—Estoy viviendo con un chico que me quiere sacar de su casa. ¿Conocéis algún sitio que pueda alquilar?

Y, curiosamente, de una manera tan simple, mi vida en Mánchester cambió.

*****

Era una tarde del mes de marzo, ya había oscurecido a pesar de que eran apenas las cinco. Bajé de mi habitación a la cocina de mi nueva casa, que compartía con dos personas más. Hacía frío, podía ver mi aliento por todos lados menos en mi habitación, donde tenía la estufa de gas encendida que lo neutralizaba. El tipo era alto, iba en camiseta de manga corta, con unos jeans viejos y descalzo. Preparaba un sándwich de pan de molde blanco con queso y habichuelas.

—*You are not english* (tú no eres inglés) —le dije, rompiendo el hielo y sin presentarme siquiera.

—*Of course not* (claro que no) —respondió—. *I am south african* (soy de Sudáfrica).

Y así, por una serie de casualidades, conocí al que sería mi mejor amigo. Se llamaba Owen Thomas. Trabajaba para una farmacéutica multinacional que tenía una gran planta justo al final de la vía. Vivíamos en una calle de casas adosadas, casi todas de color rojizo. Nuestros vecinos eran trabajadores y algún que otro estudiante.

Compartíamos la vivienda con un inglés llamado Justin Holiday. Justin era un alcohólico y solo salía de su habitación cuando estaba borracho. Era de nuestra edad, pero no tenía amigos. Tampoco trabajaba. Su habitación era desordenada hasta el extremo: platos sucios, servilletas de papel usadas, vasos, botellas de sidra de tres litros vacías, y alguna de whisky barato, tapizaban la alfombra y hacían que adentrarse en esa «jungla» fuera como caminar en un campo de minas. El olor era una mezcla de muchas cosas, ninguna buena. Cuando todo estaba ordenado y limpio, sabíamos que Justin había dejado de beber.

A veces, entrabas en casa y Justin estaba desparramado por algún sitio, dormido, borracho. Era como si fuera un mueble más de la casa que se tenía que sortear. Rato más tarde, empezaba a mostrar signos de vida y volvía a beber. Luego, golpeaba la puerta de la habitación y decía: «*I have a question*» (tengo una pregunta), y así fue siempre.

Owen me corregía al hablar y me enseñaba palabras y expresiones; salíamos a beber *pins* en los *pubs* cercanos a casa o íbamos al súper. El día de *St. Patrick* me llevó a un *pub* a beber Guinness y me explicó la historia de la cerveza y cómo se tenía que servir.

Cuando leía algún buen libro, venía a mi habitación y me lo dejaba. Luego, entre cervezas o a lo largo de nuestros kilométricos paseos, lo comentábamos.

Un día, mi amigo me llevó a un internet café y me presentó a «Internet».

«Esto es el futuro», me dijo, mientras me enseñaba un vídeo de la luna en vivo.

El efecto causado era similar a cuando yo le ponía los auriculares del walkman a un guerrero de alguna tribu, y luego con el volumen al máximo le daba al botón de «*play*».

Yo no corrí, ni chillé como un endemoniado, pero sí que me quedé sin comprender cómo eso podía suceder. Muchos años más tarde, entendí lo que mi amigo me quiso decir.

Manchester era una ciudad sombría, dura y, en muchos sitios, sucia. Sus habitantes eran como dos personas en una, podían ser supereducados y gentiles y, horas más tarde, salvajes y violentos.

Como si estuviéramos en las sabanas de África, salía en moto con mi amigo y hacíamos «safaris» por las peores partes de la ciudad. Yo iba con mi Nikon y el objetivo 70-210, para asegurarme de que no se nos escapaba nada. Luego, revelábamos las fotos y las comentábamos. Lo llamábamos el cuarto mundo. Las caras y cuerpos de la gente reflejaban una vida de dureza extrema. Tenían los ojos claros, sin brillo; eran delgados, fibrosos, y el color de su piel no podía ser más blanco. Eran la antítesis de la imagen del Imperio británico. Sus abuelos nacieron en la cuna de la Revolución Industrial, donde las duras condiciones laborales marcaban generaciones enteras. Cuando de un hombre haces una máquina, expuesta a todo tipo de condiciones ambientales y poca comida, ese era el resultado. Eso se trasmitía a sus hijos, nacían con esa marca.

Años después, cuando leí *Las cenizas de Ángela,* se lo dije a mi amigo. Habíamos encontrado un relato de la gente que veíamos por las sombras de la ciudad.

Intenté socializar a Justin a pesar de que Owen no quería saber de él. Salimos un par de noches al *pub* y lo llevé a casa de mis amigas. Después de unos meses, y unas cuantas situaciones desagradables, se acabaron los experimentos y lo dejamos que siguiera su rumbo destructivo en solitario.

Un día llegó a casa un amigo canadiense de Owen que venía de África en moto. Su rostro denotaba la dureza del trayecto. Sus ojos reflejaban mil aventuras. Compartieron ruta en el pasado, cruzaron sabanas, desiertos, y acamparon a orillas de lagos. Yo conocía alguno de los lugares; y así, entre cervezas y música, nos divertíamos y charlábamos. Cuando me expresaba, tenía dificultades para que Neil me entendiera, entonces Owen se lo explicaba.

Por la noche, la idea de cruzar África en moto desde Mánchester a Ciudad del Cabo se paseó por mi mente.

«Sería fantástico», pensé. Así realmente me conocería y sabría mis límites. ¿Por qué no?

El tiempo solo hizo que mi idea creciera.

Mi amigo me llevó a conocer la montaña más alta de Gales, y otro día nos fuimos en moto y acampamos cerca de los tres picos de Yorkshire. La larga caminata bajo la lluvia valió la pena, nos rejuveneció. Después, entramos en un *pub* de una pequeña comunidad, donde bebimos pintas y vimos gente sonriente con cara de bonachones a los que les gustaba beber.

Cuando llegué a Mánchester tenía que pagar mi colegio, la casa, transporte, comida… Ahora, gracias a mis amigos españoles, el gobierno me pagaba la casa, el colegio, el médico, y encima me daba dinero cada quince días para vivir. Era de locos.

A los cinco meses de llegar a la ciudad, cuando los almendros y demás árboles que poblaban los parques y calles florecieron, decidí ir a casa de visita. Ya no tenía que preocuparme de nada, el gobierno británico lo hacía por mí.

Curioso que, tan solo verme, todo el mundo pensara que había por fin regresado.

—¿Quedarme? Solo vine a visitaros.

Tras explicarles lo insólito de mi nueva situación, mi padre, casi sin querer, me dijo:

—Me parece muy bien, pero a ver si te vas a meter en algún lío, eso no tiene el más mínimo sentido —refiriéndose a que el gobierno británico se hiciera cargo de todo.

—Lo sé, papá —respondí—. Pero mira la diferencia, el colegio antes me costaba cincuenta mil pesetas al mes, más alquiler, más comida, más transporte, que allí es muy caro. Ahora todo es gratis, incluso tengo un pase de autobús con descuento por ser menor de treinta años.

—¿Y no vas a trabajar? —añadió, no pudiéndose imaginar que alguien de mi edad no trabajara.

—Voy a buscar trabajo en verano, cuando mi inglés sea mejor.

Ahora, con el tiempo vivido, puedo ver las ventajas de ser inculcado de pequeño en el arte de trabajar. La responsabilidad, el orgullo del trabajo que de pequeños nos hacía mejores que los que no trabajaban. Todos mis amigos trabajaban en el negocio familiar de una u otra manera desde temprana edad, mucho antes de la edad legal. De pequeños, fuimos educados en la importancia de la puntualidad y nos enseñaron a hacer las cosas lo mejor que pudiéramos. Eso producía orgullo. Años después, encontraría nuestra antítesis. No puntualidad, no responsabilidad, y el orgullo nacería del engaño.

Cuando veo y leo las noticias sobre el Brexit, entiendo perfectamente al pueblo británico, harto de los chupópteros extranjeros. El objetivo del estado del bienestar era ayudar a los necesitados a formarlos, a ponerlos de pie y que fueran capaces de reintegrarse al mercado laboral. De ahí crearon ejércitos de vagos, de vividores, de gentes sin rumbo, sin pasión, que tristemente no sabían que el tiempo está para usarlo. La ventaja dada era para ser utilizada, no para no hacer nada día tras día.

A pesar de que fui a visitar a mis padres solo por doce días, el dueño de uno de los restaurantes en los que había trabajado vino a casa a buscarme, ya que tenían una emergencia en el restaurante, y sabían que yo estaba por allí.

—Anda, ve y ayúdales —dijeron mis padres, orgullosos de esa tonta idea de que una vez tuve que trabajar gratis para aprender.

Las cartas estaban en la mesa. Ahora era cuestión de jugar lo mejor posible. Tenía la ventaja y la suerte de mi lado.

La joven abogada

6 de febrero de 2018
12.30 p.m.

—Dime, Abelardo —dije contestando el móvil.

—Mañana tiene una reunión. A las nueve de la mañana en DECA —sentenció escueto el licenciado.

—¡Pues muchas gracias por el aviso y por la antelación! —respondí, pensando que tenía que dejar todo y salir disparado para evitar hacer el trayecto de tres horas por la noche, y asegurarme de que estaba a la hora acordada a la mañana siguiente.

Cada vez se hacía más difícil circular por la isla, el mal estado de las carreteras, la inseguridad nocturna y los conductores premiados como los más letales del mundo, hacían que desplazarse por el país fuera cada vez más peligroso. Si durante esos doscientos treinta kilómetros te topabas con un accidente, o una brigada que reparaba el asfalto, el tiempo se multiplicaba.

El DECA era el departamento de crímenes de alta tecnología, o eso decía el contestador automático cuando marcabas el número. Hacía más de dos años y medio que puse la primera denuncia por difamación, después de que amigos, familiares y medio mundo recibieran centenares de mensajes difamatorios anónimos a través de Facebook. Seis meses más tarde, después de reuniones y llamadas estériles, el reporte final de la investigación era vergonzoso, insultante.

«Esos mensajes venían de Madrid», decía.

Cuando repasé el informe, vi que nada coincidía. Las fechas de los muchos mensajes recibidos no encajaban con la de las dos localizaciones de donde venían los avisos desde la capital española.

«Se vendieron. Y no sintieron la más mínima vergüenza escribiendo esto», pensé después de leerlo un par de veces más. Así era la policía en la isla.

Mi abogado de entonces me había aconsejado darles una buena propina tras los primeros meses de espera.

—Para que se motiven —dijo.

—Pues ofréceles mil dólares, pero solo cuando lo atrapen.

Después de darme el reporte, el rastro del difamador fantasma desapareció. Todos los perfiles utilizados para calumniar se esfumaron y evidenciaron lo obvio. La ilusión de cazar al responsable, y todos esos momentos que perdí imaginando su detención, murieron amargamente asesinados por algún oficial corrupto que debió pedir una buena suma para eximir al culpable.

Ahora, usando uno de los mejores bufetes de abogados del país, con contactos por doquier, empezaba el segundo intento. Ahora, sin ninguna duda, lo cogerían.

El oficial que teníamos de contacto dentro de DECA dijo que el rastro, equipos electrónicos y lugares donde se conectó, aún eran localizables.

Tras comer rápido, y hacer la reserva del hotel entre bocados, partí nervioso.

«Ah, el viejo *laptop*», me dije, recordando que en caso de que se quisieran verificar los correos que mis amigos me enviaron con la información, era el único lugar en el que tenía esos mensajes del servidor privado de la empresa.

Estaba harto de Abelardo. El maldito abogado siempre buscaba la manera de que lo invitara a cenar. Nunca me llamaba por teléfono. De hecho, ni respondía cuando yo lo telefoneaba. Me apostaba lo que fuera a que antes de las siete de la tarde me llamaría.

Entraba en la ciudad, ya anocheciendo, cuando el teléfono sonó.

—Dime, Abelardo.

—Adelina le acompañará mañana.

—Perfecto. ¿Dónde quedamos?

—Allí mismo, en la policía. Pero si quiere, más tarde podríamos repasar el caso y así aprovechamos que usted está aquí.

—Bien, sí, claro. ¿Dónde? ¿En el restaurante de siempre?

—Sí.

Podía repasar el caso en el *lobby* del hotel y luego irme a cenar yo solo, o pretender quedar con alguien. Apenas comí, y me apetecía tomarme un *gin-tonic* para diluir el estrés del día y luego comer. «Mejor lo invito y trato de sacar información de los otros procesos», me dije. Porque invitar él, no invitaría, claro.

—¿Cuánto tiempo les tomará localizar los mensajes? —le pregunté después de pedir dos cervezas.

—En unos meses deberíamos de tenerlo listo.

—¿Y después?

—Con eso lo rastrearán y no se van a poder escapar. Luego le pondremos la querella por difamación. Una vez la policía lo localice le incautarán por sorpresa todos los equipos electrónicos. Se conocerán todos los sitios en los que se conectó y envió todos esos mensajes. Las horas deben de encajar con las horas en que se recibieron.

—¿Y lo detendrán? ¿Y si se deshizo de los equipos?

—Esa es la idea, aún quedará el lugar desde donde los envió: casa, oficina… Para tener ese ejército de perfiles tuvo que pasar mucho tiempo conectado. Hasta en un internet café lo podrían localizar.

—Seguro que está conectado con los abogados, es imposible que sea otra persona.

Tras la cena regresé al hotel. En el breve trayecto a pie, como siempre, pensé que la cena valió la pena. La información extraída entre los aperitivos, la carne, cerveza, vino, postre, cigarro y ron, me dio una visión más clara del caso. Más tarde, tumbado en la cama, mirando al techo de mi habitación, me dije: «¿Pero de qué me sirve tener una imagen más clara del caso si no hacen nada?».

71

Por la mañana, previendo el caos vehicular perenne de la ciudad, salí en taxi treinta minutos antes de la reunión. Al llegar, Adelina aparcaba su coche en un pequeño espacio, justo enfrente del feo edificio de dos plantas de color gris, en una calle custodiada por árboles enormes. Tras saludarme si ninguna emoción, me guio a la planta de arriba por unas escaleras exteriores.

—Venimos a ver al oficial Montero —le dijo a la recepcionista policía, que estudiaba la diversidad de colores y formas de sus uñas, sentada en una silla de plástico, frente a una mesa vacía.

—Aún no ha llegado —respondió sin dejar de mirarse las uñas, y minimizando el uso de la energía.

Tras sentarnos, me puse a observar a la gente que llenaba la sala de espera. Había una puerta al fondo de la estancia, cada vez que se abría salía un oficial y hacía pasar a una de las víctimas.

Mi abogada ya llevaba un rato concentrada con su móvil, cuando entró una mujer de edad avanzada quejándose de que le habían robado cuatrocientos dólares, después de que un supuesto familiar le pidiera por el teléfono que le transfiriera dinero, ya que había sufrido un accidente y el hospital exigía el pago antes de darle asistencia.

«Esa cantidad es mucho dinero para esa pobre mujer», pensé mientras mataba el tiempo como podía, y la escuchaba relatar su historia.

Ahora, la señora esperaba que la policía siguiera la pista de la persona que la llamó y que la localizaran.

—¿Cómo se llama usted, doña? —espetó la funcionaria, sacando una libreta de un cajón.

—Milagros, Milagros Bosque.

—Tome asiento hasta que la llame, por favor —dijo mientras garabateaba algo.

—Pues a mi tío le hicieron eso mismo —soltó alguien sentado delante de mí, tan pronto como la dama tomó asiento—. Puso una denuncia en la policía y después de meses le dijeron que las llamadas venían de la cárcel. Aún anda gastando dinero en abogados, y nada.

«Nada más fácil que meter en la cárcel a un preso», pensé.

Dos horas más tarde, cuando los que esperaban turno a nuestra llegada ya se habían ido, la recepcionista llamó mi atención.

—¡España! —chilló maleducadamente—. Venga mañana, que el oficial no va a venir.

—¡¿Cómo?! —respondí malhumorado de un salto—. ¡Conduje expresamente cerca de tres horas para ver al oficial Montero!

La uniformada se volvió a detener en sus uñas, supongo que para evitar mirarme a la cara. Eso me hizo enojar aún más.

—¡Ayer me quedé a dormir aquí, en la ciudad, para ser puntual, y ahora necesito dejar el hotel antes de la una! ¿Sabe que me han hecho perder el día y unos buenos dólares?

—No se preocupe, mañana lo arreglamos —intervino Adelina—. Venga, que lo llevo a su hotel —añadió en tono sonriente tras verme enfadado.

Una vez en el coche, aún ofuscado por la situación, me encuentro con el enésimo disgusto:

—Póngase el cinturón, que no tengo carné de conducir y no quiero que nos pare la policía.

Al oír sus palabras, una nube de emociones putrefactas salió de mi alma de forma automática.

¡Esto es demasiado! Recorro doscientos treinta kilómetros para una cita y, tras dos horas de espera, me dicen que vuelva otro día. Ahora, uno de mis abogados profesionales me lleva a mi hotel y me dice que ¡no tiene carnet de conducir! ¿Dónde demonios me he metido? ¿No hay nada que funcione? Es como una película de Walt Disney, donde el mundo real coexiste con el animado. ¡Me siento como si le explicara mis problemas a Minnie, la novia de Mickey Mouse!

Salía del ascensor, camino a mi habitación, cuando Minnie-Adelina me telefoneó.

—La secretaria del DECA me llamó. Montero nos espera —dijo—. Es nuestro día de suerte. Le paso a buscar en cinco minutos.

«¿Nuestro día de suerte?», me repetí.

A los cinco minutos volvíamos a zigzaguear por la atascada ciudad, rezando para que la policía no nos parase. Tras aparcar y tener que volver a aparcar en otro lugar por las quejas rápidas de los vecinos, entramos de nuevo en las oficinas.

—¡Capitán Montero, qué alegría verlo! —dijo mi abogada coqueta.

—¿Trajeron el *laptop* para verificar? —fue su respuesta fría.

—Pues... —dudó la conductora furtiva.

—Sí, aquí lo tengo —respondí—. ¿Podemos empezar?

Menos mal que estuve atento y decidí llevarlo conmigo. De no ser así, una vez más, mis abogados me hubieran hecho recorrer media isla, quedarme en un hotel céntrico que me costaba ciento setenta dólares la noche, pagarle la cena a quien quisiera con la excusa de repasar el caso, para luego olvidar pedirme que trajera algo tan necesario como el portátil con esa información, que era la base del viaje.

«No se preocupe caballero, nos lo trae otro día» habría dicho cualquiera de ellos. Y así el tiempo pasaba y convertía todo en infinito.

Empezaba por segunda vez el intento de capturar a la persona que estaba detrás de los cientos de mensajes y cartas difamatorias.

Sacando ventaja

Hay un dicho que dice: «la ocasión la pintan calva».

Con todo pagado, era el momento de sacar ventaja. Era la ocasión perfecta para ver que la ventaja se vuelve muchas veces desventaja, aunque en esos tiempos yo aún no lo sabía.

Desde que llegué a Mánchester tenía claro que el tiempo y la vida se tenían que exprimir como una naranja.

Inmediatamente, me puse manos a la obra. Tenía que hablar, escribir y entender inglés a la perfección. La mejor manera era primero vivir con ingleses, segundo relacionarme con ingleses y por último trabajar con ingleses. Compartía casa con locales o, mejor dicho, un nativo de Mánchester y un sudafricano, iba al gimnasio y entrenaba con el equipo local de taekwondo. Intentaba ver televisión a diario e ir al cine todos los domingos, a pesar de que en los primeros meses no entendía casi nada.

Poco a poco, el interés y el oído, ya un poco entrenado, avivaban mis esfuerzos. De inmediato, me puse a leer en inglés; el primer libro fue *Alaska*, una historia de novecientas páginas que iba desde la formación del continente, pasando por el deshielo y separación del estrecho de Bering, hasta su compra por Estados Unidos. Su colonización y la explotación de sus recursos hacía hincapié en la famosa «fiebre del oro». El segundo, era sobre Hitler. Poco a poco, mi vocabulario y comprensión crecían.

Iba a un nuevo colegio donde casi todos eran chupópteros como yo. Abusaban del sistema, de la ventaja dada, haciendo nada. Dejaban el precioso tiempo de la juventud correr y perderse sin hacer nada con él, excepto saltar de fiesta en fiesta tan pronto como el sol desaparecía. Poco a poco todo encajaba. Mi cuadro tomaba forma y color. Me gustaba cómo quedaba.

A los siete meses de llegar, tal y como le había dicho a mi padre, empecé a buscar trabajo. Comencé por las obras de construcción, donde mi inglés —creía yo— no sería tan importante. Llegaba y pedía hablar con el mánager. La mayoría de las veces no entendía ni la respuesta a mi primera pregunta, sin llegar siquiera a hablar con el jefe de la obra. Tras unos cuantos intentos de comunicación frustrante y embarazosa, renuncié a la idea y dejé a los meses seguir su curso. El tiempo destiló mi inglés.

Llegaba Navidad y pensé que sería la ocasión perfecta para encontrar trabajo. Todos los demás españoles, italianos, griegos y franceses se iban a casa por Navidad. Así que, si no encontraba trabajo en esas fechas, no lo encontraría nunca.

Finalmente, casi un año después de mi llegada a la ciudad, tras buscar bastante, un veinte de diciembre gris y húmedo, encontré trabajo. Laboraba de ocho de la tarde a dos de la mañana en un bar-discoteca llamado Hemingways, en pleno centro, en Piccadilly Gardens. Trabajaba en la barra, sirviendo bebidas y cócteles. Cada camarero tenía un código de la caja para cobrar, donde quedaban reflejadas tus ventas personales; me situé rápido arriba de la lista de ventas, aunque estaba abajo en la lista de propinas recibidas. Intenté afinar el oído, no sabía identificar cuándo un cliente me daba una propina. Decían *take yours,* y claro, entre la música y los muchos y diferentes acentos, nunca sabía que me estaban dando propinas.

Después de trabajar en la fábrica con mi padre, estar en una discoteca repleta de chicas bonitas no era trabajo. Muchas veces, o casi siempre, quería ir a trabajar.

Al poco de llegar, una noche el mánager del lugar me dijo que me fuera a tomar *tea*. Yo, obediente y eficaz, fui y me tomé mi té. Horas después, ya acabándose el día y viendo que el mánager no me decía nada sobre la cena, le pregunté:

—*Can I go to eat?* (¿puedo ir a comer?)

Y él respondió:

—*But you already had tea* (pero si ya has comido).

Yo contesté:

—*Yes, I had tea, but I´d like food now* (me tomé el té, pero ahora me gustaría cenar).

El mánager, que era de descendencia india, entendió rápidamente la confusión, *tea* significaba «pequeña comida», pero yo no lo sabía.

Meses más tarde, pensé que era mejor buscar un trabajo que me ofreciera otro tipo de experiencia «más nutritiva», y dejé la agradable labor.

De ahí pasé a trabajar de camarero. Tras ir de puerta en puerta buscando un sitio en el que necesitaran un camarero sin experiencia, esta vez entendiendo lo que me decían un poco mejor, encontré uno a tiro de piedra de donde trabajaba antes.

Un restaurante italiano de dueño irlandés.

El hombre de bigote poblado y buena panza me llamaba George. El primer día de pago y, tras comprobar el sueldo, le dije que faltaba dinero.

—*If you don´t like it, fuck off* —fue su corta y precisa respuesta.

Básicamente, no me estaba pagando lo acordado, y no solo eso, sino que si no me gustaba, me fuera a la mierda, pero como te lo dicen en otro idioma, que no dominas mucho y los insultos no te golpean igual, pues seguí trabajando.

Meses más tarde, cuando mi dominio como camarero fue completo, y el dueño me ofreció la posición de su jefe de comedor, me fui.

Finalmente, había encontrado lo que buscaba, trabajar en un restaurante como chef.

La primera vez que alguien te llama chef sientes una mezcla de muchas cosas, confusión, estupidez, realidad, entre ellas. Imagino que si te vistes como un chef, y estás en la cocina, eso te convierte automáticamente en un chef. Es igual que si vistes como un abogado y tienes un despacho con muchos libros de derecho. Aunque si no sabes cocinar, la verdad saldrá a la luz en el primer servicio con los primeros platos. Pero si eres abogado no.

Primero, serás juzgado por tus ignorantes clientes, por tus respuestas y soluciones que son simplemente palabras basadas o no en la ley, que descubrí que era muy amplia y profunda. Las mentiras y el desconocimiento son muy elásticos en ese oficio; si añadimos la lentitud con la que el gremio trabaja, las hace casi indetectables, y cuando el tiempo pasa y no se pueden ocultar más los errores, siempre se puede hablar de corrupción, desaparecer o ignorar al cliente hasta que se canse.

Solo entrar en el colegio me hicieron un examen, y basado en mis resultados, me pusieron en la clase con el nivel más bajo. Haber estudiado sin profesor durante tres años, tenía su lado bueno y también su lado malo. Afortunadamente, me cambiaron pronto de curso y, al año siguiente, tras hacer un curso intensivo en verano, me pude registrar en un curso de periodismo recomendado por mi tutora de inglés, gracias a mis notas y mi empeño.

«Es la mejor manera de aprender inglés», pensé.

—*Mister* Martin —dijo Beverly Orange, la directora y periodista en nuestra charla inicial— veo que tiene muchas ganas, pero el curso está demasiado avanzado para su inglés. Es mejor que espere otro año.

En esos tiempos había días que hablaba inglés muy bien, todo fluía y los nombres, verbos y adjetivos llegaban a mi boca de inmediato. Otros... las palabras no salían, los verbos no brotaban, y no entendía nada de lo que la gente me decía. Ese era un día bueno.

—*Mrs.* Orange —le dije mirándola fijamente a los ojos— no estoy aquí para perder el tiempo ni hacérselo perder a usted. Si le parece bien empezamos, y si no puedo seguir, pues seré el primero en reconocerlo y comunicárselo.

—Está bien —admitió—, pero sepa usted que al final tiene que escribir tres trabajos periodísticos, y el inglés y el trabajo tienen que estar al más alto nivel; su gramática puede ser buena como estudiante de lengua extranjera, su lenguaje y pronunciación pueden mejorar, pero escribir esas piezas no será nada fácil para usted —sentenció dejando escapar una sonrisa.

«Siempre se puede», me dije para mis adentros y le devolví la sonrisa.

Mientras yo peleaba por mejorarme, el resto de los refugiados chupópteros continuó haciendo lo que hacía mejor, vivir en sus comunas nacionales. Hacían fiestas, criticaban a la comunidad inglesa y bebían y fumaban porros hasta altas horas de la madrugada. Alguno trabajaba de vez en cuando para poder ampliar sus gastos, y pagar el vuelo de avión a casa para Navidad, que era parte del ritual.

Por mi parte, los chicos de la cocina y los del gimnasio me sacaban por los clubs y bares. Me llamaban Georgie.

En el restaurante italiano donde trabajaba de pizza-chef, algunas veces coincidía con una camarera que se llamaba Sophie. Sophie era seria y alegre al mismo tiempo. Tenía un sentido del humor puro y respetaba a todo el mundo. Me impresionó verla conversar con el lavaplatos nigeriano, ver su interés genuino por su familia, dónde vivía, a qué se dedicaba cuando estaba en Nigeria. Ninguna otra camarera le dijo al hombre más allá de un «hola». Sophie estudiaba medicina y era vegetariana. Sus movimientos eran casi perfectos, como su manera de expresarse. Era galesa y su padre médico. Tanto el *limpia* como yo pensábamos que le gustábamos a la joven mujer, ya que como extranjeros no percibíamos solo su simple curiosidad. Cuando una mujer se pone a hablar con un hombre joven, imagino que lo primero que él piensa es que le gusta a la chica. John, que era como se llamaba, le pidió salir una noche y ella me lo contó. No sabía cómo decirle que no, y no quería herirlo. Ahí fue donde yo aproveché y le pedí que me enseñara la ciudad de noche.

—¡Tú te conoces muy bien la ciudad, Georgie! —respondió con una sonrisa—. Pero te acompañaré.

El 15 de junio de 1996, sobre las once de la mañana, me encontraba en el parque, detrás de mi nuevo apartamento, estudiando mientras tomaba el

78

sol. El lugar estaba salpicado de gente tumbada en el césped, sus perros trotaban libremente y solo un perro blanco, que tenía la nariz como un tapir, iba atado y estaba sentado al lado de dos niñas. Disimuladamente, les hice una foto.

Era un bonito sábado y, por extraño que pareciera, no llovía ni hacía viento. Leía un libro sobre el político inglés Lloyd George para mi ensayo sobre el partido liberal. A veces dejaba de leer, me tumbaba boca arriba y miraba las nubes pasar mientras oía música con mi *walkman*. A pesar de la música, oí una fuerte detonación y sentí un leve temblor. Todo el mundo sincronizado se puso en pie. Los lenguajes corporales decían que estaban sorprendidos, pero nadie parecía saber qué había ocurrido.

Un rato más tarde, recogí mis cosas, compré un kebab en mi *take away* favorito y regresé a casa. Tras comerlo, me tumbé un rato en la cama; después de ducharme cogí el autobús hacia el centro de la ciudad. A esas horas era el único en el lugar. Normalmente, le pedía las llaves al encargado del local de sándwiches y café que estaba justo delante de nosotros, al otro lado de la avenida, y era de los mismos dueños. Luego abría la cocina y empezaba a preparar la masa de la pizza, asegurándome de que no me olvidaba de encender el horno.

Cuando bajé del *double decker* color naranja, vi mucha policía en la calle. Sus vehículos bloqueaban las avenidas principales y el acceso al restaurante estaba cerrado. Cientos de personas como yo se amontonaban tras el cordel de seguridad. Policías con metralletas y los rostros cubiertos con pasamontañas patrullaban la calle. La visión de los gendarmes armados te hacía pensar que algo muy había ocurrido. Alguien dijo que una bomba destruyó el centro comercial más grande de la ciudad. El IRA estaba detrás.

Entre la multitud vi a Mohamed, el *maître*, con actitud indagatoria. Me dirigí a él excusándome a cada paso. Como yo, no sabía mucho más.

Mi cabeza digería la idea de abrir el restaurante más tarde y las consecuencias. La masa de la pizza llevaba un tiempo para preparar y luego necesitaba descansar para subir. El horno eléctrico tardaba una buena hora antes de tener la temperatura correcta. Entre pensamientos apareció la cara de Sophie, y todos desaparecieron. Vestía con su falda negra y camisa blanca. Una fina chaqueta de color *beige* le quitaba la apariencia de camarera. Cuando me acerqué a ella, olía a limpio, fresco y algo parecido al jazmín mezclado con limón.

Cuando me vio, sonrió y me dijo:

—Georgie, *what have you done this time*? (Que hiciste esta vez)

—¡Yo no he sido! —respondí, devolviéndole la sonrisa y haciendo un movimiento de manos para reforzar mi afirmación.

Mohamed se acercó mientras bromeábamos y nos dijo que habló con el dueño y que el restaurante estaba cerrado hasta el lunes. Todo el centro de Mánchester estaría cerrado.

Sugerí ir a un *pub* cercano a casa a tomarnos una cerveza. «Nada más que hacer», agregué.

Era una tarde maravillosa para sentarse en la terraza del Queen Of Hearts, una vieja iglesia convertida en *pub,* justo al lado de casa y en pleno centro estudiantil. Los universitarios se agolpaban en la barra y nos turnábamos con Mohamed y Sophie para ir a buscar las bebidas. Antes de que el turno de Mo volviera a salir, se fue. Luego me quedé solo con Sophie.

A partir de la tercera jarra de cerveza empezamos a hablar del futuro. Ella se quería ir a Londres a trabajar en un hospital el siguiente verano, cuando acabara sus estudios.

Mi respuesta no fue tan simple y necesitamos levantarnos un par de veces más a buscar cerveza antes de acabar de explicar que iba a cruzar África en moto desde Mánchester, y luego continuaría dando la vuelta al mundo, sin coger un avión, para conocerme. La respuesta también conllevaba una explicación de mi vida y un resumen de mis aventuras.

No sé cómo, nuestras manos se tocaron, y luego no se volvieron a separar. Tras darnos el primer beso, fue como un efecto dominó, no nos pudimos parar.

Love Story

«El amor no respeta la ley, ni obedece a ningún rey», dice un dicho popular.

Si Sophie estudiaba, los viernes y sábados después de trabajar, yo salía con los chicos de la cocina a los clubs; la primera noche del fin de semana pertenecía a Boardwalk, un antro en un segundo piso de un viejo complejo industrial, a juzgar por las ventanas gigantescas divididas en cuadrículas y los ladrillos rojos envejecidos. Ahí la música afro disco hacía que la gente vibrara envuelta en niebla. Una mezcla de personajes y estilos peculiares espolvoreaba el lugar. Los jamaiquinos o sus descendientes eran sin ninguna duda los reyes del lugar. Mis colegas parecían conocer a todo el mundo, los guardianes de la paz en la puerta, enfundados siempre en negro, nos saludaban dándonos sus grandes manos al entrar, mientras dejábamos la larga fila de espera atrás, repleta de mujeres vestidas casi en nada, tiritando bajo la fría noche mancuniana, y con los brazos cruzados sobre el pecho esperando a entrar.

La noche estelar era reservada para Hacienda, la cuna de la música *house* electrónica del mundo, que era el enemigo número uno en mis tiempos en Barcelona. La resistencia inicial del *rock* murió subyugada por el tiempo, las nuevas costumbres, y mis nuevos amigos. La ciudad era un hervidero de música que, sin duda, su pasado imperio influyó en traer los diferentes estilos y ritmos.

Salíamos del restaurante por la puerta lateral de servicio después de lavarnos, lo que nos permitía el aseo del local, e intentábamos neutralizar el olor a comida, humo y sudor con perfume. Una vez en la calle ya éramos automáticamente parte de la noche, y nos sumábamos a los ejércitos nocturnos que desfilaban informales por las avenidas.

Acabada la noche iba a casa de Sophie y encontraba a mi enamorada con los ojos cansados de leer y repasar libros de medicina, ya acabando la botella de vino. Me regalaba su sonrisa y un beso y me preguntaba si bailé mucho. Y yo siempre respondía:

—*I only dance that music if I'm with you* (yo solo bailo esa música si estoy contigo).

Si una de esas noches Sophie trabajaba, después salíamos juntos y bailábamos mirándonos a los ojos mientras reíamos y yo intentaba encontrarle el ritmo a la música acelerada.

A la mañana siguiente, el hecho de que ella tuviera coche, la hacía la encargada de ir a buscar el desayuno tardío; luego seguía otra apasionada sesión de sexo, que nos hacía levantar casi a la hora en que yo tenía que ir a abrir la cocina del restaurante.

Una vez nos fuimos un par de días a la playa y paseamos cogidos de la mano. Me recordaba a la película *Love Story*, pero el final era diferente, nuestro camino se separaría en cuestión de un año. A menudo, Sophie venía conmigo a la biblioteca a buscar información para el artículo que estaba escribiendo sobre el gobierno indonesio y las tribus de Irian Jaya. Le apasionaba tanto como a mí. La idea de presentar un poema para mi trabajo final de periodismo aún no había nacido, todavía no sabía que sería ella la que me inspiraría para escribirlo.

Para entonces, mi dominio en la cocina era casi total, tanto que uno de los dueños me propuso irme con él para abrir un restaurante en Barcelona. Me gustó la idea de que alguien me considerara para un proyecto. Me hacía sentirme más seguro, a pesar de que regresar a Barcelona no estaba entre mis planes.

Como todas las ideas, la de cruzar África en moto se encontraba en la primera fase. Aun así, debía decidir la ruta a seguir. Owen y sus amigos me aconsejaron que comenzara el viaje por el este. El desierto y la sabana eran mucho mejor que las complicadas junglas del Ecuador y la costa oeste africana. Necesitaría familiarizarme con la mecánica de la motocicleta. El modelo casi no importaba, pero tendría que ser de gran cilindrada y todoterreno. En Ciudad del Cabo la vendería y partiría en barco hacia la India o, hacia donde fuera, siguiendo esa dirección. Empecé a imaginarme lo que estaría haciendo el año siguiente por esas mismas fechas. Veía una fogata en el desierto, una tienda de campaña, la moto y millones de estrellas en el cielo; pero a diario pensaba en Sophie.

Owen llevaba mes y medio fuera del país. Estaba en una zona minera, en plena selva amazónica de Brasil, trabajando para su empresa. Las condiciones eran durísimas, pero yo sabía que si alguien lo conseguía, ese sería mi amigo. Después, al regresar, mucho más delgado, se fue otros tres meses a una mina en el desierto de Australia. Y más tarde, la multinacional le ofreció un buen puesto de director de desarrollo de negocios en sus instalaciones en Estados Unidos, con el mundo a sus pies. Lo había conseguido, y me alegré.

Cuando llegaron las Navidades, Sophie se fue con su familia a Gales y yo me quedé en mi apartamento con todas las tiendas y bares de alrededor cerrados. Tan solo algún negocio paquistaní mantenía las puertas abiertas. Parecía que el mundo se había parado. No había nadie por las calles y el tráfico simplemente no existía. Los días eran cortos, grises y lluviosos. El mundo parecía hibernar el día de Navidad.

Desde principio de diciembre estudiaba y trabajaba a diario. A partir del quince laboraba desde las nueve de la mañana hasta las doce de la noche, a veces sin parar. Tenía vacaciones en el colegio y todo el mundo decidió celebrar las comidas y cenas de Navidad en nuestro restaurante. La verdad es que no me importaba, pero para ese día estaba cansado. Las largas jornadas, el calor y el estrés acababan con uno. Llegaba a casa destrozado y me sumergía en la bañera de agua hirviendo antes de dormir, solo para despertar en la penumbra del frío amanecer y volver a empezar. El aire frío me saludaba al abrir la puerta de la calle y se metía hasta el fondo de los huesos. El cielo era gris, como el asfalto, la cara de la gente o el humo de sus cigarros.

El veintiocho Sophie vino a pasar el día a Mánchester y le pedí un descanso a mi jefe para estar con ella. Salimos a cenar a un restaurante indio que habíamos probado anteriormente.

Recuerdo que la gente en España decía que en Inglaterra se comía fatal. La comida china, india, griega, italiana, española, de oriente medio y de todo el mundo, salpica las calles inglesas, así que concluí que la gente dice muchas tonterías. Ese pensamiento me acompañó en mi vida adulta.

Embriagado por el calor del local, por la cerveza, el vino y Sophie, entre besos, le dije que la quería, luego añadí: «Sé que no eres la mujer de mi vida, pero te quiero».

Seguro que la tierra se sacudió en ese momento, pero yo no lo noté.

Kili

Era fin de año y la cocina del restaurante italiano hervía desde temprano. Desde las nueve de la mañana corríamos sin parar. A las doce servíamos la comida, mientras preparábamos el menú especial de la cena, amparados por la música festiva que salía de la radio. Sin sentarnos, comíamos, bebíamos el té con leche, y las visitas al baño tenían que esperar. El sudor cubría nuestros rostros y no hacíamos otra cosa que abrir y cerrar los cuatro hornos y remover las salsas que burbujeaban entre la veintena de quemadores, mientras servíamos comandas asegurándonos de que los platos tenían la presentación perfecta. Éramos como demonios enrojecidos por el calor del fuego y azuzados por una imparable lista de clientes sin fin. Hacia la terminación del servicio, ya agotándose las últimas horas del año, las chispas saltaban y no eran las de los fogones.

—Georgie, saca los acompañamientos de la mesa grande —me berreó el jefe en inglés.

—*Yes*, señor Sean —respondí bien humorado, mezclando inglés y español, mientras tarareaba una canción navideña mal cantada, en inglés, que sonaba en ese momento.

—Te dije que te callaras. Deja de cantar.

—*Fuck Sean, it's New Year's Eve, enjoy* (Joder Sean, es la noche de fin de año, Disfruta).

—Deja de cantar y asegúrate de que no se enfría la guarnición.

—Por eso está en el *hornooooo*. Espero por ti. Tengo todo listo.

—No te hagas el gracioso conmigo. Maldito español.

Para el chef no era la mejor noche del año. Su móvil sonaba cada media hora y cada vez se oía a Sean discutir más acalorado con su mujer, que le reclamaba su prometida asistencia a la cena familiar. Luego descargaba su ira en la cocina.

Yo bailaba y cantaba haciendo que la sal que tirábamos al suelo, para evitar que patinara, crujiera bajo mis pies. A fin de cuentas, era la última noche del año y se tenía que celebrar, aunque fuera trabajando. Eso no hizo más que calentar aún más el ambiente con mi jefe hasta que, chillando, me dijo que me fuera. Estaba nevando.

Lo primero que hice al llegar a casa fue llamar a Sophie. No contestó.

«Qué raro», pensé. Era la primera vez que no respondía de inmediato.

Me duché con la puerta de mi habitación abierta, esperaba escuchar el teléfono de casa en cualquier momento. Nada. Luego, malhumorado, intenté encontrar sin éxito una película que me distrajera. Nada. Todos los canales emitían el *show* de fin de año. Antes de las doce ya dormía. Fuera nevaba copiosamente y las calles pronto quedaron irreconocibles, cubiertas de blanco y el amarillo de la luz artificial.

Sophie ni me llamó para felicitarme el año, y entonces me enfadé. Así funciona el amor, aunque ni sospeché lo que pasaba.

Al día siguiente, el dueño del restaurante, un iraní de cuarenta y pocos años y de vida alegre, me llamó para que fuera a verlo. Una vez en su desorganizada oficina con olor a pizza, situada en la parte de arriba del restaurante, donde las cámaras vigilantes controlaban todo, me dijo que vio lo que pasó la noche de fin de año, que entendía que no fue mi culpa y que me tomara mi tiempo antes de regresar. Que descansara. Que dejara el tiempo correr para suavizar la relación con el jefe de cocina. Era el dos de enero. Retomaba mis estudios el catorce.

«¿Tiempo?», me dije. Tenía dinero de tanto trabajar, entonces…

—Quisiera un billete para África —le pedí a la confusa asistente de la agencia de viajes que estaba más cerca de casa, nada más salir de la reunión.

Necesitaba salir de la ciudad, del continente. Buscaba cobijo en el otro mundo que yo conocía y hacía mucho que no visitaba. La presión del trabajo, del amor y los estudios me decían que me fuera donde yo sabía.

Después de rechazar unos cuantos destinos por resultarme conocidos, Tanzania salió de sus labios de color rojo intenso.

«¡Tanzania, Zanzíbar!», me dije. «Playa, relax, calor».

La mujer abrió sus ojos azules como si le hubiera tocado el bingo, o hubiera tocado la tecla correcta después de muchos intentos.

—Vacuna de fiebre amarilla. Pastillas para la malaria. Visa.

—No problem.

Acabé en un poblado de pescadores a tres horas de la bella ciudad medio árabe, medio portuguesa, salpicada de un intenso aroma a sal y especias. Llegué en ferri, después de cruzar la manga de mar que la separaba de Dar es-Salam, y ver unos cuantos viajeros que «bautizaban» con sus desayunos las movidas aguas de color azul profundo. Mientras veía la isla acercarse sonreía, y todos los problemas quedaron difuminados.

En la pequeña aldea no había nada especial fuera del penetrante olor a pescado, el color turquesa del mar, la playa llena de palmeras sin fin, y el manto calentito que te traen los trópicos. Los lugareños vivían su vida al ralentí: salían a pescar cuando el sol achicharrante les daba un respiro, reparaban sus redes al atardecer y preparaban trampas para langostas y cangrejos desde el confort de una buena y agradable sombra.

Dormía en el suelo, encima de una delgada esterilla inflable que me había dejado Owen, en una cabaña que los pescadores alquilaban por un módico precio. Estaba hecha de palos y techo de hoja de palmera; y los mosquitos, las moscas de arena y algún otro insecto, inmune al fuerte repelente que me aplicaba, o muy hambrientos para ser ahuyentados por él, festejaban cada noche chupando mi sangre.

Un día sin nombre planeé una salida de pesca con mis anfitriones, pero esperé en la playa hasta que me cansé. Mi imaginación jugaba con el evento, pero ni su inglés ni mi pobre *swahili* nos dejaron consumarlo.

—*Mimi, here seven* (aquí a las siete) —les dije en inglés, *swahili* y lenguaje de gestos.

—*Ndiyo, bwana* (sí, señor) —respondieron los dos pescadores.

Sus ojos y su lenguaje corporal me hicieron dudar, así que pregunté utilizando la misma fórmula. La respuesta fue la misma.

86

Salieron del pequeño poblado dirección a la playa, así que supuse que iban a prepararlo todo y que nos habíamos entendido, pero no.

Las siete de la tarde se transformaron en las siete de la mañana, pero solo lo supe cuando regresaron al día siguiente.

Desgraciada o afortunadamente, la suerte estaba echada. Durante el largo trayecto en autobús entre Arusha, cerca del aeropuerto donde aterricé, y Dar es-Salam, el Kilimanjaro me miró desde la distancia con todo su esplendor, como había hecho ya unos cuantos años atrás, cuando yo estaba con los elefantes de Amboseli, justo antes de internarnos en Tsavo, y la verdad es que esta vez no me pude resistir.

Mientras paseaba por la solitaria playa, la idea de subir la montaña crecía. Tenía las botas que llevaba al salir de Mánchester, *jeans*, forro polar, camisa de manga larga, unas cuantas camisetas y *shorts*. Necesitaría comprar calcetines. El chubasquero, junto con el forro, camisa y unas cuantas camisetas, me protegerían del frío. Quizá debería comprar unos pantalones impermeables. Tenía la gorra y un gorro de lana.

El saco de dormir no me protegería del frío. Necesitaba una gran funda plástica para una noche de emergencia. La toalla me serviría de manta. ¿Me dejaba algo?

Tras un leve entrenamiento por la playa y mucha ilusión, con la piel aún enrojecida por el sol tropical, me fui hacia el aeropuerto de la isla. Busqué la forma más rápida de llegar a la montaña. Después de esperar algunas horas, subí a una pequeña avioneta de tres pasajeros y, apretujados en su interior, salimos hacia Arusha junto con una pareja mayor de aventureros ingleses. El hombre me miraba desconfiado cuando yo intentaba conversar mientras esperábamos para salir. No mucho después del despegue, una tormenta nos engulló, oscureciendo el día y arrebatándonos la bella vista. Tras zarandearnos, mojarnos y estremecernos, poco rato después de ver el gigantesco volcán a nuestra derecha, llegamos. El hombre seguía mirándome con desconfianza cuando nos despedimos con un «buena suerte».

Cogí un taxi destartalado y pedí que me llevara a la estación de autobuses. Al preguntar, todos los vehículos parecían tener el mismo destino, Moshi. A todo el mundo que preguntaba les decían: «aquí, aquí».

La confusión era total, era como un gallinero humano. Iba a subir a uno multicolor cuando el cartel de Burundi me paró en seco. «Malditos», pensé.

Esquivé el de Mombasa, Nairobi, y justo detrás estaba el mío. Sonreí mientras, dudoso, le pasaba mi equipaje a un tipo sonriente que estaba en el techo del bus.

Me habían dicho que Moshi era el mejor sitio para encontrar un guía y todo lo necesario para la escalada. Sentado, medio comprimido, miraba por la ventana esperando no ver mi equipaje y alguien que corría con él en la mano. El camino, repleto de hoyos, más bien cráteres, parecía anunciar la pérdida de mis pertenencias en el techo del autobús. Cada cinco minutos, cuando las sacudidas eran más violentas, miraba por la empolvada ventana trasera, estaba seguro de que en cualquier momento vería mi mochila roja y azul caer violentamente. Era cuestión de tiempo.

La población no era nada especial, similar a Arusha, calles polvorientas, sin asfaltar, flanqueadas por palos de madera que actuaban de farolas cuando oscurecía, casas de una planta con el techo de zinc; con sus moradores sentados en frente, en cuclillas, mirando el mundo pasar. En algunas zonas, edificios aún en construcción, de dos y tres plantas, asomaban sus colores grises detrás de algún puesto multicolor de frutas y verduras, anunciaban en silencio el futuro de la ciudad.

Encontré una habitación con baño comunitario detrás del mercado. Había dormido en sitios mucho peores, así que me conformé. La habitación era más bien pequeña, de techo bajo, con una cama que parecía de prisión y un pequeño ventilador oxidado que movía el aire ruidosamente. El baño consistía en una letrina pegada a un gran barril lleno de agua, que a su vez servía de ducha y para descargar el «inodoro». El suelo de cemento oscuro daba repelús.

Con las sandalias de protección me duché, con un agua amarillenta pero fresca. Pequeños insectos surcaban las aguas del barril e intentaba esquivarlos. Tras la reconfortante ducha, pregunté a la joven a cargo del lugar por un guía. Después de repetir la pregunta a un par de sus colegas que pululaban por el establecimiento sin misión establecida, me encaminaron hacia la casa de un guía.

—Siga hasta el final de la calle, justo después del mercado —dijo—. Se llama Mosi, pregunte por él.

—¿Como la ciudad? —pregunté confuso.

—No, Mosi el primogénito —aclaró la joven sonriendo.

—*Asante sana* (muchas gracias) —, me despedí en perfecto *swahili*.

Antes de finalizar la jornada, tenía un guía y a tres porteadores para hacerse cargo de mi pesada mochila, la comida para los cinco días y los utensilios de cocina. En un pequeño almacén polvoriento hicimos la compra, que se basaba en arroz, pasta, café y galletas. Después, fui al mercado protegido del sol por lonas plásticas azules y compré otras sandalias de playa. Las anteriores se destruyeron en las primeras caminatas por la arena.

«Doscientas libras inglesas era un precio excelente para subir la montaña más alta de África», pensé más tarde, tumbado en la cama.

«¿Por qué ese deseo de subirla?», me pregunté.

Porque está aquí, dicen todos. La casualidad la puso delante de mí, ahora la suerte y yo haríamos el resto.

En el camino en furgoneta hacia los pies de la montaña gigante, los cinco íbamos acompañados de música africana que le ponía sonido al paisaje. Ocasionalmente, intentaba conversar con el guía, que era el único que hablaba un poco de inglés.

—¿Hará mucho frío? —le preguntaba preocupado por mi escaso vestuario.

—Sí, mucho.

—¿De cuántas horas serán las jornadas?

—Depende.

—¿De?

—Día y velocidad —respondió, dejándome igual o, si cabe, más confuso.

—Récord *up-down twelve hours*. Chile *people*.

Viendo que el idioma y la conversación creaban más dudas que respuestas, me puse los audífonos y me concentré en el paisaje. La montaña se acercaba por el horizonte mientras una tormenta de rayos flotaba encima de la sabana. Poco a poco su tamaño crecía.

Cuando, horas más tarde, empezamos a trepar por su empinada falda, no tardamos en detenernos. Habíamos llegado a la entrada del parque.

Después de registrarme y pagar la entrada empecé a enfilar la pendiente. Me sentía positivo, seguro y emocionado. ¿Quién se hubiera imaginado que un buen día estaría subiendo el Kilimanjaro sin siquiera planearlo?

Árboles enormes me daban sombra, los sonidos de miles de insectos me acompañaban. Olía a hojarasca y a tierra roja húmeda que acababa de ser bautizada por la lluvia. Ocasionalmente, me parecía ver monos muy lejos que saltaban entre las copas de los árboles. Mi oído y vista estaban en alerta, leí en alguna revista que habían visto leopardos cerca de la cumbre. Le pregunté a Mosi:

—*Ndiyo, leopard*.

—¿Simba?

—Sí —respondió de nuevo, y de nuevo no entendí nada. Sí era no en su lengua.

Los porteadores no tardaron en adelantarnos y pronto se perdieron de nuestra vista. La jornada continuó en silencio.

Pasados los mil ochocientos metros, el frío me hizo dormir con todas mis ropas puestas. Después caminé también con ellas. La sabana me miraba desde abajo en la distancia y me daba una sensación de seguridad. A veces, me cruzaba con algún montañero que bajaba con caminar torcido e inclinado, como si sus rodillas no pudieran aguantarlo, como si sus brazos pesaran toneladas, eran como zombis, con la mirada perdida que sembraban en mí la duda de si sería capaz de llegar a la cumbre. No hablaban, no miraban. Parecía que venían del infierno con las caras quemadas, los ojos inflados, rojos por el cansancio y falta de sueño; tan rápido como aparecían, desaparecían engullidos por la pendiente y los matorrales.

Mis días en Zanzíbar recortaron los días de ascensión. Tenía que haber pasado dos noches a los tres mil ochocientos metros para aclimatarme a la falta de oxígeno. No lo hice, pero, claro, nadie me lo dijo. Pensaba que aclimatarse a la altura era para montañas más altas. De todas maneras tampoco tenía mucho tiempo, cinco días, tres y medio de ascenso y uno y medio de descenso. Al día siguiente, mi avión salía hacia Mánchester vía Ámsterdam. Tenía el tiempo justo.

Wazungu wote waana saa, lakini hawana wakati (Todos los blancos tienen un reloj, pero no tienen el tiempo), decía el proverbio africano irónicamente.

Los bastones de caminar evitaron un par de caídas entre piedras y tierra resbaladiza, haciéndome detener y romper el ritmo. Cada vez respiraba más fuerte, más profundo, a medida que los niveles de oxígeno en el aire descendían. El sol africano castigaba el ascenso y me hacía parar más a menudo. El cansancio me quitaba las ganas de parar a tomar fotos, y erradicaba las reflexiones que danzaban por mi cabeza desde que había empezado a caminar. Llegar al campamento donde dormiríamos era el único pensamiento.

Cuando mi rostro y mi caminar mostraron debilidad, la experiencia de mi guía habló:

—Jordi, *polepole* (despacio, despacio).

Y con esas directrices continué el ascenso, con pasos más cortos, más despacio. Notaba cómo el sudor resbalaba por mi frente y caía al suelo. Era como si lentamente dejara parte de mí en la montaña.

Esa fue mi aclimatación a la altura. La estupidez y la ilusión parecían empujarme.

La última noche antes de la cumbre, el frío y el mal de altura me mantuvieron despierto hasta medianoche, cuando empecé a serpentear junto a mi guía los últimos mil metros de desnivel por arenilla volcánica.

Horas después, una vez arriba del enorme cráter, vomité tan solo llegar, luego me tomé una aspirina con agua congelada para el intenso dolor de cabeza y, ya sin fuerzas, continúe hacia adelante, hacia la cumbre, a trompicones. Caminábamos por un paisaje fantasmagórico, en medio de bloques de hielo, tan altos como edificios, que brillaban al contacto de nuestras linternas. A lo lejos, veía la ladera de la montaña quemándose y no sabía si era real o era un espejismo producido por la falta de oxígeno, mezclado con la potente y nociva medicación para la malaria.

Avanzaba ayudado por mi descompuesto guía, ya también sin energías y, por su lenguaje corporal, congelándose. La duda de no tener fuerzas para regresar aparecía en mi cabeza como la luz de «poco combustible» en un coche, aun así, continuaba caminando con Mosi, como dos borrachos tambaleándonos juntos hacia el fin, que era casi lo mismo que la cima. Cuando, con la boca torcida por el esfuerzo y los labios quemados por el frío, preguntaba cuánto faltaba, la respuesta era siempre la misma: «*Soon* (pronto)», decía.

La oscuridad absoluta, delante de nosotros, no daba ninguna pista a sus cortas respuestas.

«El tiempo en África es indefinido», pensaba, con las pocas fuerzas que me quedaban, haciéndome apenas sonreír interiormente. Caminaba con los brazos cruzados, metiendo las manos congeladas debajo de las axilas, mientras sostenía como podía los bastones. Su uso había sido neutralizado por el frío o por mi falta de previsión. El calor de las playas de Zanzíbar me hizo olvidar los guantes.

Cuando llegamos a la cumbre, estúpidamente y sin hablar, nos dimos la vuelta y regresamos por donde vinimos. Ya amaneciendo, yo ya me había convertido en uno de los zombis que había visto cuando subía, pero con los dedos de los pies pelados por el roce de las botas, con arena clandestina infiltrada, haciéndome pisar dolorosamente. De vez en cuando me detenía, y con un esfuerzo sobrehumano me las quitaba e intentaba librarme del maldito roce, pero la arena siempre volvía a aparecer una vez colocadas las botas de nuevo.

Nada más llegar al refugio, me desparramé en el dormitorio y me tomé otra aspirina.

—¡Jordi, Jordi! —oí al guía, no sé cuánto tiempo más tarde. Teníamos que continuar el descenso.

Asentí con un gesto cansado. Si quería dejar la montaña al día siguiente, tenía que hacer unos cuantos kilómetros más esa misma jornada. Comencé a levantarme con un esfuerzo titánico, las piernas apenas me sostenían, la cabeza me explotaba. Mosi me ofreció una mano, y me acabé de poner en pie.

—Yo me quedo aquí —dijo con voz neutra y sin mucha emoción. Mañana ayudaré a una expedición japonesa a llegar a la cumbre.

Imagino que ese era el precio a pagar por la tarifa que me cobró. Tras un soso *goodbye*, me despedí. Los porteadores me esperaban en el otro refugio, a ocho kilómetros de donde estaba, con parte de mis cosas y con la comida.

De vuelta al camino cambié las botas por las sandalias de playa, para así liberar mis dedos de su agonía. Poco después, la lluvia y los rayos me hicieron buscar refugio en un paisaje lunar donde no había nada más alto que yo. A más de cuatro mil metros, los rayos caen a tu lado y las tumbas que ves por el camino te lo recuerdan. La sangre de mis dedos se mezclaba con el agua fría, hasta que las sandalias se rompieron. Luego, seguí arrastrándome como pude, acompañado por el pensamiento de caer fulminado en cualquier instante.

Cuando los techos puntiagudos aparecieron abajo, en el horizonte, supe que había llegado al refugio. Me dirigí al recinto de la cocina y pregunté por el resto del equipaje a mis porteadores, que solo distinguí de los demás por sus ropas, junto con el movimiento de sus ojos al reconocerme. Señalaron a una de las cabañas mientras alguien decía *food*. No quería ni comer. Tras llegar y meterme en el saco de dormir, me comí una galleta por obligación y, después de beber un trago largo de agua, me dormí.

Desperté dolorido, con los pies en llagas y las rodillas destrozadas. Mi primer pensamiento fue la cima. «Ayer en estos momentos estaba allí arriba», pensé tan solo abrir los ojos. Tras desayunar, sin hambre, continué el agónico descenso. Quedaban unos diecisiete kilómetros de bajada empinada. Las rodillas y los dedos pelados me recordaban cada paso que daba, apoyándome cada vez más en los bastones. Cuando me cruzaba con nuevos escaladores solo veía sus siluetas, y dentro de mi cabeza me imaginaba que seguro sonreían. Mi agonizante figura les plantaría la duda en medio de su determinación de llegar arriba.

Al finalizar el día, bebiendo cerveza en la barra de un bar, a pesar del dolor y del cansancio que sentía, sonreía. Lo había logrado. Eso me daba un sentimiento de seguridad mezclado con orgullo que era increíble. «La aventura vivida fue espectacular», me decía, bebiendo en el único hotel de Arusha que aceptaba tarjetas de crédito. Mi poco efectivo había desaparecido seguramente en algún momento cercano al fin. Posiblemente, mientras dormía inconsciente en el refugio, después de haber regresado de la cima.

Con unos dólares de caridad tomé el autobús, y dos horas después, desde la parada, caminando como un moribundo por la calle empolvada, sin aceras, llegué al hotel. Sucio, quemado por el sol, con los pies ensangrentados y las sandalias rotas, mientras me tomaba unas cervezas y esperaba a que arreglaran el problema con el agua para poder, por fin, ducharme.

El arte africano desbordaba el bar-restaurante. Ojeaba todo mientras intentaba atrapar ese momento tan especial en mi cabeza. Cuadros y estatuas me recordaban a cada instante dónde me encontraba, hasta el olor me lo decía. Mi amigo, el «Kili», estaba mal pintado en unos cuantos cuadros cargados de color y rodeados de un marco feo y barroco. ¿Quién podría pintarlo reflejando todo su esplendor?

La gente me miraba como si fuera un demonio, ¿tal vez fuera mi olor? ¿O las ropas sucias de los últimos seis días sin cambiar?

Contemplaban mis pies con los dedos cubiertos de sangre seca y suciedad, sus caras mostraban dolor.

Yo solo quería ducharme y tumbarme en la cama.

Conocía un poco más mis límites.

«Para saber tus límites tienes que ir al fin. Tu fin. Yo fui al fin y regresé», me decía sonriendo. «Cuando no tienes más energía, hace mucho frío, te sientes acabado y sigues hacia adelante, pones a prueba tu determinación... o tu estupidez», me decía en el mostrador de aquel bar.

¿Determinación? Sí, eso mismo pensé meses más tarde de mi aventura. Me quería probar, saber quién era yo, mis límites; y allí, en aquella montaña, los encontré.

Cuando regresé a Mánchester, Sophie ya no volvió a trabajar al restaurante.

Resentimiento

«Fea, es una mujer vulgar. Bonita, es una mujer educada. Hermosa, es una mujer inteligente. Peligrosa, es una mujer despechada», escribió alguien.

Decirle a Sophie que no era la mujer de mi vida era la verdad. El romance se intensificaba, pero si miraba al futuro no la veía. Solo veía un mundo sin límites, donde Inglaterra era una estación de paso para aprender, mejorar, probarme, vivir, pero no para quedarme. Mi cabeza me decía una cosa y el corazón otra. La vida no está hecha para hacer lo que a ti te da la gana sino lo que la vida quiere. La vida quiere que comamos para mantenernos vivos, y nos hace disfrutar comiendo; la vida es agua y cuando tienes sed no hay nada mejor que un trago de agua; cuando estás cansado la vida te dice que descanses y te lo agradece. Pero no hay nada que la vida nos recompense más, que nos haga más felices, que cuando tenemos sexo y estamos enamorados, e imagino que cuando tenemos una familia.

Mirando atrás en el tiempo, mientras escribo esto, pienso que nunca hubiera renunciado a mis sueños, a la vida que elegí y tuve. Si me hubiera dejado llevar por mi corazón me hubiera pasado el resto de mi vida mirando al horizonte, preguntándome qué habría detrás.

Cuando, unos meses después de mi regreso de África, Sophie apareció una noche por el restaurante, pensé, estúpidamente, que vino a verme. Estaba sentada con una chica y un chico, justo en la entrada enfrente de mí. Desde la ventana de la cocina le hacía señales, y ella me devolvía indiferencia. Ni siquiera miraba en la dirección en la que yo estaba. Mi cabeza no comprendía hasta que se acercó el chef y, al verla, dijo:

—Qué cabrona, se vino con su exnovio.

Antes de acabar la frase yo ya tenía un nudo en el estómago. Me fui a casa resignado y triste. Dejé de estudiar y de ir al gimnasio; solo me apetecía hablar de ella. La opción de quedarme a vivir en Mánchester nunca pasó por mi cabeza, era impensable. Pero la vida solo me hablaba de Sophie. Luego, tumbado en la cama, medité sobre el amor, las canciones escritas, los poemas, las películas, las historias, los crímenes, los hechos...

Todo hablaba de una fuerza, de una energía imposible de resistir. El amor parecía la fuerza que dominaba el universo. Gobiernos caían por amor e imagino que guerras empezaron por él.

El verano se acercaba y, con él, la fecha de entrega de mis trabajos periodísticos, los exámenes y el fin de mi vida en Mánchester. Me quedaría trabajando hasta finales de agosto, luego iría a ver a mi familia y, después, hacia mi nueva vida.

El artículo sobre las tribus estaba listo, lo repasaba y, con ayuda de amigos, limé las asperezas de mi inglés. Una noche, con el corazón herido, escribí el poema de la ciudad.

Para cuando llegó el verano del noventa y siete quedaba ya poco por hacer. Era chef, o eso me llamaban, dominaba el inglés, tenía mis licencias para todo tipo de vehículos, y había completado asombrosa y exitosamente mi curso de periodismo, escribiendo el artículo: *Land, Life and Death,* sobre la política del gobierno indonesio de Suharto, con las tribus de Irian Jaya, donde reflejaba los problemas de mis amigos guerreros; y el poema sobre la ciudad de Mánchester: *Macunian Images,* donde pintaba con adjetivos diferentes imágenes de la ciudad.

La directora del curso no se lo podía creer, me felicitó y, tras un abrazo, me dijo:

«*You did it. It was a pleasure to have you as a student. Well done* (lo conseguiste. Fue un placer tenerte como estudiante. Bien hecho)».

Y así, sin más, pasé de ser el peor estudiante de la clase, cuando vivía en Barcelona, a uno de los mejores. La vida por el mundo me enseñó a aprovechar el tiempo y las oportunidades.

Antes de partir, le envié flores a Sophie a casa de sus padres, felicitándola por el fin de su carrera universitaria, luego, cogí un tren y me planté en Chéster, una pequeña ciudad a una hora de casa, donde sabía que ella estaba trabajando. Mientras caminaba bajo la lluvia fui recorriendo todos los hospitales hasta localizarla. Le enseñé el artículo finalizado y mi poema. Era tiempo de despedirme. Quedaban apenas semanas y Sophie me dijo que me llamaría cuando estuviera en Mánchester para recoger algunas cosas que aún le quedaban en su apartamento.

El keniata de mi primer safari africano no se hubiera podido creer todo lo que había hecho desde que nos conocimos. Lo más importante era la determinación férrea que descubrí que tenía, precisamente en la montaña más alta de su tierra. Y con eso en mente, me lancé hacia mi nuevo objetivo: irme a bucear al Caribe.

Tendría que buscar la manera de sobrevivir, de ganarme la vida. Esta vez no creo que el gobierno local me ayudara.

Días antes de irme, Sophie entró en el restaurante, estaba bronceada, vestida impecablemente y más hermosa que nunca. Se había cortado el pelo y llevaba gafas de sol. Pensé que se acercaría a la cocina para saludarme, pero solo utilizó el teléfono del restaurante y se fue sin ni siquiera mirar.

«Nada sale gratis en esta vida», me dije dolorido tras ver lo que hace la ira de una mujer. Mi impulso era demasiado fuerte para pararme, para vivir una vida normal; a cambio de eso me dejé un pedazo de mi corazón por esas tierras.

«El amor es un déspota que no perdona a nadie», leí en algún libro.

SEGUNDA PARTE

La isla

El 20 de septiembre de 1997 llegué a la isla que se convertiría en mi segundo hogar, donde pasaría la mitad de mi vida. Ahí las personas, tal y como las conocía, cambiarían; y la amistad, honor, profesionalidad y responsabilidad, me enseñarían su antítesis. Aprendería con esfuerzo, dinero y sufrimiento que la gente no es como uno, y sus valores tampoco. Descubriría que el «paraíso» tiene su «infierno».

De nuevo tuve que ponerme a pintar ese lienzo en blanco. Esta vez los colores eran más vivos y hermosos que en la otra isla. Esta era tropical.

Lo primero que me propuse hacer era cursos de buceo, quería llegar hasta el primer peldaño profesional: *divemaster*.

Las aguas eran limpias y azules, aunque no había muchos peces. La isla era hermosa, de gentes gentiles y agradables, siempre dispuestos a ayudar. Casi todo era de color verde profundo, y estaba rodeado por un cielo azul claro y un mar de color turquesa. Las montañas del interior llamaron mi atención la primera vez que crucé la isla de lado a lado. Como en mi infancia, el pensamiento de ver un día lo que habría detrás de ellas cruzó por mi mente.

La vida era bella y la playa y el mar casi mi casa. La indumentaria era sencilla, práctica: unas sandalias, bañador y una camiseta, aunque muchas veces se vivía solo en traje de baño y algo de efectivo en el bolsillo.

Acostumbraba a tomar el primer café en una terraza pegada al mar, respiraba profundamente, intentando atrapar todo su olor, mientras contemplaba su grandeza y a las olas que cambiaban de tamaño. El aire matinal era fresco, pero sin hacerte sentir la menor pizca de frío. En las mañanas caminaba alegre hacia el centro de buceo, escoltado por una fila deforme y aleatoria de palmeras de diferentes tamaños. El capitán tendría la barca a punto, arrimada en la orilla, moviéndose al compás de las olas, siempre sonriente.

—Buenos días, Jordi, ¿cómo amaneciste?

—Muy bien, gracias. Bello día.

Era imposible responder otra cosa.

Tras el buceo, otro café acompañado de un vaso de agua. Antes de comer, leía tumbado en la arena blanca, variando mi posición, refrescándome en el mar cada poco, mientras veía a la gente vivir la vida en cámara lenta. Por las noches, volvía a casa tambaleante, descamisado después de unos tragos, y miraba el cielo repleto de estrellas custodiado por las siluetas de las palmeras, que a su vez eran sacudidas elegantemente por la brisa. El contraste con la vida en Mánchester era brutal, era como vivir en un mundo en color, con un clima benigno, después de dejar uno en blanco y negro, sacudido constantemente por la lluvia, el viento y el frío.

Con el paso del tiempo, empecé a adquirir experiencia en el mundo submarino, y me acostumbré a vivir la vida playera caribeña.

Los viernes me iba de excursión todo el día a una islita deshabitada. Allí buceábamos en su pared sin fondo, repleta de grandes formaciones coralinas. Luego, íbamos al otro lado de la isla y comíamos un sabroso almuerzo en una de las playas más bellas y solitarias del país en aquellos tiempos lejanos. Más tarde, buscaba una buena sombra y dormía la siesta bajo una palmera encima de la arena blanca, usando un tronco como almohada. Sobre las dos, tras un baño refrescante después de la «cabezadita», salíamos a bucear de nuevo a un centenar de metros de la orilla. Era como si alguien hubiera creado toda esa belleza para que nosotros gozáramos al máximo. Aguas tranquilas, poco profundas, una visibilidad excepcional y miles de pececitos y corales multicolores.

Un día, Miguel, que era mi instructor desde que llegué a la isla a hacer los cursos de buceo, me preguntó si quería ir a bucear a una cueva. Como siempre, ante una nueva experiencia, respondí que sí.

—Seremos tú, un par de ingleses, un alemán y yo.

Al día siguiente, tras preparar y comprobar los equipos de buceo, nos fuimos en taxi en dirección al aeropuerto. Justo antes de coger el desvío hacia las terminales, doblamos en dirección opuesta y nos internamos en un laberinto de calles sucias y sin asfaltar. Cuando las casas desaparecieron, el estrecho camino nos llevó directos a un pequeño charco de aguas cristalinas, pegado a una pared rocosa donde la vegetación crecía salvaje.

—Ahí es —dijo Miguel—. Vamos a preparar los equipos, mucha atención al aire y las luces. Yo llevaré una extra y Jordi, que irá al final, otra. Los tanques tienen que marcar 220 Bar, si no, cambiadlos.

El agua estaba fresca, más fría que en el mar. Aun así, era una delicia. La visibilidad bajo el agua, impresionante, como si fuera aire. Tras desinflar nuestros chalecos, nos hundimos. La profundidad del lago era de unos diez metros, calculando que flotábamos por encima del fondo para no ensuciar el agua. El suelo estaba cubierto por una neblina que debía de tener unos cuantos metros de barro espeso y limo fino, como polvo, en la parte de arriba; cualquier movimiento cerca de esa capa, y se levantaría formando una nube oscura.

«Flotad a unos metros del fondo. Patadas supersuaves. No queremos agitar el limo acumulado porque eso hará que la visibilidad desaparezca. Hay una soga, no dejéis de seguirla. No os separéis bajo ningún concepto», había dicho Miguel con seriedad.

Entramos en una caverna que se transformó en cueva, la luz menguaba lentamente, y pronto la oscuridad se convirtió en total, solo nuestras linternas la rompían. Íbamos en fila india con Miguel al frente, que volteaba la cabeza cada poco, imagino que contándonos mientras seguíamos la cuerda que colgaba del techo. Durante un tramo la mezcla de agua salada y agua dulce hacía que la luz de las linternas rebotara y no se viera nada. Todo estaba difuminado y el agua cambiaba, de repente, de temperatura. Daba miedo. Las estalactitas colgaban del techo entre las burbujas del grupo. Las diferentes luces mostraban una galería de tres o cuatro metros de profundidad sin apenas paredes. Tenía la sensación de que estábamos en un mundo muerto. Solo el sonido que salía de mi regulador, y la visión del grupo y sus luces delante de mí, probaba lo contrario.

La línea era el camino, me imaginé lo difícil que sería encontrarla si la perdiera. Sin visibilidad, seguro que imposible.

Un buen rato más tarde ascendimos. Para mi sorpresa, estábamos en un minilago, más bien un gran charco semicubierto por una caverna. La vegetación colgaba por doquier, y desde nuestra posición solo podíamos deducir que estábamos en medio de la selva. El cielo azul se veía en pedazos dentro de un mar verde esmeralda.

Camino de regreso, Miguel debió hablar de cambiar la ruta, pero yo lo descubrí bajo agua. De repente, la amplia gruta se fue estrechando y pronto empezamos a quedarnos atorados por los estrechos túneles. Detrás de mí, la más absoluta oscuridad. Parecía que las tinieblas me perseguían como si quisieran tragarme.

Miraba cada poco al manómetro que indicaba el nivel de aire en el tanque. Con el tiempo, las miradas a mi reserva de aire se hicieron más frecuentes. Ya no había soga, estábamos en una pequeña sala de metro y medio de altura, la válvula de los tanques golpeaba constantemente el techo, mientras grandes burbujas de aire correteaban por él sin poder salir, como nosotros. Por un momento, mientras dábamos vueltas enturbiando el agua, me encontré con los ojos de Miguel. Eran grandes y sus pupilas estaban dilatadas. «Síntomas de un buzo en pánico», pensé.

En ese momento uno de los buceadores se fue, quería abandonar el grupo, Miguel hábilmente lo detuvo. Le dijo mediante señales que se tranquilizara, que respirara tranquilo, suave; mientras, el miedo se contagiaba entre todos. El aire continuaba descendiendo, estábamos en reserva. Quedarían unos quince minutos.

«En estado de pánico gastas más aire», me atreví a pensar.

Algo estaba mal, muy mal. El instinto te avisa a través del miedo. Continuamos como pudimos y, por momentos, solo quería cambiar mi posición. No quería estar detrás, al final, junto a esa oscuridad. Cuando el rugoso y escarpado techo me retuvo, enganchándome por la válvula del tanque, y vi que la luz de delante desaparecía, entré en pánico. Atrapado, con la oscuridad detrás y ahora también por delante. El ruido del regulador se hizo más violento. Los segundos se hicieron minutos. Poco después, alterado por el momento, me liberé y nadé buscando atrapar la luz.

Cuando vi que las siluetas de delante se difuminaban de nuevo me alegré.

Y así fue. Poco después emergimos. Daba la sensación de que hacía siglos que no veíamos la luz del sol.

El hombre viejo

Desde la ventana entreabierta veía la luna llena reflejándose en el mar, creando centelleos luminosos. La leve brisa de la noche le traía el murmullo de las olas y agitaba las palmeras que alfombraban el paisaje. Las cortinas recogidas se movían en la habitación, sumida en una luz amarillenta que salía de una pequeña lámpara de lectura. El espejo, al otro lado de la cama, hacía que la luz artificial rebotara iluminando sitios oscuros en la habitación. Una orquídea *Phalaenopsis,* aún con el lazo de «feliz cumpleaños», exhibía sus flores color morado y blanco.

El hombre viejo estaba sentado en la cama con las piernas estiradas y los pies cruzados, vestía un pantalón de pijama y una vieja camiseta. Leía un libro sobre un emperador romano, era sobre su vida y el ascenso al trono conseguido a través de tramas y engaños. Las ciento y pico páginas leídas fluían entretenidamente y le daban un reflejo de la vida en esa época. Admiraba al protagonista por su astucia y frialdad; poco a poco conseguía sus objetivos, sus alianzas eran la clave. Ocasionalmente, miraba el paisaje mientras su mente se perdía en un océano de memorias. Recordaba cómo había adquirido el magnífico terreno con esa vista, y se le escapaba una pequeña sonrisa a la vez que sus ojos brillaban.

—¿Dólares?, el contrato está en la moneda local y así lo firmamos. Si quiere romperlo, pues, veré lo que me aconsejan mis abogados.

Esas palabras danzaban por su cabeza. Recordaba su tono de voz agresivo y firme. La posición amenazante de su cuerpo, diciendo: «hazlo si te atreves», hacía que la otra parte bajara la voz y llamara a la lógica.

—Pero, caballero, ¿cómo usted me puede decir eso?, en todo momento hablamos en dólares. Incluso cuando le mencioné de bajar el precio real en el contrato para pagar menos impuestos de trasferencia. ¿Cómo vamos a bajar ese precio más si era en moneda local?

—Pues la suma que firmamos claramente está en pesos.

—¿Cómo usted puede pretender que este terreno valorado en quinientos cincuenta mil dólares americanos valga catorce mil al cambio? ¿Pero es que usted no lo ve?

—Lo que veo es lo que firmamos.

—Eso fue un pequeño error de mi parte. No me di cuenta.

—No es mi problema.

—Usted no puede...

La vida le había enseñado a no perder las oportunidades, a aprovechar los errores y las debilidades que caían de una u otra manera a su favor, y a buscar su beneficio donde fuera. Todo el mundo cometía errores, él solo se aprovechaba. Después, la edad lo había adiestrado en el arte de la manipulación, del engaño, de las trampas; ya no buscaba los errores, los propiciaba. Ahora, a sus setenta años, era un maestro.

La casa estaba construida encima de una pequeña colina, justo donde acababa la estrecha y empinada carretera. Estaba pegada a un montículo rocoso por la parte de atrás. De frente, la altura le daba una vista espectacular y el aire fresco llegaba con olor a mar. Le encantaba mostrársela a sus amigos, abría los brazos de lado a lado para intentar abarcar el horizonte, mientras sonreía mostrando su compuesta dentadura.

«Solo el terreno debe de valer una fortuna», decían casi todos, haciendo que un escalofrío de orgullo recorriera su espalda.

Alternaba la lectura y sus pensamientos con un trago de su digestivo favorito, no se lo había terminado cuando se levantó y sacó una botella de agua con gas de una pequeña nevera del otro lado de la habitación. Tenía sed y las burbujas le refrescaron la boca a la vez que le masajeaban el paladar. Al poco de reanudar la lectura, sintió que lo que leía le era familiar, podía anticipar lo que iba a ocurrir. Preveía las trampas y los problemas que leería. Páginas después, un poco asustado, verificó la portada, era la misma. Siguió atrapado por la lectura, era como si el emperador tirano fuera él, estaba confundido, «no puede ser», pensaba mientras intentaba encontrarle una explicación. Miró la hora y era más de media noche, no podía parar de leer, el protagonista ahora estaba enfermo y él empezó a sentirse mal. Sudaba copiosamente y, a la vez, un frío interior lo sacudía. Se levantó y cerró la ventana. Alarmado, apagó la luz y cerró los ojos intentando escapar de esa pesadilla. Finalmente se durmió.

El sol llevaba fuera un par de horas cuando abrió los ojos, notaba la brisa matinal colarse por la ventana. La botella de agua estaba medio vacía y destapada, el libro cerrado.

Sentía dolor en el costado y recordó la lectura. Se puso a buscar lo que leyó antes de dormir, pero no encontró ni rastro. También recordó cerrar la ventana. No podía sacarle sentido a lo ocurrido. De repente, alguien tocó a la puerta y se asustó.

—Cariño, me voy —dijo una voz femenina.

Era su esposa.

—¡Ok! —gritó aún tembloroso.

Al rato, se puso de pie y una punzada en el abdomen lo sentó de nuevo en la cama. «Tengo que ir al médico», pensó.

Mientras desayunaba en la terraza, le iba dando vueltas a todo. Sus años estudiando psicología le decían que era un mensaje, un aviso en forma de sueño.

Un libro y dolor. Severino seguía sin comprender.

Huracán

Una noche, tomaba una cerveza en el bar de Malcom, un irlandés medio alcohólico, medio mal educado, que llevaba toda la vida en el país y solo sabía decir *hola*. En la televisión oí que al día siguiente vendría un huracán.

—¿Un huracán? —dije en inglés buscando la respuesta del dueño.

Malcom continuó hurgando en su *laptop*, rascándose la cabeza y bebiendo ron, ignorándome por completo. Pedí otra cerveza, cosa que sí escuchó, y aproveché el impulso de la corta conversación para saber más del huracán.

La respuesta fue breve, precisa, y me hubiera atrevido a decir que era una forma de decir «no me molestes más».

—Aquí no llegan huracanes, estamos fuera de su ruta.

Años más tarde deduje que la estupidez mata.

Por la mañana, mis vecinos empezaron a proteger sus ventanas, así que hice también lo mismo.

*****

Hacía exactamente un año desde que llegué a la isla. Ya era Divemaster, y llevaba unos meses trabajando gratis para adquirir más experiencia en el mundo del buceo. Necesitaba ponerme a trabajar y a producir.

Poco después de llegar, se me ocurrió abrir un pequeño restaurante, invirtiendo parte del dinero ahorrado en Inglaterra. Por lo general, las ideas empiezan a engrandecerse y a salirse del plan original, especialmente si encuentras a alguien que está deseoso por mostrarle al mundo lo mucho que sabe, como Sebastián, mi socio. Con él mi proyecto inicial cogió impulso, y pronto me vi construyendo un restaurante chic. La terraza exterior estaría cubierta por una vela de barco a quince metros de altura, sujeta por tres mástiles de acero. También había un coctel bar bajo una coqueta palapa de techo de hojas de palmera, con una pequeña cascada de piedras detrás de la barra, que por la noche cambiaba de color. La cocina abierta al público tenía que lucir los electrodomésticos de último modelo, rodeados de acero inoxidable que brillaba bajo la luz blanca. El comedor principal, con suelo rústico, compaginaba a la perfección los colores de los manteles, sillas y mesas. Las copas, cubiertos y platos, casi los mejores. El estilo exquisito se derrochaba en el local.

Durante la construcción me topé por primera vez con la corrupción, ineficiencia, creatividad y brutalidad local.

El primer inconveniente fue a las pocas semanas de empezar las obras. Tan pronto los materiales de construcción se acumularon en el terreno, y la edificación creció, comenzaron a llegar delegados. El primero fue de la Marina.

—El comandante les manda sus saludos —dijo un hombre medio espíritu de lo flaco que estaba—. Me dijo que tienen que hacer una solicitud a la Marina para poder construir a menos de sesenta metros de la playa.

—¿Sesenta metros? —respondió Sebastián, conocedor del saber local—. Pero si hay más del doble.

—Si quieren vayan a ver al comandante y él les explicará —dijo el marino como quien no quiere la cosa.

Al día siguiente, llegaron más marinos que hablaron con el arquitecto argentino a cargo de la obra. Les mostró sonriente el permiso de obras otorgado por el ayuntamiento. La marina aseguraba que eran ellos quienes daban esos permisos, no el ayuntamiento. El tira y afloja acabo rápido.

—Al que trabaje lo meten preso —dijo Alfredo con la cabeza baja.

«Qué gentuza», debió pensar al ver a los trabajadores desaparecer.

Sin otra solución, tuvimos que ir a ver al comandante.

Al llegar a la Comandancia de Marina nos tuvo un buen rato haciéndonos esperar, como la costumbre de los hombres importantes mandaba.

Después de saludarnos cortésmente, nos dijo que lo sentía muchísimo, pero no había nada que pudiera hacer. No se podía construir, esos terrenos pertenecían a la marina.

—¡Pero si entre nosotros y el mar hay un mínimo de cinco locales! —exclamó mi socio.

—¡Aquí ustedes no van a venir a hacer lo que a ustedes les plazca! ¡Aquí tenemos reglas! —sentenció el comandante con autoridad. Y, sin más, se fue.

Su asistente, que fue quien vino a parar la obra, nos acompañó a nuestro vehículo, aparcado a unos treinta metros del sucio edificio. Casi llegando al coche nos dijo que se sentía muy mal por lo sucedido y que entendía la inversión que habíamos hecho.

—Déjenme hablar con él, a ver si puedo conseguir que cambie su parecer —sugirió.

«¿Que cambie su parecer?», me dije. Ese hombre no va a cambiar su parecer. Su voz emitía odio.

Pues cambió de parecer. Tras pedirnos mil dólares americanos, utilizando a su hábil asistente de mediador, «para remodelar el comedor», dijo. Partimos felices, después de haber pensado que no podríamos abrir el restaurante.

La segunda sorpresa vino cuando fuimos a ver las mesas y sillas mandadas a construir. Treinta mesas y ciento veinte sillas para cubrir la terraza y el comedor interior. El color era pino natural, un simple barniz para encajar con el suelo rústico y unos manteles de color verde oscuro. Al abrir la puerta del almacén que tenía el carpintero encargado de la labor, la desilusión nos golpeó sin piedad.

Todo el almacén estaba cubierto con nuestras mesas y sillas agolpadas como se pudo.

—¡Pero ese no es el color! —gritó desesperado mi socio al ver el desastre—. ¡Mira ese mueble de la esquina, ese era el color que acordamos!

—Ya —respondió el pobre hombre—. Yo creí que este les gustaría más.

—Pero, caballero, este color caoba no encaja con el color de los manteles, ni del suelo, ni es el color que acordamos —volvió a reclamar Sebastián—. Lo tendrá que arreglar.

El siguiente delegado en aparecer fue la policía turística, pero gracias a la llamada de un «padrino», que por casualidad teníamos, desapareció rápidamente.

En principio, uno no se puede creer que uno de esos individuos o cuerpos, que nada tenían que ver con construcción o planeamiento, pudieran decidir sobre un proyecto, pero así era la cosa. Diferentes instituciones exigían su mordida como impuesto revolucionario, la cárcel era una amenaza muy real. No había discusión posible.

El último fue el peor: Obras Públicas.

Después de presentar un plano de la obra, uno de la plaza comercial y otro del terreno, tras diferentes visitas y muchas horas de espera, el ingeniero en jefe dijo que no, que la plaza estaba construida a menos de tres metros de la vía principal y estaba ilegal, así que no se podía hacer ninguna obra en ella.

Sinceramente, este parecía tener razón, ahora, pensando un poco, no había ningún edificio o casa con las características que él asumía como legales. Era un desbarajuste total, no importaba a qué sitio de la isla fueras. Entendía que en algún momento algo tenía que cambiar, solo que veía injusto que fuéramos nosotros el inicio del cambio.

Tras muchas visitas en solitario, semanas exponiéndole mi situación de estudiante, recién llegado a su isla maravillosa, y después de oír diferentes opiniones de gente que «sabía», un buen día, cuando llegué de nuevo a su oficina, a más de una hora en diferentes *guaguas* de mi casa, su secretaria me dio unos planos y dijo:

—El ingeniero le dejó esto.

Eran los planos aprobados.

«Menos mal», pensé ese día camino a casa. Llevaba varias visitas intentando ofrecerle al ingeniero la «compensación» aconsejada para que nos dejara proseguir la obra. Tras investigarlo y saber que tenía una empresa constructora que edificaba hoteles, nos preguntábamos de cuánto podía tratarse esa propina. Sin experiencia en absoluto y temeroso de la propuesta «indecente», fui alargando la incómoda oferta.

El día de la gran inauguración, diez meses después de mi llegada a la isla y seis del inicio de la construcción, mientras regaba las plantas de la terraza, acompañado de la música de Andrea Bocelli, pensé que todo había sido muy fácil, demasiado fácil. No podía ser que después de solo diez meses desde mi llegada iba a abrir un exitoso restaurante. Y así fue.

El día de la llegada del huracán salí a pasear temprano con mi perro pastor, Eco, que había comprado unos meses antes de abrir el restaurante, cuando creí que tendría una vida estable. Fuimos a ver el mar, y para nuestra sorpresa estaba plano como un plato.

—¿Será verdad que viene un huracán? —le pregunté a mi pequeño cachorro de cinco meses.

Llevaba mi cámara de fotos para inmortalizar todo momento. Lo único que denotaba inquietud era la cara y posición de unas gallinas que nos encontramos. Estaban acurrucadas como alguien bajo una tormenta.

No había la más mínima señal de viento. Todo estaba quieto, sumido en la más absoluta de las calmas, incluso la concurrida carretera.

Poco a poco, apenas perceptible a lo primero, el viento empezó a soplar, y sopló, y sopló hasta que uno creía que ya no podía subir más de intensidad, pero siguió subiendo y subiendo. El ruido que producía era similar a una moto de gran cilindrada acelerada. De cara al viento no se podía respirar, y no tardaron en aparecer objetos volantes, pequeños al principio, y techos enteros después.

Dentro de casa, el agua empujada por la fuerza del viento entraba por la más mínima rendija. Mi habitación estaba inundada, las escaleras eran como una cascada, alimentada por el agua que bajaba del piso superior y la ventana que estaba entre las dos plantas. Solo se oía al viento azotar todo. Sentado, con el agua en los tobillos, permanecí con Eco en el piso de abajo, lejos de las ventanas y cerca del pequeño baño, justo debajo de las escaleras. Era media tarde, pero dentro, con las ventanas tapadas por las planchas de madera, estaba casi oscuro. Eco no entendía lo que estaba pasando, y su lenguaje corporal emitía una mezcla de duda y miedo. El mío una mezcla de curiosidad y emoción, llegando a convertirse en fastidio y resignación a medida que pasaban las horas.

Salí justo cuando el ojo de la tormenta pasaba sobre nosotros; poco después, se volvió a desatar la furia, y entré rápido peleando con el viento para cerrar la puerta.

Unas seis horas después de empezar, justo antes del anochecer, el fenómeno pasó. Todo estaba bajo el agua: ramas, árboles o escombros. Las gentes salían de sus casas como los caracoles salen al sol después de la lluvia.

Pasé por delante de mi exrestaurante, que justo vendí hacía escasas semanas.

«Qué suerte», me dije al ver la palapa por los suelos y todo destrozado.

En mi paseo por la avenida del desastre, vi a un amigo y dueño de un restaurante italiano. Estaba sentando en lo que fue la entrada de su negocio. Detrás de él yacían las ruinas de lo que una vez fuera un agradable lugar. Le hice una foto que hablaba de sus sentimientos.

Esa noche, dormimos a oscuras y con todo mojado o húmedo. Luego, los días, junto con la sal traída por la tormenta, marchitaron la verde vegetación. Palos eléctricos, cables, carteles, árboles, ramas, todo estaba tumbado, creando desorden en las calles.

Pasaron los días sin electricidad, los pocos clientes que se alojaban en los hoteles fueron desapareciendo, y el paisaje pasó de verde a marrón. La tormenta, cargada de agua marina, quemó todo. Después, aparecieron las moscas, miles de moscas por todos lados.

Pepa

Hay un dicho indio que dice: «No juzgues a nadie antes de caminar durante dos lunas con sus zapatos».

Desde que nos conocimos, al poco de yo llegar a la isla, Sebastián, mi socio, y su novia Pepa, fueron mis amigos inseparables. Cuando les mencioné mi idea de abrir un pequeño restaurante no tardaron en apuntarse.

—He tenido cinco —dijo Pepa en tono que sonaba a exageración—. A uno de ellos el padre del rey venía mucho.

Sebastián, español retirado a los cuarenta, no se pudo resistir.

—Pues yo estoy retirado, pero puedo llevar la contabilidad —dijo con tono de superioridad.

Mi socio llevaba un año en la isla, y en uno de sus viajes a España se vino con Pepa, su nueva novia.

Mientras esperábamos el permiso para acabar la construcción, nos dedicábamos a probar y a criticar todos los restaurantes que tenían un nombre por los alrededores. Nosotros íbamos a mejorar todo, no había ninguna duda.

Una de las cosas de compartir mucho tiempo con alguien que acabas de conocer es que, poco a poco, vas quitándoles ese envoltorio que todo el mundo lleva y te quedas con la esencia de lo que es la persona.

La manera en que Pepa comía, exageradamente correcta, cómo trataba a los suplidores, los trabajadores de la construcción y los camareros de los muchos restaurantes visitados, empezaba a decir mucho. Un día, cuando dudábamos de que pudiéramos abrir el negocio debido a los *defectos* de los permisos de la plaza comercial en que estaba nuestro terreno, apuntamos hacia el propietario del terreno como responsable.

—No puede alquilar un solar para construir si luego no dan el permiso de construcción porque no tienen los planos bien hechos —dijo alguien.

Firmamos un precontrato precipitado, ya que queríamos abrir lo antes posible. Ahora, en el documento final, aparecía una nueva cláusula.

—¿Que yo tengo que pagarles todos los gastos si no pueden abrir? —preguntó con voz temerosa la vieja dama, mitad cubana, mitad americana.

Doña Remedios debía de rondar los ochenta años y era la propietaria del lugar. La plaza tenía unos tres mil metros cuadrados y constaba de una pequeña heladería, que hacía esquina con la calle principal y la calle que pasaba delante de nuestro solar. Luego se unía a la calle secundaria que iba paralela al mar y a la carretera principal. Allí había un puesto de llamadas telefónicas, unas oficinas y algunos apartamentos pegados a la carretera. El bar de Malcom, pegado a nuestro terreno, en el lado contrario. Básicamente, era un rectángulo delimitado por tres calles.

Los gastos de inversión del restaurante rondaban los cien mil dólares americanos. Una cantidad considerable para no ser siquiera los dueños del local. Nosotros alquilamos un solar vacío por un alquiler módico que subía anualmente. Yo puse diez mil, y tenía un treinta y tres por ciento de participación en el negocio. El resto de mis acciones se pagarían con los beneficios generados.

Para doña Remedios, esa suma era desorbitante. Ella compró esa propiedad hacía mucho tiempo junto con su marido, ya fallecido; lo que sacaba de los alquileres le daba para vivir, junto con su pensión americana. Era obvio que no podía pagarnos lo que nosotros gastamos si el restaurante no obtenía el permiso de construcción.

Ante la negativa de firmar el contrato, no quedó otra solución que modificarlo de tal manera que dijera lo mismo, pero con otras palabras. Prácticamente, engañamos a la dama.

Pepa estaba orgullosa.

Esa fue la primera vez que experimenté la brutalidad en el mundo de los negocios. La pobre mujer preguntándonos si esa cláusula no era la misma que la anterior, y nosotros y su abogado diciéndole que tranquila, que eso se eliminó.

Mi memoria no alcanza a recordar si llegamos a un acuerdo a espaldas de ella con su abogado; si lo hicimos, el malestar causado lo borró rápido de mi cabeza. Lo que sí recuerdo es que una vez obtenidos los permisos decidí dejar el restaurante.

—Espérate a que abramos en dos semanas —insistía Sebastián, desconociendo el verdadero motivo—. Total, nos metimos aquí por ti —añadió con toda la razón.

Lo que no sabía mi socio es que después de haber visto y observado a su pareja por unos cuantos meses, había algo que no me cuadraba, aparte de su comportamiento, claro.

«¿Cómo podía una mujer exitosa desaparecer de España y dejar sus negocios y su vida detrás?», fue la pregunta más seria que me hice.

Ese interrogante rondaba mi cabeza. Llegué a una horrible conclusión sobre Pepa. No fue muy difícil.

Instructor de buceo

«¿Por qué los idiotas van en grupo y los locos solos?», me preguntaba después de cenar y observar a la gente, mientras miraba la luna reflejarse en el mar y bebía ron. Esa tarde había vendido mi parte del restaurante, y de nuevo tenía que buscar qué hacer. Ese camino se acababa ahí y tenía que decidir qué haría y hacia dónde iría.

El instinto me avisaba de que algo iba mal con Pepa, algo no cuadraba. Me había embarcado en la primera aventura empresarial de mi vida, pero algo me decía que no era lo correcto. No con esa gente. Un día decidí indagar mi premonición.

—Hola, Patri, ¿estás en casa? —le pregunté por teléfono a una nueva amiga española que había conocido hacía unos meses—. En veinte minutos estoy ahí.

Como siempre, tras cruzar la carretera y llegar a la calle secundaria que va paralela entre el mar y la autopista, solté a Eco. El buen pastor alemán se quedaba siempre inmóvil a mi lado, adaptándose a mi paso. A veces, si veía a otro perro o un gato, rompía esa rutina. Los turistas que entraban y salían de los hoteles y lo veían se acercaban y preguntaban su nombre y edad.

«Se llama Eco, y tiene cuatro meses», contestaba repitiéndome cada poco.

El apartamento de Patri estaba en un edificio de cuatro plantas pintado de color verde feo. El edificio fue diseñado sin mucho gusto, con una fachada cuadriculada y una pintura que debía de estar de oferta en el momento en que lo acabaron. Sin embargo, la vista hacia el mar desde el apartamento era impresionante. Las palmeras quedaban abajo y el horizonte se alargaba hasta el infinito. Por la ventana que daba a la carretera la vista no era tan atractiva. Un sinfín de techos de zinc desiguales, sujetos por grandes piedras, alfombraban el paisaje. Postes de electricidad que parecían telarañas mal tejidas salpicaban el repelente panorama.

«Regulaciones», pensé la primera vez que me asomé por esa ventana y recordé lo difícil que fue aprobar los planos para el restaurante. ¡Qué desastre!

—¿Qué quieres tomar, niño? —me preguntó Patri en su acostumbrado tono tras saludar a Eco.

—Pues una *beer* está bien —repliqué.

—¿Oye y cómo va el restaurante? La fiesta de la inauguración estuvo súper. ¿Hasta qué hora estuvisteis?

—Pues no mucho más tarde que vosotros. Precisamente de eso quería hablarte —le dije, cambiando el tono de voz a uno más serio—. Mira, hace tiempo que le vengo dando vueltas a esto, hay algo en Pepa que no me cuadra, que no me gusta. ¿Quién es realmente esta mujer? —solté simplificando la charla—. Esto de que Sebastián fuera a España y se viniera con ella, tal que así, huele raro. ¿Y sus negocios?

Patri necesitaba unos cuantos tragos para calentar la lengua. Así que continué.

—La veo relacionarse con la gente y no me gusta. Ya sé que es demasiado tarde para eso, pero no me siento muy cómodo con ella alrededor. ¿Tú la conocías de antes, de cuando vivías en España?

Mi amiga se echó otro trago a la garganta y me miró fijamente.

—Mira, Jordi, Pepa trabajaba en un puticlub.

Lo dijo así, sin más, como un golpe, y luego rompió a hablar todo seguido.

—Sebastián me dijo que trabajaba de apoderada, o sea, de *madame*. Fue cuando le ofreció venirse para el Caribe, todo pagado, claro. Allí a Sebastián no le sacaba un céntimo, pero ahora con lo del restaurante las cosas han cambiado. Ella tiene el mismo porcentaje que tú, y le tiene que pagar un sueldo. Vamos a ver lo que pasa. Esa mujer es problemática.

Suspiré.

—Si lo hubiera sabido antes no me meto en este lío… esto va a acabar mal.

—Tranquilo —dijo Patricia, acabándose la tercera cerveza—. El trato que te dio Sebastián es bueno. Tienes el treinta y tres por ciento de los beneficios, un sueldo razonable para la isla y tu negocio, que siempre podrás vender.

«Vender» pensé yo.

Dos días más tarde, tras una discusión tonta con Pepa por una paella y hablar con Sebastián, dejé el restaurante. Creo que lo hubiera hecho incluso perdiendo la inversión, pero mi socio, en forma sarcástica, me devolvió una pequeña parte.

—Saqué los gastos de comidas y viajes —dijo—. La empresa pagaba por todo, así que tú tienes que pagar por esa parte ahora que te vas. Te perdiste un buen negocio, pero, vaya, es tu decisión.

Salí y me sentí tranquilo. Finalmente, Pepa se quedó sola en su «sexto restaurante», y su pareja estaba más que dispuesta a demostrarle a todos cómo se hacían las cosas.

No mucho después, mirando el mar, y después de pedir otro ron, me decidí.

«Me haré instructor de buceo», me dije.

—Y tú, Eco, serás mi asistente.

Eco, como siempre que mencionaba su nombre, me miró fijamente y ladeó la cabeza.

Jamás me podía imaginar que pocos años más tarde yo tendría mi propia compañía de buceo que nombraría, en honor a mi asistente de cuatro patas, Eco Water Explorers.

Ramón Asensio

Era cerca de medianoche, el abogado se tomaba un *whisky* escocés en la azotea de su tríplex en medio de la ciudad, recostado en el sofá, al lado de la piscina. El ruido de la noche quedaba muy lejos y el tráfico apenas se oía. Solo silencio, el burbujeo del agua, y a su mono araña, Amedio, en su jaula intentando llamar la atención para que lo sacaran. Los cuarenta pisos de altura le daban intimidad, tranquilidad, y lo más importante para él, seguridad. Se tenía que proteger principalmente de sus clientes enojados, que tenía unos cuantos; algún que otro contrincante acorralado, cabreado por su juego sucio, y la familia del chico que había matado hacía ya muchos años. Su guardaespaldas dormía en el cuarto adjunto al ascensor privado, donde a todas horas controlaba el acceso a la propiedad. El aparcamiento personal interior, junto con el todoterreno blindado, los hacían un objetivo difícil. La entrada a su oficina, tribunales y restaurantes eran los puntos más vulnerables.

El cielo estaba estrellado, con un poco de brisa; los demás edificios resplandecían, y por sus ventanas se veía a la gente vivir. Mientras fumaba su cigarro cubano, los miraba sin envidia y repasaba los últimos acontecimientos.

Su mujer le había pedido el divorcio al encontrarle mensajes sexuales en su teléfono móvil. Ya estaba harta, le dijo.

La maldita había aprovechado una distracción durante la cena en un restaurante para pedirle su móvil y llamar a la niñera para ver cómo estaba su hija pequeña. Después, mientras él hablaba con el dueño, vio los mensajes.

Con frialdad y poca emoción, pensó que no se podía volver a divorciar, eran ya demasiadas veces. Además, alguien lo tenía que ayudar a cuidar de los siete hijos de diferentes matrimonios, todos viviendo en casa. Tendría que buscar la manera de arreglarlo cuando ella regresara de su enfado. Tal vez podría inculpar a uno de los chicos de la oficina. Podría decir que perdió su móvil y tenía que salir para el tribunal a una audiencia de un caso importantísimo. Él le dejó el suyo, ya que pasaría el día en la oficina, donde lo podría localizar en caso de alguna duda con el expediente o el interrogatorio. El caso se complicó con el cliente y no recuperó el teléfono hasta justo antes de venir al restaurante. «Suena razonable», se dijo.

Para él, las mentiras eran parte de la verdad, ya que se pasaba mucho tiempo entre ellas; con los clientes, en los tribunales, con las mujeres, en sus negocios. Sacándose otra de la manga, pensó que le podía decir a su mujer que un cliente francés, al que acababa de ganarle un caso, lo había invitado a París. Seguro que a ella le gustaría. A todas las mujeres les gusta París.

La idea de ir a Francia como regalo de un cliente venía de unos empresarios que le habían ofrecido llevarlo a África a cazar leones por haberlos librado de una condena por narcotráfico. Ese caso le salió perfecto. «¡Con lo fácil que es ganar!», pensó. Las disputas de clientes millonarios le daban dinero, mucho dinero, aunque eran cada vez más difíciles de conseguir.

«Tendría que cancelar las salidas nocturnas con mis amigos, por lo menos unas semanas», continúo cavilando. Las llamadas eran siempre de clientes y algún amigo, pero esos mensajes no tenían escusa. Siempre los borraba, pero con tantos usuarios llamándolo, desesperados, se le pasó quitar ese. La veinteañera era insaciable y sus mensajes cada vez más perversos.

«Menos mal que no envió ninguna foto esta vez, ni mencionó mi nombre», pensó imaginándose la cara de su esposa. Tenía que dejar de verla por un tiempo.

Mañana sería un día complicado, tenía audiencia representando a un político importante. Un hombre exigente y con muchos contactos, estaba en la cárcel y desesperado. Repasó el caso con otros abogados y no había otra solución que buscar que el juez descartara las pruebas incriminatorias en contra del acusado. Sabía por experiencia que el otro abogado cometería algún error, y que jueces amigos le echarían una mano en un momento dado. La acusación de violencia intrafamiliar, con sus quince años de reclusión, le daba una chequera abierta, y esa idea le hacía sonreír.

«La amenaza de la cárcel o estar en la cárcel era como maná», pensaba sonriente, dejando escapar una nube de tabaco. Todos pagan lo que sea sin rechistar.

Con nuevos *pajaritos* contratándolo semanalmente todo iba viento en popa. La verdad es que no se podía quejar.

Estaba inmerso en sus pensamientos cuando pasó una estrella fugaz rasgando la oscura noche.

«¿Un deseo?», pensó inconscientemente. «No volver jamás a la cárcel», se respondió sin siquiera pensar.

A veces, en medio de la noche, despertaba sudoroso, sin oxígeno en los pulmones, y veía la cara del muchacho, muriéndose tirado en el suelo en medio de un charco de sangre. Abría la boca, buscaba bocanadas de aire como un pez fuera del agua, y veía el líquido saliendo a borbotones por los orificios de las balas que tenía en su pecho, mientras oía a su expareja chillándole: «pero, ¿qué has hecho?». Esa imagen, esos gritos, no lo abandonan jamás.

Luego la cárcel, esos meses cautivo que parecían siglos. Jamás en su vida lo pasó tan mal, imaginándose una condena de treinta años en esas condiciones.

«Pero todo se solucionó», se dijo en medio de su monólogo mental. Mírame ahora.

Usando sus contactos, creando confusión y con dinero, se las arregló para salir a los pocos meses, a pesar de las protestas de los familiares del chico de apenas veinte años. Defensa propia alegó, aunque la víctima difícilmente pudo obtener ese tipo de arma. La clase social tenía sus ventajas y la de la víctima le daba pocas.

Luego, el destino le trajo un acusado de narcotráfico famoso como cliente y todo cambió. La cobertura en la prensa y televisión del juicio le hicieron famoso. Después llegaron más, muchos más. Todos querían ser defendidos por Ramón Asensio.

«Con esa gente, es como defender al diablo, pero quién es él sino el mismísimo diablo», se dijo acabando de un trago el *whisky*.

Ahora tenía su propio bufete con cerca de veinte abogados y, muchos, muchos clientes. Con todo ese dinero, entrando mensualmente de los pagos iniciales y los incrementos, solo tenía que ganar un par de casos importantes al año. El resto de los procesos se los dejaba a sus abogados, que cobraban memeces por trabajar con él. La gran mayoría de los clientes ni se daba cuenta de los muchos errores que cometían.

Él se dedicaba a ordeñar a sus parroquianos y a los casos importantes, donde estaban las grandes sumas de dinero.

La vida le sonreía. Se sentía intocable, excepto por las pesadillas.

Empezar de nuevo

Kant decía que se mide la inteligencia del individuo por la cantidad de incertidumbres que es capaz de soportar.

Imagino que la llegada a un nuevo destino siempre estará marcada por la incertidumbre, así ocurrió en Mánchester y, de nuevo, sucedió en la isla. Esta vez era más difícil, como en el circo, un nivel más; pero también, esta vez, estaba mejor preparado. Tras unos cuantos ajetreos malabares a mi llegada a la isla, movidos por el destino, que me dejaron con los brazos cruzados mirando al futuro sin saber qué hacer unas cuantas veces, a los dos años empecé a trabajar de instructor de buceo.

Las primeras semanas, Eco se quedó en la casita que tenía alquilada donde había construido el restaurante, mientras yo empezaba mi nueva vida a unos cien kilómetros de allí. El propietario del lugar le daba de comer y lo cuidaba. Unas semanas más tarde fui a recogerlo.

Compartíamos el apartamento de dos habitaciones y dos niveles con Marcelo, un alegre y, siempre enamorado, instructor de buceo brasileño. Vivíamos a quince minutos en vehículo del resort donde trabajábamos. Eco se quedaba en casa con el balcón abierto tras el paseo matutino, hasta que yo llegaba desesperado a casa para sacarlo a hacer sus necesidades, muchas horas después.

Pronto encontré voluntarios que me ayudaron a acortar esos tiempos, y Eco se hizo amigo también de algunos niños que vivían en el complejo de apartamentos. Era gracioso cuando venían a buscarlo, y verlo jugar alrededor de la piscina, corriendo cuando le tiraban la pelota.

Ahora, siendo instructor de buceo, cobraba por hacer algo por lo que había pagado cuando llegué a la isla. Los turistas venían de vacaciones y pagaban por bucear, yo hacía prácticamente lo mismo, pero cobrando, y las vacaciones eran infinitas.

Éramos un grupo internacional de siete instructores y un par de relaciones públicas que asistían a los clientes en casi todos los idiomas. Tan pronto como el periodo de asentamiento pasó, como imagino que en cualquier trabajo, la competición entre instructores empezó. Los dominantes eran los belgas, seguidos de los alemanes y holandeses. El dominio de múltiples lenguas les daba la ventaja automáticamente, también su forma de trabajar ordenada y precisa. A los tres meses de llegar, posiblemente debido a que no era uno de los mejores, me enviaron a otro hotel mucho más pequeño en el que también operábamos. Mi trabajo era remplazar al jefe durante sus vacaciones, que era el único instructor. Mi equipo era un playero que cuidaba de los deportes acuáticos, el capitán del pequeño bote y la relaciones públicas que asistía a los clientes desde la pequeña caseta en la playa. Yo me encargaba de los cursos, de las inmersiones de los buzos certificados y de las clases gratis en la piscina a las once de la mañana y a las cuatro de la tarde.

Era el sitio perfecto para alejarte de los otros instructores, relajarte, disfrutar del Caribe y de los clientes que conocías. También lo era para lucirte laboralmente. En el mes que estuve de sustituto facturamos casi el doble que el año previo en el mismo periodo. Como en todos los trabajos, eso llamó la atención de mis jefes y el dueño de la empresa, que miraba con ojos de aguilucho los números subir o bajar, y debió dedicarme por primera vez un pensamiento.

Tiempo más tarde, me quedé fijo en ese puesto, también estaba a cargo de organizar y atender las excursiones que hacíamos dos o tres veces por semana a las islas. Cuando mencioné a mis jefes que la salida de mi puesto tantos días a la semana producía pérdidas, también tomaron nota.

Meses después, pasé a jefe de buceo del resort, y el pequeño hotel de cuatrocientas habitaciones también quedó bajo mi mando. Había aprendido a exprimir el tiempo, así que hice lo mismo con los negocios. Intenté darle seguimiento a cada cliente para que comprara más, y supervisar a todos los vendedores uno a uno. Al que no estaba por la labor, lo despedía. Los números seguían subiendo.

Creé productos nuevos, transformé la operación, hice nueva publicidad, todo estaba hecho para hacer las cosas más fáciles, más rentables. Un buceo, a diferencia de un coche o un pastel, no se podía ver ni tocar, así que hice un mapa marcando cada sitio de buceo y una agenda gigante con los lugares para bucear cada jornada. El nombre del lugar, el día y la profundidad, le daba visión a una cosa invisible. Los clientes veían y elegían a dónde les gustaría ir.

El primer «tú a tú» con el dueño vino con un buceo especial que ideé veinte minutos antes de la salida cotidiana. Eso ayudaba a descongestionar la cantidad de clientes a primera hora del día, haciendo mejorar el servicio y la atención. El nuevo buceo era un doble tanque, que eran dos buceos con un pequeño intervalo en la superficie, un barco, un instructor y un capitán.

—Máximo ocho clientes —dije.

—Aquí no tenemos límites de clientes —respondió Jacinto cuando me oyó quejarme de que no quería más de ocho.

—Esto es muy fácil —respondí—. Primero, el límite te hace que sea un producto más exclusivo, como cuando vas a un restaurante que está lleno. Reservas con antelación. Segundo, si permitimos más clientes necesitaremos otro instructor, otro capitán y otro barco.

Ocho personas, más el capitán, más el instructor, más el doble de los tanques, era el límite. En esos tiempos operábamos con pequeñas barcas de un máximo de trece personas. Si ponías un cliente más necesitabas un instructor más, medido por los estándares de seguridad de la compañía, dos clientes significaba otro barco y otro capitán. Era sacarle el máximo rendimiento con el mínimo de gasto. Los números eran muy simples. Jacinto tomó buena nota.

Había aprendido durante mis viajes y vivencias que se tiene que sacar ventaja de todo, así que cuando me ofrecieron una promoción a México, meses después, me fui sin pestañear. Ya bien posicionado en la empresa, pedí remplazar a otro jefe, que estaba de vacaciones, antes de partir hacia la península del Yucatán. «Cuantas más operaciones diferentes pueda ver y controlar, más aprenderé», pensé.

La operación era un desastre, y aunque mi trabajo era tan solo mantener la operación hasta que llegara el jefe, no lo pude evitar y acabé reorganizándola, haciendo que la plantilla de inútiles huyera en desbandada quejándose de mí. Mis jefes cancelaron mi promoción a México y reprimieron mi actitud. Ese mes hicimos récord de facturación, el siguiente doblamos mi récord. Luego le pregunté a Jacinto cómo iba el nuevo jefe que había ido a mi posición a México, que era el que yo fui a cubrir.

«Si era un desastre aquí, pues será otro allí», pensé.

—Ya no está en la empresa —respondió el dueño.

Unos meses más tarde, me pidieron regresar a mi posición original en la isla, tenían problemas con las ventas.

—Sí, pero siendo director de operaciones de todos los centros de buceo —exigí.

Semanas más tarde, ya con las ventas arriba, viniendo de pasear, antes de irnos a dormir, vi marcas de sangre por el suelo del apartamento. Eco se había cortado con algún cristal mientras paseábamos. Es posible que ese fuera el tonto detonante de lo que vino después.

Ya había manejado el hotel pequeño, el más grande, y el que iba mal lo hice funcionar. Sabía un poco del negocio y del trabajo. Era tiempo de cambiar, así que puse mi renuncia.

Ese mismo día, Jacinto me ofreció todo México con luz verde de hacer y deshacer lo que creyera oportuno. Diez hoteles, un centenar de trabajadores, y mi visión de cómo hacerlo funcionar de la mejor manera posible.

Claro que acepté, era un nuevo reto.

Pedí una casa en la playa para Eco, y llegar como turista a todos los hoteles que operábamos. Quería ver las diferentes operaciones sin que nadie supiera quién era yo. Y así fue. De ahí vendría, años más tarde, mi trabajo de cliente-espía.

Un año más tarde, tras poner mi renuncia y Jacinto ofrecerme una parte de su negocio, tuve mi propio centro de buceo, que fue el mismo que reestructuré en la isla. Las ventas habían caído muchísimo y nadie conseguía subirlas. Enviaron al mejor jefe de base que teníamos, pero nada.

«Aquí no hay nada que hacer», me dijo cenando antes de su partida.

Empezamos a limpiar y pintar dando una imagen impecable. Del aula, donde los estudiantes veían los vídeos de buceo y hacían sus ejercicios de teoría, hicimos una tienda bien iluminada y llena de productos de buceo para la venta. Cambié el sistema de comisiones y creé un equipo de ventas. Incentivé con préstamos sin intereses a los buenos vendedores. Y así de fácil todo cambió.

Me levantaba temprano y abría el negocio, como hacía mi padre, e hice yo también en la cocina en Mánchester, y siempre que fui jefe de buceo. Al cabo de unos meses, ya no había nada más que hacer. Había puesto una gerente italiana que organizaba todo mejor que yo, a la que le había dado el negocio de la foto submarina, y así me aseguré de que la operación estaba siempre supervisada. Todos los empleados ya sabían lo que tenían que hacer. Una noche, cuando me iba a dormir, me sentí fatal porque durante el día no había hecho nada. Tumbado en la cama, presentía que algo no estaba bien. Luego me acostumbré a la vida fácil.

Poco después, invertí en cruceros a través de un amigo. Alquilamos un viejo barco de noventa habitaciones y, una vez a la semana, visitábamos diferentes islas del Caribe. Quería hacer tantas cosas que no analicé bien el riesgo. Antes de la mitad del año, el negocio se fue a pique y perdí una buena cantidad de dinero.

«Por lo menos lo intenté. Si hubiera salido bien...», pensé.

Jacinto tenía problemas en uno de los megaresorts de México y le hice una oferta. Viendo el cambio que hice con mi nuevo negocio se sintió tentado, empezamos a planear, pero...

Un año más tarde, una vez recuperado de mi desastre anterior, le propuse a Jacinto construir apartamentos para nuestros empleados. «No debe ser muy difícil», pensé. Pagábamos mucho dinero en rentas, así que era negocio seguro. Comprando el terreno podíamos pedir un préstamo al banco y pagarlo con las rentas de los empleados. ¡Fácil!, y yo tenía mucho tiempo para ver tierras.

Al final me decidí por empezar a construir justo a cinco minutos de mi negocio. Así empezaría mis primeros pasos en territorio conocido y cercano, pensé, después de haber leído *El Príncipe* de Maquiavelo. Después de comprar dos terrenos, me dediqué a hacerle fotos a todo: casas, apartamentos, vallas, puertas, ventanas, techos...

Con el negocio yendo bien solo tenía que pensar en cómo hacer la operación más rentable. Compré un par de barcos nuevos, uno con el fondo de cristal para un paseo barato y corto, y un catamarán a motor para treinta pasajeros que nos daba calidad y seguridad a la operación.

Costa Rica

«El éxito tiene muchos padres, pero el fracaso es huérfano». John F. Kennedy.

Unos años después de comprar los terrenos, empecé con el primer proyecto, que era un edificio de cuatro apartamentos de dos habitaciones. Al acabar la construcción lo consideré un éxito. Se lo mostraba a la gente orgulloso, como si fuera una obra de arte. Con el tiempo vi los defectos y lo que hice mal y me avergoncé de mi entusiasmo inicial. El coste con mi control de los materiales fue lo mejor. Todo iba viento en popa, los gastos de alquiler del pasado eran superiores al pago del préstamo que solicité al banco. En siete años todo estaría pagado sin haber hecho el más mínimo esfuerzo.

Seis meses después de acabar los apartamentos y tenerlos ocupados con mis trabajadores, empecé una villa con una idea que había visto en alguna revista.

Mientras construía la pared de la sala, de más de diez metros de altura, pensé que sería un desastre, «¿por qué no construí una casa normal?», me dije. Con una grúa empezamos a poner las vigas gigantescas de madera, de cerca de una tonelada cada una, que eran la base para el resto de la madera del techo. Luego vinieron las terrazas, el suelo, la piscina, el jardín. Las paredes fueron forradas de cemento y, con unas fotos que tenía de un hotel en el que me había quedado en Nicaragua como ejemplo, se les dio una terminación rústica ondulada. El suelo parecía mármol antiguo, pero no era más que cemento gris con una capilla difusa de cemento blanco y barniz. Las puertas, al estilo colonial francés de roble, a conjunto con la barra y todos los muebles de la cocina.

Cuando aún tenía muchas cosas por hacer y pagar, sin avisar, llegó la crisis financiera. Era septiembre de dos mil ocho, acababa de celebrar mi cuarenta cumpleaños con una gran fiesta.

Nunca en mi vida me había encontrado en una situación sin solución. Las ventas del negocio cayeron al mínimo y no había fórmula que las levantara. Por mucho que pensara no había nada que hacer. En mi desesperación, intenté coger un bar-restaurante para atraer a mis pocos clientes. Nada.

Vender una propiedad era la única fórmula, pero claro, los bancos cortaron el crédito y nadie compraba nada. Solo los que tenían mucho efectivo compraban las propiedades a precio de regalo.

La situación económica no mejoraba, el fracaso te empequeñece, especialmente cuando siempre has sorteado todos los problemas. Por las noches, el ron me ayudaba a encontrar soluciones temporales, que desaparecían en cuanto salía el sol.

Unos días antes de Navidad del segundo año de la crisis, a las tres de la mañana, la seguridad del hotel me llamó.

—Señor, su barco se soltó y se está yendo mar adentro.

—Solo falta eso, que justo antes de la temporada se hunda el barco —respondí.

Rápidamente, me puse un par de *shorts* y una camiseta. Antes de entrar en el *jeep,* la puerta del garaje ya estaba abierta y salí zumbando. Pocos minutos más tarde estaba en la playa, la brisa soplaba fuerte, el mar estaba embravecido y hacía frío. Sin más, me tiré a las oscuras y movidas aguas con la tonta intención de empujar el barco. Estaba demasiado lejos, era demasiado grande y demasiado profundo para poner el pie y empujar. Por fortuna, los amarres de delante tenían al barco anclado aunque se hubieran roto los de atrás. Daba la impresión de que se iba mar adentro, pero no era así.

Ahora era yo el que estaba en problemas, la corriente me llevaba mar adentro y las olas me sepultaban bajo su peso, veía las luces de la orilla cada vez más lejos. Nadé unos metros, paralelo a la costa, pensando que tal vez el flujo del agua en contra sería menor si intentaba acercarme a la playa desde otro ángulo. Poco a poco, acorté la distancia.

Un rato más tarde, sentado en la playa, jadeante y con frío, miré las estrellas y me sentí vivo otra vez. Había reencontrado una vieja parte de mí olvidada en el pasado. Poco después, tomándome un café reconfortante, decidí que quería encontrarme de nuevo. Hacía más de una década de mi última aventura, quería buscar a la persona que yo era. Los negocios y la vida me habían cambiado.

Dos días más tarde, el día de Navidad, sin importarme la temporada alta ni lo que nadie pensara, me fui a Costa Rica. Al llegar a San José me metí en una librería, compré un mapa, varias guías, y empecé a preparar el viaje.

Era casi fin de año, antes de salir de la capital costarricense necesitaba un destino y, claro, un sitio donde dormir. Todos los sitios que miraba estaban llenos. Internet me ayudó y encontré un lugar para pasar fin de año, no era lo que tenía pensado, pero...

«¿Quince dólares la noche? ¿Podré, después de tantos años de vida de confort, volver a dormir donde sea?», me dije.

Tras coger un taxi hacia la estación de autobuses partí hacia Cahuita, a cuatro horas de distancia. Al llegar y preguntar a alguien por la dirección del hotel, para mi sorpresa, el hombre me dijo:

—Señor, vigile, que le van a robar.

Cargado con mi equipaje, medio jadeante, seguí caminando bajo el achicharrante sol tropical.

La habitación me recibió con los brazos abiertos y, tras poner mi saco de dormir encima de la pequeña y vieja cama, dejando pasar el aire por la maltrecha ventana, me dormí.

Antes de que anocheciera completamente, salí en busca de un lugar para cenar armado con mi linterna, tanteando las calles oscuras. Llevaba mi pequeña mochila y el pasaporte escondido. En la habitación tenía una copia del pasaporte bien guardada junto con una tarjeta de crédito y algo de *cash*. Era la noche de fin de año.

Al día siguiente, desperté con el sol, el cielo estaba claro e indicaba una placentera jornada. Tras desayunar, me fui a recorrer el parque nacional, siguiendo un mapa que llevaba. La caminata de dieciséis kilómetros por la selva me rejuveneció y, poco a poco, empecé a sentir que la confianza en mí empezaba a regresar.

«¿Y mañana a dónde iré?», me pregunté. Iré hacia la frontera con Panamá. Vamos para Bocas del Toro.

Al día siguiente, después de cuatro horas de furgoneta, tras cruzar un puente a pie y pasar la frontera, llegué a Panamá. Ahora necesitaba un autobús y localizar de dónde salían los botes para mi destino.

A la mañana siguiente, ya en Bocas del Toro, después de desayunar, alquilé una bicicleta, compré una botella de litro y medio de agua, algo para comer, y empecé a pedalear. Tras dejar la carretera, seguí por una pista de tierra y, cuando la pista se acabó, seguí por el sendero que iba paralelo al mar. La selva me daba sombra, y los miles de insectos la melodía. Crucé puentes precarios y más riachuelos, finalmente, llegué a una playa desierta con olas enormes y me senté en un tronco gigante. Me había encontrado.

«¿Y ahora qué?», me pregunté. «Volcán Barú» respondí. El pico más alto de Panamá.

La jueza

La crisis era como un efecto dominó, tumbaba todo a su paso; gente que veías frecuentemente por la ciudad desaparecía, sin decir nada, en busca de nuevas bonanzas. Los bares en la zona turística cerraban, y los restaurantes, antes llenos, estaban ahora siempre vacíos. Los pocos clientes que teníamos en el hotel venían sin dinero para gastar. Solo querían lo que era gratis. Pronto, los hoteles más pequeños, al quedarse sin clientes, cerraron.

Por esas fechas fue cuando despedí a Raymundo, estaba harto de él, de sus exigencias y, sobre todo, de su mal trabajo.

Qué diferente era el chico cuando empezó, hacía poco más de medio año, cuando buscaba trabajo y oportunidades de crecer.

—Me gusta tu ambición› —le dije recordando mi juventud—. Vamos a probar unos meses y si todo va bien te ayudaré financiando tu curso de instructor y formación.

Los primeros meses de mi nuevo empleado fueron muy positivos, y me alegré. Raymundo era puntual, siempre tenía su equipo de buceo listo a primera hora, antes que nadie, y ayudaba a los clientes con el suyo. Sonreía, se le veía una buena disposición laboral natural y cooperaba cordialmente con sus compañeros de trabajo. Se interesaba por el plan diario del día siguiente, y se tomaba su día libre concorde al de sus compañeros, cuando las condiciones del mar no eran óptimas y teníamos que cancelar las salidas. Entendía que en nuestro trabajo dependíamos de los clientes y del estado del océano.

Tan pronto como Raymundo obtuvo su certificado de instructor de buceo financiado por mí, después de los tres meses de prueba, todo cambió. Regresó de sus dos semanas de formación con un carácter completamente diferente. De ser un trabajador puntual, servicial, siempre atento a todo, empezó a llegar tarde y a hacer el trabajo sin ganas. Daba la impresión de que todo le importaba un carajo. Sus malas intenciones se manifestaban con todos los detalles, pero cuando caí en la cuenta ya era muy tarde.

—La ley dice que tengo derecho a tres días libres consecutivos —dijo un día, refiriéndose a que si vives a más de cierta distancia de tu trabajo, de cada doce días trabajados, podías optar por tres días libres seguidos, en vez de uno y medio semanales.

—Si me lo hubieras dicho desde el primer día… —traté de defenderme inútilmente.

Ahora, tenía que planear el día a día acorde a los clientes que estaban de vacaciones y hacían con su tiempo lo que querían, el estado del mar, siempre impredecible, y el desagradecido instructor de buceo al que acababa de financiarle el curso, y que cada doce días, pasara lo que pasara, salía libre, no importaba si teníamos clientes o no, o teníamos que cancelar por mal tiempo.

Reportaba sus faltas de tardanza a la secretaría local de trabajo. Él contraatacaba.

—La ley dice que tengo derecho a una hora para el almuerzo —fue lo siguiente.

—Pues muévete desde la primera hora del día y asegúrate de que tus estudiantes y tú estáis de regreso antes de la una de la tarde. Luego comes y a las dos empiezas tus lecciones en la piscina —respondía desesperado, viendo su forma de trabajar que hacía desencajar toda la operación.

Raymundo perdía el tiempo al llegar a trabajar por la mañana, haciendo que todo el mundo lo tuviera que esperar. Luego, se aseguraba de que sus estudiantes eran los últimos en saltar por la borda, después, cuando todo el mundo a bordo estaba seco y harto de esperar por el instructor y sus estudiantes, Raymundo aparecía en la superficie, lejos del barco, con su grupo.

Poco a poco, mi trabajador me arrastraba hacia la desesperación.

Un domingo, seguro que elegido por sus consejeros, me llamaron del hotel.

—¡Raymundo abandonó a su grupo de estudiantes bajo el agua! —dijo uno de los candidatos extranjeros que teníamos en formación—. ¡Nos dejó solos y se fue a un *party boat* de fiesta!

Esa fue la gota que colmó el vaso.

«Maldito desagradecido», pensé antes de despedirlo.

Como era domingo, no pude notificar al ministerio de trabajo primero, como marca la ley, y por eso el despido se consideró *improcedente*, pero yo no lo sabía. Dejar a tus estudiantes solos, bajo el agua, es una negligencia mires como lo mires.

Dando por perdida la inversión que hice en su curso de instructor, fui a pagarle sus prestaciones laborales. Para mi sorpresa las rechazó. Las cosas empezaban a oler a problemas cuando la situación era ya problemática. Yo, como la gran mayoría, no me podía imaginar que mi trabajador estaba siendo guiado por abogados expertos. No acababa de entender qué se proponía. Invertí cerca de cuatro mil dólares en su formación. Antes de empezar el curso, el director hacía firmar un contrato de deuda a cada candidato, así que, si no cumplían con sus obligaciones se quedaban sin su licencia de instructor. Para mi sorpresa, cuando pregunté por el documento, había desaparecido.

La isla me estaba empezando a mostrar su lado oscuro y eso solo era el principio.

Para esos tiempos tranquilos, judicialmente hablando, tenía un viejo abogado que me engañó cobrándome un impuesto inexistente cuando construía el edificio de apartamentos. Aun así, asumí que era mejor *malo conocido que bueno por conocer*, y lo llamé. Cuando le comenté lo ocurrido, dijo:

—Vamos a esperar a ver qué acciones toma —masculló, imagino que frotándose las manos en su cabeza.

Un poco preocupado por la situación y mi representante, pregunté a una amiga, gerente de una gran multinacional.

—Habla con Miguel, él es de lo mejor del país en asuntos laborales. Trabaja con nosotros desde hace unos años.

Miguel era un amigo que tenía un bufete de renombre, especializado en temas laborales. Éramos amigos, aunque nunca entendí lo que teníamos en común. Siempre fue bueno conmigo y si estaba por la capital, donde él vivía, me llamaba para cenar y tomarnos unos tragos. En cuanto se lo mencioné, dijo:

—Tranquilo, que de eso me ocupo yo —respondió, con un tono de voz que mostraba determinación y seguridad.

Y así lo hice. Después de pasarle todos los documentos y explicarle lo ocurrido, me concentré en torear la depresión financiera, mientras tanto, mi amigo «superabogado» se encargaba de todo. Siempre había oído que en la isla tenías que tener un amigo político, uno militar, otro médico y uno abogado. Fui afortunado, tenía el que necesitaba, o eso creí.

Las semanas pasaban tranquilas, incluso llegué a pensar que mi trabajador solo quería su licencia de instructor e irse a trabajar a otro sitio. Tenía tres meses para demandarme, así que, como es habitual en esta gente, esperó al último momento para hacerme llegar la notificación de demanda laboral, para así incrementar la cantidad de la condena si ganaban.

Para ese entonces, había entablado una bonita relación amistosa con la jueza del tribunal de tierras local, a raíz de que necesitaba demarcar individualmente los terrenos de mis propiedades. Mi gerente de banco me había aconsejado hablar con la mujer a cargo del departamento que, por casualidad, era asidua al mismo restaurante que yo.

—Esa mujer es chévere, dile que no conoces bien el proceso y que si ella te puede recomendar a alguien. Menciónale que tu abogado te engañó con el cobro de los impuestos de obras públicas y que no te fías de él.

—Gracias, eso haré.

Una noche que estaba sola, como acostumbraba, le pregunté a la dueña del lugar si veía apropiado que me acercara a hablar con ella. Instantes más tarde, ya estábamos conversando. Salí del lugar con el número de teléfono de una amiga suya con la que había estudiado derecho.

—Buena gente, te garantizo que no tendrás ningún problema con ella. En menos de seis meses tienes tus terrenos individualizados. El precio del proceso, con todo el papeleo incluido, ronda los dos mil dólares, pregunta por ahí por si encuentras algo más barato, pero no creo.

—Muchas gracias. La verdad es que uno tiene que vigilar con los abogados en este país.

—Así es, triste, pero verdad.

Vanesa era una mujer encantadora, y nos hicimos amigos de inmediato. Acostumbrábamos a quedar un par de noches a la semana, al principio al azar, y más tarde programado. Hablábamos casi siempre de la política nacional, la cual criticábamos sin contemplación, luego pasábamos a la internacional. También conversábamos de fútbol, aunque ninguno de los dos éramos fans empedernidos. El *Barça* dominaba el panorama. Un *hobby* que teníamos en común eran las orquídeas. Desde que adopté esa pasión quise saberlo todo de ellas. Compré libros, los leí, fui a ver el jardín botánico nacional, hablé con el encargado de la sección de orquídeas, y me enseñó las diferentes fases y métodos para reproducirlas. No mucho más tarde, me compré un pequeño laboratorio para hacer crecer sus delicadas semillas, y un libro con el que me orientaba con los estados de fecundación y posibles mezclas híbridas para crear tu propia especie. Tiempo más tarde, me convertí en un pequeño experto. No porque yo supiera mucho, sino porque sabía un poco más que la mayoría.

En una de las veladas, Vanesa vino con su marido Severino, al que yo había visto alguna vez en el restaurante.

Severino era yugoslavo y llevaba décadas residiendo en la isla, donde tenía una empresa textil. Parecía una persona sincera y culta. Me dio la sensación de que medía sus palabras, así como lo que comía e incluso la cantidad de vino que su esposa ingería. La mayoría del tiempo estaba fuera de la ciudad, por eso Vanesa estaba siempre sola.

Un día, bastantes meses más tarde, después de profundizar en nuestras vidas y conocernos mejor, Vanesa me invitó a comer en su casa en compañía de su esposo.

—Así ves mis orquídeas.

Otro día, les invité yo a la mía a ver un partido del mundial de fútbol, donde España se estaba posicionando para la final.

—Así conoces a mis perros y ves mis flores.

Estábamos entre cervezas y vino cuando escuchamos un grito que venía del jardín. Me di cuenta de que mi amiga no estaba en la sala, y me preocupé. Fuera vi a dos de mis perros que la tenían acorralada entre el tronco gigante, repleto de orquídeas, y el bambú enano que hacía de muro vegetal con el edificio de apartamentos. Los perros, cabeza baja, listos para el ataque, enseñaban sus dientes. Di un grito y se fueron. Mi amiga estaba pálida.

—¡Qué susto!

—¿Estás bien? —pregunté nervioso, pensando que igual le habían mordido o arañado.

—Sí, solo fue un susto. Me agaché para poner bien una orquídea que estaba en el suelo, y cuando me levanté me encontré con los perros.

Era la primera vez que actuaban así, no acababa de entender lo que ocurrió, no eran agresivos en absoluto. Igual ellos percibían algo que yo no veía, aunque el episodio pronto se olvidó.

La amistad crecía poco a poco y para Nochebuena ya era parte de su familia. Severino desaparecía y volvía a aparecer semanas después. Me contó que tenía propiedades en EE. UU. y en varias ciudades de la isla. Tenía una finca en la que cultivaba naranjas, y la empresa textil la tuvo que cerrar porque el negocio cayó. Empecé a construir un perfil de mis nuevos amigos y Vanesa pasó a ser mi mejor amiga.

Cuando, meses más tarde, su marido me llamó para comunicarme que había tenido un accidente con una moto 4x4, mientras estaba con una jovencita, me dolió la traición hacia mi amiga y se lo hice saber.

—Por favor, no le digas nada a Vanesa. Aún estoy en el hospital y creo que saldré mañana. Tengo cuatro costillas rotas. Menos mal que la chica no se hizo nada, si no, imagínate el panorama. Le había dicho a Vanesa que estaba en Miami, así que déjame ver cómo le explico lo ocurrido.

Semanas después, sentados en la terraza de su casa, Severino era incapaz de moverse sin emitir un quejido. Un catéter debajo de su ropa drenaba la sangre y el pus de su herida interna. Su esposa parecía preocupada, pero cuando él se disculpó y se fue a descansar un rato, traicionada por el vino, me dijo:

—Un día de estos me divorcio de este viejo inútil.

Sorprendido, me quedé sin respuesta. Viendo mi incomodidad, cambió de tema.

—Ya te firmé tus nuevos títulos de propiedad. Ahora solo te queda hacer la declaración de condominio para los apartamentos.

—Sí, muchas gracias. Salieron mucho antes de lo previsto. Y el precio que tu amiga me dio era el más barato de todos los que pregunté.

—Te lo dije —respondió mi amiga mientras sonreía y proponía un brindis.

Su camisa blanca, siempre abotonada hasta el penúltimo botón, ahora mostraba el inicio de sus pechos. Nunca había tenido ningún tipo de pensamiento sexual hacia mi amiga, pero ahora veía ese busto atrayente. El vino me hizo mirarlo más de la cuenta, y mi amiga percibió mi mirada. Tan solo sonrió, y yo me avergoncé de, en cierta manera, traicionar nuestra amistad. La idea de que se lo pudiera comentar a su marido me incomodaba, especialmente al saber de su infidelidad. Si se lo decía, de seguro me ganaría un enemigo.

No tardé mucho en darme cuenta de que él odiaba estar con su mujer y me utilizaba para no estar a solas con ella. Ella parecía encantada cuando él estaba fuera de la ciudad, su vestuario en nuestros encuentros empezó a cambiar de un «siempre discreto» a uno sensual.

Barú

«Cuando viajas solo, absorbes mucho más del país que cuando vas en pareja o en grupo», pensaba sentado en el autobús.

El paisaje hacia Boquete, mi destino, era exótico, repleto de agua, montañas y palmeras; sus gentes eran multicolores, con un dominio de piel del marrón oscuro a casi negro. La cordillera a la derecha de la carretera era alta y verde, con una selva tupida e interminable, las cumbres casi tocaban el cielo y el lugar parecía de película. Fue una larga jornada que empezó saliendo de Bocas del Toro en barca, antes del amanecer, en plena oscuridad, para desembarcar ya de día en un pueblecito de aguas sucias y olor a pescado, junto a la carretera general que iba hacia David. De ahí, en otro bus, llegué a Boquete. El lugar era tan encantador que, años después, lo utilicé para organizar un encuentro con mi amigo Owen, que siendo hombre de mundo quedó prendado de su belleza, por no hablar de los misterios de su jungla montañosa repleta de pájaros, plantas y cascadas donde, cautivadas por sus senderos vertiginosos, desaparecieron las dos holandesas que estaban en misión humanitaria.

«Nadie sabe qué les ocurrió y solo encontraron parte de sus cuerpos. Una bota con pie», leí años después. La leyenda de los *indios conejo* y sus dientes puntiagudos —para comer carne humana— salió por Google durante mi búsqueda cuando indagué lo que les sucedió.

Al día siguiente, empecé a preparar la subida de casi tres mil quinientos metros. Pensaba partir hacia la cumbre sobre las tres de la mañana, era esencial un perfil bajo. No quería tener una emboscada en medio de ningún sitio.

—¿Un taxi a esa hora?, imposible. Mejor lo llevo yo —dijo el joven propietario del lugar donde alquilé la habitación—. Asegúrese de que lleva agua, ahí arriba no hay nada. ¿Está seguro de que podrá subir y bajar el mismo día? Es un camino largo y duro.

Mi estrategia era muy simple. Si notaba que las fuerzas me faltaban, me daría la vuelta. El camino estaba marcado; de hecho, una pista forestal llevaba hasta arriba. No podía haber pérdida. Los recuerdos de los diecisiete kilómetros de martirio bajando del Kilimanjaro, sin fuerzas, y con los dedos de los pies en llagas, aún flotaban por mi mente.

«Me doy la vuelta», me dije de nuevo.

En medio de la oscura noche, tras unos quince minutos de trayecto en coche, el buen hombre me dejó en medio de la nada. Un cartel indicaba la entrada al parque. Empecé a caminar iluminado por mi pequeña linterna. Cuando vi un palo largo y fuerte lo cogí a modo de bastón.

«La gente no se da cuenta de la utilidad de este bastón, no llevaría a nadie a la montaña sin uno», me decía mientras, inconscientemente, alisaba la pendiente.

A veces, algún ruido salido de la jungla me ponía en alerta.

«¿Un jaguar? Imposible», me decía.

Caminar en la jungla en completa oscuridad me trajo un sinfín de recuerdos. Mi pasado regresaba y, poco a poco, volvía a ser yo después de tantos años.

El amanecer me sirvió de excusa para desayunar y hacer una preciosa foto.

«Cómo cambia uno cuando sale el sol», pensaba. La noche trae temor, inseguridad, dudas. La mayoría de los crímenes pasan de noche, los accidentes, lo indiscreto. Las películas de terror son a esas horas oscuras.

A la hora que sale el sol todo se disipa. Imagino que eso debe de estar impreso en nuestro ADN, de cuando para los hombres de las cavernas las noches eran el momento de la jornada que les traía mayor inseguridad. Eso se debe reflejar en nosotros. Por eso todas esas noches sin dormir, preocupado, pensando en el negocio.

Poco a poco, acortaba mi meta, mi objetivo. La altura cambiaba la fisionomía de la montaña. La jungla, hacía rato que había quedado atrás. Ahora, cerca de los dos mil quinientos metros, cada vez eran más escasos los árboles que me protegían del sol. Hacía calor, pero la sombra enfriaba rápido la temperatura. La subida, imperdonable. El aire era puro, con un leve olor a piedra volcánica y alguna hierba irreconocible.

Leí que el ascenso llevaba entre cuatro y cinco horas; después de ser muy conservador con el uso de mis energías, alcancé la cumbre en cuatro horas y media. Desde arriba se podían ver los dos océanos. Pronto, el frío aire se mezcló con mi ropa sudada, y una leve frigidez me sacudió; después de un cambio rápido de ropa, me tumbé en una planicie rocosa, justo debajo de la cumbre, y descansé.

De nuevo estaba arriba.

«¿Y ahora qué?», me dije.

Algo pasó por mi mente y me pregunté si sería capaz, si después de tanto tiempo podría...

Severino

Una noche, meses más tarde, tomándonos un trago, mi amigo me preguntó sobre la demanda laboral.

—Vanesa me dijo que tuviste una demanda de un trabajador —dijo, haciendo referencia a una conversación con la jueza de hacía unas semanas.

Mis sospechas de que mi amiga le decía todo lo que hablábamos a su esposo se materializaba, aunque no entendía por qué estaban juntos si ninguno de los dos quería.

—Sí, un trabajador desagradecido —respondí—. Tengo un buen abogado que lleva el caso, así que estoy tranquilo. Al final se llevará lo que toca y yo perderé todo lo que invertí en él.

—Si quieres se lo comento a mis abogados, que tienen mucha experiencia en temas laborales.

—Por qué no.

*****

Era un día caribeño de mar tranquilo. Soplaba una ligera brisa que refrescaba todo del intenso sol. Antes del mediodía, salimos del hotel con el barco, armados con buena comida, bebida y la champaña que tanto le gustaba a Miguel. Unos treinta minutos más tarde, fondeamos a cien metros de la playa, en un lugar desierto. Las palmeras tapizaban la playa y, al fondo, la gran montaña verde dominaba el horizonte, envuelta en un cielo azul.

—Esto es el paraíso —les decía yo a mis invitados abriendo la nevera donde las botellas, de diferentes tamaños y colores, sacaban sus cabezas de entre el hielo—.¿Alguien quiere una copita de champaña?

—Claro —respondió Miguel con rotundidad.

Entre chapuzones refrescantes en agua cristalina, arropados por la brisa cálida, la comida a base de tapas y la bebida fresquita, las horas pasaban sin uno apenas darse cuenta. La mezcla de la música, el alcohol y el tiempo corriendo, hizo que nos pusiéramos a bailar en la cubierta. Los movimientos de cintura, las vueltas y las medias vueltas, competían a bordo entre risas, carcajadas y zambullidas. Era verdaderamente el paraíso. Mejor, imposible.

La vida siempre es una balanza, un equilibrio, pero esto lo supe años más tarde. Todo lo bueno tiene su lado malo. Desgraciadamente, solo se veía lo bonito, lo agradable, igual lo único que queríamos o éramos capaces de ver. El lado oscuro estaba dentro de la gente, pero no se veía ni se sospechaba. La falta total de empatía, de responsabilidad, de afán por lo bien hecho, era algo que quedaba oculto en la personalidad de cada uno. Solo se podía descubrir cuando los ponías a prueba, y cuando eso sucedía, la alegría se convertía en desespero, y el paraíso en infierno.

Hasta ese momento la vida en la isla fue salpicada por ocasionales episodios de frustración, aparte de los abogados; como cuando el mecánico me cobró por una bomba de aceite nueva y, días después, con el carro

135

descompuesto de nuevo, me mostraron que no solo no me cambiaron la bomba, sino ni que ni cambiaron el aceite. Harto de las tomaduras de pelo de los mecánicos, decidí comprar un vehículo nuevo. Meses después, escribí una queja formal al presidente del grupo de varias marcas, en la que exponía las muchas veces que llevaba el *jeep* para darle el servicio que me obligaban por la garantía, y donde nunca tenían las piezas de repuesto para darle ese servicio básico.

Recuerdo con pesar cuando acabé de construir la casa, en puertas de la Navidad, y el electricista me pidió el adelanto de su último pago para comprar sangre para su hijo que estaba en el hospital.

«Sangre», me repetí horrorizado, mientras le escribía un cheque al pobre hombre, que poco después desaparecería y me haría buscar otro electricista para acabar su trabajo.

«¿Cómo puede la gente hacer semejante cosa?», pensaría después.

*****

Una vez estuvimos de regreso en el hotel, mientras nos quitábamos la sal y la arena en la ducha, mi abogado/amigo me dijo que la semana siguiente tendría audiencia de mi caso laboral.

—Ven, te gustará —dijo—. Le vamos a dar una lección a esa gente. Vamos a ir tres abogados.

Bajo la ducha de agua fresca, con la piel bronceada por el sol y medio embriagado, sonreí. Era imposible imaginarse lo que estaba por venir.

*****

Una noche, después de cenar en un nuevo restaurante en la ciudad, Severino sugirió ir a un bar nuevo en su plaza comercial.

—¿Plaza comercial?

—Sí, donde mis abogados y socios tienen su oficina. Invertí con ellos dos millones de dólares.

Poco a poco, todo indicaba a que esta vez no era como con Pepa y sus cinco restaurantes. Severino tenía inversiones millonarias en el país y en

Estados Unidos. Tuvo una empresa con dos mil empleados y unos cuantos apartamentos y propiedades de lujo.

Entre días, cenas y copas, poco a poco, desenvolvía quién era realmente. Por desgracia, solo mostraba la parte que él quería que yo viera. A veces, se le escapaba algún detalle que, años más tarde, consideraría como evidencia.

—Hablé con mis abogados —me dijo una vez que cenábamos en su apartamento de lujo de trescientos cincuenta metros cuadrados, en el centro de la ciudad, al otro lado de la isla—. Me comentaron que, desafortunadamente, no me pueden dar ninguna información, ya que representan a tu extrabajador.

Las palabras de mi amigo no me hicieron pensar, ni dudar, ni estremecerme. Así que continué degustando el salmón a la mediterránea que acababa de preparar.

—Este vino está muy bueno. ¿Y esa mancha ahí en el techo? —pregunté señalando una parte pelada de pintura, justo encima de la nevera.

—Una buena demanda —respondió sonriendo.

Esa respuesta tampoco me hizo reaccionar.

Los días pasaban sin solución. Algún mes el negocio daba un repunte en las ventas y las esperanzas renacían, para luego desaparecer de nuevo. La única salida era la venta de una propiedad. Solo vendiendo un apartamento la recuperación se haría mucho más tolerable y tal vez saliera una buena oportunidad donde invertir.

Corcovado

El descenso del Barú no fue fácil, como en todos los descensos interminables mis rodillas me castigaban. Una vez abajo, casi sin energía, hice autostop para acortar los quince kilómetros de curvas que me separaban de mi pensión. La camioneta, repleta de trabajadores del campo que laboraban en las faldas del volcán, me dejó en una diminuta estación de autobús vacía, lejos de cualquier población. Horas después, en un pequeño autobús despintado, zigzagueábamos la bajada a alta velocidad. No sé cómo no salimos del asfalto y acabamos aplastados contra algo.

Cuando llegué a Boquete, justo antes del anochecer, tras comer algo, me fui a dormir.

Al día siguiente, caminaba como un *airgam boy*, con las piernas doloridas, y me dediqué a llevar la ropa sucia a una lavandería y a descansar. Mientras tanto, leía sobre mi nuevo destino, mi nuevo reto, Corcovado.

Podría cruzar la frontera a Costa Rica e ir directo para Puerto Jiménez en barca desde Golfito, pero mis piernas no me permitían meterme en medio de la selva, menos aún cruzar de lado a lado la península de Osa. Necesitaba tiempo. Necesitaba saber que podía estar al cien por cien; las secuelas del pasado me lo recordaban.

Pararía un par de días en San Vito, ya fuera de Panamá, justo después de cruzar la frontera. Ahí empezaría a entrenar y a comprobar la capacidad de mi estado físico.

Poco a poco, el dolor en las piernas desapareció. Las rodillas parecían haberse recuperado por completo. Tenía claro que con la más mínima molestia cancelaría la travesía.

Cuando cogí la lanchita hacia Puerto Jiménez desde Golfito, los pocos turistas me recordaban a los antropólogos y espeleólogos de Papúa. Estos estaban hechos de otro material que el turista normal, se veía. Las cámaras, equipos y ropas que llevaban los delataban; también la manera en la que hablaban con la gente, y cómo se movían subiendo y bajando de la embarcación. Buscaban la información precisa, quien no la tuviera, no les servía. No buscaban amigos.

Me sentía como en mi juventud, a punto de volar hacia una nueva aventura. Presentía algo grande, o quizá fue National Geographic llamando al parque «el sitio más intenso, biológicamente hablando, del planeta».

Tras llegar, me alojé en un pequeño hotel junto al muelle. Por la tarde, salí a correr un rato y comprobé que las piernas estaban perfectas. Mientras cenaba, el dueño del pequeño local me explicó que la península era un antiguo penal, como Alcatraz. La profunda jungla, sus peligros, y el océano Pacífico, repleto de tiburones y fuertes corrientes, eran los mejores muros. La gente se mantenía alejada del área, eso hizo que todas sus especies quedaran protegidas. Tras cerrar el penal se descubrió el oro. El gobierno actuó rápidamente protegiendo el lugar de las grandes compañías, y solo buscadores aislados se establecieron. Luego, en octubre de 1975, crearon el parque.

Ahora venía la parte difícil, obtener un permiso de entrada.

«¿De cuatro a cinco meses antes de llegar?», me pregunté asombrado mientras leía la guía. «Bueno… Vamos a ver».

Al día siguiente de mi llegada a la península de Osa, fui a las oficinas del parque en Puerto Jiménez.

—¿Cuánta gente forma su grupo? —preguntó el oficial vestido de *boy scout.*

—Solo yo

—¿Sabe que no es recomendable entrar solo al parque?

—Sí, pero tengo previsto ir a su estación en Los Patos y encontrar a alguien en el camino. ¿Dónde podría alquilar una tienda de campaña?

—En esta misma acera, después de cruzar dos calles —dijo el joven, refiriéndose a una calle polvorienta de casas de una planta, hechas de madera.

—Tiene suerte, mucha suerte —dijo el funcionario sonriendo—, tiene permiso si sale el martes próximo para la estación de Los Patos. Cuenta con dos días para prepararlo todo. Tiene sitio en La Sirena para el miércoles y solo el miércoles. El puesto está muy solicitado por biólogos y ornitólogos de todo el planeta. Es pequeño y normalmente está lleno.

—Perfecto, gracias, oficial.

Ahora solo quedaba la tienda y comprar comida y agua. ¿Me dejaba algo?

Al día siguiente, sin ninguna prisa, azuzado por la impaciencia, decidí acortar la distancia de la entrada al parque, que quedaba a unos treinta kilómetros. Me senté en la carretera y esperé a que pasara algún autobús. Esperé, esperé y esperé. Nada. Luego improvisé.

Un buen rato más tarde, alguien paró su vehículo y, tras preguntarme si no le iba a hacer nada malo, me subí a su destartalado carro.

—¿Dónde va, amigo? —preguntó el hombre, con más espacios de dientes vacíos que dientes.

—Voy a la estación de Los Patos.

—¿Va al parque?, eso está muy bonito. Yo nunca lo visité, pero van muchos turistas. ¿Y va usted solo, sin guía? —continuó—. Eso es peligroso, se puede perder.

—Buscaré algo por el camino.

—Yo tengo un primo que se conoce el parque mejor que nadie. Él era buscador de oro, fue cazador y ahora es guía. Si quiere, cuando lleguemos al pueblo, que está en el desvío para el parque, se lo presento.

—Claro, por qué no —respondí. «Siempre fue así», pensé interiormente.

Estaba sentado dentro de un pequeño colmado, en una esquina, entre la polvorienta carretera y la única calle fuera de la principal que había en el lugar. El colmado, bar, farmacia, ferretería, tenía de todo. Pedí mi segunda cerveza como si tuviera todo el tiempo del mundo. Era mediodía, y el calor y la humedad eran agobiantes. El plan, aparte de improvisar, era dormir en la estación de Los Patos, como a diez kilómetros de donde yo estaba sentado.

«Quiero llegar con la luz del sol», me dije tras un sorbo. No tenía ganas de complicarme la vida si era posible. Y entrar en el parque de noche probablemente lo haría.

Tres tragos más tarde, el tipo con media dentadura entró en el lugar. Iba acompañado de un hombrecillo, moreno de piel y pelo más bien corto. Vestía *shorts* de camuflaje, una camiseta sin mangas blanca y morada, y sandalias. Sus brazos eran fibrosos y fuertes. Su físico era de alguien que caminaba mucho. No esperó a ser presentado, solo verme se adelantó y cortésmente se presentó.

—Hola, me llamo Carlos, Carlos Ramírez.

No tenía muchas opciones, y tan solo buscaba a alguien para cruzar el parque de Los Patos a La Sirena, unas diez horas de caminata por la más intensa de las selvas, que cruzaba de este a oeste la península de Osa. Luego, guiado por un mapa de caminos y otro de mareas, recorrería los últimos veintitrés kilómetros por un sendero que serpenteaba entre la playa y la selva.

—Entonces, Carlos, ¿te conoces bien los senderos? —le pregunté en tono inquisitivo.

Lo último que buscaba era meterme en una tupida selva con alguien inexperto.

«Tampoco te dirá lo contrario», pensé después de formular la pregunta.

—Sí, señor —respondió—. Llevo ocho años de guía, antes buscaba oro en el parque y fui cazador durante mucho tiempo. Poca gente se conoce el parque como yo.

El hombrecillo mostraba seguridad, sencillez y seriedad. Me gustaba. Le dije que pensaba dormir esa noche en Los Patos y empezar al día siguiente a primera hora. Acordamos el precio de cincuenta dólares por cada una de sus jornadas, me pareció bien.

—Yo lo veo de madrugada en Los Patos —dijo—. Compraré algo extra de comida. Mejor no se vaya muy tarde. Es una larga caminata hasta allí —dijo una cerveza después—. ¿Y ya tiene reserva para la Sirena?

—Para el miércoles por la noche —respondí orgulloso de haber encontrado reserva nada más llegar.

—Pues hoy es lunes, quiere decir que hasta el miércoles no podemos partir hacia la estación de La Sirena. Está siempre a rebosar.

Mi alegría duró poco tiempo, pero después Carlos añadió:

—Mañana le puedo mostrar la periferia del parque, donde todavía están los buscadores de oro, mis excompañeros.

Entonces volví a sonreír.

Tenía guía, dejé parte de mi equipaje en el hotelito, junto al muelle en Puerto Jiménez, y estaba listo para partir. Era media tarde y el trayecto no me debería llevar más de tres horas. El camino estaba bien marcado. Es más, se podía llegar hasta el río en 4x4.

Despidiéndonos hasta la madrugada del día siguiente, partí.

Juicio laboral

A las nueve en punto entré en la sala del Tribunal Laboral, flanqueado por mis tres abogados de trajes impecables, togas de seda y caras sonrientes, mostrando seguridad, determinación e incluso un poco de soberbia. Los demás abogados nos miraban con un poco de desprecio apenas perceptible.

Era la segunda vez que entraba en un tribunal, después de que una «amiga» regalara a mi perro Eco cuando salí de la isla tras el huracán, a pesar de dejarlo a su cuidado. La primera vez, las ansias de recuperar a Eco me quitaron todo el nerviosismo y la inseguridad producida por el intimidante nuevo evento.

Ahora, a pesar de estar un poco incómodo durante el control de seguridad de la puerta, donde te cachean buscando armas, estaba tranquilo. Desayuné en el hotel con mis abogados, y en un *jeep* blanco reluciente llegamos al tribunal. Hacía mucho calor, y fuera del reino del aire acondicionado sudaba profundamente. Me hacía sentir un poco incómodo tener la camisa empapada en sudor, pero tampoco me importó. Estaba para ganar y enseñarle a mi exempleado rebelde y desagradecido quién mandaba.

Me puse a buscarlo entre la gente, pero no estaba.

«Igual llegará más tarde, como en el trabajo», pensé.

Mis abogados estaban sentados en el banco delante de mí y, de tanto en tanto, Miguel se volteaba para mirarme orgulloso.

Si retrocediera en el tiempo entendería lo que estaba pasando.

¿Por qué tener tres abogados que venían de tan lejos para representarme? Se trataba de un simple caso laboral, donde el trabajador ganaba doscientos dólares mensuales y había trabajado poco más de seis meses. ¿Dónde estaba el problema? ¿Qué no veía?

Algo no cuadraba, pero claro, en esos tiempos yo no lo sabía. Nadie sabe los tejemanejes que se llevan los abogados. Ahora, con la experiencia de mi lado, sé todo el daño que un abogado sin escrúpulos, suelto y sin supervisión puede hacer. Mi instinto me avisaba, quería verificar todos los papeles, las preguntas, todo. En la isla eso era un insulto a los *profesionales*, pero el mío era mi amigo, así que no tenía que preocuparme de nada. «Fui afortunado de tener un colega así».

Fuimos los terceros, y cuando los litigantes del caso previo aún no habían desalojado su banquillo de los acusados, mis tres representantes ya estaban allí. ¡Lo que iba a venir iba a ser apoteósico!

Una vez todo el mundo estaba en su sitio, hubo algo que detuvo la sesión. Yo seguía como podía los acontecimientos, apenas podía oír las palabras del juez y de mis representantes, pero era evidente que algo fallaba.

Viendo mi inquietud, mi abogado se acercó a mí y me susurró que el otro abogado no se había presentado.

Un poco desconcertado pregunté:

—¿Y entonces qué pasa?

—Pues si no se presentan fallarán a nuestro favor.

Unos minutos más tarde, apareció la antítesis de mis abogados. Una figura pequeña, cojeando, con una pronunciada joroba y mal vestida, se acercó despacio al estrado mientras se colocaba la toga y el bonete.

La escena me hizo pensar, estúpidamente, que habíamos ganado. Aún no sabía quién estaba detrás de esa «cómica» figura. Todo estaba preparado al detalle, diseñado para dar la mejor representación de un pobre trabajador abusado.

«¡No me extrañaría nada que fuera parte de su estrategia!», pensaría después, cuando me di realmente cuenta de quiénes eran mis adversarios.

Poco después empezó el juicio, casi inaudible.

Cuando los abogados comenzaron a recoger sus documentos, supe que se había acabado.

—No nos lo aceptaron —dijo Miguel en tono más serio.

Sin muchas explicaciones más salimos del recinto.

Ahora sé que mi abogado-amigo sabía lo que iba a pasar. Pero no me dijo nada. No me avisó de lo que estaba por venir, de lo contrario me hubiera podido preparar como me preparé después cuando otros abogados cometieron otro error garrafal. Poco le importó a mi «amigo-abogado», sabía que mis propiedades quedarían expuestas al no quitar mi nombre de la demanda a mi empresa, y que la condena sería considerable, ya que nadie depositó ningún documento en mi defensa. Aun así, no dijo nada y dejó que su «amigo» creyera que todo estaba en las manos del juez. Menos mal que era mi amigo.

El parque

De pequeño me daba miedo la oscuridad, luego aprendí a estar solo en la montaña con mi perro, cuando él se iba sentía temor, me quedaba inquieto. Antes de él morir nos quedábamos horas en la montaña buscando escarabajos, ranas o mariposas. Me encantaba pasar las tormentas en las cuevas de mi desfiladero favorito, mirando el riachuelo crecer, mientras los truenos retumbaban. A las puertas de mi adolescencia, despertaba al amanecer los sábados y salía a desayunar a la montaña. Hacía fuego cobijado en el lecho del río y churruscaba lo que llevara para desayunar. Con el tiempo llevé música, pensando que igual a los árboles les gustaría oír el último disco en vivo de Bruce Springsteen.

El día perdía su luz y aún no había rastro del río, llevaba las tres horas previstas de caminata por un terreno llano y a veces pedregoso, nada. Me paraba para escuchar el sonido del agua, pero no se oía.

El camino era ancho y bien marcado. Marchaba por una mezcla de campo de hierba alta y sotobosque, aunque la espesura y los árboles gigantes se acercaban. No me importaba caminar de noche con la ayuda de mi pequeña linterna, pero cruzar un río en medio de la selva a oscuras no era aconsejable.

Cuando me detuve a sacar la linterna de la mochila oí el agua. Aceleré el paso y allí estaba. Debía de tener unos veinte metros de ancho y no parecía muy profundo. Con la ayuda de mi bastón tanteaba la profundidad.

«No creo que haya cocodrilos» pensé. Pero serpientes seguro. Era la hora en que todas las criaturas que se arrastraban por el suelo salían. El bosque eructaba mil y un sonidos. A veces, algo rompía la acústica y te hacía estremecer. Parecía un bosque encantado.

«¿Y ahora qué?», me pregunté acabando de cruzar minutos más tarde. ¿Dónde estará la estación de Los Patos?

Cuando piensas que ya has llegado a tu destino, el entusiasmo te desconcentra, te hace bajar la guardia. En vez de llegar resulta que estaba perdido. El río borró el rastro del camino cuando, guiándome por las partes menos profundas, me desvié sin darme cuenta, al no poner atención a mi punto de entrada. Casi en completa oscuridad, era imposible encontrarlo. Si me movía mucho me perdería, y el bosque haría el resto. La estación no podía estar muy lejos. Las orillas estaban repletas de cañas y plantas de grandes hojas que proyectaban sombras, que se movían al compás de mis pasos.

Pensé en regresar por donde vine. Solo tenía que cruzar de nuevo el río y seguirlo hasta encontrar el camino. ¿Estaría más arriba o más abajo?

Intenté visualizar los primeros pasos al entrar, ¿bajé o subí? Persiguiendo las partes menos profundas zigzagueé sin rumbo. Y me di la vuelta cuando el agua iba a superar mi cintura. No tenía ni idea de dónde estaba. Me perdí en pocos metros. Ahora tenía que improvisar y buscar dónde dormir para evitar alejarme del camino aún más. Por la mañana sería todo mucho más fácil.

En uno de mis movimientos aleatorios vi una luz, pero volvió a desaparecer casi al instante. Moví la cabeza hasta que de nuevo la vi. Enfoqué y, sorteando el terreno frondoso, la seguí hasta que llegué medio angustiado a la estación.

El complejo estaba muy bien construido, era cuadrado, pero sin el lado de la entrada, un patio interior lo rellenaba. Estaba hecho de pino y se veía todo muy limpio. Después de subir los cuatro escalones que separaban la construcción del suelo, me dirigí a lo que supuse sería la oficina, de donde provenía la luz. Antes de llegar, alguien salió. Luego, dos siluetas más lo acompañaron.

Me presenté, me registré y así, sin más, me dijeron dónde poner mi tienda de campaña.

—Siga ese sendero, y a unos doscientos metros justo antes del río, a la izquierda, verá una planicie. Cuídese, que hay muchas serpientes y escorpiones. Vigile las botas por la mañana, a los escorpiones y arañas les gusta meterse dentro. Sacúdalas boca abajo.

—Gracias.

Normalmente, la gente que cuida esos refugios y campamentos son abiertos y amistosos. Estos eran fríos y distantes.

«Puede ser que no estén acostumbrados a ver un visitante solitario», pensé mientras montaba la tienda.

No había acabado de montarla cuando uno de ellos se acercó y me ofreció dormir en una habitación vacía de la estación.

—Muchas gracias, caballero, pero será un honor para mí dormir aquí en su selva.

«Necesitaba esto», pensé para mí. Las memorias y las preocupaciones traídas por la crisis financiera habían desaparecido. El viaje había cumplido su misión, su propósito, estaba completamente recuperado.

Tan pronto desapareció, me di cuenta de que la cremallera inferior de la tienda estaba rota.

«¿Y ahora qué hago? ¿Y si se mete algún bicho?», pensé.

Hice una barricada con mi mochila/almohada y luego puse un tronco que bloqueaba el poco espacio restante. Después de llenar mi botella de agua en el río y comer algo, me tumbé en mi esterilla inflable, y desde la tienda, sin el toldo de lluvia, me quedé contemplando las estrellas a través de la tela mosquitera hasta que me dormí.

Desperté horas después. Oía ruidos extraños cerca de la tienda. Pronto encontré el motivo, un ejército de ranas saltaban sobre las hojas secas que alfombraban el suelo. Intentaba localizarlas, seguía su croar, con apenas la luz de las estrellas, sus pequeños ojos brillaban, y cada salto acababa en un *creck*. Una vez me acostumbré al bullicio, me dormí. «¿Quién se come a las ranas?», fue el último pensamiento.

El rocío selvático me despertó temprano, antes del amanecer. Caía encima de la tienda y me salpicaba. Emitía un ruido seco cuando golpeaba la hojarasca del suelo. En las grandes hojas de las plantas que crecían cerca del río sonaban como tambores: tap, tap, tap.

Estaba todavía en mi tienda, con la claridad creciente, cuando oí la voz de Carlos.

—Buenos días, Jorge. ¿Cómo durmió?

—Bien, pero tengo la cremallera de la tienda rota y temía que me entrara algún bichejo dentro —le decía al mismo tiempo que sacudía a conciencia mis botas.

—Sí, tiene que vigilar, muchas serpientes por aquí —respondió—. Dios nos libre de que le pique una. Voy a preparar café, le espero en la estación. Tómese su tiempo.

Tras ir al baño, fui al río y me lavé la cara. Me senté en una piedra grande y dejé que el sol me calentara un rato mientras disfrutaba el momento. Los pájaros y los insectos cantaban a coro una alegre melodía. Era yo otra vez, en medio de otra de mis aventuras, todos los problemas y obstáculos desaparecieron. Estaba listo para empezar.

Senderos

La tierra arcillosa, sin hojas, o con unas pocas, era la pista a seguir. En algunos sitios era inconfundible, en otros dudosa. Con apenas unas decenas de centímetros de ancho, la incertidumbre hubiera sido perpetua si no fuera por el hombrecillo que llevaba pocos metros por delante. Cada poco, Carlos se volteaba para asegurarse de que su cliente estaba bien, otras veces se detenía para mostrarme huellas o una planta.

—Mira, Jorge, esta planta ayuda a cicatrizar las heridas —decía con entusiasmo—. Esta otra ahuyenta los mosquitos —decía un rato más tarde —, esta es muy buena para la diabetes. Aquella de allí dicen que para el cáncer.

Otras veces se paraba.

—Mira, huellas de chanchos.

—¿Chanchos? —repetí con tono estúpido.

—Sí, chanchos, puercos salvajes, pecarís.

—¿Jabalís? —pregunté.

—Más pequeño y muy agresivo cuando van en manada. Hasta los jaguares los temen. Por esta zona no son tan comunes porque los cazan, pero mañana, dentro del parque, tenemos que vigilar. Si nos atacan tenemos que subir a donde sea.

Mientras caminábamos, serpenteando por el sendero, pensaba en los chanchos.

«Seguro que es una exageración. Nunca oí que los pecarís atacaran en grupos a la gente».

Con la imagen de los cerditos salvajes aún en la mente, me quedé inmóvil. Con un silbido que falló llamé a mi guía.

—Mira, Carlos —dije en un susurro apuntando con el dedo—. ¿Qué serpiente es esa?

—Una terciopelo —respondió sin dudar—. Es muy venenosa. Ven, pasa con cuidado.

Alejándome del ofidio todo lo que pude, pasé y continuamos nuestra caminata hasta llegar a una cabaña en medio de la selva.

—Vamos a tomar café donde Nayarit —dijo mi guía para mi sorpresa.

Chillando ese nombre entramos en una rudimentaria cabaña sin suelo. El fuego estaba encendido y un caldero hervía encima de las llamas. Una hamaca sucia colgaba en el fondo al otro lado del fuego. Instantes después, por la misma puerta que entramos, apareció una mujer fornida de estatura pequeña.

—Carlos, ¡qué sorpresa! —exclamó dándole un abrazo—. Justamente estaba preparando la comida. Anda, quedaos a comer, hace tiempo que no veo a nadie.

Tras presentarnos, ella y Carlos empezaron a hablar mientras que yo jugueteaba con el perro esmirriado de la dueña, sentado en un tronco. Poco después, nuestra anfitriona nos pasó un plato de arroz con frijoles y una carne que no supe identificar. Estaba bueno. Mientras ellos conversaban, por un momento me perdí en mi memoria y recordé una situación similar:

Comía arroz con una salsa terriblemente picante bajo la mirada curiosa de mis anfitriones, esa vez los Dayak, guerreros cazadores de cabezas de Borneo. Cada bocado llevado por mis dedos a la boca era una agonía. Ellos me miraban sonrientes y yo intentaba disimular el malestar. Para colmo, el agua que bebía acababa de hervirse.

La mención de mi nombre me hizo volver a la realidad.

—Mira, Jorge, esto son pepitas de oro —dijo Carlos mostrándome una especie de calcetín con un poco de lo que parecía arena gruesa—. Nayarit se dedica a buscar oro y a cazar.

—¿Cazar? —pregunté—. ¿Con qué?

Ambos dirigieron su mirada a un viejo rifle que colgaba junto a la puerta.

Un rato más tarde, ya caminando de nuevo, nos paramos en un pequeño arroyo.

—Mira, Jorge, de ahí sacaba oro.

—¿Y por qué lo dejaste? —pregunté mientras bebía agua fresca y me refrescaba.

—Es una vida muy dura y sacrificada. Se gana mejor trabajando de guía, y así estoy con mi familia en el pueblo.

Después de cerca de diez horas de caminar por los límites del parque, llegamos de nuevo a la estación de Los Patos. Estaba muerto.

—Lo lograste, Jorge —dijo mi guía—. Yo sabía que caminabas desde que vi tus piernas. Mañana será más fácil.

Comíamos de nuevo arroz con los guardias, cuando una pareja de gringos salió de la oscuridad y entró en el recinto. El hombre cojeaba.

—Dice que algo le picó en el pie cuando se quitó las botas para cruzar el río —dije mientras traducía.

—A quién se le ocurre semejante estupidez, sacarse las botas aquí —criticó una voz. Otros que querían cruzar el parque solos.

Los guardias auxiliaron a la pareja y sacaron un botiquín de primeros auxilios, el pie estaba rojizo y empezaba a deformarse de la hinchazón.

Muerto de cansancio, me retiré a mi tienda, asegurándome aún más de que mi mini barricada era impenetrable. Ya muy tarde, en medio de la noche, oí voces y luces. Cuando salí y pregunté, se estaban llevando al gringo de emergencia. Un vehículo rugió justo al otro lado del río.

Península de Osa

La caminada empezó temprano, queríamos llegar con la luz del sol a La Sirena.

—Ahí sí que hay serpientes —dijo Carlos, apenas empezar el día.

—¿Y qué crees tú que le picó al chico de anoche?

—Pues de noche, cerca del río, y con esa mordedura, sería una mano de piedra.

—¿Venenosa?

—Sí, mucho. El problema es que una vez te muerde no te suelta, y eso, junto con el tamaño de sus colmillos, hace que te inyecte más veneno que las otras. A quién se le ocurre sacarse las botas en el río, ¡y por la noche!

—¿Se morirá?

—No creo, pero se ha llevado un buen susto. Veremos si el pie recupera todo su movimiento.

Llegar de noche no era una opción, especialmente hacia donde nos dirigíamos. La intensidad de todo no tenía comparación con ninguno de mis viajes, pensaba mientras caminábamos.

El delta del Okavango era también muy intenso biológicamente, me decía. Estuve acampado en una isla en el pantano y nos movíamos usando troncos de árbol, huecos, como canoas.

La comparativa era aceptable. Pero no se podía parangonar esta selva con la sabana pantanosa del delta. El ruido mientras caminabas era ensordecedor, la humedad aplastante.

—¡Huellas de jaguar! —advirtió Carlos, parándose en seco. Mira, un macho, y grande que es.

—¿Y tapires, veremos? —pregunté excitado por el hallazgo.

—Los tapires son muy tímidos. Tienen miedo de los humanos. Son muy difíciles de ver y tienen una carne buenísima —dijo usando un tono de voz más bajo.

Pájaros de todos los tamaños y colores revoloteaban entre las ramas a nuestro paso, mientras nosotros caminábamos sorteando riachuelos, árboles caídos, y las increíbles autopistas de hormigas que cruzaban el camino a menudo.

Mientras andábamos, Carlos me iba explicando cosas. Con el tiempo, la conversación se fue apagando hasta caminar solo escuchando lo que la selva tenía que decir.

Mucho antes del anochecer, llegamos a La Sirena. La estación era una plataforma enorme construida de madera, a un metro y medio del suelo, en medio de un claro en la selva, que era la pista de aterrizaje para pequeñas avionetas que traían y llevaban a los turistas y locales.

—¿Ves, Jorge? Ese es el problema. Cortaron la selva para hacer la pista, los chanchos no vienen al claro, los chanchos se comen a las serpientes, aquí no hay chanchos, y hay muchas, muchas serpientes. Si te pican por la noche te mueres. Por eso no dejan a nadie salir de la estación en cuanto oscurece. Es muy peligroso.

Después de firmar mi registro, montar la tienda y dejar el equipaje, cogí la toalla, un libro, y seguí el amplio y llano sendero —parte pista de aterrizaje— hacia el mar. A los lados, la hierba alta se movía peinada por la brisa marina. Un kilómetro más tarde, el océano Pacífico me esperaba. No me iba a bañar, las advertencias de Carlos de los tiburones y cocodrilos me mantendrían seco.

Por la noche cené acompañado por Carlos y los demás guías, el tópico era la gran cantidad de serpientes, imagino que se repetiría noche tras noches con nuevos visitantes, aunque no percibí aburrimiento ni repetición en el tono de nadie.

Arriba, en la plataforma, estábamos «a salvo», y con la ayuda de nuestras linternas y paciencia podíamos ver alguna. Las ratas y ratoncillos debían acercarse por debajo de la plataforma en busca de comida y los reptiles estaban al acecho. Era verdaderamente increíble.

—¿Y si picaban a alguien? —fue la pregunta al director del centro.

—Pues si está claramente identificada, después de que la víctima nos firme un documento de descargo, le inyectamos, si no, no. No tenemos antídotos de todas las especies. El antídoto en sí es también peligroso, así que lo mejor es llevar a la gente a un hospital, pero por la noche es imposible. Por eso no dejamos salir a nadie.

—¿A nadie?, y ¿cómo saldré mañana yo?

El plan era bajar hasta la playa antes del amanecer, aprovechando el pico de la marea baja, luego seguir por la playa hasta llegar a La Leona, la otra entrada del parque, a unos veinte kilómetros de allí. Llevaba un mapa y tenía que cruzar los tres ríos en marea baja, mientras vigilaba por los cocodrilos y los tiburones toro. Si todo iba bien, para el último cruce, diez horas después, la marea bajaría de nuevo.

Como no había pérdida me fui solo. Carlos salió para su casa tan pronto como descansó un poco, en medio de la noche.

Con la oscuridad de antes del amanecer encima, salí linterna y palo en mano. Mi velocidad era un poco inferior a lo normal y la atención la máxima. Intentaba ir justo por el centro del camino. Ni se me ocurría acercarme a donde la hierba era un poco más alta. Supuestamente, a esas horas ya no había peligro. El fresco del nuevo día hacía cobijar a los reptiles. Poco después de llegar a la playa, empezó a clarear.

El primer obstáculo fue el más difícil. El agua me llegaba casi a la cintura, y crucé a la vez que sentía una moderada corriente, que me hacía concentrarme en el equilibrio para no ser arrastrado hacia el mar. Una vez al otro lado, la experiencia hizo el resto. El último cruce, ya con la marea que bajaba de nuevo, no fue tan difícil.

A veces, dudaba del camino a seguir. Penetraba en la selva y, poco rato más tarde, el sendero me volvía a sacar a la playa. Casi a media mañana, un gran derrumbe bloqueaba el paso por la playa y, no viendo otra opción, trepé por encima de las grandes rocas, justo sobre el mar.

Caminar por la playa era duro, en especial tanta distancia. Veía mis huellas perderse a lo lejos, quedando kilómetros y kilómetros atrás. A veces, se veían huellas extrañas, y me preguntaba de qué serían.

A media mañana, con un calor sofocante, vi a lo lejos un grupo de grandes pájaros; poco a poco, a medida que me acercaba, aumentaban en tamaño. Finalmente, a escasos metros, cuando ya no sabía qué hacer, se fueron revoloteando a baja altura.

Delante de mí, en la arena, había una cosa enorme, debía de tener más de quince metros de largo y estaba muerta. Después de unas cuantas fotos, continué. Nadie me supo decir jamás qué era.

Agotado, llegué al hotel que había reservado. Trescientos dólares la noche; tal y como iban las cosas en casa, no parecía una buena idea. Pero era el hotel más ecológico de Costa Rica, te daban un *tour* por las instalaciones, y uno estaba necesitado de ideas salvadoras.

A la mañana siguiente, después de un día de descanso, salí en busca del resto de mi equipaje. Aprendí que el cuento del ecohotel era un gran negocio. Al ser amigable con el medio ambiente, no tienes aire acondicionado en la habitación, ni nevera. Menos gasto para el hotel. Tienes que pedir la cena durante la comida para que no sobre comida. Las sobras van a los cerdos, que producen caca para el biogenerador, junto con el aceite de las freidoras. Y los cerdos también son aprovechados, claro.

Gracias al hotel pude acabar el diseño de la villa que construí y que estaba a la espera de ser decorada. Una mosquitera enorme, enmarcada en bambú y sujeta al alto techo de madera por cadenas, fue la solución perfecta. ¿Coste total? Menos de cincuenta dólares. Lo que me gasté en el hotel lo recuperé con las ideas que me dio.

Salía de la increíble península cuando, en una parada de autobús, bajé a comprar algo y, por casualidad, me encontré con Carlos, mi guía.

—¿A qué no sabes qué me pasó, Jorge? —me dijo tan pronto como me vio—. ¡Me atacaron los chanchos en el camino de regreso! Me paré a ponerme bien los calcetines y, de repente, salió un puma y un grupo de por lo menos cien de ellos detrás. Me cogí a una rama baja y aguanté hasta que se fueron detrás del otro.

La intensidad del parque era la correcta. National Geographic lo describió muy bien. El sitio, biológicamente hablando, más intenso del planeta.

Y así, una vez más, me despedí de alguien especial de este planeta. Un verdadero guía, conocedor y amante de la naturaleza, Carlos.

«Listo para regresar a casa», pensé. Rezumaba energía.

Estaba en el sur del país, subiría despacio hacia San José. Mi forma física no se podía desperdiciar, como tampoco el Cerro Chirripó, la montaña más alta de Costa Rica. Con cerca de cuatro mil metros y la belleza del terreno, no me pude resistir. Tampoco a bucear en el Pacífico antes de salir. Los tiburones me saludaron.

Estaba listo para enfrentar la crisis, aún no sabía que pronto tendría un problema mucho mayor.

TERCERA PARTE

Pico

Van Gogh preguntó: «¿Qué sería de la vida si no tuviéramos el valor de intentar algo nuevo?».

Lo que empezó en una noche de desespero iba cogiendo forma. Improvisé, cogí los viejos recuerdos de mi vida y los mezclé con los eventos legales más recientes. Mi fórmula heterodoxa de buscar soluciones parece que fluía, ahora tenía que buscar la mejor manera de explicar la historia. Empecé mezclando las aventuras y experiencias del pasado con los sucesos trepidantes de los abogados del presente.

Durante mi vida, hice muchas cosas que no sabía hacer. Escribir un libro simplemente es otra de ellas. Todo es cuestión de intentarlo.

«¿Lo lograré?, parece que está más cerca». El libro era como un nuevo camino y no sabía a dónde me llevaría, tenía que intentar escapar de la trampa en la que estaba, y no había muchas salidas.

Iba a necesitar más ayuda que la de mis amigos diciéndome: «se ve interesante».

*****

Los efectos de la crisis financiera eran similares a una imaginaria situación en la que el mundo oscurecía y se paraba. Nada sucedía. Los días pasaban sin producir, y nadie venía a visitar las propiedades en venta. Los pocos clientes del hotel chupaban del «todo incluido» como vampiros, sin dejar nada sin amortizar. Las actividades de pago, incluidas las mías, eran descartadas.

Imagino que, para muchos, ese fue su fin; año tras año sin encontrar solución era una espera insostenible. Crecimos en los tiempos de bonanza, y ahora todas esas inversiones yacían estériles, deteriorándose despacio y erosionando los bolsillos, hasta hacerlas insostenibles de mantener.

Cuando llegué feliz de Costa Rica y Panamá, lo primero que hice fue dirigirme a las montañas de la isla y subir al pico más alto. La seguridad en mí mismo era el perfecto balance a la inseguridad que me daba la crisis; eso me hizo querer hacer el trayecto no en tres días, ni dos, sino que subiría y bajaría el mismo día. Estaba en forma, sabía que lo podía hacer, lo sentía.

«No, señor, eso no se puede», fue lo primero que oí.

Me encantan los «no se puede», forman parte de mi vida. Esta vez era obligatorio llevar un guía para mi propósito y, para mi sorpresa, necesitábamos también llevar un mulo, «para emergencias», dijo, por si pasa algo. La burocracia de la isla alcanzaba todos sus rincones. El pago del mulo era aparte. Así que tras ofrecer al guía el sueldo de tres días por uno de trabajo, sí se pudo. Tuve que pagar un mulo por tres días, también sin que el mulo tuviera que trabajar.

Ahora me tocaba a mí hacer mi parte.

La idea no era tan loca. Poco a poco, el mes anterior, incrementé el recorrido de mis caminatas. El Pico Chirripó, en Costa Rica, me llevó cerca de quince horas subir y bajar. Si podía caminar esas horas con esa altura y al día siguiente estar perfecto, lo veía viable.

Copié mis previos ascensos y planeé salir a las cuatro de la madrugada. A esa hora vino el guía a buscarme como acordamos, llevaba el mulo ambulancia de la mano, atado de una soga de plástico.

Yo iba ligero de equipaje, una pequeña mochila con agua y Gatorade, algo para comer, ropa seca y una chaqueta impermeable para el frío y la lluvia. La noche anterior había repasado los lugares de acopio de agua potable. Dos en todo el recorrido, uno apenas a una hora de la salida y el otro a dos horas de la cumbre. Una botella de litro y medio de agua y dos botellitas de energizante serían suficientes, calculé.

Lo primero que el guía me dijo fue:

—Usted siga que yo lo atrapo en un rato. No hay pérdida, siga el camino.

La noche era oscura y refrescante, olía a naranja, hojas y humedad. Las sombras de los árboles me seguían por el camino, que era ancho y plano, cubierto por una capa de arena que se mezclaba con barro en algunas partes. Con el tiempo se estrechó, convirtiéndose en un pequeño arroyo por la cantidad de lluvia acumulada que las montañas excretaban por todos lados. Cuando eso pasó, unos cuarenta minutos más tarde, el guía reapareció montado en el mulo ambulancia.

—Usted siga, que ahora lo alcanzo —volvió a decir.

Y volvió a desaparecer, engullido por la noche, cabalgando su mulo en silencio. Las primeras dudas sobre mi guía se asomaron, nunca había visto un guía que no te guiara. Especialmente al principio del viaje y, sobre todo, en medio de la noche. Algo no estaba bien.

Dormí en una estancia de la caseta del parque, el viejo guardián la había abierto y cerrado conmigo dentro. A media noche, dos tipejos claramente bebidos me pidieron que les abriera la puerta. Cuando les dije que no tenía las llaves, sacudieron con violencia las rejas, chillando que les abriera y, después, desaparecieron comidos por la oscuridad.

«¿Qué querrían?», me preguntaba mientras caminaba en medio de la nada y en tinieblas.

¿Y si el guía estaba con ellos?

Tras una hora de terreno fácil, que subía con una inclinación mínima, dudé si no me había perdido.

«¿Dónde estará la subida? ¿Y si me he equivocado de camino?»

Para subir una montaña de tres mil metros tenía que haber una pronunciada pendiente, para superar los casi dos mil metros de desnivel.

Tras cruzar unos cuantos maltrechos puentecillos, por encima de aguas ruidosas, que brillaban al contacto de la luz de mi linterna, por fin la pendiente llegó; y entonces no paró. Subí sin descanso por horas, hasta que cuando salió el sol me detuve a comer algo. El supuesto guía llegó poco más tarde.

—¿Cuánto falta para acabar la subida? —pregunté. Quería calcular el tiempo, la energía y mi posición en el camino. Un letrero marcaba los mil ochocientos metros.

«Esto no puede ser muy difícil», pensé. Faltaban mil doscientos metros de desnivel.

—Como dos horas —respondió Eli, que era como se llamaba.

«Eso cuadra», pensé estúpidamente.

El jinete ni se apeó de su montura para no cansarse, y sus ojos no mostraban el más mínimo arrepentimiento por dejarme solo, dejando claro que era su manera de trabajar. De nuevo, sin más, soltó:

—Usted siga, que yo lo atrapo.

Dos horas más tarde, sin rastro de que la montaña terminara ni de mi guía, seguí caminando bajo el ardiente sol. Ya no había árboles, y el camino era estrecho, empinado, lleno de piedras sueltas que me destruían los pies, las piernas y, sobre todo, las rodillas.

La subida era eterna, a veces daba una tregua de unos metros, donde bajaba y las piernas se relajaban, luego, continuaba el ascenso de manera brusca.

Miraba a mi alrededor y buscaba dónde estaría mi meta. Ya estaba cerca de los dos mil quinientos metros, no podía faltar mucho. Veía picos cercanos y me preguntaba cuál de ellos sería mi objetivo. Cuando localicé el más alto, intenté predecir hacia donde seguiría el camino. Cuando el sendero me llevó en dirección opuesta, supe que ninguno de los picos era la cima.

No sé por qué motivo, pero siempre que subes una montaña, da la impresión de que la cima huye de ti. Cuando tú crees que no se puede ir más arriba, aparece otra loma de la nada. Esta vez fue mucho peor.

Llevaba cerca de cinco horas caminando, verificaba si la ruta era la correcta por la basura que había por el camino. Hacía horas que no había rastro de Eli. Cuando el camino empezó a descender, me detuve por precaución.

«¿Dónde estará ese cabrón? ¡Conque dos horas, eh! Lleva casi cuatro», pensé.

No mucho más tarde, sonriente, montado en su mulo, apareció.

—¿Dónde está la cima? —pregunté un poco desesperado.

—Allí —señaló hacia una montaña en el horizonte.

Estaba lejos, muy lejos. Y mis piernas se encontraban doloridas por el ascenso y las piedras. Ahora la pendiente en el descenso era vertiginosa, y a cada paso las piedras se movían peligrosamente, mi bastón me daba la seguridad extra esencial.

El pensamiento de que era imposible llegar allí arriba aparecía y desaparecía en mi cabeza. Poco a poco, la bajada me hizo recuperar mis energías, y la reflexión negativa de darme la vuelta desapareció. Un rato más tarde, cuando el camino empezó a ascender de nuevo, el refugio que partía las jornadas de los montañeros apareció. El lugar era amplio y estaba compuesto de varias construcciones de madera, con un techo verde que parecía zinc. Tenía un área exterior para una hoguera y un banco hecho de troncos, donde me senté destrozado. Saqué de la bolsa unas galletas de chocolate y un puñado de cacahuetes y me los comí mientras intentaba reponer mis fuerzas. Necesitaba llenar la botella de agua, pero el asiento no quería dejarme ir. Tambaleándome, me levanté y llené mi envase de líquido. Quedaba un Gatorade.

Estaba listo para empezar de nuevo. Justo antes de partir, cuando estaba poniendo la comida de vuelta en la mochila, un hombrecillo pequeño y robusto con voz cansada me pregunto:

—¿Y usted va a subir y bajar hoy?

—Sí —respondí al guardián del lugar, no teniendo otra respuesta.

Minutos más tarde, continué por un camino de tierra negra de caminar suave, al rato, volvieron las terribles piedras y la subida se inclinó de nuevo. La cima quedaba a unas dos horas y, como siempre, la cima, en los últimos momentos, huía de mí.

La sentencia

Pedí la cuenta en el restaurante, y me despedía de mis amigos cuando Severino me dijo que sus abogados le habían comunicado que la sentencia del juicio laboral salió.

—Envía a buscarla —dijo—. Díselo a tu abogado.

—Sí, claro, mañana lo llamo.

Los negocios no mejoraban, mientras conducía a casa después de cenar, una sombra de preocupación apareció en mi cabeza. Hacía cálculos de lo que le tendría que pagar a mi extrabajador; cada vez que las ventas subían, los beneficios desaparecían de una vez, tragados por viejas facturas o compras necesarias. Un gasto extra, salido de la nada, me desbalanceaba el presupuesto.

La agencia inmobiliaria me llamó hacía unos días comunicándome que tenían a alguien muy interesado en uno de mis apartamentos.

—La semana siguiente vendrán a verlo —le dije a Vanesa esa noche, cenando los dos solos—. Por las fotos que vieron, la localización y el precio, que estaba en su rango, es una venta casi segura.

—Guau, eso sería genial —respondió mi amiga—. Lo tendremos que celebrar.

Su mirada pícara, tal vez influenciada por el vino, emitía un mensaje.

«Si tan solo vendiera ese apartamento», pensaba una y otra vez, antes de quedarme dormido, mientras distribuía el dinero de la venta. Con cien mil dólares en el bolsillo todos los problemas desaparecerían. Me quedarían tres apartamentos y la casa.

«Igual podría intentar subir el Aconcagua», pensé, ya con el dinero en la mano.

—Buenos días, Miguel —le dije a mi representante legal, tras intentar llamarlo un par de veces—. Me han dicho que la sentencia del caso laboral ya ha salido.

—Pues vete a buscarla y me la envías.

—Buscarla, ¿cómo?

—Ve a ver a la secretaria del Tribunal Laboral, en el segundo piso, y pídesela dándole tu nombre.

Después de pasar por casa, y cambiar mi indumentaria cotidiana de *short* por pantalones decentes, salí derecho para el tribunal. No *shorts* en el tribunal, recordé.

—Regrese en media hora —me dijo una secretaria con gafas, pelo negro alisado y cara de secretaria.

Media hora más tarde, regresé. Ahora iba camino a mi oficina con un fajo de documentos de más de treinta hojas.

Intenté leerlos, pero el nerviosismo no me dejaba. Quería resumirlo todo al instante. No entendía absolutamente nada, salvo el nombre del extrabajador, el mío y el de mi empresa. No comprendía los resúmenes de los diferentes procesos. Nada encajaba. El sueldo del trabajador era de dos mil dólares al mes, cuando en realidad cobraba doscientos. Era una barbaridad, solo posiciones de gerentes para arriba ganaban eso. Hablaba de que no estaba registrado en la seguridad social, cuando le había enviado una copia al abogado de los pagos desde que se registró al empleado, tan solo empezar a laborar. Saltaba de páginas buscando la clave, pero no la encontraba. Hacia el final encontré muchos números, pero no tenía el más mínimo sentido, así que opté por llamar de nuevo a Miguel.

Esta vez cogió el teléfono de una vez.

—Tengo la sentencia, pero el sueldo no corresponde y hay cosas que tampoco son correctas.

—Escanéalo todo y envíamelo cuanto antes.

Y así lo hice, me pasé la siguiente media hora escaneando los documentos, intentaba no dejarme nada. Pequeñas distracciones hicieron que escaneara y enviara algunas páginas dos veces. Mientras esperaba a que el escáner hiciera su trabajo, repasaba las últimas páginas del documento donde estaban los montos. ¡Era imposible!

Válvula de escape

Alguien dijo que «se aprende más en un día de soledad que en ciento de sociedad».

La montaña me hizo pagar mi atrevimiento por querer llegar a su cima y bajar en un día sin conocer su fisionomía. Regresé cuando ya estaba oscuro, con las piernas machacadas por las piedras, las subidas y la interminable bajada. Cuando empezaba a considerar la posibilidad de estar perdido en la oscuridad de la nueva noche, apareció el guía.

—Ya casi está —dijo sonriendo estúpidamente, esperando a ser pagado.

«Si le hubiera pagado por adelantado, el tipo ni sube», pensé.

Tan pronto como tuve cobertura telefónica, recibí varios mensajes. Era Vanesa.

—Hola, ¿ya llegaste? —decía el primero.

—Me dejas saber cuando llegues —escribió en el segundo.

Había encontrado el sitio perfecto para liberar el estrés de la crisis y dónde ir a pasear conmigo mismo. Caminar en solitario durante horas, por unos cuantos días, era como cargarme las pilas. Lo mejor es que quedaba a apenas unas horas de donde vivía, y en tan solo un día de caminata estaba en medio de ningún sitio, rodeado de montañas, acompañado de un guía y de su mulo ambulancia, que nunca estaban conmigo.

En el futuro, cuando las cosas se pusieran difíciles, debido a mis abogados o mis enemigos, y empezara a dudar de mí, cogería la mochila, tienda de campaña, saco de dormir y demás utensilios, y saldría para la montaña. Unos cuantos días de caminar en solitario me ayudaban a soltar el estrés acumulado, a pensar mejor y reponer mis energías.

El peor momento era siempre cuando retornaba a la civilización, una gasolinera marcaba el punto donde mi móvil volvía a la vida, tras unos cuantos días hibernando sin señal. Entonces los mensajes llovían y rápidamente seleccionaba prioridades. Perros, negocio, notificaciones. Temía ese lugar.

En ese momento la guerra empezaba de nuevo tras unos días de descanso. Las acciones ofensivas de mis enemigos se mezclaban con los desbarajustes de mis abogados.

La sentencia II

«Éramos pocos y parió la abuela», dice el dicho.

Más o menos eso me paso a mí. Estaba capeando la crisis cuando llegó el desastre.

—Tranquilo, que eso lo apelamos y ya —fue la frase que me arrulló para dormirme esa noche. Las palabras de mi abogado-amigo Miguel, después de repetirlas decenas de veces, produjeron un efecto somnífero, tranquilizador.

Apelar, para el que no sabe, es como ganar tiempo, volver a repasar el caso. Los ignorantes no sabemos que ese mismo verbo puede significar «intentar reparar los desastres hechos por tus representantes».

Cuando me levanté al día siguiente, sábado, lo primero que hice fue llamar a mis amigos Severino y Vanesa.

—Tengo la sentencia —solté, imagino que nervioso—. Mi abogado dice que tranquilo, que podemos apelar.

Mientras conducía por el caótico tráfico, pensaba en mi próximo movimiento.

Nada, pues apelamos, así ganaría un poco de tiempo y miraba a ver si, mientras tanto, vendía alguna propiedad o si el negocio se recuperaba. Habían pasado casi dos años desde el inicio de la demanda, así que por lo menos tenía un año para resolver el tema de la apelación. Luego veríamos.

Subí la empinada cuesta que llevaba a la casa, y al llegar Severino me abrió personalmente la puerta. El guardia de seguridad que vivía a la entrada de la casa estaba arreglando el jardín cuando llegué.

—¿Quieres un café? —preguntó, todavía en pantalón de pijama y una camiseta que le daba un ligero aire juvenil.

—Por favor —respondí, mientras miraba lo limpia que estaba el agua de la piscina y lo bien organizadas que estaban las tumbonas alrededor de la piscina.

«Diez tumbonas para dos personas no cuadra mucho», pensaba cuando mi amigo salió con la taza de café.

—Vanesa baja en un momento —dijo, poniendo el café en la mesa de la terraza—. Déjame ver la sentencia.

Mientras leía el documento, yo miraba al mar que quedaba a unos cien metros, debajo de la colina, y pensaba que ese terreno le tuvo que costar una fortuna. Las palmeras adornaban la impresionante vista. Casi sin querer, miraba a mi amigo de reojo ajustarse las gafas de lectura.

—Esto está mal, muy mal —enunció finalmente—. Vamos a esperar a ver qué dice la jueza, pero creo que tu abogado te jugó una mala pasada.

—Me habló de que podíamos apelar.

—Para hacer eso tú tienes que depositar el doble de la sentencia, ¿lo sabías? El duplo —soltó en un tono de voz más alto, mirándome por encima de las gafas—. Te están condenando a un pago de más de veinte mil dólares, eso significa que tienes que depositar cerca de cincuenta mil dólares en los próximos tres días si quieres apelar. Mis abogados tampoco

162

están muy conformes con esta sentencia y pensaban también apelar —explicó mientras se metía en la casa y decía:

—Ahora regreso.

—Ah, y otra cosa —dijo dándose la vuelta—. Tus propiedades pueden ser embargadas de inmediato.

La cabeza me daba vueltas. ¿De dónde demonios salía una sentencia de más de veinte mil dólares, cuando el tipo ganaba doscientos dólares al mes y había trabajado poco menos de siete meses? Sobre setecientos me había dicho el representante laboral al que le consulté el caso, hacía ya años. Encima, estos abogados no estaban contentos con esta sentencia a su favor. En medio de la oleada de confusión, me fui al otro lado de la piscina y llamé a Miguel.

—Oye, Miguel —grité siendo un poco brusco—. Me dicen unos amigos que si quiero apelar necesito depositar cerca de cincuenta mil dólares, ¿es verdad?, ¿y que también mis propiedades están expuestas a un embargo?, ¿qué tienen que ver mis propiedades personales con el negocio?

Tras una ráfaga de preguntas, mi abogado me detuvo.

—Tranquilo, tranquilo. Eso lo solucionamos. El lunes hablamos.

Para entonces, mi amiga apareció.

—Buenos días, Jorgito —susurró saludándome y dándome dos besos, mientras me cogía disimuladamente la mano—. Déjame leer la sentencia.

Mientras leía el documento, parecía que el tiempo se detuvo, o por lo menos los segundos pasaron a minutos y los minutos a horas. Finalmente, mi amiga explotó.

—¡Deberías demandar a ese cabrón! —sentenció con una voz fuerte, acentuando especialmente el «cabrón»—. ¡Tu abogado no depositó ni un solo documento en tu defensa! ¡Ni siquiera el contrato de trabajo! Por eso eran tres abogados de los que me hablaste, para demandarse entre sí y depositar así los documentos olvidados.

Yo estaba perplejo.

—Y otra cosa, todo lo que está a tu nombre personal puede ser embargado. ¡Otra negligencia por parte de tu representante!

El tono de su voz denotaba su enfado al saber que mis esperanzas estaban en la venta de una de mis propiedades.

El bello día se oscureció, y mientras me alejaba al otro extremo de la piscina para pensar y digerir mi situación, notaba que mi mundo se hundía a mis pies; para acabar de rematarlo, Severino añadió:

—¡Mis abogados acaban de embargar un hotel por una demanda laboral que ganaron como esta!

Para entonces yo ya había visualizado el riesgo que corrían mis propiedades, mi único camino para salir de la crisis. Eso hizo que perdiera el equilibrio. Justo antes de perder pie, mi amigo soltó:

—Si quieres puedo hablar con ellos e intentar solucionarlo, pero no va a ser fácil.

—¿Solucionarlo? —pregunté—. ¿Cómo? No voy a poder conseguir cincuenta mil dólares en unos días. Además, las propiedades...

—Yo te los puedo prestar —dijo, justo antes de que el sol volviera a brillar—. A eso me dedico. Pero déjame hablar con mis socios y te digo cómo lo podemos hacer. Tranquilo, que esto lo solucionamos.

Vanesa me miraba y sus ojos mostraban esperanza.

Nueva ruta

Llevaba varias horas esperando con mi equipaje, en una encrucijada entre la carretera principal y un camino polvoriento. Ni rastro del pequeño minibús que, supuestamente a diario, hacía esa ruta entre las montañas. Quedaban pocas horas de luz, así que decidí buscar a alguien que me llevara, ofreciendo una buena tarifa. Una vez lo encontré y, apenas quince minutos de recorrido más tarde, uno de los neumáticos se pinchó.

—¿Rueda de reserva? —pregunté sin respuesta.

—Quédese aquí, que ahora vuelvo —dijo con tranquilidad la única persona que accedió a llevarme a mi destino.

Tenía que haber considerado la posibilidad de que el destartalado vehículo no llegaría muy lejos, pero mi ansia por llegar empañó lo obvio.

Decidí cambiar la excursión, ya había hecho cinco ascensos siguiendo la misma ruta en diferentes circunstancias: con tormentas, sin agua en el refugio, con inundaciones, con algún amigo, en dos días, en tres días... Ya conocía el camino a la perfección.

Busqué más información sobre el parque y vi que había otro camino a la cima por el norte, aunque era un poco más largo. Como no tenía mucho más que hacer que esperar a que mi suerte cambiara, decidí ir a ver.

Media hora más tarde, el buen hombre, de camisa floreada y medio raída, regresó sonriendo con el neumático arreglado.

—Todo arreglado. Ve que fácil —dijo sin dejar de sonreír.

—Muy fácil —respondí resignado, viendo la noche llegar y que seguíamos sin tener rueda de repuesto.

El estrecho camino zigzagueaba por mitad de las altas montañas; árboles frutales y cafetales crecían en el lado derecho, cubiertos por una ligera capa del polvo del camino. Mientras miraba el paisaje, nuestras cabezas y cuerpos se sacudían al ritmo del carro y los baches, que minaban la pista forestal. Intenté hacer alguna foto, pero el continuo ajetreo no me permitió hacer ni una decente, todas salían movidas. Con la oscuridad persiguiéndonos por la montaña y el estado del carruaje, no quería perder tiempo en eso.

De tanto en tanto, el río se mostraba unos centenares de metros abajo del escalofriante precipicio que nos seguía por el lado izquierdo. Las horas pasaban y continuábamos adentrándonos en las montañas, cada vez más altas, hasta que la noche las hizo todas parejas y nos quedamos siguiendo curvas en completa oscuridad. Con todo el paisaje del mismo color, el tiempo empezó a pasar más despacio, las luces parecían iluminar siempre lo mismo, pero intercambiando ángulo.

El camino empeoraba y, a veces, pensaba que no podríamos continuar más. En ocasiones, el carro se paraba por completo tras emitir un ruido atroz, y pensaba que ahí nos quedábamos. Segundos más tarde continuábamos y mi duda desaparecía. El titubeo de otro pinchazo, o que el vehículo se descompusiera por completo, aparecía en mi cabeza más a menudo y en cada ocasión que golpeábamos alguna piedra o nos metíamos en una zanja. Todos los factores apuntaban a que acabaríamos ahí. En ocasiones, luces cerca del camino indicaban presencia humana.

Por fin y gracias a algún milagro divino, cerca de tres horas después de partir, con los riñones, la cabeza y la espalda bien sacudidos, llegamos a una aldea mal iluminada y sucia. La música retumbaba en la tranquilidad de la noche, y los pocos moradores del lugar se descubrían cerca de las luces artificiales. Deposité el equipaje en el suelo de cemento verde del único bar, pedí una cerveza que estaba medio caliente por la deficiencia de la electricidad y, como siempre en tierra desconocida, esperé sentado en una silla plástica mientras la música seguía distorsionando. El lugar me recordaba a lo que me imaginé sería Macondo, el pueblecito de *Cien años de soledad*.

Notaba ojos extraños posarse en mí. No había acabado la cerveza cuando un hombrecillo delgaducho de ojos verdes se acercó.

—¿Busca un guía para el Pico? —preguntó tímidamente.

—Sí, busco guía, y además un lugar para dormir —respondí, combatiendo el ruido estrepitoso de la música.

Después de negociar el precio y dejar al hombre irse un par de veces, por lo visto humillado por la oferta que le hice, llegamos a un acuerdo.

Esta vez necesitaba dos mulos: el ambulancia, y el de carga. Después de dormir en un cuarto de la casa de la hermana de mi nuevo guía, Antonio, salimos poco después del amanecer. El camino serpenteaba vago por la montaña y, cada vez que miraba hacia atrás, las pocas casas se perdían de vista, hasta quedar solo decenas de montañas cubiertas de pinos y árboles tropicales. El sendero ascendía suave, y hacía el caminar fácil y relajante. Cada cierto tiempo, alguna cascada o riachuelo de agua fresca y potable se nos cruzaba en el camino, en medio de la vegetación exuberante, más concentrada en ese punto y atraída por el agua. Era fantástico, la naturaleza te envolvía con pasión, el sonido de la corriente, que saltaba entre rocas, se mezclaba con los trinos de los pájaros mientras caminabas. El guía, como siempre en esas tierras, montado en su mulo y utilizando su frase favorita:

—Usted siga que yo lo atrapo.

Al final de la tarde, cuando por fin me atrapó, cambió la frase.

—Me voy a adelantar para recoger leña para el fuego, usted siga adelante. No hay pérdida.

Unas dos horas más tarde, justo antes del anochecer, el sendero me llevó al río más caudaloso que había visto durante el día, que habían sido unos cuantos. Llevaba rato viéndolo, oyéndolo desde arriba de las montañas. Tras cerca de una hora de un empinado descenso, por fin estaba delante y lo tenía que cruzar. Al otro lado se veía el sendero marcado por el barro y la carencia de hierba, provocado por el caminar pesado de los mulos. Al meterme, la fuerte corriente me sacudió. El agua estaba fresca.

Poco después de cruzarlo, llegué a una destartalada cabaña de madera, pintada de verde oscuro y techo amarillo, en medio de un pequeño prado, a unos cincuenta metros del río.

—Puede poner la tienda de campaña donde quiera, o si prefiere dormir dentro —dijo mi guía que estaba tumbado dentro—. Vaya por ese camino y encontrará un sitio para bañarse en el río.

Tras dejar la mochila dentro de la caseta, toalla y jabón en mano, desaparecí siguiendo el sendero.

No mucho después, en una gran roca plana, me desnudé y me metí en el agua. La corriente era fuerte, así que elegí un remanso de piedras resbaladizas. La temperatura era la perfecta después de pasar el primer minuto de aclimatación. Cada poco, daba un sorbo de agua que me hacía recordar el pasado, cuando se podía beber agua por los ríos de los montes. El uso del jabón para bañarme, con su rastro de espuma que se llevaba la corriente, dejaba en mí una huella de culpabilidad.

El remojón fue reconfortante, y ver el sol esconderse por las montañas, mientras me secaba, impresionante.

Tenía la sensación de que mi nueva ruta era mucho mejor que la otra. La noche, mientras miraba el fuego y las sombras de los árboles bailar, me pareció fantástica.

Préstamo

Severino me llamó la tarde del día siguiente.

—¿Puedes pasar por casa? —preguntó en un nuevo tono de voz, que sonaba a seriedad y una mezcla de preocupación.

—Sí, claro, en un rato paso —respondí, tratando de ocultar mis deseos de estar allí ya.

Llevaba todo el día y la noche anterior pensando. Si Severino me ayudaba, podría apelar, y tal y como decía mi abogado, revertir esa sentencia. Una vez revertida, le devuelvo el dinero a mi amigo.

Sin embargo, mi amigo tenía otra fórmula mucho más atractiva.

—Esta mañana hablé con mi abogado —comenzó, cruzando los dedos de las manos e inclinándose levemente hacia delante, al mismo tiempo que me miraba a los ojos desde el sofá de su terraza—. Ellos están dispuestos a cooperar por tratarse de un amigo de Vanesa y mío. Lo que haríamos es lo siguiente: yo abonaría el monto de la sentencia, mis abogados incluso accedieron a realizarlo en dos pagos, uno ahora y el próximo en Navidad. Como garantía a ese pago, yo necesitaría algo, claro.

En ese momento yo lo interrumpí.

—¿Y si quisiera apelar? —pregunté.

—¡No podría disponer de ese monto y mis abogados te embargarían mañana mismo tus propiedades!

Mi silencio hizo que mi amigo tomara la palabra.

—Tienes los apartamentos y la casa. Me das un apartamento de fianza, y ya. Me firmas un contrato de venta como garantía, y cuando tengas el dinero me lo das y yo te lo devuelvo. Eso sí, me tienes que pagar un uno por ciento mensual por el dinero, como hago con todo el mundo. De eso vivo.

De repente, me daba la sensación de que todos los problemas habían desaparecido por arte de magia. Aun así, añadí:

—No puedo darte un apartamento, la declaración de condominio no está hecha y todo está bajo un mismo título. No puedo darte una propiedad valorada en cuatrocientos mil dólares por veinte mil. Tendría que ver qué otras opciones tengo.

Un silencio espeso flotaba entre Severino y yo. De reojo, mientras daba círculos por el jardín, lo veía discernir.

—Entiendo, pues te abro una línea de crédito por setenta mil y así tienes *cash* para lo que quieras. Mis abogados se ponen de una vez a hacer la ley de condominio y así tendrás un título por cada apartamento. Tan pronto como tengamos eso, cancelamos el contrato anterior y le ponemos la garantía que corresponda.

En cuestión de segundos, mi cabeza explotó con mil y una diferentes posibilidades.

—Me parece bien, pero por ese monto te daré dos apartamentos —dije, bien consciente de que solo tenía la opción de confiar en mi amigo. Me imaginé que tarde o temprano los negocios se arreglarían y la maldita crisis pasaría—. Si vendo alguna propiedad te liquido el préstamo —continué mientras pensaba en la próxima frase—. En el peor de los casos, suponiendo que esto no se acabe, te doy los otros dos apartamentos de garantía y subimos el monto a ciento cincuenta mil.

—Me parece perfecto —dijo mi amigo sonriendo—. Solo una cosita, no te lo puedo dar de golpe, tiene que ser poco a poco. Yo hablo con mi abogado y le digo que irás a verlo con el título de la propiedad y el dinero.

Para esos momentos yo ya estaba eufórico, así que no me importó. Acababa de encontrar, justo en el peor momento, una solución a todos mis problemas.

Los abogados

La secretaria me abrió la puerta de vidrio tras tocar el timbre, después de subir a pie las tres plantas y pasar por una serie de tiendas, salones de belleza y oficinas. Nunca me gustaron los ascensores. Siempre pensé que: «si puedes usar las piernas, úsalas». Tras presentarme, muy educada, me dijo:

—El señor Fausto estará con usted en breve, siéntese. ¿Quiere un café, agua?

—No, gracias, estoy bien.

Me senté en uno de los sofás de piel, color negro, de la elegante sala de espera. La secretaria quedaba enfrente de mí, sentada en una cómoda y fina silla. El mostrador era de granito negro, que pegaba a la perfección con el suelo, el vidrio grueso de tinte verduzco de las puertas y el color pálido de las paredes. Un televisor plano de la medida justa colgaba de la pared, detrás de la secretaria, pero por encima de la empleada, para que no bloqueara la vista. El canal era CNÑ. Opté por ojear alguna de las muchas revistas y periódicos. Todo olía a limpio con una pizca de olor a piel y a nuevo.

Había otra persona más esperando. Mientras pasaba las páginas, intentaba imaginarme qué problema debía de tener tan solo mirándolo, pero no pude. El lujo de la oficina eclipsaba todo. Mi extrabajador, este hombre y yo mismo, no encajábamos para nada en el lugar.

«Algo no cuadra», pensé.

De repente, se abrió una puerta a mi derecha y salió una mujer de servicio, vestida con uniforme rosado con ribetes blancos, llevaba una bandeja con una taza de café y un vaso de agua.

—¿Café, señor? —salió de sus labios.

Un poco incómodo por la situación, esta vez opté por decir que sí.

—Bueno, pues deme el café y el vaso de agua.

Cuando llevaba unos veinte minutos de espera, la joven que me recibió se levantó y, tras decir mi nombre, me pidió que la siguiera. Abrió otra puerta de vidrio con el pase magnético que llevaba colgado del cuello y seguimos el pasillo por delante de lujosas oficinas y salas de reuniones de diferentes tamaños con muros transparentes. Me imaginé que las mejores oficinas del mundo no podían estar muy por encima de estas. Yo había construido tanto los apartamentos como la casa, así que sabía lo que costaban el mármol negro del suelo, la madera noble de los escritorios y las luces. Todos los equipos eran Apple y estaban por todos lados. Al fondo, acercándose, las dos únicas puertas de madera con pedigrí, diseñadas para dar más privacidad, superestilosas también. Tras tocar la puerta, la secretaria me hizo pasar.

—Hola —dijo el individuo, sentado detrás de un suntuoso y amplio escritorio— soy Fausto, adelante, siéntese.

Era bajito, un poco rechoncho y llevaba unos lentes que me hacían recordar a un ratón de biblioteca. Su vestimenta era formal, pero no encajaba con el lujo de su alrededor, tampoco el reloj o los zapatos.

Más de los necesarios equipos Apple aparecieron. «Los deben regalar», pensé. Diplomas enmarcados finamente colgaban de las paredes. Un librero espectacular mostraba lo que yo pensé eran los libros esenciales del derecho.

De nuevo me senté en una cómoda y cara silla. La sensación de que algo *no cuadraba* no me abandonó desde mi primer pensamiento.

La conversación inicial no fue nada fácil. Ellos eran los abogados que, a fin de cuentas, representaban a mi extrabajador, y que habían multiplicado y presentado su sueldo real por diez, rompiendo la ley y la moral que juraron defender como abogados.

Lejos de sentirse incómodo y ante mi asombro, me dijo que primero me habían investigado. Vieron las propiedades que yo tenía en el registro de títulos y luego prepararon el caso.

Años más tarde, pensé que incluso ellos planearon colocarme al trabajador. Todo se hizo a la perfección. Con el tiempo, descubrí que la estrategia más común en la isla era embargar todos los bienes y cuentas que pudieran con la primera sentencia laboral, y después, poco a poco, apoderarse de todo. Cuando investigué, eso es lo que pasó con el hotel que embargaron, y lo que le ocurre a la mayoría de la gente. Demanda laboral, la mala defensa estaba garantizada y los olvidos eran el pan de cada día; ellos solo se tenían que asegurar de no cometer ningún error y de confundir al enemigo.

Los avisos de alguien en el pasado pitaron en mi interior: «nada a tu nombre en la isla».

Era un buen negocio preparar o comprar casos laborales para que, con la ayuda de los disparates de los abogados contrarios y pequeños favores de jueces, tuvieran una buena sentencia a su favor. Después, con el fallo en contra, la otra parte tenía que depositar un cuantioso duplo si apelaban. Aun así, de seguro que ellos, con la sentencia en mano, registraban una hipoteca en el registro de títulos para asegurarse la vivienda, con otra *pequeña ayuda* de dentro de los tribunales. Las hipotecas que sembraban eran silenciosas, ni te enterabas. Si por casualidad lo descubrías, tardarías años y gastarías bastante dinero en sacarla, si es que lo conseguías. Los guardianes de la ley se aseguraban de bloquear tus acciones.

Tiempo más tarde, con otro hábil movimiento patrocinado por un juez civil amigo, confiscaban y se apropiaban de la valiosa propiedad. Cuando eras consciente de lo que pasaba era ya demasiado tarde. Tras acabar haciendo otra maniobra magistral, todo quedaba bajo el nombre de un testaferro. Una vez tienes el sistema, solo era copiar y pegar. Propiedades, demanda laboral, embargo. No sé cuántas veces previas a mí o al dueño del hotel habían hecho la misma operación.

—Tristemente —añadió Fausto a su monólogo—, estos abogados capitaleños se olvidan siempre algo. Caros y sin uso —dijo, refiriéndose a que mi abogado no había depositado ni un solo documento en mi defensa.

—Mire —le dije mirándolo a los ojos—, no sé cómo usted se imagina que me siento, pero después de lo ocurrido, sabiendo ustedes la verdad del sueldo de mi exempleado, además de inventar otro después, pues… Yo intenté ayudar al muchacho, y me jodió. Mi abogado me jodió también, y usted alardea de un hecho basado en el engaño, rompiendo el voto de abogado que usted juró ante la ley. Y a mí me castigan por intentar ayudar al pobre chico invirtiendo en él. ¿Cómo piensa que realmente me siento?

En ese momento, alguien tocó a la puerta y un abogado más joven entró.

—Señor Martín, le presento a mi hermano Facundo.

—Encantado, caballero —dijo, imagino que hipócritamente—. ¿Cómo van los negocios? Esta crisis nos está dando duro.

—Está bien difícil, sí —respondí—. En especial con esto que ha pasado.

—Bueno —respondió Fausto, levantándose a recoger unos papeles que su hermano le traía—. Usted es amigo de nuestros amigos, así que lo respetamos como a ellos. Si no hubiera sido así, ya le habríamos puesto una hipoteca judicial a los títulos de su propiedad. ¿Me trajo el título? —preguntó todo lo bien intencionado que pudo.

—Sí, claro, y el dinero.

Los dólares que me dio Severino la noche anterior, tras firmar un contrato de préstamo, pasaron a manos del abogado.

Mientras los contaba, me dio el contrato de venta que serviría de garantía. Un hormigueo me recorrió el cuerpo, iba a firmar la venta de mi posesión más preciada a cambio de casi nada.

—Todo está ok —dijo Fausto—. Firme aquí. Yo le hago llegar una copia con Severino una vez las tenga legalizadas. Aquí tiene el recibo de descargo de la sentencia, faltaría el segundo pago.

Mientras bajaba las escaleras del edificio, una mezcla de pánico y malestar me acompañó. Al llegar a la calle estaba enfadado. ¡No era justo!

Uno trabaja duro para crecer e invertir, y cuando lo tienes todo listo, unos malditos abogados tratan de apoderarse de lo tuyo.

«Menos mal que están Severino y Vanesa», pensé, si no, no sé qué hubiera hecho. Aun así, los casi veintidós mil dólares de la demanda dolían, y más para ese maldito del trabajador. Si no hubiera sido por estos cabrones de abogados, esto no hubiera acabado así. «Por lo menos ahora tengo la línea de crédito», me consolé pensando.

Tan pronto entré en el *jeep*, llamé a Severino.

—Estoy en el supermercado —dijo— si quieres nos vemos en la heladería para tomar un café.

—Estuve con tus abogados —le dije minutos más tarde— ¡qué oficinas tienen! —añadí ocultando mis sentimientos—. ¡Se gastaron un dineral!

—Eso no es nada, el otro día inauguraron una tienda, un millón de dólares en *cash*, la mejor. El obispo la inauguró. Como te dije, somos socios, por eso el trato que te dieron a ti.

—Firmé el contrato, tu abogado te dará una copia una vez las tenga legalizadas. Severino, te firmé una venta de un edificio de cuatro apartamentos como garantía. ¡No me jodas! —añadí sin poder evitarlo.

—Tranquilo, que soy una persona legal.

La secretaria de Severino me llamaba cada mes y quedábamos para el pago de los intereses, que eran doscientos veinte dólares al mes con la sentencia completa. Llevábamos casi tres años desde que la crisis dio el primer pistoletazo y acabó con Lehman Brothers, arrastrándonos a todos.

Ahora las noticias hablaban de «brotes verdes de la economía». Yo no veía ninguno. Intentando entender qué pasaba, compré algún libro sobre la crisis, sus consecuencias y el futuro. Como siempre, pensé que el hombre no está hecho para predecir y casi todo pasa sin que nadie lo vea venir.

Intentaba salir del hoyo y decidí utilizar la línea de crédito para invertir en mi negocio y mejorar los apartamentos. Subir mis ventas y tratar de vender un apartamento era el camino correcto. Redoblé esfuerzos para posicionarme en los mejores lugares de las páginas de internet, donde hacen comentarios sobre hoteles y servicios, y donde no hay lugar para quejas.

Renové uno de los apartamentos de arriba, su techo de cinco metros de altura en forma de pirámide, la frescura con su brisa perenne y la vista desde la terraza, lo hacían más atractivo que los de la planta baja. Tumbé la pared que separaba las dos habitaciones, quedó un apartamento más moderno y atractivo para los pocos compradores que vinieron a verlo. La última visita me dijo que quería una habitación más amplia. De veinticinco metros cuadrados la ampliamos a cuarenta y cinco; esperaba así tener diferentes posibilidades.

Mis excursiones a la montaña me tenían relajado, optimista. Fue entonces cuando, un día, vi en internet vuelos a Quito a trescientos cincuenta dólares. Unos meses antes se había producido un intento de golpe de estado, así que, tras verificar con la embajada que era seguro, me metí en un avión y me fui. Las gigantes montañas de los Andes me esperaban.

Ecuador 2011

«No es cierto que la gente deja de perseguir sueños porque envejecen, comienzan a envejecer porque dejan de perseguir sueños», dijo Gabriel García Márquez.

No me encontraba en la mejor de las situaciones, pero si hacía una suma y una resta de lo que tenía y lo que debía, aún estaba bastante bien. Las negociaciones con Severino y la ligera mejora del negocio soplaban a mi favor. Era cuestión de vender un apartamento, y tenía crédito de mi amigo para aguantar.

Llegué a Quito a altas horas de la noche. Su iluminación amarilla no me dijo mucho, igual que el paisaje industrial que desfilaba al otro lado de la ventanilla del taxi. Las calles se fueron estrechando, y la pendiente aumentaba su inclinación, anunciando la llegada al hotel, situado en la zona más antigua y alta de la ciudad. Reservé habitación en una pensión económica con una muy buena puntuación en internet. Tras pedir dos botellas de agua a la joven de recepción, subí a mi habitación por las angostas escaleras coloniales y, tras una ducha, me fui directo a la cama. El agua estaba fría.

Por la mañana, desperté con un ligero dolor de cabeza. Salí a la calle un poco abrigado y me senté en un agradable café en una calle empedrada. Las flores multicolores adornaban los pequeños balcones que veía, todo envuelto en una arquitectura colonial. Un viento frío, helado, sacudía las calles e intentaba sacarte el abrigo en arrebatos de furia.

Elegí quedarme en la zona antigua en vez de en la parte más moderna. Siempre preferí ese lugar histórico que tiene más sabor, más carácter, de todas las ciudades que visité.

Mientras me tomaba el café, miraba en el mapa de la ciudad y buscaba dónde estaba la oficina de Condor Trek Expeditions.

Horas más tarde, enfilaba las empinadas calles de regreso al hotel y sonreía satisfecho. Acababa de contratar un curso de escalada sobre hielo con ascenso a las tres cumbres más altas del país. Los volcanes Cayambe, Cotopaxi y Chimborazo, todos cerca o superando los seis mil metros. Salí de la tienda equipado con una nueva chaqueta de alta montaña, dos pares de calcetines para temperaturas extremas, un pasamontañas y unos guantes de lana gruesa.

Me seguía doliendo la cabeza. Parte del plan era aclimatarme a la altura de la ciudad. Los casi tres mil metros de Quito constituían solo el primer obstáculo. No quería volver a sentir ese intenso dolor de cabeza y vómitos que casi acaban conmigo en el Kilimanjaro. Tenía que acostumbrarme a la altura, a que mi cuerpo generara más glóbulos rojos, que transportaran más oxígeno a la sangre.

El segundo día en la ciudad, después de tomarme un delicioso café y unas tostadas, cogí un taxi y me dirigí al teleférico. Miré el interior de mi pequeña mochila y verifiqué. Chaqueta, agua, cámara, música, móvil cargado y algo para comer.

Poco tiempo después, ya estaba colgado del teleférico, y la ciudad se fue empequeñeciendo a mis pies. Arriba, un aire más violento y gélido me saludó. Rápido, me puse mi recién adquirida chaqueta de montaña y el gorro de lana. Cuatro mil metros. El camino hacia los pies del Rucu Pichincha estaba pavimentado y sin pérdida posible. Dos horas marcaba mi guía de senderos y montañas. El páramo estaba adornado de romerillo, agenciana y achupallas, y las chuquiraguas florecían por doquier. La ruta subía agradablemente y los músculos de mis piernas se tensaban con el tiempo. Caminaba despacio, con el viento en contra, el cuerpo un poco inclinado hacia adelante y las manos en los bolsillos para protegerlas del frío. Los visitantes curiosos se daban la vuelta a medida que el tiempo pasaba y, pronto, me quedé solo.

Unas dos horas más tarde, llegué al fin del sendero y al principio de la formación de lava volcánica que conducía a la cumbre del Rucu Pichincha, a cuatro mil setecientos metros. Cuando vi que tenía que empezar a escalar las afiladas rocas volcánicas, me di la vuelta.

—Hay un caminito por ahí —dijo una voz detrás de mí.

La persona estaba sentada a unos dos metros del suelo en un pequeño promontorio de piedra negra.

—Mi nombre es Karim, y soy de Marruecos, pero vivo en Barcelona. Si quieres subimos los dos juntos.

—¡Yo también soy de Barcelona! —respondí, un poco exaltado—. Sí, claro, vamos.

—¿Qué haces en Ecuador? Vacaciones, supongo.

—Pues no. Trabajo en una agencia de publicidad, Daos. Está por Sarriá, seguro que la conoces, es de las más importantes de Barcelona. Tenemos un cliente aquí y me enviaron para hacerle unas presentaciones y propuestas.

—Yo llevo más de veinte años fuera de Barcelona. Viví en Inglaterra, México y ahora en una isla del Caribe. Lo único que me queda de mi ciudad son los nombres de algunas calles y zonas. Hasta olvidé los restaurantes.

—¿Y a qué te dedicas?

—Tengo una empresa de actividades acuáticas dentro de un hotel.

Mientras hablábamos, el estrecho y resbaladizo sendero zigzagueaba por las piedras y excretaba arenilla negra. A medida que avanzábamos, ocasionalmente teníamos que trepar alguna pared con pies y manos. No eran muy altas ni difíciles, así que subíamos relajados, entretenidos con la conversación. Media hora más tarde llegamos a la cumbre. El paisaje era espectacular. Se veían volcanes nevados en el horizonte, envueltos en un cielo azul profundo.

—¡Guau! —dijo Karim—. Mi récord de altura. Fue una excelente opción coger el teleférico y venir a pasear hasta aquí el último día de mi visita. Siempre me gustó la montaña.

—¿Sales muy a menudo a las montañas por Barcelona?

—Sí, casi cada fin de semana en invierno. Me gusta esquiar y salgo tan pronto llega el fin de semana.

—Yo crucé las montañas hasta Andorra en invierno. Impresionante. ¿Caminaste por las montañas del Atlas en tu país?

—No, nunca tuve la oportunidad y, siempre que voy, entre visitar a la familia y amigos, nunca tengo tiempo. Me encantaría.

—Yo estuve hace muchos años.

Bajando hablábamos entusiasmados, sin ponerle mucha atención al camino, medio despistados. Asumimos que la diferencia en la fisionomía del camino se debía al ángulo de bajada. Las pequeñas paredes que trepamos cuando subíamos aumentaron su altura y, de repente, sin darme cuenta, estaba colgado de una pared de unos diez metros, con una caída de quinientos metros directa al valle que vimos a nuestra izquierda durante la subida.

Cuando caí en la gravedad de la situación, mis rodillas empezaron a temblar y me tuve que sujetar más fuerte con las manos a las piedras. Karim me miró desde arriba, y tras unos minutos viéndome paralizado, buscando como salir, me dijo:

—¡Por ahí yo no paso! Nos vemos abajo. Buscaré la manera de bajar. ¡Ten mucho cuidado!

Imagino que igual que yo, presintió que de esa no salíamos. O quizás me imaginó cayendo por el precipicio y, antes de que eso sucediera, se fue.

Su tono de voz llevaba el miedo y el temblor de la muerte. Yo no podía subir. De hecho, no me podía mover. Respiré profundo, me tranquilicé y continué el arriesgado descenso, mientras pensaba que, si me soltaba o patinaba, moriría. Caería a la base de la pared y de ahí me despeñaría al valle.

Estaba bien asido de pies y manos. El tembleque de las piernas iba y venía. La fuerza en los brazos y manos lo compensaba. Despacio, sujetándome firme, buscaba grietas donde apoyar mis pies; con estos bien apalancados, hice lo mismo con las manos. Descendía poco a poco. La mochila a mi espalda restringía mis movimientos, así como la chaqueta y las botas. Lo ideal hubiera sido ir sin nada en la espalda, unos botines de escalada para poder meter los pies donde fuera y un cortavientos ligero que no entorpeciera los movimientos. El fin estaba cerca, se podía sentir. El instinto me avisaba.

Mi cuerpo estaba tenso y la respiración profunda, a pesar de que casi no me movía. El corazón se quería salir del cuerpo. Poco a poco, bajé hasta llegar a la base, luego, un estrecho sendero me llevó lejos del abismo.

Días después, leería que esa montaña era una de las que más vidas se cobraba en el país, por su cercanía a Quito, la facilidad de perder el camino, y por su grado de dificultad.

Ya lejos del peligro, la rigidez de mis brazos y piernas desapareció, y toda mi energía se evaporó en un instante. Estaba muy cansado. Karim retornó a mi mente. Apostaba por lo peor. Solo veía precipicios gigantescos por todos lados. La única salida posible era por donde yo bajé, o retornando a la cumbre y bajar por donde subimos.

«¿Cómo saldrá el pobre de ahí? ¿Cómo nos pudimos meter en semejante sitio sin apenas darnos cuenta?», me preguntaba.

El momento de estrés me quitó las energías de un soplo. Ahora tenía que llegar al teleférico, a dos horas, buscar ayuda y regresar a por Karim. Era imposible.

Un buen rato más tarde, caminando exhausto a medio camino, vi a lo lejos, por el valle vecino, una figurilla que andaba camino al teleférico. Era Karim.

Una hora más tarde, nos encontramos en el bar y, después de abrazarnos, nos tomamos un chocolate caliente bien merecido.

Escalada sobre hielo

«Es difícil divisar el mañana, cuando lo haces, hace tiempo que es ayer», escribí después de uno de mis primeros viajes, recién cumplidos mis veinte años.

Me pasaba meses preparando, tratando de imaginar cómo sería mi nuevo destino y sus gentes, solo para darme cuenta de que ya había regresado, y que del viaje solo quedaban las fotos y los recuerdos. El tiempo volaba.

Siempre me gustó caminar en la nieve, oír el peculiar sonido que se produce al pisarla y comprimirla, respirar el aire frío con olor a pino de la montaña, y ver los diferentes colores mezclados con el fondo blanco. De seguro que en mi adolescencia, mientras cruzaba montañas y valles nevados, jamás me imaginé que un buen día estaría en medio de montañas gigantescas en los Andes, haciendo un curso de escalada sobre hielo.

Llevábamos unas cuantas horas de viaje desde que salimos de Quito al amanecer, rumbo norte en el carrito de mi guía y profesor de escalada alpina, Alex. Esos pensamientos iban y venían durante el trayecto.

«Definitivamente, fueron los libros que leí los que produjeron este cambio en mi vida», pensaba, justo antes de parar delante de un supermercado, en una pequeña localidad, para comprar lo necesario.

Media hora más tarde, abandonamos la carretera principal y enfilamos un estrecho camino a través de las faldas de las montañas. A media tarde llegamos al refugio del volcán Cayambe, a cuatro mil seiscientos metros de altitud.

Mi cabeza finalmente se aclimató a la altitud, o eso creí. El refugio consistía en una cocina y su comedor de bancos y mesas de madera, baños, y un dormitorio con literas para unas cincuenta personas. Estábamos solo nosotros y un pequeño grupo local de cinco personas.

Después de dejar parte del equipaje, partimos hacia el glaciar que estaba a poca distancia, justo detrás del refugio. La pared de hielo estaba sucia y no había árboles por los alrededores, solo rocas y un pequeño arroyo que se formaba en la base.

Alex me enseñó a ponerme los crampones y a manejar el piolet. Cuando practicábamos el ascenso vertical, el sonido de los crampones contra el hielo me recordaba a cuando tenía que picar el hielo para ponérselo al ron. Después de cuatro horas de diferentes ejercicios, justo antes del anochecer, regresamos al refugio.

Por la noche, la falta de oxígeno en el aire me mantuvo despierto, aunque no sentía dolor de cabeza. Repasaba las claves para evitar el mal de altura, y fui al baño para ver el color de mi orina. El color oscuro denotaba deshidratación; bebí más agua para intentar así poder dormir. Fue entonces cuando me di cuenta de que los guantes de lana que tenía en mi saco de dormir no estaban. De nuevo salí de mi confortable y caliente lecho y bajé las escaleras frías de madera siguiendo mis previas huellas, enfocaba el camino con mi luz frontal buscando los guantes. Nada.

Antes de amanecer, cogimos todo lo ya preparado la noche anterior y bajamos al comedor en silencio. Alex calentó café y puso un desayuno a base de cereales. Tan pronto salió el sol, empezamos el ascenso. Seguía las instrucciones de mi guía. Las botas rígidas de alta montaña hicieron difícil sortear los primeros obstáculos rocosos. Una cuerda de unos cinco metros nos unía, si uno de los dos caía en una grieta, el otro tenía que parar la caída con un movimiento rápido del piolet o clavando los crampones en la nieve. Iba equipado con un mono de montaña termal e impermeable, y debajo llevaba unos pantalones de deporte de invierno y múltiples capas de camisetas, camisas y forro polar. Mis manos estaban solo protegidas por las manoplas que me impedían sentir cualquier tipo de tacto. Mientras dejaba huellas de crampones en la nieve, pensaba cómo alguien podía haber cogido unos guantes de lana sabiendo lo indispensables que eran.

Las gafas de montaña nos protegían los ojos del reflejo solar en la nieve, y pronto el refugio se perdió de vista. La subida era empinada pero gentil, aunque a veces hacía que me tuviera que parar cada cinco minutos para recuperar el aliento. Antes del mediodía, Alex me enseñó la primera grieta en la nieve. No se veía el fondo y solo mirarla daba escalofríos.

—Hay veces que no se ven —dijo con la respiración entrecortada— la nieve las tapa. La cumbre está rodeada de ellas, salvo en un pequeño paso. Si no está visible no podremos llegar.

Me sentía bien, optimista. Conocía mi físico, estaba medianamente en forma. El ascenso me lo mejoraría. Mis rodillas y piernas no daban señales de problemas.

La vista era impresionante y, cuando miraba para atrás, me sentía orgulloso de mis huellas con forma de clavos. El aire traía de tanto en tanto un olor a azufre, con el tiempo, conjeturé que el olor emanaba de las grietas. No mucho después, justo bajo la cumbre, Alex me dijo que era mejor regresar.

—Nevó hace un par de días, sin rastro del paso, tenemos que darnos la vuelta por motivos de seguridad. No queremos pisar en el sitio equivocado.

—Ok —respondí sin ocultar mi decepción.

Esa misma tarde, estábamos de regreso en Quito. Esta vez me busqué un hotelito en la zona más moderna de la ciudad, donde los bares y restaurantes de todo tipo abundaban. Me sorprendió el precio, la diversidad y la calidad. En los dos hoteles que me había quedado advertían de no salir con dinero ni con el pasaporte. Nunca había visto semejante aviso, ni siquiera en la salvaje Nairobi.

Quito era una ciudad bella, con un sistema de transporte público eficiente y bien cuidado. Los taxistas hablaban bien de su presidente, y las calles y carreteras que vi estaban en excelente estado. Me gustaba.

Al día siguiente, partimos hacia el volcán Cotopaxi, a un par de horas de distancia. Cuando apareció a lo lejos por la carretera, me recordó a las fotos vistas del Monte Fuji en Japón. «Bella montaña», pensé mientras la admiraba y restábamos distancias en el pequeño coche de Alex.

Empezaba a percibir un alejamiento con mi guía. «Igual hice algo incorrecto. Igual hice algo que no debía», pensé. No había mucho que pudiera hacer, así que tan solo puse un poco más de atención.

Cotopaxi

Tras dejar el coche en el aparcamiento, cargados con el equipaje, subimos la empinada cuesta de diez minutos hasta el refugio, que esta vez estaba a cuatro mil ochocientos metros.

Conforme subía sentía mi forma física, estaba bien. Notaba la energía fluir por mi cuerpo.

Por la tarde, salimos a caminar y practicar un par de horas. La montaña no podía ser diferente a lo que se veía de lejos, básicamente un cono enorme, empinado de principio a fin. No había sitio para que las piernas se relajaran. El refugio era similar al que habíamos conocido anteriormente, pero un poco más grande.

Después de cenar temprano, nos fuimos a dormir. Cuando fui al baño, que estaba fuera, recordé las palabras de Alex mientras caminábamos.

—Algunos escaladores se han encontrado con lobos en la caseta de los baños.

La construcción consistía en cinco inodoros, un par de duchas, que dudo yo que alguien usara con ese frío, y unos cuantos lavamanos.

«No se ven lobos, ¿igual al salir?», pensé.

A medianoche partiríamos, aprovechando que la nieve estaba más dura y el riesgo de aludes era menor.

Sin pegar ojo por la altura, de nuevo, y después de un corto desayuno, salimos en completa oscuridad; caminábamos zigzagueando por la nieve para contrarrestar la inclinación. Rezumaba energía mientras seguía los pasos de Alex. De vez en cuando, nos cruzábamos con otros escaladores, que resoplaban, y los adelantábamos. La noche era fría y apenas se veían estrellas, tan solo la nieve brillar al contacto de nuestras luces.

Aún no nos habíamos puesto los crampones e íbamos sin atar. El plan era hacerlo cuando llegáramos a la zona de las primeras grietas.

Cuando eso ocurrió, tres horas más tarde, yo ya ni podía atarme los crampones. Tan solo agacharme para intentarlo me mareaba. Era obvio que algo estaba mal. Cuando vi la primera grieta sin fondo, sin muchas contemplaciones, decidí darme la vuelta. El riesgo y mi lamentable estado físico aconsejaban no continuar. Cometí el error de no conservar mis energías. Alex caminaba rápido y yo tan solo lo seguí hasta que quedé exhausto. Continuar hubiera sido una agonía peor que la africana. Ya había ido una vez al fin y no quería volver a hacerlo, y menos con esas grietas que minaban el camino.

Derrotado y con poca energía, iniciamos el descenso. Cuando me encontraba con alguien que habíamos adelantado hacía unas horas evitaba la mirada.

Llegamos al refugio ya de día. Tan pronto llegué al dormitorio, me tumbé y me quedé dormido hasta que Alex me despertó y dijo que nos teníamos que ir. Bajamos la empinada cuesta, ahora convertida en bajada, y después de cuarenta y cinco minutos de camino, admirando la distancia y el tamaño de los proyectiles ardientes, lanzados por el volcán durante sus erupciones, llegamos a la autopista.

En la primera población, Alex me dejó en la estación de autobuses y continuó hacia Quito. Parecía que mi guía era una persona poco social; la despedida, después de dos días donde compartimos todo, fue más bien fría.

El desastre de no llegar a la cumbre me hizo cambiar de planes, arrastraba la derrota. Si no había llegado a la cumbre del Cotopaxi era mejor ni pensar en el Chimborazo, trescientos metros más alto. No estaba en condiciones de subir esas montañas y poner mi vida en riesgo, así que decidí ir dirección sureste, hacia la selva, y pasar allí el resto de mis vacaciones. La idea de recorrer un río por la selva me pareció atractiva, poco a poco, el pensamiento positivo renacía. Ese día dormiría en un lugar llamado Baños, una población a los pies del volcán Tungurahua. Cuando desde la autopista vi de nuevo el Cotopaxi, rasgando el horizonte, me estremecí. No quería más montañas.

El retorno

Alguien dijo: «si te rindes cuando las cosas empiezan a ponerse difíciles, nunca lograrás nada que valga la pena».

Bebía una cerveza en una terraza, junto a un ancho y caudaloso río de aguas marrones, y escribía mis últimas experiencias en una libreta que una amiga me regaló para eso.

—Jordi, escribe sobre el viaje, no hagas como la última vez —dijo refiriéndose a Costa Rica.

La derrota hacía que la cerveza tuviera un sabor más amargo, y la redacción se tornaba pesada. El fracaso no le permitía fluir correctamente. A pesar de oscurecer, la humedad y el calor de la selva eran asfixiantes; mis ropas sudadas estaban pegadas a mi piel.

«Escribir aventuras», pensaba. Si no consigues el objetivo, la meta, entonces no hay nada que escribir. Pedí otra cerveza mientras pensaba y repasaba los últimos sucesos. Me costaba digerir el abandono.

«Subí demasiado deprisa», analizaba. «Alex me tenía que haber parado. Disminuir el paso hubiera hecho que no me cansara tan rápido. Pero ni llegué a la mitad», continué rumiando. Imposible llegar arriba. No estaba en condiciones físicas para subir.

«¿Pero y en el Cayambe?», fue mi respuesta a mi pregunta. «Era más fácil, no era tan empinado», me respondí.

El plan de coger una barca y seguir río arriba a pasar unos días con las comunidades indígenas empezó a diluirse. En su lugar apareció otro.

«Regresaré a Baños y me entrenaré. Subiré la montaña», me dije.

Un día más tarde, ya subía las seiscientas setenta y cinco escaleras del mirador de la virgen. Primero caminaba, luego corría a primera hora de la mañana y la última del día. Dos días después, seguí el sendero que continúa detrás del mirador y que sube hasta arriba del todo, llevándome cinco horas, la mitad corriendo. La pequeña ciudad quedaba a mis pies y la vista de la población, encajada entre gigantescas montañas, era impresionante. Ya no podía subir más alto, bueno sí, al Tungurahua.

Al quinto día, me preparé para subirlo a primera hora del día, a pesar de la prohibición que cuelga en el inicio del sendero. Mi plan no era llegar al cráter del volcán a cinco mil metros, que amenaza a la población cada poco, sino subir lo más que pudiera sin ponerme en riesgo.

Baños había sido evacuada unas cuantas veces debido al famoso volcán, una de las veces por un periodo de dos años. Los restos de los ríos de lava se veían por todas partes; el paisaje bajo la cumbre donde me di la vuelta era sobrecogedor. Podía haber sido la luna.

Después, como cada día, me relajé en uno de los muchos *spas* volcánicos de la población. Tumbado en el agua humeante, pensé que era el momento. «¿Y si me voy directo al Chimborazo? Ahora o nunca», pensé. Los seis mil trescientos metros me atraían, pero después de hablar con alguien que lo había subido unas cuantas veces, decidí regresar a Quito y hablar con la gente de Condor Expeditions.

Vanesa me escribió un correo diciéndome que por favor me olvidara de la montaña.

—Déjala, por favor, no vale la pena.

Mi amiga se preocupaba por mí y eso me hacía sentir querido.

Cotopaxi II

«Tienes dos opciones: tirar la toalla y renunciar, o usarla para secarte el sudor y seguir adelante», dijo un sabio.

Nunca había dejado nada a medias, siempre me preparé y conseguí mi objetivo: con la licencia de camión y autobús, aprendiendo a cocinar, con mi inglés, con mi curso de periodismo, en el Kilimanjaro, con mis trabajos... Y esta vez no sería una excepción, así que volví a la misma montaña. Al Cotopaxi.

Utilicé parte del crédito que aún me quedaba de mi curso de escalada y me incorporé a un pequeño grupo internacional de escaladores. Había canadienses, holandeses, alemanes, irlandeses, hasta un australiano. Todos mucho más jóvenes que yo. Como siempre en ese tipo de situación, poco a poco se empieza a conocer a la gente. Al estar día y noche juntos todo es mucho más intenso. Tras una breve presentación, partimos en miniván hacia el parque del Cotopaxi.

Esta vez dormí en otro refugio, uno más abajo, a tres mil setecientos metros, también dentro del parque. Tenía pequeñas casas de montaña de tres y cuatro personas en vez de dormitorios, y me tocó compartir con el alemán y el australiano.

Tan solo llegar, bajamos al bar del lugar a unos cien metros de las casitas, comimos lo poco que tenían que ofrecer y, sentados alrededor del fuego, bebimos cerveza mientras hablamos. Al día siguiente, al amanecer, partiríamos temprano hacia la cumbre del Rumiñahui, a cuatro mil setecientos metros, siguiendo el sendero elevado que pasa por la laguna Limpiopungo.

Al amanecer, el día estaba nublado y hacía frío. Empezamos a caminar justo en la laguna. Un camino elevado de madera la bordeaba; olía a agua de río estancada y los colibrís sobrevolaban las pocas flores en posición casi estática, mientras los cóndores planeaban majestuosamente en el cielo. Cuando finalizó la plataforma, al otro lado de la laguna, seguimos por el páramo alfombrado de hierba y árboles de escasa altura. A lo lejos se veían las formaciones de roca volcánica, y tres cumbres destacaban en el horizonte. Nuestro objetivo, la del medio.

El guía mantenía al grupo unido. La chica irlandesa empezaba a dar señales de debilidad, y el joven holandés, médico de una ONG, destacaba por su ímpetu y forma física, igual que el canadiense, que se veía bastante experimentado. El ascenso en la roca era parecido a Rucu Pichincha, no muy complicado, pero tampoco muy fácil. Al llegar a la cumbre nos hicimos unas cuantas fotos como pudimos, rodeados de precipicios y rocas filosas, cambiábamos peligrosamente de posición, mientras rotábamos para que todo el mundo tuviera su recuerdo con la mejor vista. Aún en sesión fotográfica, empezó a nevar. Y así estuvo hasta que regresamos de nuevo a la laguna, tres horas después.

Durante la cena, el guía nos informó de los diferentes grupos de ascenso. La regla:

—Si alguien del grupo no puede seguir, el grupo entero se da la vuelta.

Me tocó con el canadiense y el holandés. El último no estaba muy conforme. Sabía de mi fallido intento y no quería ser parte del segundo. Su inconformidad se olía en el aire, casi se podía tocar.

Cuando salimos hacia la cumbre del Cotopaxi a medianoche, el refugio hervía de alpinistas que, en silencio, se preparaban para conquistar la cumbre.

—La nieve está más blanda de lo normal —dijo alguien.

Nevó mucho. Cada grupo de dos o tres llevaba un guía. Salimos con los crampones puestos y atados. Horas después, me alegré al ver el punto donde me di la vuelta la primera vez. Inspeccioné la grieta, intentando ver el fondo y, esta vez, sonreí. El caminar era mucho más lento y relajado, intentaba dar cada paso con el mínimo uso de energía.

Aún de noche, pasamos por un precipicio mientras bordeábamos la montaña. El camino abierto en la nieve, de apenas unos centímetros de ancho, era vertiginoso. Había mucha nieve, un poco por debajo de la rodilla. Yo iba el último. El abismo no era vertical, pero una caída tendría casi el mismo efecto, y la oscuridad hacía la caída infinita. Por un momento perdí el equilibrio, pero en vez de resbalar, la nieve me detuvo en el mismo sitio, aunque con un pie más abajo. El holandés, que iba justo delante de mí, y que cada poco me preguntaba si estaba bien, soltó en inglés:

—*This is insane* (esto es de locos).

Y, verdaderamente, era de locos. Aun así, seguimos hacia adelante como impulsados por un muelle invisible, sabiendo que igual no teníamos fuerzas para regresar. Solo parecía haber un camino. Hacia delante.

Después del despeñadero, llegó una subida como ninguna hasta el momento. El canadiense decía que el lugar era muy peligroso debido a la forma en «v» de la pendiente, su inclinación y que la nieve estaba muy blanda.

—El riesgo de un alud es muy grande.

Justo acabábamos de juntarnos con el australiano y el alemán, que iban delante con su guía. Estaban parados, descansaban antes de enfilar la dura cuesta. Resoplaban y se movían azuzados por el frío, seguidos por sus focos frontales.

—Yo me doy la vuelta —dijo el canadiense—. Esto es demasiado arriesgado.

—Yo también —advirtió el holandés.

—¿Quieres juntarte con nosotros? —me preguntó el otro guía.

—Sí, claro —respondí, mientras me soltaba de la cuerda.

Las miradas de los que bajaban se refugiaban en la locura de seguir, las nuestras mostraban determinación, y el temor era de no poder llegar arriba.

Temíamos por una avalancha, pero el deseo de cumbre era más fuerte y subimos fijados por esa idea, esperando ver el alud caer sobre nosotros en cualquier momento. Ascendíamos en silencio, resoplando sin hablar, las cuerdas hacían de nosotros uno. Si la montaña se desmoronaba, nos iríamos todos juntos al carajo.

Justo antes del amanecer, llegamos a la cima del volcán activo más alto del mundo. También olía a azufre. La última hora fue difícil y hubo momentos en que subía arrastrándome de rodillas, tras trepar por una pared de hielo, usando el piolet y asido por los crampones, que me quitó toda la energía.

Como todas las cumbres, esta también huía de nosotros, pero la perseguimos insistentemente hasta encontrarla.

Bajando, nos encontrábamos de vez en cuando con escaladores que subían, con la imagen de la cima entre los ojos. En uno de esos momentos, donde los crampones podían causar una mala pasada en un camino tan estrecho e inclinado, el alemán se apartó para dejar paso al grupo que ascendía. Él iba justo delante de mí, y yo el último. De repente, se hundió en la nieve tragado por una grieta. Mi rápida reacción no permitió que cayera mucho, fue simplemente un buen susto.

Luego me tocó a mí. Menguado de fuerzas, patiné y ya caía por el abismo montaña abajo. No había freno posible, así que me resigné a lo que viniera. Mis compañeros me pararon y, con la poca energía que me quedaba, clavé el piolet en el tobogán de hielo, deteniéndome en el acto.

—¡Ufff! —chillé agotado.

Ya en el refugio, el lenguaje corporal, acentuado por el orgullo de los victoriosos, contrastaba con los que se habían dado la vuelta. Sin poder evitarlo, no podía dejar de sentir lo que reflejábamos.

La pequeña miniván me dejó en la autopista, donde poco después subí a un repleto autobús que paró y, de pie, horas después, llegué deshecho a Baños. Me comí una *pizza* y me fui a la cama del mismo hotel de la otra vez. Sonreía y me sentía satisfecho.

Ya era tiempo de regresar a casa, otro tipo de retos me esperaban.

Rompimiento de contrato

El dicho dice: «quien la sigue, la consigue».

En eso estaba yo, intentaba buscar una solución a mis bajas ventas. Invertía cuando todos recortaban gastos, apostaba por un mejor servicio. Tenía varias cadenas hoteleras interesadas en nuestros servicios, ya que la competencia dejó de existir. La crisis se encargó de eso.

Una noche después de cenar, mientras bebíamos unos tragos, le dije a mi amigo Severino:

—Si consigo este contrato mis clientes se multiplicarían, sin ninguna duda. Volvería a tener los apartamentos llenos con mis empleados.

—Me alegro por ti —fue su fría respuesta.

A veces, cuando las cosas no te van bien durante unos cuantos años, las conversaciones sobre tus problemas y posibles soluciones son evitadas discretamente por las amistades. Nadie quiere hablar siempre de los problemas de los otros. Asumí que por eso Severino evitó preguntar demasiado.

Desde el punto de vista de la operación, todo estaba en contra. Salí y buceé delante de la playa del hotel para ver los fondos marinos, pero no había nada que ver. Tampoco había posibilidad de dejar el barco delante del hotel por la noche, el mar estaba demasiado fuerte sin tener ningún arrecife a baja profundidad que protegiera la playa de las olas. Eso hacía que los productos «todo incluido» fueran difíciles de gestionar. Los kayaks y catamaranes de vela eran complicados de manejar con olas. Como el hotel estaba al lado de la playa pública, vendedores de todo tipo de excursiones, incluidas las nuestras, patrullaban la playa compitiendo sin piedad, con unos precios mucho más bajos que los nuestros.

El barco se podría dejar anclado en un parque acuático con marina a cinco minutos en taxi, pero el costo de dejarlo, y siendo el lugar recomendable para hacer el abordaje de los clientes, encarecería mucho la operación. Además, el oleaje de la playa del hotel no dejaba al barco acercarse a la orilla y sería demasiado peligroso para los clientes subir al barco con el mar movido, perdiendo una maravillosa oportunidad de así promocionar nuestro producto de buceo. Transportar a los clientes en taxi a la marina era la única opción. Por otro lado, los sitios de buceo estaban muy lejos, y el retorno en contra del viento era otro inconveniente.

Todo dependía del volumen de la operación. Tener buenos vendedores bajo el mando de un buen ojo atento era esencial. Mil habitaciones con doscientas villas extra implicaban muchas áreas que supervisar. No podíamos tener ningún trabajador problemático, y las ventas serían la clave para mantener la costosa y complicada operación.

Cuando el proyecto se solidificó y le pedí dinero de mi línea de crédito, aumentada a ciento cincuenta mil con el edificio completo de garantía, Severino me dijo que no había problema.

—Mañana te doy seis mil, y el resto de los veinte mil antes de que acabe la semana —dijo—. Vete comprando los equipos.

—Perfecto, gracias.

—¿Y cuánto dinero crees tú que puede producir el nuevo hotel?

—Pues no sé, tengo seis meses de prueba tras la inversión inicial y luego veremos las condiciones. Son mil doscientas habitaciones. En principio empezaría fusionando las dos operaciones y reduciendo los gastos, luego ya veríamos. Pero definitivamente saldría de la crisis de una vez.

Tenía los uniformes, equipos, materiales educativos para los cursos de buceo, pinté el barco y planeé alquilar un barco de apoyo en caso de que la operación entre los dos hoteles se me desbordara. Aproveché que la competencia que cerró vendía sus equipos para comprarlos.

—Si les parece bien, les pago hoy el veinte por ciento y el resto en una semana —dije, guiado por las palabras de mi amigo.

—Sí, claro, nos conocemos hace mucho —dijeron mis excompetidores—. Ningún problema con usted.

Los días pasaban y mi colega utilizaba nuevos adverbios, «lamentablemente», «desgraciadamente», y el dinero prometido nunca llegaba.

—Mis socios me tienen que hacer un desembolso —repetía.

Al final, el nuevo hotel, después del tiempo y dinero invertido por mi parte, cambió de opinión y aceptaron una contraoferta de los proveedores que tenían.

«Cambiaron calidad y servicio por dinero», pensé, mientras consideraba opciones por el rompimiento de contrato por parte del hotel. Tras asesorarme de mis opciones legales, decidí dejar el asunto con el hotel como estaba.

«Mala publicidad para futuros hoteles», pensé, y recuperar el dinero gastado me llevaría años y mucho más dinero en abogados.

Me las tuve que arreglar para conseguir el dinero de las compras hechas y asumir los gastos de la negociación fallida. Cancelé los pedidos realizados y devolví cuantos productos comprados pude.

Severino continuó prometiendo desembolsos durante meses, hasta que firmamos los contratos individuales de venta de cada apartamento, después de tener la ley de condominio.

Fue durante esa época que me llamó para invitarme a una barbacoa en su casa, donde cada uno tenía que llevar algo. Uno el postre, otro el vino, otro pan, otra cerveza, otro las entradas. Él me dijo que a mí me tocaba llevar el vino, y me preguntó si prefería que él lo comprara.

—Sí, claro, cómpralo tú y yo te lo pago después.

Otro invitado optó por traer él mismo las tres botellas de vino solicitadas. Tras el evento y preguntarle cuánto le debía por el vino, su respuesta finalmente me permitió ver quién era mi amigo.

—Son trescientos dólares —dijo en voz neutra.

No llevando esa cantidad encima le dije que se la daba al día siguiente. Esa noche, tumbado en la cama, le daba vueltas al asunto.

«¡Te invitan a un asado y tienes que pagar trescientos dólares, increíble!»

Él sabía el esfuerzo que había hecho por conseguir ese contrato hotelero, el dinero que me gasté comprando equipos, materiales, pintando el barco. Su falta de pago me desplumó, y encima me pedía esa exageración por tres botellas de vino.

«¿Pero qué clase de amigo es este? ¿Será por mi amistad con su esposa? ¿Estará celoso?», pensé.

Tenía que buscar asesoría legal ante mi situación respecto a la garantía dada. De ciento cincuenta mil dólares, me había dado apenas la mitad, incluyendo el pago de la demanda a sus socios. Por cincuenta mil, tenía una propiedad en su poder que valía casi diez veces más.

Ana y Robert

—Alguien quiere ver su casa —dijo el agente de la inmobiliaria por teléfono—. Es una venta casi segura.

—Pues estoy fuera de la ciudad y no llegaré hasta el lunes —respondí—. Pero el chico que vive en los apartamentos se la puede mostrar. O si prefieren el lunes cuando llegue.

Después de ver la propiedad, los futuros compradores, enamorados de la casa y la colección de orquídeas, llamaron y quedamos en reunirnos el martes a las diez con todos los papeles.

El agente inmobiliario apareció el primero para asegurarse de que teníamos las condiciones claras.

—La casa vacía y sin muebles. Lo siento, Marco, tienen ya un precio increíble.

—Ellos piden por lo menos la cama de arriba con la mosquitera tan original —dijo haciendo referencia a una cama de roble y una mosquitera con marco de bambú copiada del hotel ecológico en Costa Rica—. Ah, y las orquídeas.

—Las orquídeas las podemos dejar —consentí mientras pensaba que nos podríamos llevar alguna de las especies repetidas.

No mucho después, llegaron los compradores. Robert, americano de unos setenta años, y Ana, de cuarenta y pocos.

—Señor Martín, tiene una casa bellísima —dijo Ana—. ¿De dónde sacó la idea de esas paredes?

—Nicaragua —respondí haciendo referencia a un original hotel en las costas del pacífico nicaragüense.

Robert estaba callado y tan solo escuchaba. Dimos una vuelta por la casa y les enseñé pequeños defectitos que tenía. Las vigas enormes de madera en el techo y la terraza conferían a la casa seguridad. Cuatro dobles puertas de roble de estilo francés separaban la sala, de diez metros de altura, de la terraza, del jardín y de la piscina.

—He pasado un par de huracanes —dije orgulloso— y aparte de una pequeña filtración proveniente de la terraza de arriba, y un poco de agua traída por el fuerte viento en las ventanas, nada más. La piscina tenía una fuga de agua, pero se arregló.

En ese momento llegó su abogada.

—Licenciada Doris, el Señor Martín.

—Encantado —respondimos los dos al unísono.

Los futuros adquirientes, ya casi dueños, le dieron copia del título que les acababa de entregar a su abogada, que tras ausentarse e ir al registro de títulos, y verificar que todo estaba en orden, propuso hacer un precontrato ese mismo día.

—Mis clientes le pagan un depósito de cinco mil dólares, y en lo que queda de mes le trasferimos el resto.

La casa estaba hipotecada, así que, tras reflejarlo y comprometerme a conseguir una carta de no oposición por parte del banco, firmamos el precontrato a última hora de la tarde.

Yo salía de viaje de trabajo para México y Jamaica. Robert y Ana querían la casa para celebrar el cumpleaños de ella. Tristemente, debido a los trámites burocráticos con el pago por cheque bancario certificado, aconsejado por Vanesa, en vez de transferencia, todo se retrasó. Un poco más de un mes después de la primera reunión, les entregué la casa a sus nuevos y felices dueños. Estaba contento por haberla construido y que alguien la hubiera encontrado bonita. La venta de la casa por un precio módico fue el coste a pagar por la crisis, o eso pensé. Robert aún parecía frío, distante.

Ana, justo antes de salir, me dijo:

—Este viejo no se fía de nada. Teme que le engañen.

—Robert, tranquilo —le dije en inglés— estás en buenas manos. Si yo no fuera una buena persona mis perros no cantarían. ¿Cómo cantan los perros? Al unísono. Todos mis perros se pusieron a aullar poniendo la piel de gallina a los presentes.

Ese instante, con esa frase tranquilizando a Robert, se quedó grabado en mi mente, y muchas noches y días se repetiría mientras yo buscaba soluciones.

CUARTA PARTE

Riviera Maya 2014

El calor continental me golpeó con violencia al salir de la terminal del aeropuerto, que estaba protegida del bochorno por el aire acondicionado. Era mediodía y el sol castigaba duro desde el cielo azul profundo. No se veía ni una sola nube, tampoco soplaba la más mínima brisa. El aire era seco, caliente, y olía ligeramente a mar. Una multitud de taxistas mayas con caras sudorosas se agolpaban en la salida con pequeños carteles de taxi. Me puse a buscar a mi amiga Tatiana entre la multitud hasta que la vi, no fue muy difícil ver la tez pálida de cabellos rubios de entre el mar de rostros tostados y cabezas anchas.

Tras darle dos besos y las gracias por venir a buscarme, nos dirigimos a su carro, los taxistas miraban desconfiados. La competencia pirata, y ahora Uber, les menguaba el territorio que trataban a toda costa de controlar. Tras comprobar que realmente nos conocíamos cambiaron su actitud.

—Ten —le dije a mi amiga justo antes de subir al coche, dándole el regalo que había comprado en el último momento en el aeropuerto—. Es orgánico.

Por un momento, mientras ella conducía su BMW en silencio, pensé que igual no era el regalo ideal para una mujer tan atractiva, pero sí lo era para una mujer a la que le gustaba el café, y que la primera vez que la conocí me pidió que le comprara un coche.

«¿Un coche?», pensé entonces. Esta se ha equivocado de tipo.

La noté distante y me pregunté si no hubiera sido mejor haberme ido en taxi. La ciudad lucía limpia y ordenada, al llegar cerca de la enorme laguna de Cancún, el aire marino se mezcló con el de agua dulce estancada y se enfrió ligeramente. Apenas se veía gente caminar por las calles, era la hora de la playa, del trabajo, o de estar comiendo en algún lugar fresco y ventilado. Como siempre que hacía esa ruta, miraba concentrado las aguas verduzcas del pantano, buscando la cabeza saliente de algún cocodrilo, pero también, como siempre, no la vi.

Tras unos quince minutos de trayecto, con un tráfico fluido y estrictamente regulado, llegamos al hotel, que se situaba entre la laguna verde y el mar color turquesa. Tatiana aparcó en frente del *lobby,* como la primera vez cuando nos conocimos, y rápido bajó para abrir mi puerta, mientras yo ya peleaba por salir.

—Está rota —me dijo a modo de disculpa.

«Algo no encaja», pensé por segunda vez sobre mi amiga. Una mujer bella, un hotel de lujo, unos alrededores inmaculados y un BMW aún con una puerta rota. Cuando nos conocimos, hacía ya un año, estaba abollado y me vi obligado a entrar y salir por el lado del conductor.

Tuve que insistir un par de veces para que el botones dejara en paz mi maleta de cuatro ruedas.

—Va sola —le dije, mientras ponía mi maletín encima de ella y la empujaba casi sin esfuerzo por el liso y elegante suelo de mármol camino a la recepción.

Mientras esperábamos la confirmación de mi reserva, le pregunté a mi amiga si quería comer.

—Te invito —le propuse mientras me preguntaba qué me apetecía comer—. ¿A dónde te gustaría ir?

No sabía qué respondería, pero sí el tipo de restaurante que elegiría. A pesar de ser nuestro segundo encuentro, empezaba a predecir a mi amiga.

—Vamos a Johnny´s, seguro que te gusta —dijo sonriendo.

«Por lo menos sonríe», pensé.

Poco después de salir del hotel, tras poco más de un kilómetro en dirección a la ciudad, aparcamos enfrente de un elegante restaurante argentino, con una fachada de ladrillo color claro y pequeños balcones estilo colonial repletos de flores. Nada más entrar, un cuarto refrigerado mostraba los cortes de carnes añejándose. La boca se me hizo agua al instante.

—Yo ya sé lo que comeré —dije.

—Pues yo no —respondió con tono poco entusiasta Tatiana.

El comedor del restaurante estaba dividido en diferentes secciones, dando cierta intimidad a sus comensales. Optamos por sentarnos fuera en la terraza, justo encima de la laguna. La brisa marina soplaba agradablemente y la sombra le daba al lugar la temperatura perfecta.

—¿Qué quieres tomar? —le pregunté antes de que llegara el camarero.

—Un margarita.

—Un margarita y una cerveza —le pedí al camarero que vino y se presentó de forma educada.

—Mi nombre es José y seré su camarero. ¿Desean ver la carta de vinos?

—Sí, claro, por favor.

—¿Qué vas a comer?

—Creo que la ensalada de langosta y la crepe de marisco.

—Pues yo la carne. ¿Te gustan las alcachofas? Yo las preparaba cuando aprendí a cocinar en un restaurante. Estaban buenísimas, dije sin respuesta.

Trescientos cincuenta dólares americanos más tarde, me dejó de nuevo en el hotel medio embriagado y preguntándome: «¿por qué diablos no me vine en taxi?». La comida no valía el precio y la compañía no fue la mejor. El ribeye añejado estaba duro, a pesar de estar rojo. La ensalada de langosta estaba buena, pero mi amiga no me dejó más que probar un poco. Las alcachofas al *grill* eran como goma, y solo el corazón era medianamente comestible a pesar de las espinas. El vino hizo que la conversación fluyera, y el ron nicaragüense consiguió hacer a la mujer más sexy e irresistible.

Mi primera impresión sobre ella fue correcta. Tatiana estaba fría y distante. Entre el café orgánico, las memorias de cómo nos conocimos, y los chats que teníamos a diario, el amor no florecía como debiera. Por lo menos para ella. A mí todo me olía a manipulación, a juego, era demasiado obvio.

Aun así, rebusqué en mi interior el deseo que sentía por ella, lo mezclé con alcohol, e intenté besarla tras juguetear con sus manos. Después de ser elegantemente rechazado, pedí la cuenta y le pregunté si podría acercarme al hotel.

«No le debió gustar el café», pensé a modo de consuelo guasón, mientras que, por otro lado, me dolía haber pagado trescientos cincuenta dólares por aquella comida. Repasé la cuenta al tiempo que me repetía que ni la comida, ni el vino, ni el ron, podían ser tan caros.

Tras una rápida despedida y darle de nuevo las gracias por venir a recogerme, subí a mi habitación. Estaba anocheciendo, repasé la vista impresionante que tenía desde la terraza de mi octavo piso. A la derecha, la laguna, ya en sombras, estaba lista para soltar su enjambre de vida nocturna, enfrente, el sol escondiéndose por el horizonte reflejaba sus últimos rayos sobre la superficie del mar. Poco después, mientras sorbía un agua con gas, me tumbé en la cama cansado del viaje y recordé cómo había conocido a Tatiana. Todo había sido como una película sin sentido, o igual lo tenía, pero no para mí. Era rusa, divorciada, y rodeada de amigas que parecían modelos de revista. Era la única de todas que vestía de una manera decente, vamos, que la podías llevar a casa de tus padres sin escandalizar a nadie. Ante ellas, tus ojos te traicionaban y salían en todas direcciones mientras intentabas domarlos.

Desperté cuando empezaba a clarear, instintivamente busqué a los perros por el suelo, pero claro, no estaban. Una vez ubicado, preparé café mientras verificaba que tenía todo listo. Cámara con la batería llena, bloc de notas, bolígrafos, teléfono cargado y la crema solar. Cogí una botellita de agua sin gas del minibar y lo metí todo en mi mochila multibolsillos.

Me duché mientras escuchaba de fondo la CNN y sus noticias de última hora. El día era perfecto, pensaba mientras sorbía el café y veía la claridad crecer, sentado en la terraza, arropado por un aire fresco con olor a día nuevo. Feliz y sonriente, bajé a desayunar al bufet con una gorra y gafas de sol para evitar que alguien me pudiera reconocer.

Mi trabajo consistía en pasar desapercibido, si alguno de mis excompañeros o empleados del hotel me reconocía, mi labor se iba al traste.

Primero me registraba como un turista más en hoteles, normalmente cinco estrellas, en los que operaba la compañía internacional de actividades acuáticas y buceo en la que trabajaba. Luego, desde la playa, como un cliente más, tomaba fotos y anotaba la cantidad de clientes que utilizaban nuestros servicios. Después, una vez había acabado mi labor en todos los hoteles, los gerentes me pasarían las ventas de ese día con las horas de los diferentes servicios, y estas tendrían que cuadrar con lo que yo había anotado. Si había diferencias, las fotos hacían de árbitros, despejando dudas.

Hablaba con los trabajadores que no me conocían, les preguntaba por el precio de las actividades. Luego, quejándome del precio, curioseaba para ver si podría encontrar el mismo servicio más barato, verificando así si teníamos alguna fuga en las ventas. Evaluaba la calidad de la información que proporcionaban, su conocimiento, su actitud.

Si los clientes contrataban alguna actividad, primero los contaba y luego les hacía una fotografía a bordo de nuestros servicios con una pequeña cámara de gran resolución, que me permitía aumentar la fotografía para poder verificar los conteos en caso de duda.

Un día controlaba las actividades acuáticas, otro, la gente que salía a bucear, y otro, me tumbaba alrededor de la piscina y veía cómo los instructores y vendedores de la compañía interactuaban con los clientes durante la clase gratis que impartían dos veces al día.

Tras desayunar unos huevos fritos con beicon y queso crema con un par de tostadas de pan integral, subí a la habitación para verificar de nuevo que tenía listo todo lo necesario. Uno de los inconvenientes del trabajo era que no podía moverme de la posición hasta que acabaran las actividades, si no, al cuadrar ese día podría tener un faltante respecto a las entradas reflejadas en la agenda. Cada cliente tenía su nombre escrito en el diario, junto a la actividad hecha, el número de habitación y de tique. Lo último de mi trabajo era revisar que los recibos tuvieran los precios y descuentos apropiados.

Para contar la gente que salía en los barcos de buceo, los enumeraba cuando subían y también cuando después bajaban del barco. Los deportes acuáticos eran los que más atención requerían. Los *banana rides*, *parasail*, *jet-sky* y paseos o clases de *windsurf* o catamarán de vela, me hacían estar concentrado en lo que ocurría. También controlaba el tiempo que duraba cada actividad.

Tenía que tener todo lo necesario listo para poder resistir el tiempo que hiciera falta en la playa. Me hacía recordar a un francotirador inmóvil acechando a su objetivo, pero yo tenía camareros que me atendían, algún baño cercano, y un restaurante no muy lejos de mi posición.

El día pasó tranquilo. En Cancún no había actividades acuáticas, solo ventas en la piscina. Estaba lejos de la oficina central, así que no esperaba que nadie de mis viejos colegas me reconociera. Paseé a mis anchas por las multipiscinas, orgulloso de mi nuevo sombrero panameño que me hacía invisible incluso a los que me conocían. Todo sin perder de vista a la vendedora/instructora. Ella hablaba con los clientes que pasaban por su pequeño puesto de información junto a la piscina. La gran mayoría la ignoraban. Con mi experiencia, había aprendido a distinguir a los clientes potenciales de los que no gastaban. Sus ropas, morfología y caras, reflejaban quiénes podían ser y quiénes no, y éstos no lo eran. Me tomé un par de *bloody marys* y me senté junto a la piscina, esperando a que nuestra empleada se acercara para hablar conmigo. Así fue. Información correcta, simpática, entusiasta, escribí en mis notas junto a su foto, hotel y la fecha.

Eran cerca de las cuatro de la tarde y decidí subir a la habitación, ducharme y pedir un taxi para desplazarme hacia el próximo hotel, a unos treinta minutos de donde estaba. Se trataba de uno de los complejos más grandes de mi ruta, con cerca de tres mil habitaciones, y donde el mar estaba más movido, debido a que la isla de Cozumel, situada a unos treinta kilómetros casi en frente, no la protegía de las fuertes marejadas como en el resto de los hoteles. Eso hacía que las operaciones se tuvieran que cancelar cada poco, especialmente en invierno, cuando el viento del norte hacía desequilibrar mis reservas y planes. Pasaría ahí los próximos cuatro días; acecharía, fotografiaría, y apuntaría todo lo que viera.

Fue justo después de salir de la ducha que vi el *email*. Era el chico de la agencia inmobiliaria que vendió mi casa, diciéndome que alguien llamado Severino Zorrilla había llamado a la abogada que representaba a los compradores de la casa. Hablaba de una hipoteca y urgencia.

Los pelos de la nuca se me erizaron.

Tatiana

Había acabado mi trabajo de *agente encubierto*. Después de repasar las operaciones con los gerentes de cada centro de buceo, me fui dos días a Cancún antes de tomar el avión hacia Jamaica vía Panamá y reanudar allí mis labores de trabajo camuflado. Acostumbraba a hacer el trabajo una vez al año, y dedicaba poco más de seis semanas a todos los destinos. Siempre me reservaba unos días para ponerme al día con amigos y colegas del trabajo. Las noches eran reservadas para cenas y las mañanas la dedicaba para algo pendiente y para mí. Claro está que ni se me ocurría pasar por las playas paradisíacas después de estar tanto tiempo *trabajando*. Antes, me perdía en alguna librería y me ponía a escarbar por las estanterías, ahora Amazon les quitó el puesto, y a mí la ilusión.

Manuel, un conocido hotelero español de la isla, había organizado una cena, y Olga, su novia, y Tatiana, estarían allí. Era la primera vez que la iba a conocer en persona, después de que ella me contactara a través de Olga por internet, y la verdad es que ni pensé en cómo sería, ni en ningún momento sentí que podía ser el principio de algo.

Hacía ya unos cuantos meses, Olga vino a casa a ver mi colección de orquídeas con una amiga. Manuel estaba fuera de la ciudad en una de sus visitas por trabajo a la isla, y me pidió que las acompañara a cenar, en tanto él regresaba. La visita al jardín fue más bien corta, y ni preguntaron los nombres de los perros, luego inspeccionaron la propiedad con mal disimulado interés.

—Bonita casa —dijeron—. ¿Vives solo?

—Con los perros.

—Pero alguna mujer hay… —interrogó Olga sin morderse la lengua—. Vimos ropa de noche de mujer en una de las habitaciones.

—Amiga con derechos —repliqué, medio sonriendo, medio sorprendido.

—Haría buena pareja con Tatiana —se dijeron en voz baja pero no inaudible.

Mientras cenábamos, Vera, que era como se llamaba la amiga, una mujer bellísima de pelo negro, largo con rasgos asiáticos, me contó que jugaba al póker casi profesional. Lucía igual que una de esas espías que ves en los casinos en las películas de Bond. Su marido, un suizo ya mayor, falleció. Brasil, Vegas, Miami, Hong Kong…

Mi instinto pitó.

Luego, Tatiana me contactó por internet.

Me costó encontrar el pequeño restaurante pegado a la laguna. El taxista se pasó el camino un par de veces y ninguno de sus compañeros sabía de un sitio llamado «la Palapa del Calamar». Una vez encontramos el hotel, un estrecho pasillo conducía a la parte de atrás, donde estaban mis conocidos esperándome, sentados en una mesa bajo la palapa, casi en la orilla de la laguna. El lugar era cautivador e inquietante a la vez. Un pequeño embarcadero de madera evocaba otro sitio muy lejos de la ciudad, si no fuera por los altos edificios hoteleros, que asomaban sus cabezas por encima de la vegetación en la distancia.

Las luces amarillas del lugar se reflejaban en las oscuras aguas, y las ramas de los árboles creaban sombras extrañas. A unos cien metros del restaurante, el manglar se abría a la laguna.

—¿Se ven cocodrilos por aquí? —quise saber poco después de ver el manglar mezclarse con el agua, creando pequeñas playitas de arena y hierba.

—Alguno, pero los grandes no se acercan a las luces. Están lejos. Hace un par de meses uno mordió a un turista que caminaba borracho por la noche —explicó Manuel.

Había visto hacía años los letreros a lo largo de la carretera de la zona turística avisando del peligro. «Menos mal que me senté instintivamente mirando el agua», pensé. No me gustaría darle la espalda a esa laguna.

Después de volver a mirar el lugar por el que podría aparecer un cocodrilo, contemplé a Olga. Estaba despampanante. Llevaba un gran escote, difícil de esquivar, como siempre, y una falda blanca finísima hasta los tobillos en forma de campana. Una tanguita diminuta delataba la única ropa interior. Olía a limpio y a perfume caro. La manera de mirarte, de hablarte y tocarte, te hipnotizaban. Daba la sensación de que todo alrededor desaparecía y eras solo tú y ella.

«Debe ser caro mantener una mujer así», correteaba por mi cabeza mientras alternaba mi mirada entre ella y la laguna; de tanto en tanto, echaba un trago de mi cerveza.

Cuando llegó Tatiana, vi a una mujer más normal. Con los años había aprendido a leer las ropas de mis citas, e intentaba predecirlas a ellas. Sus ropas no decían nada. Su mirada parecía sincera y su lenguaje corporal indicaba una persona tranquila. La sonrisa era encantadora, como la manera en que ladeaba ligeramente la cabeza cuando asentía.

La noche transcurrió tranquila: comimos, bebimos y charlamos en armonía. En un primer momento, la conversación fluía de forma indirecta entre Tatiana y yo, pero antes de acabar el postre, influenciados quizá por el alcohol, ya era de tú a tú. Después de la cena, subimos al apartamento de Manuel, en la azotea del edificio. La vista era espléndida, aunque con luna llena hubiera sido espectacular.

Sentía la mirada de Tatiana, miraba y sonreía. Era como una invitación. Un rato más tarde, le propuse ir a tomar algo a la ciudad. Era tarde, sobre las dos de la mañana. Sonreíamos más de lo normal y nuestro lenguaje corporal insinuaba una posibilidad.

Acabamos en el hotel, y después del único *gin-tonic* en el bar, antes de cerrar, le propuse ir a la habitación a tomar otro. Tan solo llegar, y en contra de todos los estándares del romanticismo, me desnudé y me metí en la cama. Tatiana parecía sorprendida, o lo pretendía.

—Mi madre no me educó para hacer esto —dijo antes de desnudarse y meterse bajo las sábanas.

La dura realidad

El trayecto entre hoteles acabó en un instante. Ni vi la laguna, ni noté en lo más mínimo la recta interminable, ni pensé en los cocodrilos. Veía brevemente las siluetas de los árboles, todas iguales, a ambos lados de la carretera de cuatro carriles, en tanto el taxi avanzaba sin variar la velocidad, mientras yo analizaba las palabras de la abogada.

«¿Que Severino la había llamado para comunicar que la casa que yo vendí hacía un par de semanas tenía una hipoteca de ciento treinta mil dólares?»

Sin pensarlo, llamé a Ana y a Robert, la pareja que pactó y pagó por mi casa, para decirles que no entendía lo que estaba pasando. No contestaban. Diez minutos más tarde, probé de nuevo, tampoco.

No sabía cómo analizar la situación. Mi cabeza daba vueltas, buscaba entender qué pasaba. ¿Cómo podían haber puesto una hipoteca en una casa ya vendida y que no era mía?

Llegué al hotel y me fui derecho a la habitación, sin siquiera esperar a que los maleteros me llevaran la maleta. Caminaba sonámbulo pero completamente despierto. Se me había ido hasta el hambre. Repasé de nuevo el correo del agente inmobiliario. Mi contable me había enviado otro *mail*.

«Asunto: Embargo propiedades». En plural.

Más tarde, me llegaría otro: «Embargo de cuentas bancarias».

Empezaba la noche más oscura de mi vida. Nunca había experimentado un miedo así, una impotencia de esa magnitud, era como caerse en un agujero negro sin fin. Me quería morir. Necesitaba desaparecer. Evaporarme. No sabía a dónde iría a caer. Pero caer, caía. La mente buscaba un sitio donde asirse pero no había nada.

«¿Qué puedo hacer?», me preguntaba una y otra vez, mientras la larga noche pasaba muy lenta.

Había perdido todo lo que tenía de la noche a la mañana. Peor que eso, la casa que vendí tenía sobre sí una hipoteca de una suma a la que era incapaz de hacer frente ante los nuevos propietarios, especialmente con las cuentas del banco embargadas.

¿Que les diría a los compradores, mis empleados, los bancos? ¡Todo el mundo sabía en el lío que me encontraba! Seguía cayendo en picado y no veía cómo podía parar. No solo caía, sino que caía dando vueltas. Todo era un descontrol.

«Lo primero será cancelar el trabajo y volver para casa», pensé guiado por el pánico. Después, buscar un abogado. Necesitaba un representante serio, de fuera de la ciudad, que no conociera a nadie, ya que había oído que muchos se vendían.

«Necesito un buen defensor que no viva en mi ciudad», me repetí a mí mismo de nuevo. No sabía si mi amiga Vanesa estaría en esto con su marido, pero era mejor asumir que sí. La jueza del Tribunal de Tierras seguro que contaba con buenos contactos e influencias. Debía tener cuidado. Me costaba digerir que ella hubiera traicionado nuestra amistad, aunque el retraso de la venta por la recomendación de ella del cheque certificado me parecía sospechoso.

«¿Una transferencia? No. La manera más segura de cobrar es el cheque certificado. Ahí nadie te puede engañar», insistió mi amiga.

Lo que no sabía mi amiga es que en el último momento decidí enviar ese cheque a mi banco en España. El «nada a tu nombre en la isla», me salvó esta segunda vez. Embargaron las cuentas en la isla por sorpresa, pero fuera me quedaba algo para pelear. Aunque no sería nada fácil explicar lo ocurrido a los de la casa.

«Si regreso ahora, tendré que hacerles frente a los muchos gastos ya originados: reservas de hoteles, vuelos, cambios...», sumaba en mi cabeza.

Intentaba imaginarme lo que había pasado.

«Embargo cuentas, hipoteca casa», retumbaban en mi mente. «¿Pero cómo es posible?»

Severino contaba con una garantía mucho mayor al monto que me prestó y encima no cumplió. Nada tenía sentido. Si le había puesto una hipoteca a una casa que no tenía nada que ver, ¿qué hizo con los apartamentos?

Le firmé un contrato de venta como garantía. El lío era mayúsculo. Si profundizaba en mi cerebro, tenía las cuentas de los bancos embargadas, la casa vendida hipotecada y, posiblemente, los apartamentos ya no fueran míos.

La duda inicial del regreso inmediato fue domada por el raciocinio.

No estaba en condiciones de perder más dinero. Es más, el dinero que me pagaban por hacer el trabajo era bueno. Podía hacer mi trabajo de turista/espía y prepararme para hacer frente a este lío.

«Ahora, ¿me podré concentrar en mi labor?», pensé

Antes de las ocho de la mañana, llamé a una de las amigas a las que envié un correo la noche anterior.

—Belén, tengo un problema, necesito un buen abogado —le dije en un tono que sonaba a desesperación—. Estoy en México y si no es absolutamente necesario prefiero quedarme.

Le expliqué resumiendo lo que pasó.

—¿Y no lo demandaste? —preguntó, haciendo referencia al incumplimiento del contrato de Severino.

—Pues no —respondí—. Pensé que éramos amigos.

Suspiré cansado.

—De todas formas, nada de esto tiene que ver con la casa que vendí. La garantía era sobre el edificio de apartamentos.

—Ok, chico, no te pongas nervioso. Déjame ver si hablo con la gente y encontramos a alguien. Tú conoces a Ramón Bernardo, ¿verdad?

—Sí, pero es íntimo amigo de la jueza. Olvídate.

Tenía que irme a la playa a trabajar, así que, aún medio angustiado, tuve que cortar la vital conversación.

—Mira, me tengo que ir. Te llamo en un rato y me dices algo, por favor.

—Tranquilízate —dijo de nuevo— seguro que todo se arreglará.

—Eso espero —deseé mientras repasaba mentalmente lo necesario para poner en mi mochila.

Con el macuto listo, la tarjeta para que me dieran una toalla en la mano y sin desayunar, me dirigí a paso rápido hacia la playa, que debía de estar a unos quinientos metros de la habitación. Hacía ya mucho calor.

«Más vale que encuentre una sombrilla», pensé. Si no, me achicharraré. No hacer mi trabajo por culpa del sol no era una opción.

Marriott

Imagino que muchos hombres despertarían junto a Tatiana y se creerían irresistibles. La artificialidad de la situación hacía difícil que yo me lo pensara. Aun así, intenté tomar el papel de uno de los dos protagonistas de un romance. De reojo observé a Tatiana sacar la ropa interior que traía en su bolso. «Venía preparada», pensé sin sorprenderme.

Llevaba mucho tiempo dando vueltas por el mundo y casi dos décadas en la isla, nunca me había casado, y la noche y yo habíamos sido muy amigos. Olía las intenciones de Tatiana, no era la primera ni la segunda vez.

—Llévame a desayunar a donde quieras —le dije mientras me secaba tras la ducha. Aún no conocía los gustos de mi nueva amiga.

Subimos al BMW, que continuaba mal aparcado donde lo abandonamos la noche anterior. Sonriente, Tatiana conducía mirándome de tanto en tanto. Íbamos cogidos de la mano y la música de Alejandro Sanz nos acompañaba. Para mi sorpresa, antes de lo previsto, entramos en otro hotel. El Marriott Cancún.

Intenté ocultar mi sorpresa. Los desayunos se toman en sitios con carácter, en especial en una ciudad como Cancún. Seguro que había sitios cerca de la laguna, en el pueblo, o en alguna playita cercana. El Marriott no tenía nada de eso, pero era otro indicador de los gustos de Tatiana.

En un salón barroco, arropados por el aire acondicionado, desayunamos.

—¿De qué trabajas, me dijiste? —pregunté tanteando la conversación de la noche anterior un poco ofuscada por el alcohol.

—Nunca me lo preguntaste —respondió inclinando la cabeza mientras sonreía.

—¡Qué memoria la mía! Es increíble. Me olvido de todo. Creo que es la edad.

—O el alcohol, bebimos bastante anoche.

—Sí, pero me gustó. El restaurante pegado a la laguna me gustó. Y muy buen precio.

Repasábamos y puntuábamos los platos del menú cuando su móvil sonó.

—Perdona, es mi hija —dijo antes de contestar—. Sí, cariño, antes de las doce te voy a recoger.

—¿Cuántos años tiene? —pregunté tan solo acabó la conversación.

—Dos, justo estoy en el proceso de divorciarme de su papá. El maldito no me está pasando la manutención.

—¿Y eso? —pregunté un poco incómodo.

—Pues resulta que cuando lo conocí era una cosa y ahora parece ser que no tiene nada. El juez dispuso la manutención basada en la nómina laboral.

—¿Y la casa?

—Es de alquiler. Es donde vivo con mi hija y el perro. Él tiene que pagar parte del alquiler más algo para la guardería y manutención.

—¿Y el carro, es tuyo?

—Es de los dos. Cuando yo lo necesito me lo deja. El mes pasado tuve un accidente y choqué contra una gasolinera, por eso la puerta está abollada. Para colmo, mi ex no había pagado el seguro, imagínate.

—¿Y de qué trabajas?

—Doy servicio a clientes vip de un turoperador ruso. Los recojo en el aeropuerto y los acompaño durante sus vacaciones. Me llaman cuando me necesitan.

Al salir del bello lugar, no sé si me sorprendió más la cuenta o lo que acababa de oír.

Antes de subir al carro, mientras me cogía del brazo, me dijo:

—Me podrías comprar un carro nuevo —sugirió tirándome del brazo para abajo, mientras yo miraba hacia el cielo en silencio.

Siempre que estaba en Cancún, antes de irme, pasaba por un centro comercial para hacer las últimas compras antes de partir. Mientras me probaba bermudas, Tatiana sugirió que le comprara un bolso. Mi respuesta fue igual que con el carro.

Con la cabeza torcida ante mi ignorancia, Tatiana me dijo que tenía que irse, que en el centro comercial encontraría taxis para llevarme al hotel.

La siguiente vez que la vi fue cuando me vino a recoger al aeropuerto, tras casi un año de chats y conversaciones calientes.

Miguelina Cordero

—Se llama Miguelina Cordero —dijo Belén, entre la fuerte brisa que sacudía mi posición en la playa—. Llámala, espera tu llamada. Le expliqué un poco lo que me contaste.

—Ahora no puedo, tendrá que ser sobre las cinco de la tarde —respondí, mientras sumaba las horas que faltaban para la deseada llamada.

—Pues ya me dirás —se despidió.

—Muchas gracias.

Quería llamar a Miguelina lo antes posible, pero con el zumbido del viento y sin la intimidad que proporcionaba mi habitación era imposible. Necesitaba el *laptop* y una conexión a internet más rápida para poder enviarle documentos. La señal wifi en la playa era mínima, así que tenía que esperar.

El día avanzaba despacio desde mi tumbona playera. A medida que las horas transcurrían, me daba cuenta de que nada había cambiado en mi vida. Por lo menos de momento, si miraba hacia el futuro, veía unas nubes de tormenta negras y amenazantes. Tenía tantos «¿y si?», que lo mejor era olvidarlos y ver el mañana en blanco.

A unos diez metros de mí, al lado derecho, percibí la mirada insistente de una pareja entrada en años. Parecían canadienses, de Quebec, por la fisionomía y la forma de vestir, que nos delata a todos aún en bañador. No era la primera vez que la gente me miraba mientras tomaba notas y hacía fotos. En los tiempos actuales, esa actitud mía era similar a la de un terrorista preparando un atentado. Los ataques en las playas de hoteles en Túnez hacían que los turistas estuvieran pendientes de cualquier movimiento sospechoso. Si hablaban con la seguridad del hotel que patrullaba la playa del cliente *sospechoso*, seguro que vendrían a ver qué hacía. Después, mis explicaciones no harían más que hacer que todo el mundo se enterara de mi presencia. No era la primera vez que tenía ese problema. Por algún motivo, los viejitos eran siempre los que me delataban. Luego, tras explicar mi trabajo, el guardia lo confirmaría con su superior y este con gerencia, que riendo y sin querer, filtrarían la información a los del departamento de actividades acuáticas. Tenía que salir de ahí y desaparecer de su vista.

Llegué a la habitación sudado y con la piel enrojecida. En algunas zonas del cuerpo tenía una especie de costra, mezcla de arena y protector solar. Abrí la puerta del minibar y saqué una Coca-Cola light, de un sorbo me bebí la mitad. Después me lavé la cara y, sin ni siquiera ducharme, llamé a mi nueva abogada.

—Licenciada Cordero, soy Jordi Martín, amigo de Belén —la saludé, mientras miraba mi lista de preguntas.

—Hola, caballero, un placer. Sí, Belén me explicó brevemente su caso.

—La verdad es que todo esto me ha cogido de sorpresa, empecé diciendo—. Y recién llegado a México, donde estoy trabajando. Si usted lo considera conveniente, anulo todo y regreso mañana mismo.

Intentaba explicarle todo tan rápido que saltaba de un tema a otro sin apenas darme cuenta, confundiendo a la licenciada.

—Llegué hace un par de días y ayer me contactó el agente inmobiliario que vendió mi casa hace unas semanas. Parece ser que un amigo mío, Severino Zorrilla, llamó a la abogada de los nuevos propietarios diciéndoles que la vivienda que vendí tenía una hipoteca a su nombre de ciento treinta mil dólares. Esto no tiene sentido. Él tiene una garantía muy superior al dinero que me dio. ¡Y encima no me dio lo acordado!

—Tranquilo —dijo al ver mi estado eufórico. No entiendo, una garantía, ¿por qué?

Mientras le narraba lo ocurrido, mi cerebro analizaba cada sonido que emitía el auricular del teléfono. Esperaba preguntas, sonidos que delatasen algo y, sobre todo, una pronta conclusión. Yo quería una respuesta positiva, rápida, inmediata.

—Ya veo. ¿Usted me podría enviar una cronológica y los documentos que tenga para evaluar la situación?

—Sí, claro, de inmediato.

—Perfecto

—Licenciada, ¿usted cree que debería volver al país o puedo quedarme y acabar mi trabajo? —volví a preguntar.

—Mañana por la tarde le digo algo —respondió esperando unos segundos antes de colgar.

—Ok —dije, sin ocultar mi decepción— hablamos mañana.

Acto seguido, me puse a escribir una cronológica que empezaba antes de la demanda laboral, justo cuando conocí a Vanesa y a Severino, unos seis meses antes de que el trabajador entrara en la empresa.

Desesperación

«La forma más común de desesperación es ser quien no eres», dijo alguien.

Años más tarde, me di cuenta de que la afirmación era verdad.

Mientras esperaba a que mi recién contratada abogada me pasara sus conclusiones, la desesperación por lo ocurrido me hizo contactar a Tatiana. Le expliqué lo sucedido y le pasé las demandas recibidas. Pedí su opinión, y en menos de media hora, me ofreció su análisis.

—Estas fechas son del año pasado, no tiene sentido, y en esta parte se equivocaron de persona —Eran algunos de los muchos fallos que detectó.

Al decir que con todos esos errores podía caer la demanda, sonreí.

—Si quieres nos vemos esta noche —dije.

Conocía gente en México después de vivir un año allí, pero, desgraciadamente, todos estaban relacionados con mi trabajo, y a menos de que fuera una emergencia no los podía contactar para tomarme una copa o cenar y hablar del lío en el que estaba metido. Eso delataría mi presencia y tiraría por el suelo mi anonimato. Necesitaba hablar con alguien de tú a tú y ver sus reacciones.

Tatiana fue la única a la que pude recurrir para conseguir un poco de contacto humano. Estar solo en la habitación del hotel, la playa, y en el país, con todos esos problemas, empeoraba mi situación.

La cena transcurrió hablando del caso, de quiénes eran mis enemigos y de los posibles peligros con los abogados que yo eligiera. Cuando le pregunté qué pensaba de Vanesa, tras una breve introducción sobre nuestra amistad, simplemente contestó:

—Pues no sé qué decirte, pero es un poco raro la relación entre ellos y tú ahí en medio. Me da la impresión de que estaban jugando contigo. Mucha casualidad que los abogados que te demandaron sean «casualmente» sus abogados y socios.

—No sé, la verdad es que nada tiene sentido.

La pregunta de si debería regresar a casa emergía cada poco. Tatiana la respondía con un:

—Espera a ver qué dice la abogada.

Veía el interés y la forma de pensar de Tatiana. La seriedad de su rostro mientras buscaba soluciones para mi problema, el movimiento de sus manos y cabeza mostrando determinación. Siempre pensé que una pareja tenía que ser un complemento para ambos.

Mi amiga me dejó en el hotel diciéndome que me tranquilizara, que seguro que todo iba a salir bien. Que si quería nos veíamos en Cancún antes de mi partida.

Antes de irse nos besamos y sentí una especie de calambre placentero, mezclado con una irresistible atracción.

Algo estaba cambiando en mí y no sabía lo que era. La situación dio un giro y nuestro comportamiento cambió. Tatiana sentía que me tenía en sus manos, la desesperación me empujaba a ella.

Traición

«Amigo, amigo, o viene por tu mujer, o por tu trigo», dice el dicho.

10. 33 a. m. Contaba los clientes que regresaban del buceo de las nueve de la mañana. El tiempo de partida y llegada estaba perfecto. El instructor tenía unos minutos para hacer el *debriefing*, descansar, cambiar su tanque de aire e irse a una de las piscinas a dar la clase gratis de las once. El hotel era otro megaresort de tres mil trescientas habitaciones, con una playa formidable de arena blanca y aguas color turquesa, partida en dos por una pequeña península, con un embarcadero al final, donde estaban nuestros barcos. El muelle de casi cien metros de largo me permitía hacer unas buenas fotos y un fácil conteo. Con el traje de buceo puesto y el equipo que

llevaban a los hombros colgando, los distinguía a la perfección de los no clientes. Con los de *parasailing* y *snorkeling* era un problema, ya que en la punta del muelle había un área de *snorkeling* y los turistas del hotel se mezclaban con los que utilizaban nuestros servicios, y solo se podían detectar cuando subían a bordo y eran figuras diminutas.

Llevaba cerca de diez años haciendo esa labor una vez al año. Había tenido todo tipo de imprevistos. La primera vez en este hotel, recuerdo que no había ninguna sombrilla en la playa y no pude evitar quemarme a pesar del protector solar y perseguir la sombra de una altísima y delgada palmera. Ahora, justo al lado de la palmera, había un club de playa, con palapas, tumbonas, y un bar con su baño. Desde esa posición dominaba todo. El problema era que los demás clientes del hotel peleaban por un sitio así y me obligaban a llegar antes que nadie.

A lo primero, llevaba libros para entretenerme en mis esperas, ahora, con wifi en todos lados, leía las noticias, estaba en constante comunicación mediante chat con mi negocio y recibía *emails*.

Justo después de contar a los clientes, revisé los correos por si la abogada me había enviado alguna respuesta a mis nuevas preguntas. Nada.

Vi uno de Jacinto Iniesta, el dueño de la empresa en la que estaba auditando. En el asunto decía: «Jordi os roba».

Jacinto me copiaba en su mensaje de respuesta: «¡Que te den por culo, zorra!».

Al leer el *mail* me quedé de piedra. Una tal Martha Zuckerberg le había enviado a Jacinto un mensaje donde me acusaba a mí de robarle y de haber manipulado los contratos del hotel, y que me reía de él.

Jacinto respondió pensando que era alguna mujer enfadada conmigo. Pero no era así. No fue muy difícil saber quién estaba detrás del correo. Severino sabía de las disputas que tuve con Jacinto en el pasado e intentaba crear enemistad entre nosotros. Obvio que conocía dónde yo estaba, todo parecía preparado, planeado. La llamada a la abogada tan solo llegar, los embargos y ahora esto. Repasaba el historial en mi cabeza de la pareja y no encajaba con lo sucedido.

Mientras contaba clientes y sacaba fotos desde mi escondite en la playa, pensaba qué significaba lo que mi *amigo* hacía. ¿Qué pretendía? Ese *mail* a Iniesta tenía un significado, era una respuesta a algo, ¿pero a qué?

«¿Por qué esperar una semana entre llamar a la abogada de los compradores y el correo a Jacinto?», me preguntaba.

Atracción

Mientras los días pasaban tumbado en la playa e intercambiaba correos con mi nueva abogada, Tatiana se convirtió en mi consejera. Pensé en invitarla a que viniera a la isla de Cozumel. Iba a estar cuatro noches, así que sería perfecto. Sin embargo, no quedaba muy profesional ir a trabajar acompañado de una amante/consejera, especialmente después del mensaje a Jacinto.

«Entonces sí que pensará que le estoy tomando el pelo», pensé.

La idea de tenerla como ayudante murió asfixiada por la situación. Cozumel era el destino predilecto de los buzos, y los barcos salían uno tras otro, repletos de entusiastas que iban y venían del muelle, haciendo del conteo una operación imposible. Solo esperar a que regresaran en tiempos diferentes me permitía contar decentemente.

Ya posicionado en la sombra, vi que uno de los trabajadores que estaba en la playa salió con uno de los catamaranes de vela en solitario y regresó casi tres horas más tarde. Con las fotos de salida y regreso como evidencia, tendría que dar una muy buena explicación de su *desaparición* en horario laboral.

De Cozumel pasé a Playa del Carmen y, después de dos días de repasar mis notas y fotos con los gerentes de nuestras operaciones en cada hotel, ya fuera del anonimato, regresé a Cancún. Estaba ansioso de volver a la isla y sentarme con Miguelina. Antes de regresar, volaría a Panamá, dormiría en un hotel cerca del aeropuerto y, al día siguiente, iría a Jamaica, donde estaría cinco días.

Llegué a Cancún al mediodía. Tatiana no contestó a mis mensajes y me molesté. Se pasó todo el día sin decir nada. Era como si hubiera desaparecido. Sabía las ganas que tenía de verla de nuevo.

Al día siguiente, decidí no llamarla y me fui de compras. Si no me quería ver, no había nada que hacer. Sentía una atracción extraña por ella que, conociéndome, no tenía el más mínimo sentido. Todo había empezado tras las notificaciones.

Mi vuelo salía a las nueve treinta de la mañana, así que tendría que dejar el hotel antes de las siete. Me alojaba cerca del final de la zona hotelera, siguiendo el camino opuesto a Cancún. Bordeando la laguna llegaría al aeropuerto en quince minutos sin tráfico a esas horas.

Sobre la una, cuando regresé al hotel, vi un mensaje de Tatiana.

—¿Dónde estás? —decía.

—Hotel —respondí.

—Te recojo en veinte minutos en el *lobby*.

—Ok.

Los veinte minutos fueron cuarenta, y tras verificar que mi amiga no había entrado a las instalaciones del hotel, decidí ir al bar del *lobby* y pedir un *gin-tonic*.

Odio que la gente llegue tarde. Creo que es una falta de educación. En este caso, la indiferencia de Tatiana, mostrada en los últimos días, encajaba con el retraso.

«¿Qué querrá?», me preguntaba.

Casi una hora después de la hora acordada, acortada por dos *gin-tonics*, apareció.

—Perdón, el tráfico está insoportable —dijo.

Me llevó a una marisquería/pescadería típica. Las barquitas de pesca estaban varadas en la playa a los pies de la terraza del restaurante, que se encontraba en el segundo piso. Los escaparates exponían pescado fresco, y un par de acuarios estaban abarrotados de langostas y ostras. Olía a pescado, a limpio y a mar.

Comimos ostras acompañadas con un vino Albariño bien frío. Luego, tartar de atún junto a unos camarones al ajillo. De plato principal, pescado a la brasa. Gigante, sabroso y buenísimo.

Ambos sonreíamos y hablábamos positivamente del caso. Todo se iba a arreglar pronto, y mi amigo, si había hecho lo que imaginábamos, me tendría que pagar una millonaria indemnización.

Nuestras manos se juntaban entre bocado y bocado.

La segunda botella de vino permitió que las intenciones de Tatiana salieran a la luz.

—Llévame a Jamaica —dijo antes de pedir el postre.

De nuevo me sentí tentado, pero era inaceptable aparecer a trabajar con mi cita bajo el brazo, aunque mi labor fuera estar tumbado en la playa.

—Si quieres quedamos en Panamá a mi regreso.

«Podría quedarme un día extra allí y después regresar a la isla», pensé. Mi cabeza empezó a discutir mis prioridades, ¿llegar lo antes posible a la isla o pasar un par de días extra con Tatiana?

—¿Panamá? ¿Y dónde iríamos en Panamá?

—Pues a la ciudad —respondí, sabiendo que no teníamos tiempo para muchas cosas.

—Yo quiero ir a Jamaica.

—Lo siento, pero no puedo. Imagínate lo que pensarían mis colegas de mí.

Después, todo se enfrió.

Un rato más tarde, tras beberme un ron en un bar, mirando la laguna en silencio, me dejó en el hotel.

Jamaica

Dejé el hotel antes de amanecer, justo llegando al aeropuerto la claridad empezaba a asomar por el horizonte. Parecía un lindo día. Pensaba llegar al hotel de Panamá sobre las dos de la tarde, comer algo y salir para la ciudad, que estaba a unos cuarenta minutos.

Aún no habían empezado a facturar y decidí irme a tomar un café. Cuando regresé, quince minutos más tarde, una larga fila de gente de todos sitios esperaba. La línea avanzaba muy lenta, mientras que perros policías olisqueaban las maletas.

No tenía mucha suerte en los aeropuertos. Me habían enviado unas cuantas veces al pequeño cuarto de los sospechosos con espejos en las paredes. En Bélgica, directamente me preguntaron dónde escondía la droga, e insinuaron que la tenía dentro del estómago. Hurgaron en mi portátil y correos para comprobar mi identidad y ocupación. Las marcas de mis páginas favoritas, al final del libro, los entretuvo en exceso, imagino que buscaban transacciones *clave*. Mi respuesta pareció desilusionarlos.

En Ecuador, buscaron insaciables por todo el equipaje, como en México, que tuve que pasarlo tres veces por la máquina de rayos X, y revisar una y otra vez la maleta, mientras el agente preguntaba sin parar: «¿seguro que usted no es militar?». Tras explicarle que tenía una empresa de buceo, volvió a preguntar: «¿pero antes usted era militar?». Nunca fui militar.

En la isla me tuvieron en un cuartillo repleto de sospechosos hasta que llegó el fiscal; y en Madrid, tras verificar mi pasaporte, una mujer policía sin uniforme insinuó que viajaba mucho. Al contestar que yo no viajaba mucho, sino que ella poco, me permitió continuar.

—¿A dónde vuela hoy, señor Martín? —preguntó la señorita muy amable, con una sonrisa de color rojo.

—Panamá —respondí, mirándola a los ojos marrones y grandes para tratar de demostrar que no llevaba nada ilegal en el equipaje.

—Y sale para Jamaica mañana —añadió—. ¿Tiene la vacuna de la fiebre amarilla?

—¿Vacuna de la fiebre amarilla?

—Sí, es necesaria para entrar en Jamaica si viene de Panamá, necesita tenerla puesta diez días antes de entrar.

—Pues nadie me dijo nada —respondí, intentando defenderme—. Es su responsabilidad asegurarse de que, si me venden el billete, yo sepa las condiciones en las que debo viajar. Cada año hago la misma ruta y nunca tuve ningún problema.

Por un momento la idea de regresar directamente a la isla pasó por mi cabeza.

—Señorita, más vale que me solucionen este problema, si no, esto no quedara así.

—Déjeme hablar con mi supervisor, regrese en diez minutos y pase directo al mostrador.

Aproveché el tiempo para hacer un par de llamadas utilizando el servicio de *roaming*. La conexión wifi era demasiado mala para hablar o enviar *emails.* Después, recibí un mensaje informándome de que había excedido el uso de datos de mis servicios. Estaba incomunicado.

Al rato, la asistente del mostrador me dio la solución.

—La única manera es salir en el último vuelo hacia Panamá y que no salga del aeropuerto. Si sale no podrá entrar a Jamaica tan pronto las autoridades jamaicanas vean el sello de entrada a Panamá.

«Algo es algo», pensé.

Una vez dentro del *duty free,* busqué una conexión lo suficientemente fuerte como para llamar e intentar solucionar los problemas con el teléfono.

—Tiene que enviarnos una carta sellada y firmada —salía, una y otra vez, del otro lado de la línea.

—Señorita, estoy fuera del país, en un aeropuerto, y necesito el teléfono activo —me oía decir desesperado—. No le puedo enviar ninguna carta firmada por mí.

Era increíble. Al final, tras más de una hora de llamadas, mi contable hizo la carta, puso mi nombre, la firmó, y el teléfono volvió a la vida.

Pasé la noche pululando por el aeropuerto de Panamá, viendo cómo se vaciaba despacio a medida que llegaba la noche y cómo se volvía a llenar con las luces del amanecer. Tuve que comprarme una chaqueta, ya que el aire acondicionado y pasar la noche sentado hicieron que tuviera frío.

Al día siguiente, ya en Jamaica, cuando visualizaba en mi imaginación el taxi, el hotel y la cama para por fin dormir, me encontré con que mi equipaje se había extraviado. Ahora trataba de localizarlo, cansado y sin nada que ponerme para empezar mi trabajo al día siguiente.

«Últimamente las cosas no me están saliendo muy bien», pensé.

Al llegar al hotel, me fui a la tienda de ropa y compré un bañador y un par de camisetas. En el aeropuerto me dijeron que me enviarían mi equipaje al hotel al día siguiente. Luego me dormí, hasta que desperté a las diez de la noche.

En Jamaica tenía una nueva misión. Camuflarme dentro de una excursión y verificar si las quejas colgadas en uno de los portales de internet eran correctas. El único que me conocía era el gerente, pero como sabía que estaba fuera de la isla hasta dos días después, reservé la excursión para la siguiente noche.

Era un viaje a la Laguna Luminosa, se salía a última hora de la tarde. Nada más subir a bordo, hicimos un brindis con un licor fluorescente. El barco estaba lleno de turistas americanos sonrientes y «entrados en carnes». Después, el bajel despegó, literalmente volábamos entre las olas, agarrados como podíamos para no salir por los aires. Cuando se aminoró la velocidad y pensé que el sentido común se anclaba, la embarcación se puso al ralentí y la guía de la excursión apareció de nuevo con los brillantes chupitos. Después, arrancamos encabritados de nuevo, mientras el sol se escondía detrás del mar. Iba sentado en la parte trasera, con el gorro en la mano para que no volara, y las gafas y la cara rezumando agua marina. Pensaba en el consumo de la embarcación a esa velocidad máxima, en la vida de esos motores y, sobre todo, en la seguridad de los turistas. Por momentos, la idea de identificarme y detener el macabro viaje pasó por mi cabeza. Tras un par de brindis más, nos acercamos a la orilla y empezamos a internarnos en la laguna. Diez minutos más tarde, tras otro chinchín, saltamos al agua luminosa, mientras uno de los clientes, ya borracho, meaba riéndose por la parte trasera, entre los dos motores, a poca distancia de donde el grupo nadaba.

El retorno supersónico en medio de la noche me hizo pensar en qué pasaría si uno de los embriagados pasajeros caía por la borda y en cómo podía escribir todo lo visto en mi reporte. Me imaginaba la respuesta de Jacinto e intentaba ver cómo hacerlo para que no despidiera a todos.

Después del viaje, camuflado entre turistas, tumbonas y sombrillas, pasé el resto de los días observando a los chicos de las actividades acuáticas. Serían sobre las tres de la tarde de mi última jornada en Jamaica, después de pasar más de tres semanas en México. Llevaba todo el día mirando los movimientos de los playeros. Realizaron un par de rescates, a primera hora de la mañana, a clientes que salieron en los pequeños catamaranes de vela y el fuerte viento los tumbó. Me preguntaba si no habrían dado esos catamaranes para propiciar el rescate y cobrar directamente el cargo.

«Lo veremos pronto», pensé. Me atrevería a poner la mano en el fuego que lo hacían a propósito.

Cada cliente, antes de usar las actividades acuáticas gratuitas, tiene que rellenar una exoneración de responsabilidad. Ahí se le avisa del cargo por el rescate: cuarenta y nueve dólares.

Seguía sin entender otro motivo para dar las pequeñas embarcaciones de vela con un viento tan fuerte.

Ahora, por la tarde, el viento cayó; de hecho, no soplaba la más mínima brisa, pero había algo más que llamaba mi atención.

No acababa de entender por qué los turistas entraban en el almacén para material acuático, que tenía en la parte trasera la pequeña caseta de actividades acuáticas. No comprendía por qué los jardineros del hotel entraban también, inconfundibles con sus uniformes verdes. Saqué mi pequeña cámara y le di al botón del *zoom* todo lo que daba. Luego, tan disimulado como pude, empecé a hacer fotos.

Más tarde preguntaría a nuestro gerente o al del hotel qué ocurría. ¿Por qué los clientes entrarían en un almacén de equipos náuticos? Algo no olía bien.

Debía de haber hecho cinco o seis fotos cuando, a través de la pantalla de la cámara, percibí movimientos raros. Los turistas que estaban dentro de la estancia salieron rápidamente, uno a uno, como perseguidos por alguien, y pronto se dispersaron por el hotel, lejos de la playa. La actitud era sospechosa, como si hubieran hecho algo ilegal. Los jardineros se organizaron como perros africanos. Todos miraban hacia la misma dirección, hacia mí. Su lenguaje corporal no indicaba nada bueno, así que opté por desaparecer.

Rápido puse todo en la bolsa y corrí hacia la piscina, simulando que la arena quemaba mucho; de ahí, me introduje en uno de los edificios de habitaciones, terreno prohibido para jardinería.

«¿Y si tienen a alguien aquí dentro?», me pregunté mientras los veía parados, buscándome donde empezaba el área de la piscina.

«Tengo que llegar a la habitación, ¿me podrán localizar?»

Tan pronto como llegué, llamé a mi amigo y gerente del hotel. Hacía apenas un par de noches, mientras cenábamos, me había contado historias de trabajadores extranjeros que habían tenido que desaparecer en medio de la noche, debido a problemas con la gente local.

—Pero, Luis, ¿qué hacía esa gente en la caseta de acuáticas?

—Vendiendo marihuana, que es lo que hacen —respondió—. Te vieron hacerles fotos y fueron a por ti. Que no te vean, vigila. Menos mal que te vas mañana. Reúnete con vuestro gerente en tu habitación y que nadie os vea. Si no, lo pondrás en peligro a él también.

De repente, mi trabajo placentero y un poco cómico cambió a uno de alto riesgo e impredecible. Por algún extraño motivo todo parecía estar en mi contra.

Dormí con la puerta de la habitación trabada por una silla, como había visto en las películas, y en cuanto repasé con nuestro gerente todo lo que había visto, después de afeitarme la barba y quitarme la gorra, me largué.

Abogados, abogados, abogados

Alguien dijo que: «los abogados son ladrones con licencia».

Para principios de dos mil catorce, ya había sido engañado en toda mi vida por cinco abogados: el que inició el proceso de mi residencia en la isla y después se evaporó con el 50 % que le adelanté; el que comenzó el papeleo de mi compañía de buceo en la isla y que se esfumó tras el primer depósito; el que me cobró por un impuesto inexistente en Obras Públicas cuando construí el edificio de apartamentos; después, mi magnífico amigo/abogado Miguel, que no presentó ni un solo documento de defensa en la demanda laboral, y causante de todo lo que vino después; el quinto abogado fue el que contraté para asesorarme de cómo protegerme de mi *amigo,* justo antes que todo esto empezara y que, tras hacerle el pago inicial, desapareció.

Tenía suficiente información para saber que existían muchas posibilidades de ser engañado o de sufrir algún tipo de problema.

Mi estrategia iba a ser muy simple: tener todo por escrito desde el principio, y estar encima de absolutamente todo. El abogado me tenía que decir lo que me iba a cobrar, cómo y qué incluía, en un contrato, sin ambigüedades. Antes de presentar cualquier documento en los tribunales, yo lo tenía que leer.

Cuando por fin llegué a casa, después de casi cinco semanas de estar fuera, un mes y poco desde que recibí la primera notificación del alguacil, ya sabíamos lo que estaba ocurriendo, al menos por encima.

Mi amigo Severino se traspasó el edificio de apartamentos dado en garantía a su nombre. No solo se lo puso a su nombre, sino que el mismo día le colocó una hipoteca a nombre de alguien desconocido en todos los apartamentos.

A medida que escarbaba, más porquería salía. En los tribunales sus abogados de toda una vida no eran sus abogados, dejando un interrogante en el aire.

Luego, según Miguelina, utilizaron sus conexiones en los tribunales para poner la hipoteca ilegal sobre la casa que yo vendí, justo antes de ser emitido el nuevo título a los compradores. Ahí, el retraso propiciado por la insistencia de Vanesa, al exigir un cheque certificado en vez de una transferencia, les ayudó.

El principal apoyo que tenían era un juez que ponía claro en un cartel de su tribunal que *no tenía amigos*. Lo que automáticamente lo convertía en *inocente*.

Además, mis amigos embargaron mis cuentas bancarias, y todo fue notificado en el aire, en casa. Ese fue el día en que me reuní con los compradores por primera vez, y de la mañana a la tarde hubo gente en la residencia. Nadie vio un alguacil en todo el día. Después, siempre me notificaron en el hotel, donde la seguridad está 24/7.

Mi *amigo* esperó a que yo saliera del país para así asegurarse de que el dinero de la venta estaba ya en el banco y embargar las cuentas. Luego, llamó a la abogada para que me presionaran, y esperó a que yo lo llamara desesperado para negociar con él. Al no hacerlo, envió el correo a Jacinto Iniesta.

Mis conclusiones parecían tener sentido.

Tampoco nadie podía haber hecho todo eso sin ayuda de dentro. La ley marca unas pautas, notificaciones, plazos, procesos. Todo eso desapareció. Mi abogada habló de estafa y engaño. Pregunté también a varios litigantes, buscando opiniones, y las mismas palabras salieron de sus bocas. Decían que mis amigos irían a la cárcel y que seguro estaban muy asustados.

Zorrilla tenía un contrato de venta firmado como garantía del préstamo; aparte, firmamos un contrato de préstamo donde se mencionaba la garantía dada, pero mi examigo, hábilmente, dejó esa parte en blanco alegando que teníamos que poner uno a uno los apartamentos y, para eso, teníamos que tener la declaración de condominio acabada. Si no, la garantía dada no sería válida en cuanto salieran las nuevas certificaciones, según él.

Cuando Severino prometía y prometía desembolsos y decidí asesorarme, me recomendaron obtener evidencias de que la venta era una simple garantía. Así que obtuve cerca de una treintena de *emails* que corroboraban el trato.

Al no cumplir nuestro contrato, y teniendo evidencia de nuestro acuerdo, aconsejado por un inglés experto en el tema, puse una hipoteca a la vivienda a nombre de una amiga utilizando un pagaré notarial. Dijo que eso evitaría que se apropiaran de la garantía.

Obvio que no fue así, y traspasaron los títulos sin que nos diéramos cuenta.

El día de la primera audiencia, surgió una complicación con el mecánico y uno de los motores del barco y me quedé en el hotel. A media mañana, tras llamar por segunda vez a la abogada, me respondió que la otra parte no se presentó. Automáticamente, pensé que nos tenían miedo. La ilusión duró poco. Cuando Miguelina mandó a su secretaria a recoger el expediente, semanas después, descubrimos que hubo una segunda audiencia del mismo caso que nosotros desconocíamos.

Al parecer, al estar fuera del país y no notificar constitución de abogado, la otra parte utilizó el hecho para ignorar nuestra citación; luego, aprovecharon para notificar de nuevo en el aire y conceder otra audiencia, sin nosotros estar presentes.

Pasé de pensar que no se presentaron porque tenían miedo a no saber qué pensar.

Cuando le pregunté a mi defensora qué pensaba, me dijo:

—Es viernes por la tarde, y «salgo del aire» hasta el lunes.

Y claro, yo pensé: «y mis dudas e inquietudes, ¿me las como hasta el lunes?»

Ese día no respondió a mis llamadas, y los días que siguieron tampoco, así que me tuve que quedar sin entender las consecuencias de no presentarnos a esa segunda audiencia.

Mientras los días pasaban y yo esperaba con inquietud la respuesta, me llegó un mensaje de una amiga de Canadá.

—Jordi, ¿estás bien?, ¿qué ha ocurrido?

—Claro que estoy bien, ¿por qué preguntas?

—Porque acabo de recibir un mensaje de alguien, que se ha estado leyendo nuestras conversaciones por Facebook, diciendo que tienes hasta fin de año para abandonar la isla, si no, algo malo te pasará.

La sangre se me congeló junto con el pensamiento. No todos los días recibes una amenaza así.

—¿Me puedes enviar el mensaje?

—Sí, claro. Ahí te va.

Lo leí un par de veces y de inmediato me di cuenta de que hacía referencia a una conversación que tuve con Rosanne hacía dos años. Quien quiera que estuviera detrás de esa amenaza había estado escarbando en mi Facebook. Mi amigo me vino a la mente de una vez. Solo tenía problemas con él y sus abogados, así que todo apuntaba a ellos, y el mensaje a Jacinto confirmaba mis sospechas. Estaba preocupado, pero, al mismo tiempo, veía que mis enemigos dudaban de ganar en los tribunales y de ahí la amenaza. La visión de acabar en la cárcel debía estar detrás del aviso. En la isla los sicarios eran baratos, pero también fácilmente mataban a la persona equivocada. Era un riesgo.

Cuando por fin mi abogada respondió a mis llamadas, un día temprano, a primera hora, unos gritos en la misma habitación en la que ella estaba me hicieron estremecer.

—¡Dinero, dinero, pídele más dinero! —alguien chillaba cerca de ella—. ¡Dólares, dólares, que te dé dólares!

No me dio una explicación sobre por qué habría dos audiencias de un mismo caso, pero sí me dijo que le tendría que dar un apartamento por ese nuevo caso.

Darle seguimiento a ese caso nuevo tendría un apartamento de costo.

—Pero, Miguelina, es el mismo caso.

—¡O me das un apartamento o no me presento en el tribunal!

De inmediato busqué un abogado local que cogió el caso y se pasó las siguientes semanas asesorándome, cobrándome por horas, hasta que descubrí que me aconsejaba sin haberse leído el caso, sin haber siquiera leído las evidencias. Él también quería de entrada un apartamento, pero lo disuadí con esfuerzo, explicándole las causas de la segunda guerra mundial, donde un tratado de reparaciones injusto llevó de nuevo a la guerra. No sé si entendió la analogía, pero después de darle un pago inicial, la promesa de otro a los tres meses, y otro con el fallo, por fin aceptó. Las consultas eran extras.

«Parece que el pago mínimo para todo el mundo es un apartamento», pensé indignado.

La guerra con mis abogados acababa de empezar. Jamás me pude imaginar lo que tendría que pasar, sufrir y aguantar, eso sin contar lo que los «malos» harían.

Para evitar el riesgo de que Miguelina hiciera algo indebido, tuve un par de asesores más con los que comprobaba cada paso que dábamos.

Como Severino se apropió de la garantía dada, demandamos en simulación de venta y le hicimos una oferta de pago por el dinero que me había prestado, para así demostrar nuestra buena fe.

También legalizamos ante notario la posesión del edificio de apartamentos donde yo vivía después de vender la casa, así como todos los *emails* entre Severino y yo que demostraban el trato que teníamos.

«La venta de una propiedad se basa en el desembolso del dinero y la entrega de la vivienda», dijo alguien.

Si yo vivía en los apartamentos vendidos y no hubo ningún pago, la venta no existía. Todos los servicios estaban a mi nombre, así como el pago de los impuestos y los contratos de alquiler.

Viendo que el equipo legal no era el ideal, llamé a una amiga para que me recomendara un buen abogado y acabar de una vez con el problema.

El trato con el licenciado Eduardo Mejía Surum estaba claro, las palabras que usaba eran contundentes, precisas; el lenguaje corporal era enérgico, determinante. No había duda, esta vez el golpe iba a ser demoledor, brutal, fatal.

Punta Cana

«El amor no tiene que ser perfecto, tiene que ser sincero». Me pareció un dicho con sentido cuando lo leí.

Según mis abogados, asesores y amigos, Severino, sus abogados-socios y, especialmente, su mujer jueza, debían de estar aterrorizados con las evidencias que habían visto.

«En cualquier momento llaman para negociar», salió de unas cuantas gargantas, acompañando de «la jueza debe de estar muy preocupada».

Desde mi visión ignorante tenía sentido que me hubieran intentado engañar y que, una vez hubiesen descubierto que tenía un montón de *emails* que probaban la verdad, estuvieran preocupados. En especial Vanesa.

Desde la comodidad de mis apartamentos podría enfrentarlos con tranquilidad. «Eso llevará años», dijo alguien. Teníamos los dos primeros fallos del mismo caso, en primera instancia, a mi favor. El primero, porque los malos no se presentaron a la audiencia a pesar de haber sido notificados, y el segundo, sin nosotros saber ni asistir, se ganó porque el único documento que presentaron no era válido y un juez suplente se encargó de ese caso en vez del que *no tenía amigos,* que, por suerte, estaba libre ese día.

Con la perspectiva de una rápida victoria, una millonaria indemnización, y el negocio que se recuperaba, tuve la brillante idea de invitar a Tatiana un fin de semana a Punta Cana, tras no mostrarse muy conforme con mi idea de alquilar una cabaña en la selva panameña y caminar la ruta de Las Cascadas Perdidas.

«El precio en un resort de lujo "todo incluido", incluyendo los vuelos, siempre será más barato que llevarla a comer, cenar o desayunar donde sea», pensé tratando de economizar por adelantado.

Habían pasado seis meses desde que se iniciaran los procesos legales, y tras el ajetreo inicial, estúpidamente pensé que se habría acabado lo peor y que merecía unas minivacaciones antes de acabar los procesos con la ayuda de mi nuevo abogado.

Llegué antes que ella, y cuando vi que su vuelo sufría retraso, me fui directo al hotel para ayudar desde una posición de confort a acortar las dos horas.

Tumbado en la cama, mientras degustaba un *gin-tonic,* pensé que igual me había equivocado al pasar el fin de semana con Tatiana. No había nada que pudiera hacer, ya era demasiado tarde. «En el peor de los casos me voy», pensé.

Cuando le pregunté si le apetecía pasar un fin de semana en Punta Cana, ni disimuló.

—Déjame ver con el papá de mi hija —respondió. Diez días después, estaba esperándola en la terminal.

Mientras aguardaba su llegada, sentía una sensación de curiosidad mezclada con deseo y duda. Estar con alguien de jueves a domingo en la habitación de un hotel respondería a todas mis preguntas sobre Tatiana, no quedaría la menor duda.

¿La quería de verdad?

Cuando salió y le di dos besos no sentí nada especial. Y cuando me preguntó por qué no le había hecho la reserva en primera clase, sentí una punzada por la ingratitud en algún sitio de mi abdomen.

Como era tarde, y el bufet del «todo incluido» cerraba a las once, paramos en un bar de tapas, donde creí que tendría la cuenta controlada. Después de la cerveza, tapas, vino, *cheesecake* y ron, seguía sintiendo lo mismo, que era nada. No sentía la más mínima atracción por Tatiana, y me alegré. Ella se alegró al ver el hotel de lujo y le gustó tener un mayordomo a su servicio. Nada más entrar, pidió una botella de *champagne,* y no tardó en quejarse cuando aún no había llegado, apenas diez minutos después. En la terraza, mirando al mar, ella parecía feliz; y yo estaba relajado de haberme evaporado de mis líos.

Por la noche, ya en la cama, tuvimos un sexo soso, sin pasión ni besos. Cuando acabamos, y antes de quedarme dormido, pensé en cómo íbamos a pasar los siguientes tres días.

Por las mañanas, desayunábamos en la terraza del magnífico restaurante enfrente del mar. Caminábamos juntos como amigos, uno al lado del otro, hablando. Ella se cubría con vestidos largos y confortables, adornados por una pamela grande de paja que le daba un toque romántico. El lenguaje corporal en nuestras comidas imagino que no debió decir nada o, si alguien lo interpretó, sería que llevábamos mucho tiempo juntos y el amor estaba marchito. Aun así, conversábamos sin parar, el futuro parecía lucir en mi favor y ella me pidió que la llevara a Europa, quería conocer Barcelona.

Cada día, después de desayunar y comer, Tatiana desaparecía por el resort. Yo me quedaba leyendo en la terraza de la habitación y continuaba trabajando a distancia. Por las noches, después de la cena y unos tragos, llegábamos a la habitación cogidos de la cintura. Sus vestidos nocturnos eran cortos y ajustados, con la melena rubia suelta.

El sexo mejoró y la experiencia fue agradable. Supe que no estaba enamorado, y me di cuenta de que tus sentimientos y la manera en que ves las cosas pueden cambiar dependiendo de la situación en la que te encuentras. Tras recibir las notificaciones, Tatiana era lo único positivo a mi alrededor y me aferré a ella.

Al despedirnos en el aeropuerto, dejamos nuestro *affaire* como se deja una puerta abierta en una casa.

Eduardo Mejía Surum

«Lo más triste de la traición es que nunca proviene de tus enemigos, lo más bajo es cuando proviene de un abogado que juró defenderte».

—Hola, Giulia —le dije a mi amiga italiana por teléfono.

Giulia era la persona con la que mantenía la amistad más antigua desde que llegué a la isla. Vivía cerca de donde yo construí el restaurante al poco de llegar, y luego, por casualidad, me la encontré trabajando en el mismo hotel cuando empecé a trabajar de instructor de buceo.

Ahora ella tenía varios negocios exitosos y la vida le sonreía. En una de sus visitas a mi resort me llamó y vino a comer a casa. Se la enseñé junto con los apartamentos, y le entusiasmaron.

—Te voy a regalar unos muebles que van a quedar de maravilla aquí —dijo en aquella ocasión.

Ahora le explicaba lo ocurrido con la demanda laboral y mis propiedades.

—Sí, el maldito de Miguel me dejó en manos de esta gente —le dije, haciendo referencia a mi abogado laboral, conocido común—. Necesito a alguien que sepa. Está en juego el edificio de apartamentos —añadí con un tono desesperado—. Tengo una abogada, pero no está dando la talla.

—No me extraña de ese inútil. Siempre bebiendo y celebrando. Para lo único que sirve. Déjame ver. Dame unos minutos y te llamo de vuelta.

—Ok —respondí feliz, como si esa respuesta hubiera solucionado ya mi problema.

Hablaba mientras caminaba delante de casa. Esperaba la llamada cuando me encontré una de las gallinas de Antonio, el chico que cuidaba de los apartamentos, muerta con la boca llena de espuma.

«Envenenada», pensé. Alguien puso veneno en el terreno justo delante de casa. Luego los perros me vinieron a la mente.

Justo con ese pensamiento en la cabeza, el número de mi amiga resplandeció en la pantalla. Sin más explicación, dijo:

—Llámalo, está esperando tu llamada —se llama Eduardo Mejía Surum.

La primera reunión fue en un restaurante japonés en la capital. Era correcto, bien educado, y parecía que conocía la ley. Trabajaba en un reconocido bufete en una de las ciudades más concurridas al este de la isla. Vivía con su madre, y parecía bueno y responsable. La primera impresión fue la de un joven capaz buscando su futuro. Cuando vi por la matrícula de funcionario que usaba el coche de su mamá, pensé que igual nunca tuvo una *buena oportunidad* con un caso importante. De seguro se podría comprar un vehículo propio si ganábamos. El no querer ni mencionar un apartamento de inicial me pareció una buena señal. Nadie con un poco de cabeza te puede pedir miles de dólares para tomar tu caso y un apartamento valorado en cien mil dólares como el último pago. «¿Por qué les tengo que dar uno de mis apartamentos si ya les estoy pagando?», pensaba.

Un mes más tarde, mi nuevo abogado ya tenía una querella por estafa y asociación de malhechores en contra de Severino, Vanesa, sus abogados y la persona que aparecía en la hipoteca de mis apartamentos.

El inicio fue espectacular. «Los malos deben estar atemorizados», volví a pensar el día en que recibieron la notificación.

Pocas jornadas después, al despertar y mirar el móvil, vi varios mensajes de mi hermana en España. Eso disparó mi adrenalina automáticamente.

—¿Estás bien? —preguntaba en el primero—. Todos los concejales del ayuntamiento recibieron un mensaje de tu abogada diciendo que contacten a tu familia. Todo el mundo está preguntando y preocupado por ti. ¿Qué ha pasado?

El último mensaje era de mi supuesta abogada e instaba a los miembros del municipio a contactar, de manera urgente, con mi familia por asuntos legales graves cometidos por mí. Me quedé helado y llamé a mi hermana.

—Hola, Cristina.

—Oye, tío, tienes al pueblo revuelto —respondió solo oír mi voz—. Enviaron correos a todos los concejales y están llamando a casa a cada rato. ¿Qué ha pasado?

Desde que regresé de México y supe de los mensajes anónimos, enviados a amigos y demás, se lo expliqué a mi hermana, que conoció a Severino y Vanesa durante una de sus visitas.

—Pues no lo sé, pero imagino que serán mis *amiguetes*. Mi abogada no me llama ni por error. Imagínate, ni contesta a mis correos. No creo que se ponga a buscar de dónde sacar todas las direcciones electrónicas de los miembros del ayuntamiento de un pueblo que ni sabe dónde está.

—Vaya, vaya con la parejita. ¡Menos mal que no se llevaban bien!

—Sí, menos mal.

Durante nuestra charla no le mencioné la amenaza enviada a mi amiga, ni la gallina envenenada que hizo que tuviera que poner un guardia nocturno en casa y dejar a los perros sin salir.

Las acciones de mi examigo solo hacían que buscara más evidencias, más maneras de desenvolver la trama que preparó.

Arsenio Herrera aparecía con una hipoteca de veinte mil dólares en los apartamentos, legalizada por los *viejos* abogados de Severino, acusados de estafa y asociación de malhechores en la querella depositada hacía escasas semanas. Me dispuse a investigarlo para saber quién era. Para dejarle ese dinero a Severino tendría que ser alguien fuera de lo ordinario de la isla, y dispuesto a arriesgar su nombre en una economía tercermundista. A través de una amiga obtuve su ficha de identidad de la junta electoral, y así supimos que trabajaba para esos mismos abogados, lo que indicaba algo fraudulento. En la ficha había una dirección, así que, un domingo soleado, acompañado de una amiga, y usando su vehículo por temor a ser descubierto con el mío, nos pusimos a buscarlo. De seguro la vivienda en la que esté nos dirá mucho. Buscábamos una propiedad medianamente lujosa para los estándares del lugar. Seguíamos el mapa de Google, y entramos en una urbanización de casas unifamiliares, con su jardín inmaculado en frente. Sentí que perdíamos. Si la hipoteca se puso con todas las de la ley, la evidencia del fraude desde ese lado sería mucho más difícil de probar.

—Calle Fortaleza, es esa del fondo —indiqué a mi amiga como copiloto.

En esa parte, al final de la urbanización, los solares estaban sin construir y la vegetación invadía todo. Cuando giramos y entramos en la calle, solo vimos dos viviendas. Una de una planta cerrada a cal y canto, con rejas en la puerta y ventanas, y con el jardín delantero bastante descuidado. La otra, era un edificio enorme de tres plantas y un *parking* para una decena de vehículos. «Hotel La Fortaleza», anunciaba un cartel.

—¿Qué hacemos ahora? —preguntó mi amiga.

—Pues entrar y preguntar precios de habitaciones. Mejor entra tú.

Mientras mi amiga investigaba yo pensaba que habíamos seguido una pista equivocada. Volví a repasar el documento de identidad del individuo. El contacto era el bufete de abogados, y sí, esa era la dirección pero, ¿un hotel en medio de ningún sitio?

Repasando los datos y repitiéndolos encontré la respuesta. El tipo estaba conectado a los abogados. Abogados, hotel, abogados, hotel, abogados, hotel…. ¡Era el hotel que los abogados socios de Severino habían embargado por la demanda laboral y que mi examigo utilizó para ponerme presión y negociar! Todo cuadraba. El tipo vivía allí y debía cuidar la propiedad. Cuando mi amiga regresó con los precios de las diferentes habitaciones, yo estaba hablando con una conocida por teléfono.

—Sí, el lugar está en la urbanización Cerros Dorados. Mira a ver si me puedes encontrar el propietario, por favor, es importante. Gracias.

—Los precios de las habitaciones empiezan en diez dólares —dijo mi amiga entrando en el coche.

—Este es el hotel que los abogados de Severino embargaron.

—¿Cómo?

—Sí, por eso este tipo vive aquí. Trabaja para ellos. Estoy verificando quién es el dueño.

Estábamos comiendo en la playa, cuando recibí el mensaje de Messenger de la persona a la que le había pedido los datos del propietario del hotel.

—Llamé y dije que tenía a un inversionista extranjero buscando una propiedad de esas características. Rápido me respondió que por medio millón de dólares la venden. Después le pregunté si tenía los títulos de la propiedad deslindados y a su nombre y me dijo que estaba a nombre de un abogado, Fausto Ramírez, pero que él también tenía una parte de la propiedad.

«Bingo», pensé, lo tengo. Estos cabrones pusieron a un trabajador suyo como dueño de esa hipoteca, vete a saber para qué fines. Imposible que pueda demostrar de dónde sacó ese dinero en el tribunal. Ese sería el primer objetivo de la querella, interrogar al tipo y preguntarle de dónde sacó el dinero para poner la hipoteca. Con la cárcel mirándolo de frente, seguro que se desmoronaba.

En la investigación que obtuve también aparecían terrenos y vehículos a su nombre, algunos usados por Severino. Todo olía a suciedad.

—Muchas gracias por la información —respondí sonriente—. Te debo una cena.

Semanas después, la querella no fue aceptada por la Fiscalía. «No tiene hechos penales», vino a decir la denegación.

«¿Que no tiene hechos penales? ¿Y la apropiación de mis viviendas no es estafa? Yo nunca se las vendí. ¿Y la hipoteca puesta sobre la casa? ¿Y el embargo de mis cuentas? ¿Y los mensajitos difamatorios?», me decía indignado.

Días más tarde, llegó una notificación de subasta pública de mis apartamentos. Los abogados de Severino lo embargaban a él, descaradamente, por cuentas pendientes, con ellos usando mis apartamentos. Pusieron un privilegio reflejado en los títulos de los apartamentos justo después de nosotros demandar por simulación. Nadie me informó de la posibilidad de un embargo por eso. Ahora entendía por qué sus abogados de toda la vida no lo representaban. Por eso se escondieron cuando me vieron en el tribunal en una de las primeras audiencias de ese caso, donde imagino que supervisaban a su títere. Todo era una trampa preparada desde el principio. Querían todas las propiedades y el dinero del banco. Teníamos que tratar de defender los apartamentos de la subasta.

El estrés y la presión que eso me suponía era inimaginable. Cada mes había una subasta de la propiedad donde mis empleados y yo vivíamos, y cada mes teníamos que buscar la manera de pararla.

La primera notificación decía que la puja era para el día treinta y uno de julio, pero la copia diminuta del anuncio en el periódico, que era obligatoria por cuestiones de ley, decía el treinta. Conociendo a nuestros adversarios, vimos la trampa, si no, hubiéramos perdido antes de empezar. Severino y sus secuaces sabían lo que hacían, de seguro lo habían hecho unas cuantas veces antes. La atención a todos los más pequeños detalles era esencial.

Poco después de la primera subasta, mi abogado Eduardo desapareció de mi defensa sin decir nada. Era como si no viviera en este planeta. No respondía ni a mensajes, ni a correos, ni a llamadas; dejándome solo en el intento de proteger mis propiedades. Con una familia, con hijos que mantener, nadie aguanta la presión, y los malos lo sabían muy bien.

La frustración e impotencia, mezcladas con el estrés, eran increíbles.

Sin abogado, peleamos en el tribunal con la hipoteca en primer rango de mi amiga, mientras, desesperado, buscaba un buen defensor. Eso le daba derecho a ella a través de su abogado Kelvin de defender sus privilegios. Yo ya ni atendía en persona a las audiencias, cualquier tontería me hacía acelerar el corazón. Amigos empezaron a preocuparse por mi salud.

Cada día, desde ese momento, mi instinto me avisaba del peligro que estaba por venir, a pesar de las garantías de mis recién contratados abogados, que con tal de cobrarme depositaban demandas estériles e insultantes destinadas a apaciguarme y a que continuara pagando.

Estaba en alerta constante. Llamadas telefónicas nocturnas o a primera hora de la mañana, carros parados o mirando frente a los apartamentos, cualquier ruido al amanecer parecía indicarme el inicio del desalojo. Gente en la playa que miraban mi barco, coches que me seguían, todo me olía a complot. La conspiración parecía poder tocarse con las manos.

Abandono

Los tres jueces de la Corte de Apelación estaban sentados en sus tronos, unos tres metros por encima del banquillo de los implicados. Sus rostros estaban serios, sin emitir ninguna mueca. Sus miradas enfocadas en algún punto perdido de la sala que no era yo. Hacía un poco de calor, a pesar de los abanicos que intentaban agitar el ambiente, y sus caras brillaban levemente por el sudor.

Yo estaba solo en la sala, esperaba a mi abogado que venía de la capital. Desde que descubrí que era homosexual, y que los *primos* que lo acompañaban siempre eran sus amantes, decidí que si él no era lo suficientemente profesional, yo no sería igual de generoso y no le pagaría el hotel. No me cabía en la cabeza que alguien se viniera a trabajar y se trajera a su pareja, amante, esposa o esposo. Menos aún, mentirme y camuflarlo de *pariente.* Para entonces, todo encajaba con sus intenciones, pero yo no lo sabía.

A mi derecha, a un par de metros por encima de mí y separados por un pasillo que ascendía o descendía, depende a dónde te dirigieras, estaba la mitad del semicírculo reservado para los acusados. Los «malos» me miraban como leones a las hienas, sus semblantes reflejaban enfado y resignación, como si todo fuera una equivocación. Su aleatoria distribución en la sala intentaba ocultar su complicidad. Los dos hermanos estaban separados de la pareja, y su trabajador, *camuflado,* daba la sensación de estar solo y perdido, como no sabiendo muy bien qué hacer. Vanesa estaba al lado de su marido, detrás de sus ojos se podía percibir el brillo de la malicia y la felicidad en aumento, a medida que el tiempo pasaba y veían que mi abogado no había llegado, pensando que tal vez me había abandonado. Veían mis llamadas desesperadas, y su lenguaje corporal emitía satisfacción.

El alguacil de turno me preguntó por mi representante, y yo le respondí tímidamente que llegaba en breve, que venía de la capital y se había encontrado con un embotellamiento a causa de un accidente; que en diez minutos llegaría, que estaba entrando en la ciudad. Cualquier cosa para retrasar el juicio sin mi abogado.

«Eso fue lo que me dijo hace casi treinta minutos», maldije para mis adentros. Pasados veinte minutos, añadí que estaba aparcando el coche, que subía por las escaleras.

Mientras los minutos pasaban, los eventos recientes desfilaban por mi cabeza, y una voz me decía: «te lo dije». Por algún motivo, mi abogado cambió su actitud radicalmente. Tiempo después, supe que la querella que él redactó estaba intachable, pero tan pronto como llegó la notificación de la subasta de los apartamentos, todo cambió.

Cuando vi que el Tribunal iba a pasar al siguiente caso, dirigiéndome a los jueces, pedí más tiempo basado en el derecho a defenderme; de reojo podía ver a los «malos» tensar sus rostros de felicidad al verme en esa terrible situación, implorando justicia. Se reían en su interior.

Al final, cincuenta minutos más tarde de la hora de mi audiencia, apareció mi abogado, el licenciado Eduardo Mejía Surum. Vestía elegante, con unos caros zapatos italianos, a conjunto con los de su nuevo *primo.* Parecía serio, aunque la media risa de su acompañante le restaba veracidad. Estaba relajado, como si hubiera estado sentado en un parque, mirando los pájaros juguetear entre las ramas de los árboles, respirando el aire fresco y disfrutando de la vista mientras yo imploraba justicia. El muy cabrón lo había hecho a propósito.

«¿Qué clase de abogado haría semejante cosa?», me preguntaría años más tarde.

******

Tal vez ir al consulado a pedir ayuda no fuera la mejor de las ideas. Hacía semanas que Eduardo no respondía ni a mensajes, ni a llamadas, ni a *emails*. Lo último que había sabido de él fue un mes antes, cuando me mintió y no envió unos documentos que estaban destinados a retrasar la subasta. Nuestro alguacil me lo confirmó y yo lo confronté con la máxima delicadeza que pude.

El hecho de que no respondiera durante tanto tiempo era preocupante, en especial ante la situación de los apartamentos, siendo subastados sin yo poder hacer nada, pero no tanto como el hecho de que mi defensor me mintiera. Cuando un abogado llega al extremo de mentirle a su cliente, diciéndole que el escrito ya ha sido entregado al alguacil, y el alguacil te confirma que eso no es así, tenemos problemas. ¿Cómo encajarlo? ¿Cómo solucionarlo?

Hablando cara a cara. Pero claro, eso ya lo había hecho dos meses atrás. Todo indicaba que Eduardo estaba dejando de lado el caso. ¿Pero por qué?

«Todos tienen la misma actitud. Presentan los documentos tarde», me dije mientras intentaba defenderlo para no tener que buscarme otro abogado.

Trataba de ver si conseguía motivarlo, le ofrecí la posibilidad de renegociar sus condiciones. Tampoco respondió.

Sí, tenía problemas y la única respuesta posible a su comportamiento era obvia. Alguien presionaba el caso desde algún rincón desconocido. No sabíamos quién, pero el comportamiento de mi defensor lo delataba.

En el consulado, Olga no parecía querer cooperar mucho. Le empecé a explicar el caso y los problemas con mi abogado. Su cara, lenguaje corporal y tono de voz, indicaban que ese no era su problema.

Alguien me había aconsejado ir a la Procuraduría a exponer el fraude de la subasta para intentar de alguna manera detenerla. De allí me enviaron al Consulado Español.

—¡Ellos sí que tienen el poder de ayudarles! —alguien dijo.

—Si ustedes solo llevan temas comerciales, de empresa y así, pues bien, este lío es de empresa —le dije a Olga, defendiéndome como pude de su indiferencia—. ¡Todo esto empezó por una demanda laboral a mi empresa!

Después de un tira y afloja, de mala gana me dio una lista de abogados recomendados por el consulado. Casi sin despedirme, salí.

«Ellos lo pueden ayudar».

Me recordaba al juego de la oca, y yo era la ficha que saltaba por todo el tablero. Mi problema era que no avanzaba, más bien retrocedía, y siempre estaba pocas casillas después de la salida, no importaba el tiempo transcurrido.

Antes de llegar a la calle del noveno piso en el que estaba el consulado, ya me había citado con uno de los abogados. El único que contestó a mi llamada.

Jesús Rentas llegó al *lobby* del hotel en menos de veinte minutos tras la llamada. Nos presentamos e inmediatamente me dio una elegante tarjeta de presentación, que miré al detalle. Tacto suave, elegante, sumamente estilizada, y no ponía abogado bajo su nombre. Tras exponerle el caso y los problemas que estaba teniendo con mi defensor, que no respondía a mis llamadas y no sabía si me representaba o no, para mi sorpresa, me pidió su número de móvil, y antes de que yo pudiera decir nada, lo llamó.

—¿Licenciado Mejía Surum? Mi nombre es Jesús Rentas, de Lápiz & Rentas, abogados de la embajada española. Usted es el representante de uno de nuestros ciudadanos, ¿correcto? —preguntó con la máxima seriedad.

Veía hacia dónde quería ir Jesús, Eduardo estaba más que disponible para lo que fuera. La mención repetitiva de «colega» me resultó rara, abusiva. La de abogados de la embajada empequeñecía a Eduardo.

—Así que usted trabaja en el caso del señor Martín, perfecto. Solo nos interesa saber que nuestros ciudadanos están bien representados.

La eficiencia de la conversación era demoledora. La realidad muy diferente. Primero, no eran los abogados de la embajada, segundo, Jesús no era ni abogado, pero parecía que Eduardo reaccionó positivamente. O eso pareció.

Después de una comida a su elección, una presentación de su mujer y socia, un asesoramiento del caso, y una propuesta de un pago mensual de mil quinientos dólares, Jesús y su mujer salieron de mi vida tras cobrar dos mil dólares por llamar a Eduardo y hacer un informe del caso.

*****

Ahora, ante los jueces del Tribunal de Apelación, con cincuenta minutos de retraso, mi abogado se salió por completo de nuestro plan, mencionando una prueba inexistente que implicaba a uno de los acusados, el más vulnerable, de todo el fraude.

Arsenio Herrera tenía la hipoteca a su nombre en los títulos de mis apartamentos.

«No sé cómo demonios este tipo va a demostrar de dónde sacó esos veinte mil», nos dijimos después de investigarlo.

Si le mostrábamos al tribunal que esa persona fue usada por los abogados para poner la hipoteca con algún fin, tendríamos el primer paso dado.

Los pasos eran simples: preguntar dónde trabajaba y qué bienes tenía. ¿Casa?, ¿coche?, ¿cuenta en el banco? Si no tenía nada a su nombre y la cuenta del banco rozaba el mínimo, lo teníamos. Existía la posibilidad de que ni siquiera supiera que utilizaron su nombre. Si poníamos un poco de presión, entre las preguntas y la cárcel se derrumbaría y acabaría por acusar a los abogados y, por ende, a Severino y a su mujer.

En vez de eso, mi abogado se inventó que el imputado era insolvente basado en una información de un *bureau* de crédito, cosa inexistente, evitando así el interrogatorio.

«¿Qué demonios está diciendo?», maldije para mis adentros.

Poco después, sin ningún intento de preguntar nada a los acusados, los jueces dieron por terminada la audiencia. Todo parecía una comedia disparatada. Esperaba algún interrogatorio por lo menos. ¿Cómo se podrían demostrar nuestras acusaciones sin cuestionar a nadie?

Semanas después, recogí la sentencia de no admisión de la querella por estafa, la segunda que recibía tras la del fiscal. Se daba por hecho que la

Fiscalía y la corte protegían a sus amiguitos, y Eduardo encima los ayudaba. Apelar a la Corte Suprema era la única opción que quedaba.

Mi abogado me pidió que le enviara la sentencia rápido por mensajería para apelarla; luego, que escaneara todo; después, que urgentemente la antepenúltima y penúltima página porque no se leía bien. Jugaba conmigo. Más tarde desapareció, sin dejar claro si el recurso ante la Corte Suprema estaba depositado o no, mientras el tiempo pasaba.

Twinkie

Ya estaba harto de que se presentara todo en el último momento. Todos los casos judiciales tienen un plazo, un tiempo límite para depositar apelaciones, escritos, pruebas o notificar las audiencias a los implicados. Por algún extraño motivo, mis abogados notificaban siempre en ese momento límite. Eso implicaba que había faltas gramaticales, de fechas, errores por no haber leído bien el expediente, fallos de abogados o tribunales que no eran los correctos o de casos que no eran el mío. Luego, una vez recibía el escrito, siempre rozando la hora límite, el alguacil no aparecía, donde hacían las copias estaba cerrado, o el vehículo del susodicho se quedaba sin gasolina.

Los «malos» tenían por costumbre desaparecer, tan pronto uno de ellos era notificado. Si Severino Zorrilla era avisado, inmediatamente llamaba a los otros, y los otros desaparecían de sus oficinas o casas. Cerraban todo. Luego alegarían que no fueron notificados o lo fueron «fuera de tiempo».

La conjugación de la tardanza de mis abogados con la técnica del escaqueo de los «malos» producía caos y estrés, y yo recibía la dosis mayor. Lo peor del caso era que siempre había sido así, y lo seguiría siendo incluso cinco años después.

¿Si notificas tarde?, pierdes la apelación o el depósito de documentos. ¿Si no depositas nada?, te pasa como a mí en la demanda laboral de mi extrabajador, donde la otra parte multiplicó por diez el sueldo de mi trabajador y nadie se opuso o demostró lo contrario, existiendo un contrato y un registro de pagos que se podían haber presentado.

Severino y sus colegas, a través de su alguacil favorito Ramoncito Díaz, no tenían esos problemas. Todo lo planeaban al milímetro, usaban a su favor las herramientas del sistema judicial, y cualquier error nuestro era aprovechado. Si era necesario camuflar el parte, notificaban «en el aire»; total, el alguacil tenía fe pública.

En medio de ese mundo de estrés y confusión, de notificaciones, expedientes y audiencias, conocí a Twinkie. Ese no era su nombre, pero lo sería pocas semanas después. La conocía de cuando vivía en México, entonces ella era la asistente del gerente de uno de los hoteles, casualmente amigo mío, y siempre que lo visitaba me la encontraba. Cuando, al verla sola en un nuevo país, me ofrecí a enseñarle la isla durante los fines de semana, poco me podía imaginar las consecuencias.

Primero, me nombró como su guía oficial, y no me pude deshacer del título. Poco después, durante la fiesta de despedida de alguien que volvía a su país natal, el guateque mezclado con playa, ron, calor, cena, y una buena dosis de sexo, me cambió el cargo. Me llamaba Twinkie, como ella. Me explicó que los *twinkies* van en paquetitos de dos y que nosotros éramos iguales.

«Los *twinkies* lo hacen todo juntos», decía.

Yo ya tenía bastantes problemas, así que me dejé llevar por el trato amoroso y cuidadoso que solo las mujeres saben dar, y Twinkie era un sol, un oasis en esa vida mía de estrés y problemas.

Salir con ella el fin de semana a alguna playa lejana era reconfortante, por unas horas dejaba mi casa, mi oficina repleta de documentos, que me recordaban a cada minuto el lío legal en que me encontraba. Si tenía que cruzar la isla para una reunión con mis abogados, ella se ofrecía a acompañarme y me hacía el viaje mucho más placentero, más liviano, a pesar de tener solo un tema de conversación. Mis problemas.

Twinkie leía cada notificación, juzgaba cada respuesta dada por mi equipo legal, preguntaba, se preocupaba. Analizábamos juntos la situación y las alternativas.

Esas pequeñas respuestas y ese escuchar me ayudaron a seguir, a pensar que faltaba poco para que el caso finalizara, para que llegara ese momento en que todo diera la vuelta.

Entre semana siempre tomábamos café a las nueve en el *lobby* del hotel, luego, dábamos una vuelta hasta mi oficina en la playa y ella regresaba para la reunión de jefes a las nueve y media. Era la nueva gerente del hotel y no se le escapaba nada. Sobre las diez y media aparecía por mi oficina o me llamaba para tomar el segundo café. Siempre cambiando la ruta por el hotel, siempre asegurándose de que todo estaba impecable durante sus recorridos. Si la llamaba yo, llegaba al bar del *lobby* con su caminar rápido de persona eficiente. Su lenguaje corporal indicaba determinación, energía.

Su trabajo era lo más importante para ella, junto con su familia. Rara vez salía entre semana del hotel para cenar, si lo hacía era porque venía a sentarse un rato conmigo donde estuviera esa noche analizando los últimos acontecimientos. Si estaba como un perro rabioso debido a alguno de los muchos errores que me salpicaban cotidianamente, me dejaba tranquilo.

Pocas veces entre semana venía a casa a dormir, para ella el hotel era siempre la prioridad. Le encantaban los perros y a mí me hacía sentir querido, lo que imagino que me dio algo de seguridad en esos tiempos.

Ella planeaba los viajes, los conciertos o las escapadas. Un domingo al mes se iba a correr una carrera organizada en diferentes poblaciones. Ese domingo me daba libre.

—Twinkie, el próximo domingo por la mañana tengo carrera, así que tienes libre —decía dándome un beso.

A veces, durante algún momento de relajación, pensaba en ella. Siempre lleva tiempo saber lo que hay detrás de los ojos de una persona. El tiempo siempre quita las capas, los envoltorios que la gente lleva, y al final queda lo que son, lo que no pueden ocultar.

Cada frase, cada reacción, cada sugerencia, cada enfado, tiene un residuo de verdad. Detectaba un lado oscuro, lo sentía, pero el lío en el que estaba metido era mucho más intenso y erradicaba cualquier otro análisis o pensamiento.

Siempre, el tiempo y las acciones hablaban, y el mensaje era distinto, no cuadraba. A primera vista parecía una mujer enamorada, o eso decían mis amistades, pero también Tatiana lo parecía. Las personas tienen necesidades y no son todas amor.

Como ya tenía bastantes problemas, simplemente me dejé llevar y disfruté el momento como pude. Mi constante estado de alerta y el estrés no me hacían la mejor de las compañías, pero en esos momentos Twinkie me tranquilizaba.

Casi todas las conversaciones que tenía con ella eran sobre la última notificación recibida y sus consecuencias. De ahí yo sacaba diferentes ramificaciones de diferentes posibilidades y especulaba sobre cada una de ellas.

Sus buenos días eran:

—Buenos días, Twinkie, ¿sabes algo de los abogados?

Y la respuesta más usual:

—No, los llamé, pero...

Desesperación

La terraza del restaurante español estaba casi vacía, con la excepción de quien parecía el dueño, que miraba desconfiado el comedor desde su rincón preferido, y una pareja de enamorados recientes, a juzgar por sus besuqueos y movimiento corporal, que eran los únicos presentes.

Desde mi mesa dominaba por completo el lugar; veía quién entraba, quién salía, a los tres camareros ir y venir de la cocina y el bar interior del local. De tanto en tanto, levantaba la vista del libro que leía y buscaba una figura que pareciera un abogado. De nuevo, nada. Después de mirar la hora, otra vez regresaba a la lectura.

Era una novela de ficción sobre un investigador, exagente de la CIA, que escribió un libro sobre sus casos más difíciles. Un asesino lo utilizaba de manual para cometer asesinatos y salir impune. La trama hacía que difícilmente pudieras dejar de leer; sin embargo, mi mente se dejaba distraer por cualquier cosa, y los eventos del día, de la semana y de los últimos meses, saltaban por mi cabeza.

—¿Qué tal Mercedes, como estás? —me oí a mí mismo decir después de marcar su número en mi móvil—. Mira, necesito urgente otro abogado. Eduardo no me responde y ya no sé qué hacer.

Hacía poco más de un mes, cenamos juntos y comentamos los últimos acontecimientos:

—Nada, no hay manera de conseguir que agarren al tipo —le decía refiriéndome a los cientos de mensajes difamatorios por Facebook—. Lo último fueron los mensajes que enviaron a los hermanos de mi «amiga con derechos», Verónica. Decían que le tenían que avisar de quién era yo de verdad, que me reía de ella con mis amigos y que frecuentaba mujeres sucias. «Le pegará una enfermedad sexual si no hacen algo», decían.

Si los hermanos de mi amiga hubieran sido de otra calaña, de seguro que hubiera tenido serios problemas.

—Jordi, te tienes que cuidar —respondió mi amiga Mercedes a mi relato —. ¿De qué te va a servir todo esto si te pasa algo?, ¿y esa tos que tienes?

Mi estado físico reflejaba mi estado mental. Estaba confuso, dejado, abandonado. Comía, bebía y no me ejercitaba en absoluto. Mi físico era una antítesis de lo que había sido. Los ataques causados por Severino y sus socios, junto con el abandono de mis abogados me estaban hundiendo.

Al otro lado de la línea telefónica, Mercedes captó mi tono aún más desesperado.

—Mira, tenemos a una directora que fue al médico —continuó— y no le diagnosticaron un cáncer de pecho hasta dos años más tarde. Fue una negligencia médica. Ella tiene un abogado, un tal Ramón Asensio, que es una figura bastante mediática y conocida en el país. Déjame ver si encuentro su teléfono y te lo paso.

—Ok, gracias —le dije, mientras pensaba en mi próximo movimiento—. Con Eduardo no voy a ningún sitio, la verdad, ni sé lo que ha hecho —añadí mientras esperaba por el número.

—Mejor te llamo en un rato. Tengo una visita que no puedo desatender.

—Sí, claro. No te preocupes.

Antes de que mi amiga pudiera pasarme el teléfono, yo ya había buscado su nombre y su número en Google. Sin más, lo llamé.

—Sí, claro, venga a verme y hablamos —respondió el doctor en leyes, tan solo llamarlo—. En el restaurante El Mesón, a las ocho.

Mi cabeza se puso en modo hiperactivo. «Necesito un plan B», pensé.

En lo más profundo de mi cabeza, algo me decía que no era muy profesional citar a un nuevo cliente a esa hora y en ese lugar.

No podía conducir a la capital a tres horas de distancia, dormir allí, perder casi un día; necesitaba tener otra opción. El tiempo para encontrar un buen abogado se acababa.

Desesperado, llamé a Kelvin, profesor de derecho y abogado de mi amiga, para ver si estaba en su oficina. Lo utilizaba como consejero de tanto en tanto, como a otros.

—Hola, Kelvin —le dije tan pronto me senté en su diminuto despacho—. ¿Conoces este bufete? —le pregunté, intentando que la secretaria no supiera de quién hablábamos.

—Sí, es uno de los mejores abogados del país.

—Voy a verlo esta noche. Eduardo no responde a mis llamadas ni a mis mensajes. Necesitaría que me recomendaras a otro en caso de que este no cuadrara.

Kelvin llevaba el caso de la hipoteca en primer rango de mi amiga puesta en los apartamentos, y eliminada, «usando magia», por el juez que *no tenía amigos*. Durante las audiencias de la subasta peleaba por los derechos de su clienta, eclipsaba y evidenciaba las intenciones de mi abogado. Cuando nos reuníamos y analizábamos la siguiente audiencia, la mención del nombre de Eduardo siempre llevaba un interrogante. Con el tiempo, Kelvin dejó de preguntar por las acciones de mi abogado y evitaba mancillar su nombre. La muesca de su cara y sus ojos mostraban lo que pensaba.

Para entonces, entendía muy bien que los picapleitos locales se dividían en tres grupos: los que eran inútiles, cobraban y no hacían nada; los que eran *competentes,* pero tenían miedo al círculo del poder judicial, cobraban y hacían pero sin interferir ni denunciar a nadie, sus quejas sobre la corrupción judicial eran apenas susurros; y por último, los que eran parte del círculo de poder, por lo tanto, al alcance de mis enemigos, cobraban y elaboraban planes para apropiarse de lo que pudieran, ayudados y protegidos por ciertos jueces.

Kelvin era parte del segundo grupo. El denominador común de todos era el dinero. Algunos cobraban tanteándote, otros querían el máximo, ya.

Antes de salir de su despacho, me recomendó a otro abogado.

—Sí, Teófilo Castillo también es muy buen abogado —dijo, después de haberlo pensado unos segundos.

Hice unas cuantas llamadas y, veinte minutos más tarde, ya acortaba los doscientos treinta kilómetros que me separaban de la capital.

El doctor

El doctor Ramón Asensio por fin apareció en el restaurante, cuarenta minutos después de la hora acordada. Al verlo, regresé a mi interesante lectura. Su altura desencajada no correspondía con mi imagen de un abogado, y menos «mediático y exitoso», como lo describió mi amiga Mercedes.

Segundos después, sonó mi móvil.

—Señor Martín —dijo una voz fuerte y grave, estoy en el restaurante.

De inmediato levanté la mano y me identifiqué.

—Mejor vamos dentro —dijo sin muchos rodeos.

Parecía preocupado por su seguridad, escaneaba el área, buscaba algo a cada paso que daba. Caminaba con grandes zancadas y, en nada, entramos en el local.

Ya sentados, en lo que parecía una taberna típica de piratas y corsarios, el profesor en leyes, sin quitarle ojo a la puerta, pidió un agua Perrier con un poco de limón. En tanto yo le explicaba el caso y lo ocurrido con mi abogado Eduardo, él bebía de su vaso despacio, mientras escuchaba con sus ojos vigilantes. Buscaba pistas sobre él, pero no mostraba nada. Tenía unas manos enormes, y unos calcetines multicolor.

—Ese muchacho siempre causando líos. No es la primera vez, hace poco engañó a unos venezolanos e incluso los metió presos para sacarles más dinero —dijo para mi asombro.

Parecía que lo conocía bien. Mi imagen de los licenciados isleños se enturbiaba más y más.

244

—Si ha hecho lo que me estás diciendo, lo puedes demandar —añadió—. ¿Cuánto dinero le has dado?

—Cuatro mil quinientos dólares y el treinta por ciento de la indemnización que me den.

—Vamos a hacer una cosa, déjame llamarlo a ver qué dice. Si las cosas son como me estás diciendo, esa querella se fue al traste. Ya no los vas a poder demandar por esos crímenes. Pero siempre hay una manera —dijo al ver mi cara de frustración.

Al momento lo telefoneó:

—Hola, Eduardo, soy yo, Ramón Asensio. ¿Cómo estás? —Apenas esperó respuesta—. Mira, estoy aquí sentado con el embajador español discutiendo tu caso con el señor Martín —dijo para mi sorpresa, y utilizando la información que le acababa de dar sobre mi visita al consulado buscando ayuda.

El teléfono móvil estaba en modo altavoz y podía oír a mi exrepresentante empequeñecerse al otro lado. La voz del abogado sonaba autoritaria, intimidante.

—Hola, ¿qué tal? Sí, le estoy llevando el caso a Martín desde hace unos meses —respondió en tono temeroso y a trompicones—. Es bastante complejo con implicaciones civiles, de tierras y penales. Jordi tiene mucha evidencia de lo que ocurrió, así que todo está bastante claro.

Después de verificar lo que quería, acabó la charla cortante.

—Bien, me alegro mucho. Hablamos otro día. Cuídate.

Mi mente pretendía saber el nuevo paso, hacia dónde nos dirigíamos.

—Lo primero que tenemos que hacer es obtener esos documentos —dijo, veinte segundos después de finalizar la conversación telefónica, matando mis especulaciones de golpe—. Creo que el tiempo de la apelación pasó, pero envíeme todos los documentos.

—¿Podríamos demandar a Eduardo? —pregunté haciendo referencia a su previa afirmación.

—Claro que sí, pero yo no lo voy a hacer. Conozco a su madre, es jueza, y fue profesora mía, y vi el esfuerzo que esa mujer hizo para criar y educar a esos tres muchachos ella sola.

«Menos mal que es jueza e hizo ese esfuerzo, pensé. Si llega a ser una delincuente y no hace nada por él, ni imaginarme cómo hubiera salido el muchachito», pensé.

Después, viendo que él no haría nada en contra del abogado que abandonó mi caso sin decírmelo, cambié de tema y fui al grano:

—Tengo una audiencia en el Tribunal Civil en diez días, ¿cuánto me cobraría usted por llevar los procesos? Serían los civiles y penales que llevaba Eduardo.

Los de tierras decidí dejárselos a Miguelina hasta que saliera la primera sentencia. Pronto enfilaríamos los dos años, así que asumí que eso estaba al caer. Presentó a trompicones los correos que demostraban el trato entre Severino y yo, y la oferta de pago que intentaba exponer el convenio y mi buena fe al tribunal. Asumí que ganaríamos. Con esa sentencia a favor, los barreríamos.

—Considerando lo que Mejía te ha hecho solo te voy a cobrar diez mil dólares, eso sí, si esos apartamentos vuelven a tu nombre quiero uno.

«Otro que quiere un apartamento», pensé.

No teniendo ninguna otra opción, le dije que sí.

—Páseme un contrato con las condiciones escritas —añadí—. Que esté todo bien claro, por favor.

Hasta ahora, de una u otra manera, había conseguido tener las condiciones claras por escrito con los cinco abogados anteriores. Tampoco es que ayudara a los abogados a hacer su trabajo, tan solo era para saber las responsabilidades implicadas de cada uno. Ellos tenían que llevar tal caso y el costo era tal, apelación era tal, suprema, tanto más.

Ahora, tratando con un abogado de perfil más alto, imaginé que sería una cosa estándar en su oficina.

Al día siguiente, tenía reunión con otro litigante, pero siempre era mejor tener dos opciones que ninguna. Nos despedimos con un fuerte apretón de manos y un «tranquilo, que todo esto se va a solucionar».

Tumbado en la cama del hotel, las palabras del doctor, «estoy con el embajador español», retumbaban en mi cabeza. Algo no estaba bien. El hombre no me gustaba. No me gustaba en absoluto.

Teófilo Castillo

El despacho del doctor Teófilo Castillo estaba en una plaza comercial sin pretensiones, una treintena de tiendas salpicaban el edificio de dos plantas con un patio interior. El local estaba limpio, era simple y muy concurrido. Al llegar, mientras estaba sentado y esperaba mi cita, uno de sus asistentes me preguntó de dónde era, y al responderle que español, pero que vivía en el norte de la isla, me dijo que él también era de allí e iniciamos una conversación casual. Aún charlábamos cuando la puerta del despacho del doctor Castillo se abrió y él salió para invitarme a entrar.

—Adelante, señor Martín, ¿en qué le puedo ayudar?

Su figura era la mitad de intimidante que la del otro, su rostro mostraba algo sincero. Mostraba pistas de amabilidad cerrando la puerta y pidiéndome que me sentara con un tono amigable.

El despacho estaba forrado de estanterías, llenas de libros de derecho y alguna que otra biografía de grandes políticos y pensadores contemporáneos. Detrás de su mesa, en un lado, tenía una percha donde descansaba su toga; unos cuantos diplomas y certificaciones colgaban de la única pared visible de la habitación.

Sacando el dosier de documentos que llevaba conmigo, me repetí, como decenas de veces antes.

—Pues sí, todo parece indicar que su abogado le dejó caer el caso —respondió escasos minutos más tarde—. ¿Me permite si lo llamo? Uno nunca quiere entrometerse entre un cliente y su abogado, ¿sabe?

«Curioso. Mienten, roban, engañan, pero jamás se interponen entre un cliente y su abogado, sin importar el mal trabajo hecho», pensé.

Después de hablar una copia de lo que habló el otro abogado la noche anterior con Eduardo, me dijo:

—Bueno, señor Martín, parece que su abogado aún lo está representando, pero estos documentos y estas fechas no coinciden con lo que él me acaba de decir. Si esta querella no se apeló, no hay nada que se pueda hacer. Podrá demandar civilmente por daños, pero no por la jurisdicción penal.

Para esos tiempos entendía un poco más de la forma de operar de los tribunales. Llevaba casi dos años de pelea y hablé mucho del tema con distintos abogados. Los casos civiles y de tierras eran más lentos y enmarañados. Los penales, más cortos, efectivos e intimidantes. La visión de la cárcel asustaba a cualquiera. Acusar a Severino y sus socios de estafa y asociación de malhechores era ese camino, y ahí estaban las pruebas. Todo indicaba que mi abogado Eduardo tiró eso por la borda, imagino que para protegerlos. Esta vez no fue el típico olvido, fue hecho a propósito, como cuando me dejó esperando en el tribunal.

—¿Y cambiando los delitos? —pregunté basándome en la estrategia que me había planteado el otro abogado la noche previa.

—Lo puede intentar, pero… —respondió sin ponerle mucho énfasis. Claramente, no estaba interesado en el caso.

Le expliqué que llevaba años siendo difamado por internet, amenazado, que mis propiedades fueron subastadas por los abogados de mi examigo, sus socios, los que tenía acusados en la querella, y a los que, al parecer, mi abogado liberó. Alcé mi voz mientras intentaba mostrar desesperación. Le hablé de injusticia. Él era la mejor opción de las dos que tenía, sin ninguna duda.

—¿Hay algo más que pueda hacer por usted?, señor Martín —preguntó, dejando claro que no le interesaba lo más mínimo coger mi defensa y desapoderar a Eduardo—. Si quiere le puedo poner en contacto con un abogado donde usted vive, que trabaja a veces conmigo. Se llama Leandro Gambino, mi secretaria le pasará el teléfono al salir. Lamento mucho lo ocurrido. ¡Lo que no pase en este paisito!

Y con esas palabras dio por acabada la consulta. Me cobró una módica suma y me acompañó a la puerta.

—Buena suerte.

Me gustaba el abogado. A diferencia de los otros vio las evidencias, preguntó y siempre se mantuvo distante sin atreverse a aventurarse ni a especular lo más mínimo. Posiblemente, sabía lo que había, y no quería entrometerse. ¿Pero por qué la recomendación?

«La única solución es quedarme con el otro», me dije. No tenía tiempo que perder. Necesitaba preparar rápido la defensa del caso civil que era en diez días, y verificar el estado de mi querella en contra de Severino y sus abogados. En el caso civil que ganamos sin ser notificados ni asistir a la audiencia, por los documentos fraudulentos que usaron y el hecho de que hubo un cambio de juez, Severino apeló. Sin ningún escrito de defensa depositado, era de vital importancia que mis nuevos abogados tomaran una acción inmediata.

Tan pronto como llegase a casa le enviaría lo solicitado y le haría la trasferencia acordada.

Años después, recomendado por un movimiento civil popular, Leandro Gambino fue mi abogado por breves días, aunque eso forma parte de otra historia.

También vi al doctor Castillo quejarse en televisión al ser rechazada su candidatura a la presidencia de la isla. Hablaba de defensa e injusticias, precisamente lo único que no percibí en él.

Desalojo

«El instinto está alojado en la parte más vieja de nuestro cerebro», o eso dicen los libros.

En nuestra parte reptil, formada antes de ser mamíferos.

Cada mañana, antes de salir el sol, esa parte se activaba y cada ruido que oía se materializaba en el inicio del desalojo del edificio. Saltaba de la cama y buscaba gente extraña en la puerta que daba a la calle; tras ver que no era nada, con el corazón acelerado por la descarga de adrenalina, volvía a la tranquilidad de mi dormitorio.

Imagino que de ahí salió la idea de que, a pesar de acabar de contratar uno de los mejores abogados del país, de sus garantías, de la seguridad de otros abogados, de las aseguranzas dadas por amigos que *sabían*, decidí tener un plan B, y también prepararme para lo peor. «Por si acaso», me dije.

Así que me pasé cerca de un mes buscando propiedades para mis cinco perros y yo. Tenía que ser bastante grande para poder alojar los muebles de los cuatro apartamentos, con jardín amplio para los caninos y que no hubiera una carretera cercana por la que pasaran bólidos a gran velocidad. Esas eran las directrices.

El tiempo y las continuas garantías de que, tras las acciones legales tomadas por mis defensores, estaba protegido, hicieron que por fin escuchara más las palabras de mis abogados y amigos que a mi cabeza. Aunque, a veces, aún se activaba la alarma matinal.

Tomaba el segundo café de la mañana con Twinkie cuando la persona que tenía a cargo del cuidado de la propiedad me llamó.

—Aquí hay gente de la fiscalía —dijo Antonio, sin saber distinguir lo que pasaba.

—Ahora voy —respondí mientras ya estaba en camino. Twinkie venía conmigo.

Al llegar a casa había un montón de desconocidos dentro de la propiedad. Alguacil, coronel del tribunal con sus ayudantes en uniformes azules, y los mozos. Me enseñaron la orden del tribunal, que era similar a la que recibí tras no poder retrasar más la subasta y adjudicarse los apartamentos, hacía ya cinco meses.

Lo primero que hice fue llamar a mi nuevo *superabogado*, esperaba que con un chasquido de sus dedos neutralizara el desalojo. Confiaba en mi abogado, por eso fiché uno de alto calibre, sabía que él pararía el desagradable proceso de una vez. Y eso fue lo que hice, una y otra vez, sin respuesta. Era increíble, difícil de creer, subastaron una propiedad mientras peleábamos en los tribunales. Mi examigo fue embargado por sus abogados, con la propiedad mía dada en garantía. Años después, en un arrebato de impotencia, busqué sus actas de matrimonio en el ayuntamiento, donde los abogados figuraban como testigos. No eran simples representantes.

Mi amiga Alina, recién graduada en derecho, en un intento de rescatar la propiedad, hizo una puja ulterior tras la adjudicación, y mis abogados apelaron la decisión del juez respecto a la subasta, pero imagino que todos, menos nosotros, sabían los resultados.

Veía pánico en las caras de mis trabajadores, los hijos de Antonio que vivían en uno de los apartamentos lloraban. La mujer que limpiaba estaba quieta en un rincón y ni se movía. Todo era sobrecogedor. Cuando empezaron a sacar los muebles, el ambiente se oscureció aún más.

Los perros, desde el balcón del apartamento de arriba, miraban el atropello cometido sacando sus cabezas por la baranda.

—Esto se puede parar —me dijo a media voz el alguacil—. Solo tiene que ponerse de acuerdo con el señor Severino Zorrilla.

—¿Con Severino? Pensé que los apartamentos fueron subastados —respondí irónico—. ¡Os voy a meter a todos en la cárcel! —chillé impotente mientras mi abogado seguía sin responder.

¿Por qué Severino quería negociar? No me cuadraba mucho que me dieran esa oportunidad cuando lo más normal, después de todo lo que hizo por destruirme, sería que se quedara donde estuviera, bebiendo vino, riéndose de mí y de mi situación. Si mostraba una debilidad sería por algún motivo.

¿Acaso estaba preocupado por mi nuevo abogado? Igual sabía que con las pruebas que teníamos al final ganaríamos; no sé, pero él jamás negociaría conmigo, a menos que me rindiera sin condiciones, claro. La propiedad valía a precio de mercado cerca de cuatrocientos mil dólares, lo vendiera como lo vendiera tendría unos buenos beneficios, y aún le quedaba la hipoteca de la casa vendida por ciento treinta mil, que continuábamos peleando en los tribunales.

Tan pronto como percibí la ineficacia e indiferencia de mis abogados, el plan B se activó.

«Hola, Ada, ¿cómo estás? Mira, estoy teniendo esta situación. Sí, de los mismos problemas que te conté. Pues no sé qué paso, pero necesitaría este favor. No sé cuánto tiempo, pero será hasta que encuentre una solución».

Ada era la exesposa de mi vecino y amiga mía. Me había enseñado la casa una vez, hacía poco, durante la preparación del plan B. Tenía buen jardín y todas las características que buscaba, menos espacio interior, lo mejor es que quedaba a unos escasos cien metros de mis apartamentos.

«Demasiado pequeña», pensé esa vez. Ahora la podía usar hasta que encontrara otra.

La operación de desalojo fue neutralizada y cambiada por una de mudanza. La preparación guiada por el instinto funcionó.

Así que, después de dejar la casa vacía del vecino abarrotada de muebles, con los perros confusos, pero felices, me fui al apartamento de Twinkie en el hotel. Me llevé a una perrita de apenas semanas, abandonada, que había llegado a casa hacía poco, y a su amiga inseparable, Rasputina. Alguien se quedó con el resto de los perros y cuidando todo. Había sido un día duro, inolvidable, pero para el final todo estaba de nuevo bajo control. A la mañana siguiente, la agencia inmobiliaria ya sabía las características de la casa que buscaba y la tenía dispuesta para mí; todo estaba de vuelta a la normalidad, menos mis abogados, claro, que no respondieron ni hicieron nada.

Con el tiempo entendí el porqué. Eso nunca formó parte del plan, si hubieran tenido una línea de defensa hubieran respondido, me hubieran llamado, pero como no había nada, tan solo me ignoraron, sin sentir la más mínima responsabilidad ni vergüenza.

De seguro que mis enemigos no durmieron tan bien como yo esa noche. Con la amenaza del desalojo ya inexistente, solo me quedó relajarme.

—Un fiscal corrupto —alegó el doctor días después, cuando tuvo tiempo para hablar conmigo, su cliente.

—¿Cómo pude perder mi propiedad?

—Tranquilo, que en unas semanas has recuperado tus apartamentos.

«De eso hace ya dos años», pienso en el presente, casi cuarenta mil dólares más tarde, cobrados por el doctor. Aún no sé cómo pudieron subastar una propiedad que estaba en disputa en los tribunales. Lo peor es que mis abogados no hicieron nada, aparte de cobrarme por sus supuestos servicios. Ahora sé que se pasaron la mayoría del tiempo cobrando sin hacer nada, excepto mentir.

Días después, Alina recibió una foto de pollos muertos, desplumados, en su Facebook, junto con una foto de un partido de fútbol, donde una pancarta decía «la habéis cagado». Severino avisaba a mis amigos del riesgo de apoyarme.

Nueva York

Siempre pensé que la manera en que la gente conduce, y su interacción con los demás vehículos y peatones, de alguna manera reflejan la sociedad donde viven. Si pilotas sin respetar semáforos, preferencias ni transeúntes, posiblemente, en esa sociedad no hay respeto por nada.

Twinkie quería suspender el viaje a Perú que tenía preparado para el fin de semana, después del fatídico miércoles de desalojo. Dos días después, ya tenía una estupenda casa gracias al instinto y la búsqueda que hice con anticipación, así que agradeciéndole su interés y apoyo, le dije que tranquila, que se fuera, que estaba bien. Solo quedaba traerse los muebles y los perros. Paseaba por mi nuevo hogar, distribuyendo mentalmente los muebles, cuando vi un carro parado delante. Los pasajeros señalaban a la casa. Cuando vi los uniformes azules de los guardias del tribunal que hacía apenas unos días nos habían desalojado, entré en pánico. Me querían asustar y lo estaban consiguiendo. «¿Y ahora qué? ¿Cuándo parará todo esto?», pensaba agotado.

Llamé al doctor para explicarle, pero, como siempre, no respondió. Cuando lo hizo, no me dio la sensación de que le importara mucho que trataran de intimidarme.

Los muebles grandes y rústicos que compré, en principio, para mi casa, estaban dañados o rotos por el maltrato del desalojo. Había cosas que faltaban, ropa, las linternas submarinas que guardaba en casa, y un sinfín de utensilios que uno no se da cuenta hasta que las necesita.

Lo que más me molestó fue no encontrar mi machete Dayak, una antigüedad del siglo XIX que conseguí tras remontar el río Mahakam, en la isla de Borneo, y convivir con los habitantes de esa selva: la tribu de los cazadores de cabezas, Dayak. Tenía uno de sus cuchillos forjados en la selva, con el mango de hueso pantera esculpido con un grabado que nunca nadie pudo descifrar. Ahora, algún chorizo oportunista se lo había llevado, posiblemente para cortar plátanos de las matas.

Quienes se lo llevaron no fueron los únicos aprovechados. Cuando le pregunté al vecino qué le debía por dejar los muebles y perros dos noches es su casa tras el desalojo, ante mi asombro contestó:

—Son trescientos dólares —dijo Ada sin mirarme a los ojos—. Son para mi ex —añadió.

Intenté ocultar mi asombro. Nunca hubiera pensado que alguien se aprovecharía de la desgracia de otro, especialmente sabiendo lo ocurrido, pero parecía que en estas tierras sí. Era común ser asaltado por desconocidos tras sufrir un accidente en la carretera, que te robaran en vez de auxiliarte, que te dejaran morir. Pero mi vecino no era un desconocido.

No entendía el motivo de semejante comportamiento. Aunque todo iba encajando.

La dejadez y la falta de ética de los abogados, el tráfico caótico sin respeto, el maltrato animal y al medio ambiente, y ahora mi vecino sacando ventaja de una injusta situación. En la superficie, los isleños eran una gente amable y sonriente. Saludaban y abrazaban efusivamente a todo el mundo, incluyendo a desconocidos que acababan de conocer. Siempre estaban dispuestos a ayudar. Su comportamiento era la antítesis de un ciudadano nórdico distante y frío. Sin embargo, en esos países, sus acciones son lo opuesto. Ni pensar que un vehículo no aminore la velocidad al ver un peatón, o que un abogado extorsione a su cliente. ¿Y los vecinos?

Diferentes culturas tenían diferente valores morales. Imagino que el rudo invierno del norte hacía que planearlo todo a la perfección fuera la norma. Si no te preparabas para el frío, morías.

La colaboración entre vecinos cuando el clima era hostil debió de ser esencial. Igual el clima tropical motiva la improvisación, la pesca, o vivir de los árboles frutales, la no cooperación. No lo sé, quizá un día alguien me explica el porqué. La educación no era la respuesta para cosas tan simples. Hablamos de moralidad.

Una noche, justo después de regresar de su viaje, Twinkie me llamó y me preguntó si podía pasar por su apartamento para hablar. De inmediato me estremecí, como cada vez que alguien me llamaba y me decía lo mismo. Mi mente, debido a la constante situación de estrés y malas noticias, asumía que cuando alguien quería hablar era que algo malo había pasado. A veces, incluso cuando un amigo me llamaba y tardaba más de la cuenta en decirme las cosas, rápido lo interrumpía y le preguntaba: «¿qué pasa?», con la sangre ya empezando a hervir.

Camino hacia el apartamento me preguntaba qué habría ocurrido esta vez.

¿Tal vez en la central de Europa el hotel habría recibido más cartas? ¿Habrían hecho algo a nivel local involucrando el hotel?, Severino era impredecible.

—¿Qué pasa ahora?, pregunté con voz estresada, tan solo abrió la puerta.

—Nada, tranquilo. Ven, siéntate. Relájate, no pasa nada. Hace unas semanas me llamó mi jefe y me preguntó si estaría interesada en irme a Nueva York para la apertura de un nuevo hotel. Le dije que sí. Creo que sería una muy buena oportunidad.

Automáticamente me relajé y visualicé lo que me decía.

—Hoy me llamó y me dijo que estaba confirmado. La posición es mía. Me voy en dos semanas.

—¡Felicidades!, respondí. Creo que es una decisión brillante para tu futuro. Una vez en Manhattan, el mundo será todo tuyo.

Y así, como el viento se lleva las nubes, el amor desapareció y se fue a expandir sus esporas para otro lado.

Camino a casa, recordé que Twinkie me explicó que cuando dejó uno de sus destinos anteriores, la pareja que tenía entonces abandonó todo y la siguió, solo para llegar y ver que Twinkie ya estaba con otro. Sin ninguna duda, hubiera hecho lo mismo conmigo. «Pensaba que los *twinkies* hacían todo juntos», me dije.

Emergencia

«Cada desgracia que encuentres en el camino llevará en ella la semilla de la buena suerte del mañana», leí un día.

Como siempre, cada vez que me llamaban para informarme de que había un alguacil en la puerta del hotel, que preguntaba por mí, me encaminaba a paso rápido mientras pensaba: «¿Y ahora qué?», con el corazón acelerado. Hacía unos meses que me sacaron de los apartamentos, después, mi equipo legal puso una nueva querella por abuso de confianza y asociación, esta con la jueza fuera. De nuevo, nos fue denegada.

«Ya fue juzgado», dijo alguien de la fiscalía. Era imposible acusarlos.

Esta vez percibí una leve muesca, parte sonrisa, de Ramoncito Díaz. La notificación era amplia y tan solo leer la primera página me estremecí. Cámara Penal, se leía claramente. Las palabras «estafa y cárcel» eran las más utilizadas.

Cuando le expliqué por teléfono al doctor, me dijo:

—Venga lo antes posible —Su voz denotaba preocupación extrema y gravedad.

—Te está metiendo miedo —dijo mi amiga Alina media hora después, cuando fui a su casa a pedirle que me acompañara a la reunión.

Si había algo que no quería era que el doctor me tomara el pelo y me cobrara lo que quisiera, aprovechándose de la situación. Desde el primer día le pedí un contrato de sus servicios, pero, por mucho que se lo pedí, nunca me lo dio. El acuerdo inicial fue desbordado por más gastos, que nunca paraban de subir.

Durante el largo trayecto, mi amiga me reconfortaba diciéndome que estuviese tranquilo, que no podía ir a la cárcel.

—¿Cárcel?, pero ¡cómo voy a ir a la cárcel si he sido yo el estafado! —respondí alterado—. Me quitan la propiedad dada en garantía, me embargan las cuentas del banco, le ponen una hipoteca a la casa que vendí, y encima me quieren meter en la cárcel.

La jugada de Severino no tenía el más mínimo sentido. No con las pruebas que él había visto que teníamos, no sin el desembolso que él había asegurado bajo juramento que hizo por los apartamentos. Era suicida, a menos que supiera algo que nosotros no sabíamos.

La presencia de mi amiga intimidó al abogado que, como siempre, me citó a última hora en el restaurante habitual.

—Esto es grave, muy grave. Usted podría ir a la cárcel si no preparamos bien su defensa —dijo usando trato formal para distanciarse, parecer más profesional y para meterme más miedo.

Viendo la imposibilidad de negociar el asunto de tú a tú, sin testigos, para así pedirme lo que quisiera, tal y como habíamos predicho mi amiga y yo, el doctor discretamente pidió ayuda a uno de sus abogados. Poco rato después, apareció uno de los abogados más jóvenes del bufete.

—Jaime, qué alegría verte por aquí —fue lo primero que dijo mi amiga al verlo.

Al rato, ya conversaban, dejando al doctor libre.

Con la amenaza diluida, el doctor centró las condiciones del nuevo caso en mí.

—Diez mil dólares —dijo en voz baja.

—Pero, doctor, le di cinco mil dólares más de los diez mil pedidos al inicio, cuando usted me dijo que me haría un precio especial debido al fiasco de Eduardo. Además, nunca me dio las condiciones por escrito como le pedí en la primera reunión.

—Pero en el proceso hay muchos gastos —interrumpió—. ¿Tú sabes lo que cuesta solo un desplazamiento mío? —preguntó a modo de justificación y cambiando de nuevo el tono de la conversación de formal a informal— chófer/guardaespaldas, gasolina, secretaria y, además, mi tiempo.

Se calló un momento y me miró a los ojos.

—Lo que vamos a hacer es que te voy a cobrar diez mil solo por este caso. Como te dije, es muy importante preparar una buena defensa, no querrás acabar en la cárcel.

—Ok —respondí—. Me dejas pagártelo a pagos mensuales de dos mil.

Para esos tiempos debía llevar gastado cerca de cuarenta mil dólares en abogados. Lo curioso es que siempre pensaba: «este es el último pago».

Ahora, mientras escribo esto, sé a dónde fue todo ese dinero inicial. A ningún sitio. Los últimos abogados contratados no hicieron absolutamente nada, además de comparecer en las audiencias y redactar algún documento destinado a nada.

El día de la primera audiencia de conciliación, en la Cámara Penal, el doctor en persona, por primera vez desde que lo contraté, le dijo al juez que debía de haberse producido un error, de lo contrario no había nada que negociar.

Al acabar, y saliendo del tribunal, el gigantesco todoterreno blindado del doctor bloqueó el aparcamiento del establecimiento, dejando a Severino esperando a que el guardaespaldas nos recogiera.

Mi examigo vio que íbamos a pelear, y yo pensé que su acción disparatada era tan solo intimidante, especialmente cuando al día siguiente un amigo común llamó a Alina para negociar.

—¿Negociar? —respondí—. Aquí no hay nada que negociar.

Llevaba más de dos años de notificaciones y abusos, de ser desalojado con la fuerza pública de mis apartamentos, de recibir cientos de mensajitos, de tener que responderle a la gente que compró mi casa. No, no iba a parar hasta meter a mi amigo y sus secuaces en la cárcel.

Para Severino negociar hubiese significado volver atrás y devolverle su dinero, ahora que veía que no se podía quedar con todo.

Un par de días después, desde el pueblo donde vivía mi familia y amigos, me comunicaron que se había producido una oleada de cartas físicas difamatorias con las direcciones escritas a regla, como si fuera el asesino del Zodiaco, dirigidas a la mayoría de las tiendas y bares de la tranquila población. Hubo un breve revuelo entre familiares y amigos. La mayoría tiró la carta a la basura sin leerla, y el resto no le hizo mucho caso.

«Dice cosas horribles de ti», me dijo mi madre.

Otros familiares notificados ocultaron la noticia a mis padres para no preocuparlos, ignorando que también fueron informados. Desde Canadá y Alemania, me contactaron amigos preocupados. Era la respuesta de mi examigo a mi negativa.

Estaba en casa, hablaba por el móvil, cuando me di cuenta de que había gotas de sangre por el suelo. Por instinto, el «ahora qué» salió de nuevo.

Mientras repasaba mis documentos de defensa con uno de los abogados, buscaba de dónde salía la sangre. Los perros estaban todos tumbados en el suelo, a mi alrededor. En cuanto me levanté y me moví, el rastro de sangre apareció debajo de mi pastor alemán Boris.

—Abelardo, te llamo en un rato —dije.

Buscaba de donde provenía la sangre y vi que mi perro tenía un profundo corte en el pene.

—Pero ¿cómo? —me pregunté.

Llamé al veterinario de inmediato, y me recetó unas pastillas para ayudar a coagular la sangre rápidamente.

—Es muy difícil coser ahí, mejor tratar de parar la hemorragia —dijo—. En cuarenta minutos debería parar. Le da otra dosis en seis horas.

Por la noche, coágulos como el puño manchaban el suelo blanco de casa y no había manera de detener la hemorragia.

«Debí haber llevado al perro y dejarlo internado», pensaba una y otra vez. Fue otro día de abogados malditos, y las palabras tranquilizantes de veterinarios y amigos hicieron efecto.

«Eso se cura solo, el pene no se puede coser, y solo sangra un poco al principio», decían.

Estaba un poco harto de lo que la gente decía. Lo que nadie sabía entonces es que Boris tenía una enfermedad, transmitida por una garrapata, que disminuía las plaquetas en la sangre. Su sangre no coagulaba como debía.

En medio de la noche, era tarde para hacer otra cosa que ponerle presión a la herida e intentar detener la hemorragia. Cuando, después de diez minutos, aflojaba la presión, otro coágulo inmenso brotaba de la herida muy despacio. Eso se fue repitiendo cada poco, y las horas pasaban. Ya quedaban pocas toallas. Primero cogí los paños de cocina limpios de algodón, luego toallas viejas, luego las no tan viejas. Cerca de las tres de la mañana solo quedaban un par de toallas de ducha.

El suelo estaba lleno de bultos ensangrentados. Me dolían las rodillas de estar arrodillado en el duro suelo, y estaba cansado.

«Una vez más'», me repetía, «una vez más». Intentaba calcular la sangre había perdido mi amigo, y la que le debía quedar.

No podía pasarme toda la noche así y el perro no podía perder mucha más sangre. Cuando, estando tumbado, el perro cerraba los ojos, lo llamaba preocupado mientras presionaba la herida; el fiel pastor abría los ojos y el momento seguía.

Poco a poco, los dos perdíamos fuerzas. Los minutos pasaban tan lentos...

«Imposible aguantar hasta el amanecer», pensaba. Tenía que ir al único veterinario que había en el lugar para ese tipo de emergencias, a más de una hora de distancia.

Estafa y cárcel

Alguien dijo: «la mentira y el engaño tienen fecha de caducidad. Todo se descubre».

A media mañana, salí para el supermercado a comprar vegetales para ensalada. La nevera estaba repleta, pero, como siempre que iba al súper, me olvidaba algo.

Sabía lo que buscaba, así que en menos de cinco minutos acabé. Al abrir el carro me pareció que me había dejado la puerta abierta. Después, solo llegar a casa y buscar mi maletín, descubrí que me lo habían robado de debajo del asiento de la parte de atrás. De inmediato busqué el número y llamé al gerente del establecimiento, que me dijo en tono amable que fuera a verlo.

—No tardé ni cinco minutos —le dije en los primeros minutos del tú a tú.

—¿Y a qué hora pasó?

—Pues exactamente hace veinte minutos, según el tique de compra.

—Déjame investigar. Esta tarde lo llamo.

Severino debía rondar los setenta años, y la acusación de que yo lo estafé no era la primera que defendía con mentiras ante los tribunales. Ya en los ochenta estuvo en asuntos turbios por Nicaragua, descubrí ojeando la web. Eso le daba, fácil, cerca de cuarenta años de carrera delictiva. La quema de su empresa para cobrar del seguro no me sorprendió.

«¿Cómo va a acusarme de estafa?», pensaba. No tenía lógica.

Mi mente intentaba analizar, prever lo que fuera que mi examigo tuviera en la cabeza. Primero pensé que quería asustarme, hacerme gastar dinero, agotarme financiera y mentalmente. Luego, que perdiera todo el tiempo que pudiera haciendo que mis abogados gastaran los días en traslados de un lado al otro de la isla. Me equivoqué.

Severino y su abogado estaban concentrados en su víctima, o sea yo, creían que me iban a meter en la cárcel. Por suerte, nunca me di cuenta. Simplemente, no entendía lo que podían pretender.

A media tarde me llamó Jamal, el gerente del establecimiento.

—¿Puede venir?

—Sí, claro. En quince minutos estoy ahí.

Tan solo llegar, me presentó a su jefe de seguridad y me dejó en sus manos.

—Sígame, por favor —dijo en voz educada y autoritaria.

Me condujo por unas estrechas escaleras a las oficinas donde una gran ventana espejo dominaba el supermercado. Entramos en un despacho diminuto en el que una decena de cámaras mostraban diferentes ángulos del comercio.

—Mire usted. Este es el vídeo del robo en su vehículo. Aquí usted llega y aparca. A la vez —dijo señalando otro carro— este coche entra por la otra puerta, pero va derecho hacia usted. ¿Lo ve? Esta gente lo seguía. Esto no es un robo al azar.

—¿Me podría conseguir una copia del vídeo?

—No estoy autorizado a hacer copia, pero si quiere tómela usted con su teléfono.

Horas después, sentado con un capitán de la policía del departamento de crímenes, les mostré el vídeo.

—Déjenos investigar. De seguro que desde la otra cámara tendremos la matrícula del vehículo.

—Mire una cosa, capitán —dije aventurándome en terreno desconocido —. Hace años que tengo problemas con una gente en los tribunales. Recibí amenazas y ahora este robo. Abogados me han dicho que es posible que mi teléfono esté intervenido. ¿Usted cree que lo podrían verificar?

—Sí, claro. Sin ningún problema. Deme unos días y le dejo saber.

En el banquillo de acusados estábamos el doctor, su asistente, Adelina, la que no tenía licencia de conducir y conducía, y yo. Cuando el doctor empezó a hablar, supe de inmediato que no conocía el caso como debiera y me preocupé. Luego, improvisé y empecé a utilizar a la abogada para transmitir hechos y preguntas que el doctor repetía.

Cuando el doctor llamó a Severino a declarar se armó el barullo.

—No, no, no, no —decía con energía su defensor—. Mi cliente tiene el derecho de no hablar.

Los años de experiencia y la prepotencia del doctor, mi abogado, hablaron.

—Su señoría, parece que mi colega aquí se equivocó de juicio.

Cabeza baja y en cortos pasos, Severino subió al estrado para declarar. Cuando mi defensor le pidió que dijese su nombre, a qué se dedicaba y que hablara más alto, rompió a sudar.

Cuando el doctor comenzó a lanzar las preguntas —que yo había formulado y que la abogada le soplaba al oído— a Severino, este se empezó a empequeñecer.

«Me salvé gracias a que el doctor quería compartir habitación con su joven abogada y se la trajo con él», pensé entre preguntas. Primero Eduardo con sus primos, ahora el doctor con su joven abogada. La profesionalidad, ante todo. ¡Y yo dejando a Tatiana al margen de mi trabajo!

—Usted nos está diciendo que le prestó dinero al señor Martín y que después le compró los apartamentos. ¿Correcto? —inquirió mi abogado con tono incrédulo.

—Así fue.

—¿Entonces, por qué los *emails* hacen referencia a que usted no disponía de efectivo para cumplir con el monto del préstamo y que los apartamentos eran la garantía?

—Los *emails* no son verdaderos, algunos solamente.

—¿Cómo pagó por los apartamentos?

—Una trasferencia bancaria.

—¿Tiene una copia?

—No conmigo.

—O sea, que usted pretende que nos creamos que le presta dinero al señor Martín por una demanda laboral que, por casualidad, pusieron sus abogados. No le pide ninguna garantía y luego, sin cobrarse la deuda, le compra a mi cliente sus apartamentos años después, contradiciendo todos esos *emails*, cosa que usted aún no ha demostrado; con lo fácil que es pedir a su banco una copia de esa transferencia. Ni podrá demostrarlo, imagino, si no, ya lo hubiera hecho. Luego, él continúa pagando los impuestos y ocupando el inmueble, que tiene también muchísimo sentido.

En medio de las ráfagas de preguntas, el abogado de Severino solo hacía que objetar. El juez lo denegaba una y otra vez.

—Él me gestionaba la propiedad. Me pasaba los alquileres —contestaba a media voz Severino.

—¿Tiene alguna prueba? ¿Y por qué negociaría el señor Martín con la oficina de impuestos unos pagos mensuales si los apartamentos eran suyos? ¿Y por qué no pagó todos los impuestos de una vez, si usted le acababa de pagar *di que* ciento cincuenta mil dólares por los apartamentos?

—Por temas de impuestos.

—Y al final sus abogados, sus propios abogados, lo embargan a usted, pero con la propiedad en litis de mi cliente, no las otras tantas que usted posee. ¿Por cuántos años fueron sus representantes? ¿No es verdad que uno de los dos hermanos fue su padrino de bodas? ¿Y que son sus socios? ¿Por qué no se transfirió los apartamentos a su nombre cuando los compró y esperó más de dos años en hacerlo?

—Impuestos.

—Magistrado, ahí tiene a un perfecto mentiroso.

Las palabras a gritos de «mentiroso», «estafador», «mal amigo», lo comprimían aún más contra el suelo. Los minutos parecían envejecer a mi examigo. Su declaración lo estaba hundiendo. Su plan de no declarar, y defenderse solo con el contrato de venta firmado, le estaba fallando.

Después, el juez me preguntó si deseaba decir algo, y palabras similares volaron por la sala.

Cuando el juez volvió a hablar, mencionó a dos amigos: enemistad y sentido común. También, que nadie, desde los tiempos de Jesús, en su sano juicio iba a comprar unos apartamentos sin cobrarse la deuda que tenía con él. Y que nadie prestaba dinero sin una garantía, contradiciendo todo lo dicho por mi examigo.

«Me imagino que una persona así nace así», pensé esa noche. Me salvé de otra, aunque sin la ayuda de la abogada el resultado de seguro no hubiera sido tan obvio.

Semanas después, Severino apelaría la sentencia en su contra, y el día anterior a la nueva audiencia, cuando Abelardo estaba camino al hotel para representarme, el doctor me envió un mensaje por WhatsApp:

—Dale a Abelardo cien dólares para gastos.

—Ok.

—Y dale dos mil dólares por el nuevo caso —añadió.

Al responder que el trato había sido diez mil por ese caso, el doctor respondió:

—Esos diez mil eran solo para la primera instancia. Si no estás de acuerdo le digo a Abelardo que se dé la vuelta, pero que sepas que tendrás muchos problemas —acabó diciendo.

Era increíble, por un lado, tenía que pelear con el estafador y mentiroso de Severino y sus socios, por el otro, mi abogado me extorsionaba para que le diera más dinero.

Abelardo

En el último momento, cuando uno no puede más, encuentra la solución. Muchos refranes hablan de ese momento.

Eran cerca de las cuatro de la madrugada y Boris no dejaba de sangrar. Ya sin fuerzas, subí a la habitación a buscar más toallas. Mirando en el armario, vi una vieja bufanda de algún club de fútbol que un amigo me regaló como recuerdo de una gran final. «Tal vez», pensé agotado.

Usando la bufanda a modo de lazo, después de darle un par de vueltas, la apreté con fuerza alrededor de la cintura de mi amigo, poniéndole un pequeño paño en sus partes. Todo quedaba superpresionado. Preparé el sofá para dormir y, de tanto en tanto, verificaba si Boris perdía más sangre. Nada, todo limpio.

«Uf», suspiré. «Menos mal».

Por la mañana, en compañía de mi amiga Alina y su perro pastor, Mr. Tibbs, donante de sangre obligado, salimos para el veterinario. Lo peor había pasado. Después del incidente, la ya buena relación entre mi perro y yo se estrechó aún más. Él sabía que le salvé la vida.

—Señor, el mayor de la policía está por aquí —dijo el guardia de seguridad a través del teléfono de la oficina.

—Dígale que me espere en el *lobby bar*, voy para allá.

Poco después, el oficial empezó su presentación.

—Mire, señor Martín, intentamos localizar el *laptop* robado y su teléfono. La señal de su computadora fue detectada en otra ciudad, después desapareció. En cuanto a su móvil, sin el número IMEI, no podemos hacer nada, en especial cuando el aparato no es el que la operadora le dio. Tenemos la matrícula del vehículo y sabemos que no corresponde al que aparecía en el vídeo, de momento no hemos podido localizarlo. Las patrullas de carretera lo están buscando. Verificamos su teléfono, está limpio.

«¿Entonces qué pasó con las conversaciones que tuve con Dia?», pensé. Ella estaba en Montreal, y en un momento de la llamada se comenzó a repetir la frase: «¿y el hotel cómo está?, ¿y el hotel cómo está?, ¿y el hotel cómo está?, ¿y el hotel cómo está?», como si se tratase de una grabación.

Mi amiga, asustada, colgó de inmediato recordando las advertencias de los abogados: «Nada por teléfono».

«¡Oh, *fuck*!», me dije esa vez.

La decepción salpicó a mi rostro. Pensaba que con todas las evidencias algo nos conduciría a Severino. Una vez capturado por la policía, el resto sería historia.

—Gracias, oficial— dije, sin poder ocultar mi decepción—. ¿Usted cree que me podría ayudar con los mensajes por internet?

—Déjame preguntar a mis superiores. El coronel me mandó decirle si sería posible conseguirle un fin de semana con su familia en el hotel.

—Sí, claro, déjeme ver y le dejo saber.

—Sería él, su mujer, su hermana y sus cuatro niños.

Antes de presentarnos en el Tribunal de Apelación, quería repasarlo todo con Abelardo. Era un caso penal, y el acusado era yo, así que imagino que antes de entrar en la sala debía tener claro cuál iba a ser nuestra estrategia. Le había hecho una reserva en el hotel, pagada por mí, como siempre, para sentarnos con tiempo y no dejar ninguna duda.

—Hoy no podrá ser —Es lo primero que salió del otro lado del móvil—. Tengo una reunión con una amiga.

—Lo podemos hacer mañana a las siete —respondí resignado. No quería tener a mi defensor desmotivado, ya sabía lo que podía pasar.

Cinco minutos más tarde —igual porque la dama pospuso el encuentro o porque mi abogado pensó por el lado no reptil de su cerebro—, quedamos en reunirnos, cenar y hablar del caso del día siguiente.

—Nada, no vamos a hacer nada. Tenemos un buen fallo a nuestro favor, así que tan solo vamos a seguir esa línea, sin aportar nada más —dijo resumiendo—. No queremos confundir a los jueces.

Había muchas evidencias y acusaciones en contra de mi examigo, pero lo que decía mi abogado tenía sentido. Estaba en terreno desconocido y uno solo puede confiar en su guía. En este pantano lleno de peligros, Abelardo era mi guía. Queríamos presentar mi defensa lo más simple y clara posible.

Tras llenar la barriga y regarla de cerveza y vino de la mejor marca, que era la gratis, me pidió que lo acercara a la plaza de la catedral. Allí tendría el encuentro con una vieja amiga de los tiempos en los que él era líder de los jóvenes de una asociación religiosa.

—Mañana almuerzo a las ocho en el bufet del hotel, quedamos al despedirnos.

Eran las ocho de una nublada mañana y Abelardo no daba signos de vida por el restaurante. Esperé quince minutos, nada. Teníamos que estar en el tribunal a las nueve. La imagen de encontrarme solo ante los jueces y mi abogado en camino parpadeaban en mi cabeza mientras tomaba el café. Ocho y veinte, llamé a mi abogado a su teléfono móvil, nada. Pedí a recepción que me pasara con su habitación.

—¡Uy!, la alarma del teléfono no sonó, ahora mismo voy —dijo con voz ronca.

Ocho treinta y cinco.

—Nos tenemos que ir —dije mientras él se llenaba el plato de comida. El estrés empezaba a crecer. Mi idea era siempre tenerlo todo listo, la de mis abogados lo contrario.

—Tengo la ropa en el carro —dijo con la boca llena cuando faltaban quince minutos para las nueve.

—Te espero en el aparcamiento —respondí con tono desesperado.

Una vez más, de una situación bajo control, mis abogados podían hacer un completo desastre. Lo dejé enfrente del tribunal a toda prisa, mientras yo buscaba un sitio para aparcar. Los «malos» no perdían oportunidades de nuestros errores, la justicia los ayudaba, y mis abogados... ¿De qué servía pagarles el hotel para que todo estuviera listo?

Cuando subimos al estrado, mi abogado tuvo que pedir un bonete prestado porque olvidó el suyo. El momento previo de preparación para exponer el caso no existía. La concentración no era necesaria.

Severino me quería meter en la cárcel y mis abogados parecían ayudarle.

En la audiencia, aunque fuera difícil de creer, Fabio, el socio y abogado de Severino, camuflado de inocente, declaró, como «notario público», que fuimos a su oficina a firmar el contrato de venta de los apartamentos, que oyó que mencionábamos una transferencia, que claro que le vendí los apartamentos, sin ninguna duda.

Mi abogado se limitó a preguntar si había tenido algún problema legal conmigo.

—Hace tiempo —respondió—. Pero eso no fue a ningún sitio —dijo, refiriéndose a la querella donde los acusé de estafa y asociación de malhechores que la fiscalía no aceptó.

—Eso es todo —respondió Abelardo, simplificando el interrogatorio y el proceso al mínimo.

Cachorros

La noche de Halloween, sobre la once y media, acababa de irme a dormir y oí un ruido extraño en la habitación. Encendí la luz y un cachorro negro acababa de nacer en mi cama.

Sabía que no era el mejor momento para criar a mis perros pastores, con todos los problemas y las incertidumbres que sufría, pero después del incidente con Boris, pensé que en la vida no es cuando uno quiere hacer las cosas, sino cuando puede. Así que decidí que la vida siguiera su camino y, un año más tarde de que Boris se cortara el miembro, fue papá.

La gente decía que la hembra buscaría un sitio *seguro y tranquilo* por la casa. Yo le había preparado una habitación con toallas para que estuviera confortable. Pensé que buscaría algún sitio por el jardín, lejos de los humanos.

«La gente siempre dice muchas tonterías», me dije mientras ponía al recién nacido en el suelo encima de una toalla.

Casi de inmediato llamé a mi amiga canadiense, que había sido enfermera de bebés prematuros y cuidaba de mis perros cuando yo estaba fuera.

—¡Dia, nació un cachorro! —dije entusiasmado.

—¿Quieres que vaya? —respondió.

Media hora más tarde se presentó en casa. No mucho después, me fui a dormir a la habitación que preparé para Roo, mi perra pastora. Los demás miembros perrunos de la familia estaban fuera de la casa, incluyendo a Boris, el papá. Las dos hembras se quedaron en mi habitación con el cachorro, y a medida que pasaba la noche, durante mis visitas, la camada crecía.

Por la mañana, cuatro cachorritos sollozaban con los ojos cerrados, arrastrándose por el suelo a trompicones. Uno a uno, los pusimos en la habitación destinada para ellos y su mamá. Tenían cojines, toallas, mantas y pañales abiertos cubriendo el suelo. La mamá estaba confortable amamantando a sus bebés. Verifiqué que la barricada puesta en la puerta fuera impenetrable para los pequeños, pero sorteable para la mamá, y me fui a trabajar.

Al regresar a casa, me encontré con cinco cachorros esparcidos por el suelo, entre las toallas y pañales. Había nacido la única hembra de la camada.

La primera semana, la supermamá Roo se encargaba de todo. Después, fue mi turno darles de comer yogur mezclado con leche cada pocas horas. Crecían con el pasar de los días, era interesante observar sus diferentes comportamientos y cómo la vida se desarrollaba predisponiendo a sus seres.

Mientras los cachorros crecían felices, la sombra de mi situación legal no se movía. Les tenía que buscar una buena familia a cada uno. Mis condiciones eran muy simples: tenían que formar parte de la familia y nada de estar encadenados o encerrados en un pequeño recinto.

«¿A quién le puedo regalar la hembrita?», pensaba.

Un buen día encontré la solución: «¡a la gente que les vendí la casa!». Ellos tenían tres hembras en la casa.

Cuando se lo dije a la pareja, no pudieron aguantar y vinieron a casa de inmediato a verla. Era preciosa. Cuando los veo, no paran de hablar de su perra. Robert no puede creer que un perro pueda ser tan dulce e inteligente.

Uno de los cachorros nació con una pequeña hernia, así que opté por decirle a su nueva familia que era mejor quedarse en mi casa.

Poco después, llamaron insistiendo. Se llamaba Wilson.

Mis abogados, por su parte, no acababan de anular el fallo en mi contra de la Corte Suprema, donde ni el abogado que me representaba ni yo sabíamos de la demanda. De seguro los malos buscarían la manera de hacerme más daño.

«Malditos», me repetía. Esto no va a acabar nunca.

A pesar de no ser lo más sensato, me quedé uno de los cachorros. Antes de Navidad, no sabiendo lo que iba a pasar con la nueva amenaza legal y temiendo lo peor, salimos todos de casa llevándonos recuerdos, libros, y algo de vestuario hasta nuevo aviso.

Los recién conocidos vecinos se debieron preguntar qué clase de vecino tenían. Si les explicaba el motivo seguro que no se lo creían, así que opté por no decirles nada.

Si los abogados querían embargar por lo que fuera sin siquiera notificar, que se llevaran lo que quisieran, lo más importante estaba a salvo.

Nos refugiamos todos en casa de mi amiga Alina y sus veinte perros. El nuevo miembro se llamaba Goal, en honor al perro que me enseñó a disfrutar de la soledad y a no tener miedo en la montaña durante mi infancia. Nació en mi cama e imaginé que eso era una buena señal.

QUINTA PARTE

Presión

18 de abril de 2018

Caminaba del *lobby bar* hacia mi oficina, bordeaba la piscina mirando al cielo y me preguntaba qué pasaría en aquel día. Desde temprano, el mar y la brisa parecían dos desconocidos, algo olía a raro. Las palmeras estaban quietas como peatones ante una luz roja, listos para moverse. En el horizonte, las nubes parecían tener reunión, y la línea se oscurecía con el paso de los minutos, convirtiéndose en una mancha oscura que se acercaba sigilosa.

Había verificado el tiempo y no había nada en el centro de huracanes de Miami. Faltaba una semana para el inicio de la temporada ciclónica, pero el mar estaba ya caliente, demasiado caliente para la fecha.

—Recoged las velas y cambiad la bandera de la playa —les dije a los chicos tan solo llegar a la orilla—. Va a llover mucho. Cerrad la playa hasta que pase. La brisa va a subir mucho.

No era la primera vez que veía esas nubes. Acostumbraban a acercarse a tierra poco a poco y, después, el vendaval se desataba. Si había barcos de vela en el agua, los tumbaba de un soplo junto con la cortina de agua que se veía correr en dirección a tierra, y hacía chispear el océano.

—Jefe, ¿recogemos los kayaks? —preguntó uno de los chicos, justo cuando el móvil sonó.

—Hola, Jordi, ¿cómo estás? —dijo Ana.

—Un momento —contesté, mientras chillaba que solo subieran un poco las canoas.

Su voz sonaba a rota, a preocupación. Ana era la propietaria, junto a su esposo Robert, de la casa que vendí hacía ya cuatro años.

—Dime, Ana —respondí mientras ya me preparaba para el posible golpe.

—Acabo de recibir una notificación, y no lo entiendo —dijo ella con el mismo tono—. Es algo relacionado a un pago de ciento ochenta mil dólares, pero junto a tu nombre está el nuestro, y anuncia que tenemos treinta días para pagar o subastarán la casa.

Imagino que, casi sin querer, se puso a leer el documento para ver si yo podría tranquilizarla. Como para ella, para mí esas palabras no tenían ningún sentido.

«¿Qué tienen ellos que ver con la deuda ya cobrada con los apartamentos por Severino?», pensé, mientras buscaba palabras para responder.

—¿Estás en casa? —le dije como pude.

Ya me veía yendo a ver a Ana y a su marido y no poder hacer absolutamente nada por ellos, además de esperar que mis desastrosos abogados los protegieran. Les iban a subastar la casa que me compraron.

—Sí.

—Ahora paso a recoger los documentos y se los envío a Abelardo.

No sería la primera vez que me sentaba con el matrimonio desesperado. Tan pronto como descubrimos el plan de Severino, fui a visitar a la pareja y le expliqué lo que pasaba. Las evidencias que tenía y el historial de mi examigo y sus abogados, me libraban de la más mínima sospecha, aun así, la situación no era para nada agradable. La trama preparada por Zorrilla y sus socios no iba a ningún sitio, pero con los continuos fallos de mis picapleitos las cosas cambiaron y opté por solo decirles las medidas que iban a tomar, nunca los errores hechos. Eso haría que estuvieran aún más nerviosos.

Entré en mi oficina mientras continuaba hablando con ella, segundos más tarde, el teléfono fijo sonó.

—Buenos días, señor —dijo el guardia de seguridad de la entrada de empleados del hotel, tengo un alguacil que le viene a notificar algo, añadió.

—Ana —le dije cortando la conversación—. Tengo el alguacil con la notificación. En un rato te digo.

Camino hacia la puerta, como siempre, intenté imaginarme qué contendría el oficio, aunque con la pista dada por Ana, mezclada con los disparates hechos por mis representantes, no era muy difícil.

«Pronto lloverá», pensaba mientras aceleraba el paso.

Abelardo me llamó justo cuando me entregaban los documentos. El mensaje: «he recibido otra notificación, llámame», funcionó. Era posible que su sentimiento de culpabilidad ayudara a su pronta respuesta.

—Mándeme los documentos.

—Sí, claro, ahora mismo te los envío —le dije— pero necesito unas palabras tranquilizadoras para los propietarios de la vivienda. He de decirles algo. Hazme un favor, llámalos tú y habla con ellos, por favor.

—Ok. Tengo que leerme los documentos, ya les diré algo.

Acababa de colgar cuando Ana me llamaba de nuevo. No tenía nada que decirle. El viento empezaba a subir y traía las primeras gotas de agua. Veía a las palmeras más lejanas, cerca de la playa, empezar a doblar sus copas. Un relámpago, seguido de un trueno a los pocos segundos, hizo retumbar el lugar.

—Ana, el abogado me ha pedido tiempo para leerse los papeles —dije mientras pensaba dónde cobijarme.

—Entiendo.

—Sé que la presión está injustamente sobre vosotros. Lo único que sabemos es que tenemos aún treinta días, vamos a aprovecharlos y buscar soluciones; deja que hable con mi amiga Alina.

Ana colgó sin responder ni despedirse, en ese instante estalló otro trueno cerca y me puso la piel de gallina. Entendía su estado de ánimo, no podía reprochárselo. Para entonces, se desató el diluvio. Guarnecido en la caseta de seguridad, pensaba en mis opciones.

Todo venía de la hipoteca puesta en la casa, justo después de venderla, con la ayuda del juez *que no tenía amigos* y tras una notificación *fantasma*. A pesar de nuestra victoria inicial, en apelación, mi nuevo equipo legal, con el doctor Asensio al frente, se las arregló para no depositar ningún escrito explicativo de defensa. Les había escrito varios correos de advertencia cuando los contraté, donde les informaba que no había ningún escrito en ese expediente, que estaba vacío, después, mis abogados pidieron tiempo al tribunal para entregar los documentos. Aun así, se olvidaron, no lo hicieron y dejaron el caso sin ninguna defensa, a merced de Severino y sus socios. Cuando fallaron en nuestra contra y recurrimos ante la Corte Suprema, Abelardo hizo mal el escrito no *emplazando* a la otra parte, y el tribunal no aceptó nuestro recurso, dejando la sentencia de la corte como definitiva.

Ahora, aun sabiendo de las evidencias que teníamos y que tarde o temprano todo el fraude saldría a la luz, Severino y sus abogados presionaban con esa sentencia.

Tan pronto dejó de llover, llamé a mi amiga Alina.

—¿Estás en la oficina?

—Sí, claro. ¿Qué pasó?

—Nada, lo de siempre. Otro desastre de esta gente.

En la recién inaugurada oficina de mi amiga, diseccionamos la notificación. Se trataba de un mandamiento de pago tendente a embargo inmobiliario. El monto no encajaba con la sentencia recibida hacía ya unos meses. Tampoco importaba. Básicamente, lo que los «malos» hacían era utilizar a unos compradores inocentes y amenazarlos con quitarles su casa si yo no negociaba con ellos y los dejaba de perseguir. Tarde o temprano, la preocupada pareja buscaría ayuda legal y su única opción era demandarme a mí, que fui el que les vendí la propiedad. Ellos sabían que Severino quería eso, quería abrirme un segundo frente para debilitarme, para acabar conmigo.

«¿Lo harían?», me preguntaba a cada momento. «Imagino que dependerá de la respuesta y acciones de mis abogados».

En el Tribunal de Tierras, la influencia de la jueza como *nueva propietaria* de mis apartamentos hizo que todas las evidencias fueran ignoradas, y el fallo en primera instancia, después de dos años y medio de espera, fue en contra. Cuando eso ocurrió, ya llevaba cerca de un año desahuciado de mi propiedad gracias a su amigo, el otro juez, su colega que *no tenía amigos.* Todo quedaba entre jueces.

Como los correos no fueron aceptados como pruebas por no estar legitimados, los tuvimos que legalizar utilizando a la policía cibernética. Con eso demostraríamos el fraude sin que los jueces nos pudieran ignorar. Aunque el engaño, con todas las evidencias presentadas, era como un elefante en una habitación, imposible de ignorar.

Los propietarios de la casa quedaban colgados de un fino hilo, acechados por las imágenes de cuando me desalojaron con la fuerza pública, que como vecinos míos vieron en primera fila. Estaban en manos de lo que hicieran mis defensores.

Nuestro futuro dependía de los abogados, y eso nunca era bueno.

Cuando, al final del día, de nuevo le pregunté a Abelardo si había llamado a Ana y a Robert para tranquilizarlos, respondió:

—Los iba a llamar, pero me quedé sin crédito en el teléfono.

Fuego a discreción

3 de mayo de 2018

Como en la guerra militar, un bombardeo psicológico está destinado a aniquilar, controlar o neutralizar al enemigo. Las muchas notificaciones, mensajitos, amenazas, robo del maletín y errores de mis abogados, estaban haciendo su efecto. Empezaba a oír voces donde solo había silencio.

«Cruzando el umbral de las cuarenta mil palabras», me dije, mientras contaba automáticamente las palabras escritas. Escribirlo todo era el antídoto contra mis males, la medicina.

La primera prueba la hice con el programa de lectura en voz alta de Word. Tras escuchar unas cuantas veces lo escrito, decidí que lo que salía de la voz automatizada sonaba interesante y continué escribiendo la historia. Tenía la mayoría de los capítulos grapados y jugueteaba cambiándolos de lugar para hacer la historia más interesante, más fluida, más amena. El tema, los hechos y la información legal eran complejos, densos y aburridos.

Si profundizaba en los detalles, me encontraba un abismo con forma de laberinto. Le pasaba capítulos a amigos y conocidos buscando fluidez y comprensión, y que fuera inteligible, claro.

Tras las primeras respuestas prometedoras, decidí hacer una prueba. Buscar a alguien que viviera en la isla y entregarle la mitad de la historia para que fuera más liviano, a ver cómo la veía. Ese sería el primer paso para comprobar la viabilidad del libro.

Elegí un amigo retirado que amaba la lectura, se llamaba Lorenzo. Lo conocía

hacía años y siempre me pareció una persona honesta y sincera. Las condiciones eran claras.

—No se lo enseñes ni comentes a nadie, por favor —le dije cuando hablamos por teléfono.

—De acuerdo. Tranquilo, nadie lo verá.

Ya tenía bastantes problemas y no quería que los abogados ni nadie supieran de mi proyecto.

Entraba en el bar donde había quedado con Lorenzo cuando sonó el móvil. La voz era desconocida y me llevó unos instantes saber lo que me decía.

—Soy la licenciada Marta Álvarez, represento a Ana y Robert, las personas a las que usted vendió la casa.

Tras una breve presentación, fue derecha al grano.

—Mi pregunta es ¿cómo usted va a solucionar el problema que mis clientes tienen con la vivienda y la deuda?

—Buenos días, licenciada. Como imagino le habrán dicho, llevo cerca de cuatro años buscando mil maneras de solucionar el problema —dije midiendo mis palabras, como muy bien hacían todos los abogados con los que me tropecé—. Me he gastado mucho dinero en ello y sus clientes son informados en todo momento de las novedades. No es por falta de ganas, ni de evidencias, se lo aseguro. Desafortunadamente, es una situación difícil y muy desagradable para todos. La única forma de que esto se solucione es que la justicia someta a estos delincuentes, que lo único que pretenden es quedarse con todo lo mío y extorsionarme con desahuciar a sus clientes si no acepto. Ellos saben muy bien la verdad y a quién nos enfrentamos. Tan pronto como mis abogados me informen de las acciones que tomarán, se lo haré saber. El único que puede llegar a ser culpable de esto soy yo, como muy bien sabe usted.

Lo que no sabía la licenciada era cuántas horas y noches me pasaba buscando soluciones, y los errores continuos cometidos por mis abogados.

En el peor de los casos, me podría defender en la corte, alegando que cuando yo les vendí la vivienda, esa hipoteca no existía, y quien la puso, la puso fraudulentamente. Pero claro, esa defensa tenía un costo que me debilitaría teniendo que pagar más y donde de seguro se cometerían errores.

—Me deja saber, por favor —respondió, imagino que neutralizada por mis palabras. Aun así, me recordó que era mi deber responder por la venta de la casa.

Con el temple aún en el cuerpo, subí los cuatro escalones de la entrada lateral del bar. Lorenzo se hallaba al final de la barra. El lugar acababa de abrir y estaba desierto; las camareras limpiaban el comedor mientras conversaban. Tras sentarnos en una mesa alejada, abrí la carpeta y le expliqué brevemente el contenido. La portada le encantó y soltó una carcajada, tenía algunos capítulos grapados, pero al mismo tiempo sueltos, así que le mostré el orden a seguir. Después nos dedicamos a rellenar el tiempo desde nuestro último encuentro.

—¿Y cómo vas con tus abogados? —preguntó casi al final—. Y con Ana, ¿ya solucionaron el problema de su casa?

La pregunta de los chupatintas ni la respondí, solo con una expresión facial y un leve movimiento de cabeza hacia abajo negando, tuvo suficiente. Lo de Ana, resoplé por la nariz, me toqué la frente y añadí:

—Todo es un desastre. Nunca te metas en problemas en este país.

—¿Me lo dices, o me lo cuentas? —respondió con tono guasón suspirando.

Llevaba suficiente tiempo para saberlo. Hacía ya muchos años que su exmujer se compinchó con su abogado para quitarle unas tierras que tenía. Al final, el destino se entrometió y se la llevó en un accidente de tráfico.

Después de beberme el café con leche y una botellita de agua, regresé al hotel. Tras cruzar la barrera de seguridad, el guardia me hizo una señal para que parara.

—Señor —dijo en tono respetuoso— ha venido un alguacil, el gordito de siempre. Como no vino nadie de su oficina, dijo que lo llamaría para darle la notificación.

Luego de darle las gracias y aparcar, mientras caminaba hacia mi oficina con la cabeza baja, me hice la pregunta del millón: «¿y ahora qué?»

Hacía dos meses que notificaron la sentencia de la suprema que rechazaba el recurso mal hecho por mis abogados. Debido a esa misma decisión, el mes anterior recibí el mandamiento de pago tendente a embargo inmobiliario, a mí y a la gente que compró la casa donde estos estafadores colocaron la hipoteca, que a pesar de las afirmaciones de mis abogados asegurando que no podían tocar la casa, sí la iban a tocar. ¿O tal vez solo fuera para ponerme presión? De ahí la llamada de la abogada de Ana, que intentaba hacerme responsable de la desdicha de sus clientes. Ahora, otra notificación. ¿O igual todo solo era parte de un plan para preocuparme aún más, para hundirme, para fulminarme?

¿Se atreverían a desalojar de su casa a unas personas inocentes? No creo que la jueza, mujer de Severino, estuviera muy tranquila, pero era la fórmula perfecta para enloquecerme.

Todas esas preguntas y dudas salpicaban en todo momento mi cabeza. La presión psicológica era increíble. Ahora había una nueva notificación, sin saber lo que contenía, la imaginación me machacaba aún más.

Una semana más tarde, aún no tenía respuesta de mis abogados sobre el plan a seguir para proteger la casa, y Abelardo ni contestaba a los mensajes. Eso haría que, inevitablemente, Ana y Robert me demandaran. El plan de Severino estaba funcionando.

Día de buceo

4 de mayo de 2018

Dicen que, a veces, la mejor solución es dejar pasar el tiempo y relajarse. Eso mismo hice cuando decidí irme a bucear, mientras esperaba que las ventas subieran, que el alguacil que misteriosamente apareció y desapareció con su tenebrosa notificación regresara y que mis abogados se dignaran a darme una respuesta de un error que ellos cometieron y que la gente que no llevábamos toga, como yo, pagábamos multiplicado.

Mientras preparaba mi equipo, repasaba correos y mensajes de WhatsApp por si en el último segundo ocurría algo inesperado. No sería la primera ni la última vez que los juristas me llamaban y me decían que nos teníamos que ver en la tarde o a primera hora de la mañana en el otro lado de la trepidante isla. Mientras verificaba el equipo, me aseguraba por si venía el alguacil. Pregunté a los abogados qué hacer en caso de que el alguacil no apareciera, pero no respondieron. ¿Las consecuencias? Como siempre, imprevisibles. Antes de verificar que el tanque de buceo tuviera la medida de aire correspondiente, guardé el móvil en un sitio seguro.

El mar estaba perfecto, como el día. El aire olía a sal y a algas, y cuando me zambullí para subir al barco, un pequeño escalofrío de frescura recorrió mi cuerpo. No mucho más tarde, liberados de los amarres, enfilamos hacia nuestro destino: una bahía de aguas tranquilas y poco profundas donde llevar a nuestro pequeño grupo de turistas a bucear.

Tan pronto como la nave se puso paralela a la costa, pequeños salpicones de agua refrescante saltaban por la borda y nos mojaban. Delante, en la proa, apoyado junto al timón y cerca del capitán, me quedé embobado mientras miraba las verdes montañas desfilar y sentía el leve movimiento de las olas. El vaivén me trasladó en el tiempo y me dejó justo cuando empecé a trabajar de instructor de buceo.

«Increíble que me paguen por hacer este trabajo», pensé entonces. Todos los días en el mar con los mejores ingredientes para pasártelo bien.

Gente contenta de vacaciones, dispuesta a pasárselo aún mejor; un mar azul lleno de corales, fauna y la belleza de la zona.

Tenía calculado que más o menos cada tres meses se daba una situación un poco estresante. Un estudiante difícil y miedoso, el mar que mostraba su lado oscuro y movido, o un barco cuyo motor fallaba y el mecánico nunca llegaba. Todo tenía remedio, la clave era siempre estar ahí; mostrar control, preocupación y hallar soluciones.

Cuando alguien se mareaba, el mal momento no pasaba, pero el hecho de estar pendiente, a su lado en los agónicos momentos, proporcionándole agua para mantenerle hidratado, hacía la diferencia. Si el turista no recibía esa atención, el resultado era completamente diferente. De una u otra manera, buscaría errores en el servicio, en los «no me informaron», con el fin de recuperar parte del desembolso mal disfrutado.

Cada nacionalidad contaba con sus peculiaridades: alemanes y holandeses necesitaban claridad y precisión; americanos y canadienses atención y conversación; y mis compatriotas españoles dependía de si iban en grupo o en pareja. Los grupos eran difíciles, ya que cualquier variante lógica debido a la climatología y la latitud del destino hacía que no todo fuera como se les vendió. Improvisación y cambio no entraba en su vocabulario. Devolución o compensación eran sus nombres y acciones favoritas. ¿Los que iban en pareja? Los mejores.

Sin querer, comparaba mi preocupación por mis clientes con la preocupación que tenían mis abogados por sus clientes.

Media hora más tarde, y con la piel un poco enrojecida por el sol, a pesar del protector solar, salté por la borda enfundado en el equipo de buceo. El agua estaba templada y la visibilidad era de cerca de treinta metros. Tras reunir al grupo en la superficie y hacer la señal de descenso, nos sumergimos. Cuando llegamos al fondo, enfilamos hacia el norte mientras ganábamos profundidad. Las anguilas sacaban sus cabecillas entre la arena blanca y se movían al compás de la corriente. Una pronunciada pendiente nos condujo a los veinte metros. Las primeras formaciones coralinas aparecieron, parecían islas montañosas rodeadas de arena ondulada; por allí exploramos. Buscábamos cavidades oscuras debajo de los corales donde langostas, cangrejos gigantes y morenas, se escondían. Pececillos multicolores revoloteaban en el agua transparente. La distancia y profundidad daban al océano un tono azul oscuro, y allí vivía la perenne duda de que apareciera un gran tiburón. Ese momento mágico me hizo olvidar todos mis problemas. Solo cuando, cincuenta minutos más tarde, rompimos la superficie, tras la parada de seguridad, me di cuenta de que llevaba más de dos horas sin mirar el teléfono.

Protegido bajo la sombra del techo del barco, me senté y cogí una botellita de agua. Mientras refrescaba mi garganta y diluía el sabor a sal, pensaba en el móvil. Notaba su atracción.

Cogí fuerzas y enfilé hacia el teléfono, que estaba protegido en uno de los cajones junto al control del barco. Respiré profundo y desbloqueé el aparato. Esperaba encontrar unas cuantas llamadas perdidas y mensajes sin contestar.

Aquí vamos de nuevo

9 de mayo de 2018

Hay un dicho que dice: «quien se acuesta con niños, amanece meado».

Imagino que la misma lógica se puede aplicar a mis abogados. Si trabajas con ellos, acabarás desesperado.

Intentaba completar el capítulo sobre mis días en el parque del Corcovado en Costa Rica. Ya la labor no era escribir, sino que todos los capítulos encajaran, sin repetirse las escenas. Imprimí por primera vez los cien folios escritos, mientras verificaba que las correcciones hechas estuvieran actualizadas. Se me iba un poco de las manos el asunto, y el pensamiento de «no puedo hacerlo», aparecía por la cabeza y entorpecía todo. Era como un camino vertiginoso que se estrechaba a cada palabra; tenía que improvisar cómo continuar. La respuesta de mi primer lector, Lorenzo, diciendo que estaba interesante, me hacía buscar el camino para seguir. Me daba la sensación de que estaba perdido en mi propia novela. La búsqueda de la mejor manera para explicarlo todo me tenía desorientado.

Justo cuando escribía que caminaba por el río que limita la entrada al parque por la estación de Los Patos, sonó el teléfono de la oficina.

—Señor, tenemos al alguacil que quiere retirar unos documentos —dijo el empleado de seguridad dudoso.

—¿Retirar? —pregunté.

—No, entregarle —rectificó el buen hombre.

«Parece que la notificación errante encontró su destino», pensé. Era miércoles, la primera noticia de esa notificación llegó el viernes y pensaba recibirla el sábado, pero no fue así. Mientras yo buceaba, el acto debía de estar encima de la mesa de algún abogado *amigo mío*. Obvio, no debe de ser algo urgente, ni de vida o muerte, si no ya lo hubieran servido. Seguro era un juego para presionar, para llevarme al agotamiento mental y, preferiblemente para ellos, a mi final.

«La diferencia entre ellos y yo es que yo sé dónde está el fin», pensé recordando mi pasado aventurero. Ellos no.

Con la cara sonriente, recibí el parte. De inmediato cambié el rumbo y busqué un sitio donde sentarme y poder leer tranquilo el documento. Mi corazonada era correcta. Era una notificación de documentos para la próxima audiencia. Jugaban a hacerme pensar en lo peor. Fatigarme mentalmente con el juego.

Depositaban los documentos para defender su estafa. ¿Y cómo se hace eso? Fácil, depositas todos los errores que mis abogados han cometido, ya que no tenían nada más. Era increíble y admirable al mismo tiempo.

Documento primero: una demanda hecha por nosotros quince días después de la redactada por el abogado que ninguno de los dos, incluido él, conocía. Resultado: mis abogados no se presentaron a la citación hecha por la otra parte, que nunca fue notificada y mis abogados nunca dieron seguimiento. Simple, se olvidaron. ¿Vencedor? Los «malos». ¿Cómo se puede demandar a alguien y luego dejar la demanda olvidada?

Documento segundo: notificación de esa sentencia por alguacil, que nunca fue entregada, pero de la que hay un documento que dice que lo fue, y que yo la recibí. Como no sabíamos, no apelamos, y ese fallo en contra fue el final. Cuando busqué en mi WhatsApp y correos, no había ni rastro, eso jamás se recibió. Notificar en el aire es efectivo, y como no se necesita firma de recibido y el funcionario tiene *fe pública*, muy difícil de probar.

Documento tercero: sentencia a favor de los «malos» porque los abogados «buenos» no hicieron el recurso —emplazamiento— de forma correcta en la Corte Suprema. Como antes no depositaron nada en un caso ganado en primera instancia sin asistir, fallaron en contra.

Joder, 3-0. Perdí. Así se gana un caso.

Mientras los delincuentes maquinan el próximo movimiento, mis abogados piensan solo en cobrar al próximo cliente, exponiéndole el abanico de acciones que pueden tomar y olvidándose de mí, e imagino que de otros. *Déjà vu*, dicen.

Doña Pilar

El recuerdo de su difunto marido la acompañaba a todas partes, pero se hacía más patente por las noches, cuando se sentaba en la mecedora de la terraza de su casa. Miraba el jardín descuidado con tristeza, las hojas amarillas del viejo mango alfombraban el suelo de hierba alta y salvaje, mezclándose con las flores rojizas caídas de los dos flamboyanes, arrastradas por el viento. El bambú desmelenado crecía desmesurado, mezclándose con los cables eléctricos que pasaban por las alturas delante de la propiedad. Su sobrino, hacía ya mucho, trajo a un trabajador que se pasó todo un domingo arreglando el dejado patio. Al final del día, una montaña de follaje multicolor quedó arrinconada a la entrada esperando a que la vinieran a recoger. Y allí se quedó, desmenuzándose despacio.

Hacía tiempo que se acostumbró a ver la pintura blanca descascarándose por todas partes. El balaustre que rodeaba el balcón, que se había mantenido intacto desde que era una niña, empezaba a podrirse por falta de mantenimiento. Las siempre impecables ventanas coloniales tenían el aspecto de casa abandonada, con alguna pestaña que faltaba y otras que colgaban inertes, mecidas al antojo de la brisa; al mirarlas se perdía con tristeza en sus recuerdos felices. Cuando regresaba, miraba la otra silla, al lado de la suya vacía, y sus ojos cristalinos azulados se humedecían. Su único consuelo era inclinarse hacia adelante y sentir por un momento ese balanceo que la llevaba de nuevo atrás en el tiempo, huyendo del presente. Así se pasaba las primeras horas de la noche, entre el presente y el pasado.

Había ido vendiendo los muebles centenarios y el Mercedes que le había regalado su abuelo el día de su boda. Aún podía ver el vehículo adornado de flores saliendo de la iglesia, lo único que le quedaba era ir vendiendo esos recuerdos.

La pregunta: ¿qué hubiera pasado si Avelino estuviera vivo?, circulaba por su cabeza y, cada cierto tiempo, se paraba entre sus ojos. «Seguro que todo esto no hubiera pasado», se decía cada vez.

Tras la muerte de su marido, hacía ya una década, decidió vender las tierras y propiedades que tenían. No quería complicarse la vida con esos problemas, ya había visto a su consorte, todos los días de su matrimonio, detrás de los plomeros, electricistas o los capataces de la finca. El banco le daba un buen interés y con eso podría vivir feliz el resto de su vida. No tenían hijos, y Justa la ayudaba con el cuidado de la casa desde que se casó . Su hijo Pepín ayudaba en el jardín y se aseguraba de que toda la madera de la casa de estilo colonial estuviera impecable. Cada dos años, se pulía, barnizaba y se pintaba de un blanco pulcro que relucía bajo el sol. Ella se dedicaba a cuidar sus orquídeas; cada mañana, al salir el sol, saludaba a sus amigas y les preguntaba cómo amanecieron, mientras las rociaba con agua. Las plantas respondían con flores y tallos que no dejaban de brotar. En un rincón sombrío, entre el muro cubierto de raíces de enredadera y un flamboyán, visitaba a su amante invisible, el regalo de las bodas de oro de Avelino.

—Polyrrhiza lindenii se llama —le dijo aquel día, entregándole un pequeño tarro con musgo y un pequeño tallo.

Doña Pilar no veía indicios de planta por ningún lado. No había ninguna hoja, ninguna flor, y pensó que era una broma de su marido. Lo miró a los ojos y vio el entusiasmo reflejado en ellos, esperando ver su alegría. Viendo su confusión, él añadió:

—Es una orquídea fantasma, solo se ve cuando florece.

Sus ojos se llenaron de lágrimas y lo abrazó. Hacía años que le prometió encontrar esa rara especie y, por fin, lo consiguió.

Dos veces al año, entre septiembre y noviembre y de abril a junio, la flor se hacía visible, y ella la visitaba y la enseñaba orgullosa a sus amistades. Ahora hacía años que no la veía, y se preguntaba si no habría muerto como su esposo, o desaparecido para siempre como Justa, su hijo y la mayoría de sus amigos.

Recordaba el momento en que todo cambió, el día en que su hermano la vino a visitar para decirle que habían encontrado una excelente oportunidad de negocio.

—Te darán más del doble de lo que te está dando el banco —le dijo sonriente—. Esta gente son parientes de Felicia. Cuando fui a verlos por el bautizo de su niño, me enseñaron sus lujosas oficinas encima de una elegante plaza comercial. Yo siempre pensé que eran abogados, pero el hermano mayor me dijo que tenían una financiera. Te dan el 2 % mensual del capital aportado. Inigualable —dijo.

Doña Pilar no era una persona avariciosa. Con lo que le daba el banco vivía bien. Una vez al año se iba a pasar unas semanas a Maryland con su hermana pequeña y se podía permitir los pocos lujos que tenía. Esa misma noche, la oferta de Antonio rondaba por su cabeza. «Con ese dinero extra podría ayudar a mi sobrino en EE. UU. a expandir el restaurante», pensó sonriente. Y ahorrar una buena suma, en caso de cualquier desgracia, sin tener siquiera que tocar el capital invertido.

Semanas más tarde, llamó a su hermano y él organizó una reunión con los abogados.

—No se arrepentirá —le dijo sonriente Fausto, sentado en su lujosa oficina.

Cuando dio la orden de transferir sus ahorros a la cuenta del abogado, un temblor le recorrió la espalda al salir de la oficina bancaria. Ya no había marcha atrás. Después, con los primeros depósitos que recibió, las dudas se disiparon.

—Te lo dije— le dijo Antonio semanas después, cuando ella le daba las gracias por la información.

Reunión

2 de junio de 2018

«Frodo: Llegas tarde. Gandalf: Un mago nunca llega tarde. Ni pronto. Llega justo cuando se le necesita».

Históricamente, la puntualidad de mi equipo legal reflejaba casi eso mismo. Las citas, a pesar de los más de doscientos kilómetros que yo tenía que recorrer, eran siempre con retraso, pospuestas a la cena o simplificadas al insulto.

«Mejor nos vemos más tarde en el restaurante», acostumbraba decir el doctor cuando le comunicaban que ya había llegado a la oficina. Así estamos más tranquilos.

Después, ya cenando solo, harto de esperar, aparecería su guardaespaldas y me pediría dos vacíos de ternera para llevar.

—El doctor lo aguarda donde siempre —diría antes de irse, con una mirada que no reflejaba en absoluto la tomadura de pelo.

Otras veces, el doctor me enviaría un mensaje diciendo que lo perdonara, que surgió un inconveniente importante.

—El chofer va a buscar algo de comer, te veo en un rato.

Más tarde, encontraría al doctor con sus amigos, sorbiendo licor mientras jugaban a un extraño dominó con solo seis fichas, donde el que pasaba tenía que pagar. Pegadas a la mesa, dos señoritas de vida alegre devorarían finamente los trozos de carne pagados por mí. Justo antes de retirarme, el doctor diría:

—Mira lo que vamos a hacer...

Y así era cada vez. Intenté cambiar la fórmula llevando una botella de su *whisky* favorito. «Para bebérnosla en su oficina mientras hablamos de los casos y sus soluciones», planeé.

—Ven el viernes y repasamos eso tranquilamente —dijo.

El cebo funcionó hasta que entré en las oficinas y esperé setenta minutos. Después de insistir, me recibió, sin ganas, otro de los abogados, y al salir de la oficina, dando por perdido una vez más el viaje, vi que el doctor me había enviado un mensaje: «deja mi whisky con las chicas».

Esta vez, el desastre causado por el recurso mal hecho a la Corte Suprema, las notificaciones de demandas perdidas en el limbo y sus consecuencias, era un nuevo aditivo a la logística de la complicada operación. El mensaje enviado al doctor y a su asistente rebosaba de enfado y reflejaba su incompetencia.

«Vamos a ver qué tarde llegan hoy», pensé sentándome en la oficina cinco minutos antes de la cita.

Los merodeos repetitivos del guardaespaldas, que protegía al maestro en leyes, denotaban la presencia del jefe en la oficina. Tonteaba con las chicas de recepción mientras ellas, sonrientes, jugaban con sus móviles e iban y venían sin hacer aparentemente nada. Nunca, no importaba las horas de espera, ofrecían agua, mucho menos café; ya señalando previamente lo importante que eran para ellos sus usuarios.

Todo parecía informal, menos los clientes, que se sentaban con cara de preocupados alrededor de la estrecha —pero larga— sala, decorada sin mucho afán con un par de cuadros típicos de la isla y tres sofás de tres plazas situados al final de la sala. El mostrador, dividido en dos, cada uno con su silla, donde estaban las chicas sentadas, me recordaba a los mostradores de los aeropuertos más que a un bufete de abogados. Como la fisionomía de un animal indica a qué se dedica, la fisionomía de la oficina indicaba que el doctor quería muchos clientes.

«El problema no es tener muchos clientes», pensaba mientras esperaba, sino tener todos los casos controlados. Cada cliente tiene un expediente que tiene que ser estudiado, preparado, consultado y, finalmente, presentado. Con tantos clientes era imposible dar seguimiento a todos los casos. Lo más fácil era cobrar y luego ver.

Fue increíble, a las cuatro en punto Abelardo salió por la puerta que conduce a las bien guardadas oficinas.

—Hola, señor Martín —me saludó con un tono neutral, sin muchas emociones—. Adelante, pase.

En vez de conducirme a su cubículo colmenero de cristal o a la amplia y elegante oficina del doctor, entramos en lo que parecía una sala de reuniones sin ventanas que no tenía pinta de ser usada muy a menudo.

Un poco confundido, pregunté dónde sentarme de entre las ocho sillas, evitando las dos de la cabecera.

—Ahí mismo está bien —dijo, e indicó la segunda silla a la derecha, justo a un paso de la entrada.

El asiento principal quedaba debajo del aire acondicionado, que no funcionaba y obligaba a dejar la puerta abierta para no morir sofocados. La sala parecía casi comprimida, ceñida, pero el metro y pico de distancia que separaba a todas las sillas de la pared, la descomprimía un poco, dando la apariencia de que se hizo a la medida justa para alojar a esa mesa y sillas, y poder entrar y salir.

Pasándole la última notificación, el letrado se enfocó en su lectura. Yo saqué mi agenda y abrí la página donde tenía anotados mis puntos. De tanto en tanto, Abelardo mencionaba un nombre o una fecha.

—Aquí dice que usted la recibió —dijo mirándome serio.

—Vamos a ver —respondí un poco alterado— cada vez que yo recibo una sentencia o cualquier documento, lo primero que hago es llamarte y enviarte una foto por WhatsApp a ti, o al doctor, o a los dos. Luego os la envío por mensajería. Después, por mensaje, os envío la foto del número de envío y preguntas sobre las consecuencias del documento. Y claro, la apelación, que siempre le doy seguimiento.

Me detuve un momento en mi argumentación para darle mayor fuerza a la misma.

—No hay registro de nada. ¡Esto jamás se recibió!

El abogado no replicó en ningún momento. Mantenía una pose seria, pero despreocupada, como si aquello no fuera con él.

—Es más, acuérdate que estuve meses siguiendo ese expediente contigo, con la hija del doctor y con el propio alguacil Killian, y nadie sabía nada, nada, porque no se hizo ¡nada! Nosotros, claro.

Unos meses antes, viendo la complejidad del caso y las demandas lanzadas, hice un diagrama con cada demanda, la fecha y dónde estábamos.

De alguna, solo aparecía el título, y nadie sabía nada más, por mucho que yo preguntara.

En ese momento apareció la inconfundible figura del doctor.

—Nada, se tiene que apelar ese documento y deberíamos perseguir al alguacil y a ese abogado —dijo el consejero antes de desaparecer y decir «ahora vuelvo».

Teníamos una demanda presentada por nosotros, pero fueron los otros los que solicitaron audiencia, sin nosotros saber ni ser convocados. Luego, supuestamente nos notificaron esa sentencia, que obviamente, sin asistir, era en nuestra contra, pero a pesar de que fue Killian quien dijo haberme notificado a mí en persona, eso jamás pasó. Imposible. No sin dejar ni el más mínimo rastro.

Mientras discutíamos cómo pudo suceder y el impacto de esas sentencias en mi caso, entró Adelina, la abogada que conduce sin licencia. Su voz subida de tono rompió nuestra conversación y, sin sentarse, dijo:

—DECA me dijo que Facebook rechazó la solicitud del juez de pasarnos los datos de la localización del perfil de quienes difamaban. El fiscal nos contactó y añadimos más pruebas con las demandas y querellas para demostrar que no eran tan solo los mensajes, después le volvieron a pasar el requerimiento al juez.

Sin decir más, dio el paso que la separaba de la puerta y se perdió en el laberinto de oficinas.

El desfile de personajes era lo único que denotaba culpa. Parecían querer demostrar que estaban pendientes de mis casos. Era la especialidad del doctor, pretender.

Aprovechando el silencio, pedí el estado del caso donde un abogado utilizó el nombre de otro, sin él ni yo saberlo, para poner una demanda a mi nombre.

—Todavía esperando por la cancelación de la sentencia —dijo escueto Abelardo.

Y esa respuesta, se hizo común con el tiempo y, después, eterna. La mayoría de las acciones que iniciaron no fueron a ningún sitio fuera del bolsillo del doctor.

—No acabo de entender cómo la Suprema no aceptó nuestro recurso —proseguí.

—Es la primera vez que me ocurre algo así, y mire que he hecho cientos de apelaciones. Nunca antes me rechazaron una, y menos en la Suprema por eso. Me huele mal —dijo mirándome fijo a los ojos.

—¿Entonces alguien los está ayudando?

—No sé qué decirle, pero por lo que hemos visto esta gente tiene sus contactos en los tribunales.

Todo se debía a una frase: «Y por ende yo emplazo a...». Sin emplazamiento hecho, el procedimiento no estaba correcto, supe después.

—¿Y cuáles son las consecuencias?

—Pues pueden embargar todo lo que esté a su nombre —respondió con un tono que trataba de mostrar que no pasaba nada.

—¿Cómo? ¿Y mi negocio? ¿Mi carro? ¿Mis muebles? ¿Y qué pasa con la gente que me compró la casa?

—Pues lo mejor es sacar todo lo que tenga a su nombre y puedan embargar. Quédese con los muebles mínimos en casa. La próxima vez que tenga audiencia, hacemos una reunión con los propietarios de la casa y hablaré con ellos.

Era increíble, difícil de creer, ellos cometían los errores y yo los tenía que pagar doblemente. La velocidad en que mis abogados se movían me hizo buscar ayuda con otros para sacar de mi nombre lo último que me quedaba, asumiendo yo el costo de todo, claro.

21 de septiembre de 2018

7.19 p. m.

Comía un kebab de pollo tranquilo en casa. La brisa del atardecer circulaba por el edificio con las ventanas abiertas, y la temperatura era perfecta. Hacía poco más de media hora que había salido al supermercado para buscarle comida a los perros y algo para cocinar el fin de semana.

Cuando dejaba el establecimiento, un motor a gran velocidad se saltó el semáforo en rojo y casi me embiste. Luego, cambié de rumbo y decidí ir a buscar el kebab y tomarme una cerveza antiestrés mientras conversaba con María, la camarera. Llevaba toda la semana y la anterior detrás de los picapleitos que supuestamente buscaban fórmulas para proteger la casa que vendí, de la anunciada subasta.

Mi abogado Abelardo, como era habitual desde hacía unos meses, ignoraba todos los mensajes y llamadas. Para él era la mejor manera de comunicación tras los errores que cometió, en vez de redoblar su esfuerzo y atención, tan solo desapareció.

Dada la urgencia y la importancia de la situación, empecé a enviárselos directamente al doctor.

—Hola, Ramón, ¿alguna opción para parar la subasta de la casa? —fue el primero.

Como siempre, dijo que sí. Casi podría predecir sus respuestas.

—Déjame ver eso.

—Déjame revisar eso.

—Mándamelo.

Después, era siempre silencio, y si se rompía era también predecible.

Al ver su nombre en la pantalla del móvil, envolví rápido el resto del kebab y quité el volumen a la televisión. Ese ajetreo inicial no me permitió elucubrar qué querría el doctor a esas horas. Solo había un posible motivo para esa llamada, puedo escribir ahora con tiempo. Dinero.

—Mira, Giorgio —que era como me llamaba, tras coger mi nombre en catalán y mezclarlo con el italiano a su antojo— estoy aquí repasando el expediente de Abelardo. ¡Esto es un desastre!, este muchacho no está a la altura del caso. Ya cometió muchos errores —dijo para mi sorpresa—. Esta semana, analizamos tu caso en profundidad con unos abogados, pero claro los tenemos que motivar.

El verbo motivar tenía un acento especial.

—Lo sé —respondí viendo hacia donde íbamos— pero Abelardo no fue el único que cometió errores en ese expediente. Manuel, el otro abogado que despediste, también llevó ese caso ¡sin depositar absolutamente nada en la Corte de Apelación!, cuando el caso se ganó en primera instancia sin siquiera nosotros saber que existía. Esa demanda está soportada por documentos no legalizados ni válidos desde el principio, por eso el primer juez, que era un suplente, falló a nuestro favor. ¡Solo se tenía que depositar el escrito de defensa!

Los cinco minutos y cincuenta y seis segundos de conversación se podrían resumir en que sus abogados hicieron un desastre con mi caso y que ahora con unos nuevos lo intentaría arreglar. Pagando de nuevo yo, claro.

Yo pagaba y él sumaba cuando le daba la gana, como siempre.

—Mira, Ramón, yo os he pagado cerca de cuarenta mil dólares —dije de la manera más sigilosa y prudente que pude—. Como te dije hace tiempo, los negocios no andan muy bien por la zona. Los hoteles tienen una ocupación muy baja y yo no puedo pagarte por un trabajo que no se hace, y si se hace, se hace mal.

Lo ideal hubiera sido decirle que era su responsabilidad lo que sus abogados hacían, y que yo pagaba un precio por el prestigio y garantía de su bufete. Atrás dejé unos cuantos abogados mediocres y adulterados para sentirme mejor representado, más protegido y resulta que la tomadura de pelo e ineficiencia era aún mayor.

—Entonces, espero tu respuesta —dijo acabando la conversación y utilizando la fórmula ya familiar, de «allá tú».

—Mi respuesta ya la tienes, no hay más que yo pueda hacer. No puedo continuar así. Lo siento. Si los negocios fueran mejor, pues tal vez, pero no como están las cosas —sentencié pasándole la pelota.

—Ok —dijo, y colgó.

Lo inaudito no era que me mintiera pretendiendo que buscaba soluciones, ni que me presionara para pedirme dinero, sino que cometiera un error de esa magnitud, y encima, para *arreglarlo*, yo tuviera que pagar de nuevo. ¿Vergüenza?, ¿honor?, ¿responsabilidad?, eran palabras que no existían.

Si simplificaba y resumía los casos, tenía la subasta de la casa por la hipoteca, el fallo en espera de la Corte de Apelación en el Tribunal Superior de Tierras respecto a quién era el dueño de mis apartamentos, la demanda que puso Severino sobre derechos registrados buscando la nulidad de acto de venta de la misma casa que vendí, y el fallo de la Corte Suprema por la querella por estafa en mi contra.

La clave era el Tribunal de Tierras y mis apartamentos. Con ese fallo a mi favor ganaba la guerra. Si yo era el dueño de los apartamentos, el contrato de venta era la garantía y la casa y sus compradores quedarían libres de culpa. Luego buscaría la manera de reactivar mi querella penal en contra de mi examigo y sus secuaces por abuso de confianza y asociación de malhechores. Todas las acciones tomadas por Severino le caerían encima. Si Abelardo cometió otro error, ahí todo se vendría abajo como una avalancha.

Lo primero que me pasó por la cabeza fue enviarle un mensaje preguntando qué coño hizo, basado en la información que me acababa de dar su jefe. Luego, suavizando el tono, le envié uno diciendo:

—Hola, Abelardo, ¿qué está pasando que no dices nada?

Como no podía huir de la pregunta tan directa, respondió un rato más tarde.

—No pasa nada malo, trabajo en sus casos. Preparo unos incidentes al embargo inmobiliario para retrasar la subasta hasta que salga el fallo de los apartamentos —dijo un tanto escueto.

Después de darle las gracias, recogí el resto del kebab frío y, ya sin hambre, lo tiré a la basura, ya que la cebolla es mala para los perros. Camino a mi sillón, cogí un vaso, le puse hielo y después de ponerle un buen trago de ron, me senté.

Tenía que analizar la situación.

Lo que el doctor decía no encajaba con lo de su abogado. Para uno era un desastre, para el otro todo estaba normal. Olía al juego favorito del doctor, pero con tantos errores cometidos por Abelardo, no sabía qué pensar.

Después de darle vueltas al asunto y hablar con un par de amigos, me serví otro trago, busqué en Netflix una película que no me hiciera pensar mucho e intenté olvidarme del tema. «Si no puedes solucionar el problema, mejor olvidarse de él», decía el dicho.

La conversación con el doctor —corta, pero intensa— fue dando vueltas por mi cabeza mientras dormía. De tanto en tanto me despertaba. «Tengo que pedir una copia del expediente depositado en la Corte del Tribunal de Tierras», pensé una de esas veces. Eso me ayudaría a evaluar el desastre creado por Abelardo, si es que había un desastre.

Notificación de demanda

Ralph Waldo Emerson dijo: «El hombre que hace que las cosas difíciles parezcan fáciles es el educador». Y yo pregunto: ¿y el hombre que hace que las cosas fáciles sean difíciles?

Llevaba unos cuantos días que intentaba saber por qué la media de mis pulsaciones diarias subía en vez de bajar, mirando a mi reloj deportivo. Observaba cómo mi cuerpo había reaccionado en el pasado a una reducción de peso y a un incremento de ejercicio aeróbico, veía cómo mi corazón disminuía sus pulsaciones. Era increíble, aun estando en claro sobrepeso, me llegaron a cuarenta y nueve de media. Ahora de cincuenta y nueve me subían a diario, y no encontraba el motivo. La única pista eran esos sueños fríos que me despertaban con el corazón a cien. En ellos mezclaba a amigos, mis abogados, a Severino y sus secuaces, alguaciles e incluso a mis perros.

Todo se debía a la subasta de la casa que vendí, a las palabras del doctor sobre sus abogados inútiles que llevaban mis casos y que daba por hecho de que debían protegerme.

Gracias a los últimos errores y a la nueva sentencia a favor, Severino podía subastar la casa y embargar lo poco que me quedaba.

Me quedé en la casa alquilada con los muebles básicos, repartí el resto en casa de amistades, traspasé mi empresa quedando como un mero trabajador. El *jeep* se vendió, pero continué usándolo. Si lo embargaban, podría demostrar que no era mío, aun así, de seguro que se lo llevarían para joder y nos llevaría un buen tiempo volverlo a recuperar.

La opción de alojarme en casa de un amigo, como hice en el pasado, para protegerme de la angustia y de la incertidumbre, desapareció en cuanto se enteraron de que les podían embargar a ellos. No los culpaba.

Cuando Ana me llamaba de tanto en tanto, a última hora del día, con la voz quebrada y buscaba alguna palabra que la tranquilizara, no la tenía.

—¿Alguna noticia de la subasta? Esta situación es intolerable. No podemos más. Robert tiene miedo de salir de casa por si nos la quitan mientras estamos fuera. Cada carro que pasa y se para delante de nosotros, sospechamos. Cada persona que camina, que mira, que se detiene, todo nos hace dudar.

Las palabras de Ana me evocaban el presentimiento que sentía justo antes del desalojo de mis apartamentos. Recordaba esa angustia. Me removía el estómago que todo se debiera a los muchos errores de mis abogados. La inacción por parte de los compradores era mi único consuelo. «Deberían haber formado parte de todos los procesos, no dejarme todo a mí», pensaba.

Por un primo suyo abogado sabían que Severino era un estafador y que tuvimos la desgracia de cruzarnos en su camino.

«Quemó su empresa textil para cobrarle al seguro», es lo primero que dijo en cuanto vio a Severino en el Tribunal de Tierras en uno de los pocos juicios a los que vino. Luego lo oyó testificar una sarta de mentiras y se lo dijo a su prima. Por casualidad lo conocía.

Lo que no sabían era que antes le había quitado el restaurante a un amigo por confiar en él. Tampoco que le vendió un todoterreno a otro, que él había importado con licencia de autobús para pagar menos impuestos, y que cuando la policía lo detuvo en la carretera tuvo un montón de problemas. En el apartamento de lujo que compró como «ganga», demandó al vendedor por vicios de construcción, inventándose y fabricando evidencias fraudulentas para probar que perdió una reventa millonaria por esos defectos. Con la primera sentencia a su favor, sus abogados embargaron cuatro apartamentos de lujo en esa misma torre, o eso me dijo a mí el constructor cuando empecé a investigar a mi *amigo*.

Tuve suerte que mis compradores conocían al dueño de un taller mecánico que también Severino demandó por ponerle demasiado aceite al todoterreno de su esposa, donde trató de embargarle todas las cuentas bancarias, el día antes de la paga navideña a los trabajadores, para fastidiarlo. «Ese hombre es un demonio. Es malo», decía a cualquiera que le preguntara. Él se rindió y pagó lo que Zorrilla le pedía con tal de que lo dejara en paz.

Calculador enfermizo, siempre buscando cómo hacer el máximo daño, cogiéndome desprevenido en el peor momento. La manera que preparó mis embargos, y esperó sigiloso a que saliera del país para comunicarle a la abogada de los compradores la hipoteca, era un ejemplo de cómo preparaba todo al detalle. Las cartas escritas a regla demostraban su odio, siempre me lo imaginé hurgando en Facebook, en un cuarto oscuro, él solo, tramando, pensando cómo me podría hacer daño.

Había rumores de que cuando cerró su empresa, extorsionó a la compañía americana con la que trabajaban para la liquidación de sus trabajadores. Manufacturaban para ellos, así que los obligó a finiquitarlos o iba a poner un anuncio en la prensa americana diciendo que dejaron sin empleo a cientos de familias. Los americanos cedieron, preocupados por la mala imagen. Dicen que después, compinchado con un inspector laboral, infló la liquidación millonaria, y al final solo liquidó a los supervisores y se repartió el resto con el funcionario.

Estaba convencido de que detrás de todas sus propiedades y negocios había algo sucio, empezando por sus abogados.

Entre ese currículum, los correos entre Zorrilla y yo, y sus declaraciones inconsistentes en el tribunal, Ana y Robert sabían que no era responsable por la hipoteca puesta en su propiedad. El historial delictivo de la otra parte hablaba claramente en mi favor, aun así, el único camino que Severino les dejó, basado en la ley, era demandarme a mí.

Desde el principio la pareja me dejó todos los problemas, cuando podrían también haber peleado por sus intereses. Eran compradores de buena fe, a fin de cuentas, la ley los tenía que proteger. El miedo a los abogados los tenía paralizados. Consultaban su problema con litigantes siempre recomendados o familiares, pero sin apoderarlos ni iniciar ningún proceso para defender su propiedad.

—Le dije a la mujer del servicio que si llegan más notificaciones, que Robert no las vea, que me las dé a mí. Ahora mismo estoy fuera de casa para que él no me oiga. Está deshecho —dijo Ana.

—Me imagino lo que estáis pasando, Ana. Yo pasé por lo mismo. Créeme que intento hacer todo lo posible.

La abogada, mano derecha del doctor, me llamó a media mañana, dejaba evidencias de que Abelardo estaba fuera de mi caso.

—Jorge, en el transcurso de la mañana te enviaré cuatro demandas que se tienen que depositar sin falta hoy —dijo—. Es muy importante.

«¡Aquí vamos de nuevo!», pensé en automático.

Mientras ella hablaba, yo anotaba lo necesario. Impresora, copias, alguacil. Depositar Tribunal Civil y mañana los anexos. Tenía un problema con la impresora de la oficina, todo me salía con una raya que imaginé sería por la poca tinta. Contaba con otro cartucho medio usado, así que después de llamar al alguacil, fue lo segundo que hice.

A las dos y once de la tarde me volvió a llamar para confirmar el envío del correo, cuando yo ya le pasé la tarea al alguacil.

—Llámala y dile que te envíe a ti lo que tenga antes de que cierre el tribunal —le dije unas horas antes.

Las memorias de las muchas notificaciones hechas en el último instante estaban grabadas a fuego en mis recuerdos y quería a toda costa evitarlo.

Obvio que el alguacil no la llamó y la pelota aún estaba todavía en mi campo. Salí para la oficina para imprimir las cuatro demandas recién recibidas por *email*. El funcionario debía estar cerca, pero seguía sin dar señales. Lo volví a llamar.

—Continúo fuera de la ciudad —dijo, al igual que la primera vez.

Eran las dos y media, teníamos aún dos horas antes de que el tribunal cerrase sus puertas y nos dejara las notificaciones fuera y, por ende, la posibilidad de defender la injusta subasta. A las tres y ocho tenía ya las cuatro demandas de una treintena de páginas cuidadosamente seleccionadas y grapadas. Cada requerimiento difería solamente de las otras en la mención de algún artículo del código civil o inmobiliario. La atención era clave. En uno mencionaba un tribunal de otra ciudad. Hice una copia corregida de la página inicial por si acaso. El tribunal equivocado lo sustituí por el correcto.

Ahora solo teníamos que hacer un juego de tres copias de cada uno en un centro de fotocopiado. Cada expediente completo tenía más de cien hojas que tenían que estar en orden y sin mezclarse con los otros. Era como manipular una pequeña bomba de fabricación casera, si se mezclaban las hojas, desastre.

Llamé al alguacil por cuarta vez, aún fuera y en camino. No me iba a arriesgar de nuevo. Ya tenía otro plan B. Lo llamé.

—Diez minutos en el tribunal —dijo.

Nos quedaba una hora.

—Bien de tiempo —pensé apurado.

Llegó puntual. Tener un oficial nuevo en esas circunstancias era lo mismo que ir a cazar leones con un rifle nuevo. Le expliqué la primera página suelta para cambiar el error de tribunal. Le pregunté cuánto me cobraba por el depósito.

—Ochenta dólares —respondió mientras miraba al suelo.

Era muchísimo. Veinte era el precio. Me pidió cuarenta incluyendo las copias. Tras un «ok», me fui.

A las cuatro y quince lo llamé para verificar que todo estaba *ok*. Faltaban quince minutos para cerrar.

—No señor, no lo aceptan. Falta el número de expediente y los anexos. La fecha era de 2017.

«Maldito idiota» pensé. «¿Y por qué no llamó?»

—Cámbiala —le dije— es un error.

—¿Y lo otro? —preguntó.

«Demasiadas cosas», pensé mientras le decía:

—Déjame llamar a la abogada.

El teléfono timbraba, pero no respondía. «Mierda», pensé. Ahora no responderá.

Finalmente lo hizo.

—Yo los llamo —dijo. Menos mal.

Una hora más tarde, al llegar a casa, lo volví a llamar y me confirmó todo. Respiré.

No mucho más tarde, la abogada llamó para comprobar si todo estaba notificado.

—Sí —respondí— solo faltan los anexos.

—Mañana te los envío, pero necesito las notificaciones selladas como recibidas del tribunal.

—Sí, claro. Mañana las tienes.

Llamé al alguacil y se las pedí para el día siguiente.

Me envía dos de ellas minutos después, pero nada más. Lo llamé.

—Mi amigo se quedó sin batería —respondió—. Queda una más.

—¿Una más?, eran cuatro.

—No, solo tengo tres —respondió.

«*Fuck*», pienso mientras llamo de nuevo a la abogada. El idiota debió mezclarlo todo y se lio. No me quería ni imaginar cómo presentó cada demanda.

—Espero que no sea la nulidad —respondió la licenciada—. ¡Ay, mi madre, espero que mañana pueda resolver!

—¿Y cómo pudo pasar semejante desastre? —pregunté a Irma cambiando de tema—. Ni Manuel ni Abelardo hicieron nada en esa demanda inicial. Ningún escrito de defensa. ¿Quién supervisa los casos? ¡Nunca debimos llegar a esta situación!

—Los dos se pasaron fuertemente ahí —respondió por WhatsApp.

Hubo muchas otras veces, al principio de esta tormenta, que pensaba que mi corazón iba a explotar mientras peleaba con todos para depositar a tiempo.

Ya tumbado en la cama, después de la estresante jornada, pensaba lo fácil que sería que mis abogados me enviaran los documentos con sus copias, anexos, corregidos y verificados, con tiempo para ser depositados en el tribunal en su momento. ¡No podía ser tan difícil!

Esas demandas depositadas a trompicones en el último momento tendrían que ser falladas por el juez, después, serían olvidadas por mis abogados y, meses más tarde, pocos días antes de la próxima audiencia, cuando yo preguntara por ellas y nadie supiera, la desesperación surgiría otra vez. De nuevo empezaría un *busca busca*, seguido de un *corre corre*.

Con esa forma irresponsable de trabajar, era imposible ganar. El tiempo me enseñó que había un ejército de gente responsable y trabajadora perdiendo todo gracias a los errores de sus abogados isleños.

Karma

Alguien dijo: «Quien actúe con maldad deséale suerte, tarde o temprano la necesitará».

Meses después de que Twinkie se fuera a Nueva York en busca de otra vida y a otro a quien llamar Twinkie, le pregunté a Jacinto si quería que le echara un vistazo a su negocio. La temporada iba más bien floja y uno nunca sabía lo que traería un mes dando vueltas por ahí.

Semanas después, tras visitar sus negocios en la isla, salí de incógnito para México y Jamaica. Me fui sigiloso sin que nadie supiera, aunque no esperaba que Severino y sus colegas hicieran alguna de sus maniobras. «Ya no les debe quedar nada más que hacer», pensé. Aunque siempre podrían aprovechar la ausencia para *colar* alguna notificación en el aire y confundir algún caso.

Hacía tiempo que no sabía de Tatiana, solo veía a veces sus publicaciones en Facebook. Vi fotos de ella en Cuba, Las Vegas, con su hija en Orlando, en París, y me imaginé que la vida le cambió. Durante años trabajó su formación con cursos especializados en derechos laborales, ventas y *marketing*. Poco a poco salió del hoyo en el que estaba y en silencio me alegré.

La última conversación, con tono sarcástico, fue sobre si mi ex le daría un buen descuento en el hotel si iba a Nueva York, y que estaba trabajando todos los días sin descanso para un turoperador.

—Lo puedes probar — le dije, aunque yo no mencionaría mi nombre.

Cuando la llamé y le dije que estaba en Cancún, su voz sonó neutra, sin ninguna emoción. Esperé unos segundos buscando más pistas sobre mi amiga.

—Mi hija está con mi madre que está de visita, por casualidad cogí unos días libres. Si quieres nos vemos. Me irá bien despejarme un poco.

—Perfecto. Acabaré sobre las cuatro, podríamos hacer una cena temprano si te apetece.

—Te recojo.

Le iba a decir que no llegara tarde, pero pensé que siempre podría irme al bar del *lobby* a por unos *gin-tonics* si no llegaba a la hora acordada. O en el peor de los casos, coger un taxi e irme al próximo hotel de mi ruta.

La tendencia de la ocupación en hoteles «todo incluido» de la zona del Caribe continuaba a la baja, a pesar de que la crisis económica mundial se recuperó. La mejora de la situación política en Túnez, Egipto y Turquía hacía que los turistas se repartieran entre más destinos. Los países aledaños al Mediterráneo tenían la ventaja, siempre considerable, de la mitad de trayecto y del mismo horario. El Caribe estaba siendo azotado por una plaga de algas que hacía que sus playas blancas y transparentes parecieran un basurero. Las algas arrastraban botellas y todo tipo de residuos que alfombraban las playas y cubrían hasta veinticinco metros mar adentro.

Unos minutos antes de las cuatro de la tarde, un *jeep* Hyundai blanco se paró enfrente de mí, justo delante de la entrada, y vi la cara de Tatiana moviendo la mano haciendo un «hola». Cuando vio que llevaba todo mi equipaje, lo primero que dijo fue:

—¡Yo no te voy a llevar a ningún sitio!

—Tranquila, yo cojo un taxi. No quería tener que regresar al hotel a buscar el equipaje —respondí, ya arrepintiéndome de haberla llamado—. ¿Coche nuevo?, ya era hora. El BMW ya estaba para el retiro.

—Sí, lo compré hace unos meses. ¿Dónde quieres ir?

—Podríamos ir al restaurante en la pescadería de la última vez. Si tú quieres, claro.

Sin responder, nos pusimos en camino. Tatiana parecía feliz.

—Oye, las cosas te deben de ir bien, coche nuevo y veo por ahí tus fotos por el mundo.

—Sí, me promovieron a gerente de área y pronto pasaré a gerente regional. Por eso estuve en Cuba y Jamaica. Pronto te iré a ver a tu isla.

—Me alegro mucho de verte convertida en una superejecutiva. Así me podrás invitar tú.

La afirmación no le debió caer del todo bien, pero apenas se notó. Los *gin-tonics* antes de la temprana cena y la primera botella de vino blanco nos acercaron a nuestro último recuerdo.

Salimos cogidos de la cintura y riendo.

—Entonces, ¿dónde te tengo que llevar?, dijo alegre.

—Al hotel Hard Rock Riviera Maya.

—Los conozco, tienen clientes nuestros. Buen hotel, bonitas habitaciones.

Una vez hecho el *check in*, pedí a recepción que dejaran a mi amiga venir a mi habitación a tomar un trago. Tras consultarlo con el jefe de recepción y reconocer a Tatiana, accedieron.

Llevaba una botella de ron de regalo a uno de mis conocidos que acabé por dársela a ella.

—Nos podemos tomar un trago, si quieres.

—Es mi regalo, pero lo podemos probar.

—Déjame ir a buscar hielo, dije mientras pensaba en cómo proseguir. Tatiana tenía que regresar con su hija y su madre, así que podríamos disfrutar del ron y algo más.

Un rato después, tumbados en la cama, desnudos y sonrientes, mi amiga me dijo que planeaba visitar Barcelona.

—Sería bueno visitarla con alguien de allí, dijo.

Automáticamente pensé que sí, que sería fantástico para ella ir a mi ciudad conmigo de guía y pagándole todo.

—Bueno… con el lío que tengo con los abogados no creo que me pueda ir muy lejos.

—Tú y tus abogados. Siempre lo mismo. ¿Cuántos años hace que estás en eso y para qué?

Durante la cena hablamos un poco del caso, llevábamos años hablando de eso y cada conversación era siempre más negativa que la anterior. El tema le empezaba a irritar y opté por mencionárselo lo menos posible.

—La gente tiene que pelear por lo que es suyo. Tarde o temprano esto acabará. Solo necesito la sentencia a favor en el Tribunal de Tierras con la demanda de mis apartamentos.

—Pues llevas hablando de eso casi desde que te conozco, dijo con ironía.

Después, se vistió y se despidió. Segundos más tarde, la puerta sonó.

—Mi ron, me olvidaba el ron.

Chateaba con un amigo por WhatsApp comentando una entrevista en televisión a Steve Bannon, el exestratega de Donald Trump.

—Oye —me dijo, cambiando de conversación—, me han dicho que Severino tiene cáncer de próstata terminal.

La noticia me impactó como esos golpes fuertes que te das cuando te levantas y golpeas la cabeza con algo duro y sólido. Me llevó unos buenos segundos recuperarme.

La fuente de información era la dueña del restaurante donde acostumbrábamos a juntarnos hace muchos años, antes de nuestra disputa. Ella se lo dijo a una amiga y esta a mi amigo.

—Me dijeron que le envió un mensaje a su mujer, pero que ella no respondió —añadió mi amigo.

Automáticamente, mi cabeza se puso en *thinking mode*.

Las posibles implicaciones eran desconocidas.

«¿Será verdad? ¿O un juego de Severino?», me preguntaba. «No creo», me autorespondí. Después de casi cinco años de pelea en los tribunales, no encajaba. Pero sí en el barómetro de acciones que yo utilizaba para medir su éxito o su desesperación. No acababa de entender por qué no paseaba, e iba a lucirse en el restaurante de Peter. Tenía la sartén por el mango, el control del caso, dado por mis propios abogados. No entendía por qué, tal y como hizo en el pasado, tras una victoria no visitaba a Peter. Ahora… con un cáncer terminal, sí lo entendía. No quería que lo viéramos, que supiéramos que estaba acabado.

Lo primero que hice fue buscar en Google quién sería responsable del daño que él me causó.

«Sus herederos», decía el sabelotodo.

Lo segundo que busqué era cuánto tiempo era «terminal». Mientras estuviera vivo, él asumía toda la culpa, imaginé.

Lo que leí era una descripción de las etapas antes de morir. Cómo el cuerpo va degenerándose, el dolor, la desesperación, la tristeza, depresión, negación y la resignación de que es el fin. Haces las paces con la muerte, decía el final del texto.

El fin era triste, pero no para mi examigo Severino Zorrilla. Se pasó la vida embaucando gente para quitarles lo que tenían, destruyendo a quien fuera sin importarle lo más mínimo la palabra amistad ni lo que conlleva. Ahora era tiempo de que, en su espera, en solitario y sin amigos, mirara a su vida y se preguntara por qué.

En mi cabeza analizaba la situación. Hacía años que la pareja se cambió a un apartamento que tenían en otra ciudad, a donde ella fue trasladada de tribunal. Las voces decían cosas malas, pero un ascenso de posición las neutralizaba. Con el tiempo escucharía que, si sacaban a la jueza del Tribunal de Tierras por corrupción, sus sentencias pasadas podrían ser cuestionadas, y claro, eso no le interesaba a nadie. Un cambio de posición en una Corte de Apelación, compuesto de otros dos jueces, neutralizaría cualquier decisión comprometida tomada por ella.

La villa que tenían en un residencial hotelero pasó a ser su segunda residencia. «En su nueva urbe no había rastro de él», dijo uno de los muchos amigos a los que también fastidió.

Las palabras «cáncer terminal» resonaban por mi cabeza.

«Podría ser que tuviera cáncer», me decía. Pero cuando alguien dice terminal es porque la cosa ya está muy clara.

Luego salté a las implicaciones legales intentándolas mezclar con sentido común.

«Estás medio moribundo, sabes que la subasta de la casa es un crimen, ¿y aun así continuarías jodiéndolos?», me preguntaba. «¿Y su mujer, jueza del Tribunal de Tierras? ¿Qué responsabilidad tendría? Ninguna, imagino, mientras él estuviera vivo».

El deseo de llamar a los de la casa y decírselo era enorme. A mis abogados, no tanto. Me gustaría tan solo saber qué pasaría si la casa se subastaba y si la jueza seguía después defendiendo la estafa a nombre de su difunto marido.

Mi estupidez me decía que ella tendría que ser responsable, pero eso era mi estupidez pensando.

Si hay alguna amenaza penal de sus acciones no lo harían, y mi caso y la subasta acabarían pronto. Si estaba enfermo terminal, ocultaría su condición, aunque ese comentario de un vecino lo descubrió. Faltaban dos días para la temida subasta. ¿La podríamos parar? ¿Seguirían los «malos» su plan criminal? ¿Sería verdad la información?

Caos

«El caos se encuentra en mayor abundancia cuando se busca el orden. El caos siempre derrota al orden porque está mejor organizado», dijo Sir Terry Pratchett.

3 de octubre de 2018

A media mañana le envié un mensaje a nuestro alguacil para verlo y darle los documentos que les tendría que entregar a los abogados a primera hora del día siguiente, indispensables para la subasta. Para mi sorpresa, me respondió que tan pronto acabara con las notificaciones que le entregó Abelardo el día anterior, vendría a recogerlas.

«¿Abelardo?», pensé. Creía que estaba fuera del caso.

Cuando le envié un mensaje con esa pregunta a la abogada que llevaba ahora mi caso, no me contestó. «Estará en audiencia», pensé.

La mañana pasaba tranquila. Intentaba ver a quién elegir para corregir y editar mi libro. Depende de quién fuera el editor, el resultado cambiaría, necesitaba ayuda, alguien que me orientara. Tenía la historia, la trama, faltaba ser cualificada por un profesional, corregirla y presentarla de la mejor manera. Estaba en terreno desconocido una vez más y las dudas se asomaban. Con el tiempo se multiplicarían, y los primeros escollos y engaños asociados con la publicación del libro aparecerían. No tenía experiencia, pero había aprendido a calibrar las palabras de la gente, a analizar cualquier pista, a interrogar a Google.

«Pediré que me hagan una prueba con un capítulo a cada uno de los posibles editores y así elijo el que más me guste», pensé inocentemente al principio.

Las respuestas del primer editor eran prometedoras, su informe de lectura —pagado— era tan positivo que no me lo creía y, meses más tarde, pedí otro a un agente literario. No sabía si el análisis era veraz o tan solo una forma de continuar vendiendo sus servicios.

Después, las correcciones y sugerencias fueron desastrosas. Solo querían cobrar por sus pésimos servicios; en sus manos el manuscrito no iba a ninguna parte. El editor no entendía que no es lo mismo ser devorado por el león que comido. Para que el león me devorara, yo tenía que estar delante de él, y eso, que yo supiera, nunca pasó. Tampoco visualizaba que cuando subes una montaña, exhalas vapor y un suspiro. Mi jornada por el mundo de las editoriales y agentes literarios había empezado.

Antes de salir de la oficina e irme a comer con una amiga, llamé al alguacil. No quería tener los documentos necesarios para la audiencia del día siguiente saltando por ahí. En especial, después del robo de mi maletín, hacía ya un año y medio.

—En veinte minutos los recojo —dijo.

Estaba ansioso por ver lo que Abelardo notificó. Cuando por fin lo vi, con tantas nuevas demandas, de nuevo la sensación de *El imperio contraataca* apareció. Esta vez duró poco. Rápido me di cuenta de que la notificación era una «reapertura de debates», por algún otro error cometido por él.

Acababa de comer cuando leí la respuesta de la abogada.

—¡Ay, Dios mío!, que habrá hecho —No sonaba muy prometedor, así que cancelé la conversación de la sobremesa y la llamé.

—Hable con el doctor y dígale. Es posible que él no sepa de eso —dijo la abogada, refiriéndose a que el dueño del bufete no sabía lo que uno de sus abogados hacía.

«¿Cómo no va a saber? ¿Quién dirigía la estrategia, el plan a seguir?», saltaba por mi cabeza.

El chat con el doctor no fue mucho mejor. Cuando le insinué que la notificación de reapertura de debates, hecha por Abelardo, era para cubrir otro error cometido, contestó que no sabía y me replicó:

—Debiste depositar cinco incidentes y dejaste de depositar dos.

«Eran cuatro», pensé.

No le dije que los incidentes, como siempre, llegaron dos horas antes de que el tribunal cerrara, que tuve que buscar y pagar al alguacil, hacer cientos de copias, que las demandas no tenían número de expediente donde depositarlo, que la fecha era del año anterior, que una demanda tenía el tribunal equivocado, que no tenía los anexos que la secretaria del tribunal pedía, y que no era mi responsabilidad depositar eso. Los abogados se encargan de esa labor, no los clientes.

En mi lucha por enderezar el caos, perdía. La reapertura de debates, sin dudas, indicaba un nuevo error de Abelardo en la esencia, la base de nuestro caso, el Tribunal de Tierras. Si fallábamos ahí con los *emails* ya legalizados, solo la Corte Suprema, en unos años, podría salvarnos. Para entonces, el daño hecho sería irreparable.

Día de subasta

Ese día me levanté temprano. Durante la noche me desperté alguna vez y les dediqué un pensamiento a los compradores y al caso; como siempre, era imposible predecir lo que iba a ocurrir. La luz apenas iluminaba la casa cuando ya todo olía a café. Los grandes ventanales mostraban el inicio de un día nuboso y gris. Tal vez un indicio de lo que estaba por venir.

Repasé lo que escribí el día anterior, y sobre las siete y cuarto, cuando ya era de día, le envié un mensaje a nuestro alguacil para preguntar si los abogados lo contactaron para la entrega de documentos. Nada.

Cerca de las ocho le mandé una nota a Irma para recordarle que Kibian tenía todos los documentos necesarios para la audiencia. Añadí que esperaba que el alguacil no se quedara sin batería, hubiera perdido el teléfono o se hubiese olvidado de los papeles.

Cuando respondió al mensaje, yo ya lo había llamado de nuevo y me había dicho que el abogado ya tenía todo. Parecía que todo iba bien.

El último mensaje entre ella y yo fue:

«El juez es de los *malos*, así que tenerlo todo perfecto es esencial. El más mínimo error y no nos dará oportunidad de nada».

Necesitaba un nuevo instructor de buceo. Mientras esperaba a ver qué me traía la mañana, me metí en la página web donde había anuncios de monitores buscando trabajo y envié unos cuantos mensajes. Camino al *lobby* del hotel, para el acostumbrado café de la mañana, pasé por el área de la piscina y hablé con mis vendedores.

«Está feo, jefe», contestaron repetitivamente.

Más tarde, mientras respondía a una de las solicitudes de información de uno de los profesionales de buceo que me contactó, vi el nombre de la abogada que salió brillando en la pantalla del móvil.

—El abogado está preso —dijo sin más—. El juez lo envió a la celda del Palacio de Justicia cuando le pidió que saliera del estrado y nuestro abogado se negó. Luego, Julio lo acusó de corrupto y de que cogía dinero de la jueza y su marido Severino. Que ya sabíamos que todo está arreglado desde antes de entrar al tribunal.

La frase me dejó atónito. Como si me hubiera dado otro golpe en la cabeza, esta vez chocando con una viga vieja y dura mientras caminaba. Tardé unos buenos segundos y luego pregunté.

—¿Y la subasta?

—Se canceló.

—¿Entonces?

—Vamos a ver.

La abogada se reía de la inusual situación, su risa por algún motivo me tranquilizó. Todo hubiera sido increíble si no lleváramos tanto tiempo en esto. El juez que *no tenía amigos*, sin el más mínimo temor, sacó a mi defensor de la subasta para dejar el camino sin obstáculos, como ya hizo antes.

—Que no teníamos derecho —le dijo a nuestro abogado.

—Eso es lo mismo que le dijo ese maldito a mi abogado Eduardo en la primera audiencia de la subasta de mis apartamentos, sacándolo también del estrado, subastando una propiedad que estaba en litis.

Si como embargados no teníamos derecho en la subasta, ¿quién lo tenía?

—En diez minutos te paso unos documentos que se tienen que depositar de inmediato en el tribunal. Vamos a ver quién gana —dijo con tono desafiante.

—Ok.

Más tarde, mientras los imprimía y los leía, verbos negativos, palabras acusadoras y los nombres de los contrarios, salpicaban las páginas. Acusábamos al juez de recibir dinero de la otra parte y, por ende, pedíamos que se recusara, así pospondríamos la subasta.

El nombre de la jueza esposa de Severino salía con título completo como parte de la trama entre juez y juez.

«Esto va a ser un escándalo», pensé.

Al día siguiente, cuando consulté la acción con mis asesores locales y se enteraron de que el abogado era de los míos, me dijeron que eso no había pasado desde hacía mucho tiempo.

—¿Un juez apresando a un abogado? Eso son cosas de antes, de los viejos tiempos —me dijo uno—. Yo llegué justo cuando la policía se llevó detenido a tu representante. Fue un alboroto. Estaba en las noticias. Ya todo el mundo sabía de la trama entre jueces.

Si mi examigo tenía cáncer terminal, esto acabaría de matarlo. Si no era que su mujer acababa con él rompiéndole el jarrón de flores que adorna las habitaciones de los hospitales en la cabeza. Si es que estaba muriéndose. Y si es que estaba en un hospital.

Repercusiones

Esa noche decidí salir a cenar, ya que no podía quedarme más rato en casa, tenía que airearme. Por algún misterioso motivo, en los días de máximo estrés siempre me apetecía un buen trozo de carne. Cerveza, carne, vino, ron y puro parecían la combinación perfecta para que mi nivel de relajación subiera.

Acababa con la carne cuando sonó el teléfono. Era Irma.

—El doctor quiere retirar la recusación —dijo—. Dice que no está muy conforme con el texto de que el juez coge dinero. Lo que podemos hacer —continuó— es utilizar el nombre de otro de los abogados y lo recusamos de nuevo. El de Abelardo, que por lo menos servirá para algo —dijo menospreciando al inútil de su colega.

—Déjame pensar —respondí dudoso—. Mañana te digo.

Al principio pensé que igual era una estrategia del doctor para pedirme dinero. Luego vi que era tan solo que no quería correr ningún riesgo. Después, ya en la última fase de mi cena, decidí que, si el doctor no iba a tomar ningún riesgo, yo tampoco. No recusaríamos de nuevo al juez con el nombre de un pobre abogado, poniendo en evidencia que el doctor no está de acuerdo y luego dejando solo mi nombre en el documento ante el cabreado juez.

A medida que la noche pasaba, entre lentas y pensativas caladas de cigarro, acompañadas de un sorbo de ron, reconstruía el momento en el que la abogada me llamó para decirme que el juez había apresado a nuestro representante.

«Seguro que al primero que llamó fue al doctor, dueño del bufete de abogados», pensé mientras me imaginaba la llamada del tipo entre rejas. Esas notificaciones y acusaciones como respuesta improvisada tuvieron que ser guiadas por él. Reconocía su agresividad legal en el escrito. No creo que nadie que no fuera él acusara a un juez así de directo de coger dinero. Y encima mencionar a la jueza.

«¿De dónde sacó la idea de que coge dinero? Eso no tiene el más mínimo sentido», pensaba.

Entre jueces se debían hacer favores, imagino que aprovechando pequeñas rendijas e interpretaciones de la ley. Esta vez parecía que el juez que *no tenía amigos* se excedió, o mis abogados se salieron del patrón.

Aparte de la recusación, Irma me habló de una querella en contra del juez.

A primeras horas de la noche, el juez, lejos de arrepentirse de su orden, estaba ensañándose con el joven abogado que ya estaba en la cárcel preventiva del destacamento de la policía. Nuestro alguacil se las arregló para que lo dejaran encerrado en una de las oficinas, en vez de en la celda abarrotada hasta el extremo con los demás presos comunes, donde dormían en el suelo unos encima de otros. Sin baño disponible, tenían que hacer sus necesidades en una cubeta. El calor, el olor y la mala gana de las autoridades, hacía que cuando aún no habías sido condenado, ya te trataran como si fueras culpable. Era indudable que un abogado elegante y bien vestido no sería muy bien recibido por la multitud, de seguro el joven pasaría una noche *inolvidable*.

Ahora, acercándose la media noche, en casa, rodeado de mis perros, analizaba la información una y otra vez, dejando un espacio entre conclusiones para rellenar con mi ignorancia en leyes.

Las implicaciones de tirar la recusación para atrás eran que la subasta iría para delante sin que nosotros formáramos parte de ella y, por tanto, que no la pudiéramos detener.

Las cosas se estaban complicando en exceso. La recusación del juez se hizo por los abogados, pero a mi nombre. Algunos de los expertos que me aconsejaban, me avisaron de las posibles consecuencias.

«El juez te puede demandar por difamación e injuria».

«Esto es nuevo», pensé preocupado. Había leído en los diarios locales que periodistas y políticos acaban en la cárcel por eso mismo. En mi caso, siendo extranjero y acusando a un juez, seguro que era mucho más fácil.

Eso me llevaría directo de nuevo a las manos de mis abogados, o de cualquier otro del gremio. No veía ya mucha diferencia. El tiempo me lo mostró, el camino se estrechaba y el abismo era cada vez más intimidante. Problemas con mis abogados, problemas con el juez, problemas con los compradores, problemas con el negocio. No pintaba nada bien.

Le pasé a Dia, mi amiga canadiense, los números telefónicos de mi hermana, abogados y amigos que la podían ayudar en caso de que me detuvieran por acusar al juez de corrupto y que recibía dinero de otro juez. Todos sabíamos que era corrupto, pero todos también sabíamos que no podíamos acusar a un juez sin tener las pruebas. La idea de una trampa del doctor para deshacerse de mí pasó por mi cabeza. Él retira su nombre, pone a otro de sus abogados y tan solo tiene que decir que fue el cliente quien solicitó esa recusación. ¿El motivo? El desastre hecho con el caso. Si continuaba debía de ser por alguna razón. El caos hecho con mi proceso se tendría o que corregir o quitar del medio.

La idea de abandonar la isla apareció cobijada por las dudas en medio de los sueños que siempre trae la noche. Apenas llegó la luz del día, la idea murió al ser neutralizada por el siempre despertar eufórico de los perros. No dejaría a mis perros.

«Es lo que esta gente quisiera», le dije a mi amiga, explicándole mis conclusiones antes de comunicárselas a mis defensores.

Era medio oscuro todavía cuando bajé de mi habitación a la cocina y preparé café. Busqué en mi amigo Google cómo retractarse de la recusación, pero no aparecía nada. Empecé a escribirle un *email* a los abogados donde mencionaba todos los errores que se habían hecho. Eran tantos, que era más simple mencionar lo único que hicieron bien: defenderme cuando me acusaron de estafa. En casi tres años podríamos decir que el ochenta por ciento de sus actuaciones fueron inexistentes o mal hechas, empezando desde el punto de vista ético.

Antes de terminar de escribir el correo decidí borrarlo todo. «No creo que sea la fórmula adecuada», pensé.

Eran sobre las seis y media de otro día que indicaba nubosidad. A pesar de la hora, decidí escribir a Irma y decirle:

«Antes de que te pongas a trabajar en eso, si el doctor quiere retirar la recusación al juez, retírala. Él es el abogado que contraté y si cree que no es correcto y no quiere tomar riesgos, mejor no tomarlos», tecleé por WhatsApp, después de dar los buenos días.

Regresé a mi habitación refrigerada y, tumbado, con las manos en la nuca, me puse a pensar en las opciones de mis abogados después de rechazar su propuesta de ser representado por otro de su equipo en otra recusación.

«¿Si se pierde la casa por culpa de la ineficiencia de mis abogados qué podría hacer?», me preguntaba.

Todo indicaba que necesitaba ver alternativas. Lo que se traducía en buscar otro defensor. Empezaba un nuevo día y, una vez más, podía pasar de todo. Lo que no esperaba es que mis abogados dejaran de responder a mis preguntas. De nuevo silencio, ni consecuencias, ni alternativas, ni peros.

El final

«Por cada principio hay un final».

Cuando empecé a escribir *Atrapado en el paraíso*, Tatiana fue una de mis primeras lectoras. Lo primero que dijo fue:

—Estoy muy ocupada en la oficina, cuando pueda lo leeré.

Después me dijo que tenía que registrar los derechos de autor y supuse que algo debía de estar bien. Conociéndola, no hubiera hecho esa sugerencia si no hubiera visto alguna posibilidad.

A medida que se posicionaba en su empresa, nuestra amistad se fragmentaba.

—Qué pesadilla, así no se puede hablar —soltó cuando la llamé por WhatsApp para su cumpleaños—. Es desesperante hablar así, dijo despidiéndose con un *good night.*

Luego, cuando comenté una de sus fotos de sus viajes, me dijo:

—La semana próxima estaré por la capital de tu isla.

—¿Quieres que vaya a verte? —pregunté sin saber qué respondería.

—Déjame consultar mi agenda con la secretaria —dijo con un tono subido.

—Ok. Como eres una superejecutiva, te toca a ti invitarme.

—¿No tienes dinero? —respondió de inmediato.

—Pues entre los abogados, el negocio flojo y la paga por maternidad de una de mis empleadas, estoy mal.

—Te invito con mucho gusto, pero no me toca. No me gusta como lo dices.

—¿Cómo lo digo, entonces? *It is your turn?* ¿Mejor?

—Yo no he tomado turnos, ni me he puesto en fila.

—Presiento hostilidad. Si vas a ser hostil, no voy. Ya tengo bastante hostilidad en mi vida. Necesito paz, comprensión, cariño...

—Es la segunda vez que sacas el comentario de superejecutiva. La primera vez, lo dejé pasar.

—Oye, me alegro mucho por ti, de verdad. Cuando te conocí estabas mal y mírate ahora. Y lo hiciste tú solita. La verdad no entiendo tu molestia.

—No estaba mal, tenía una sanguijuela, el padre de mi niña.

—Estabas sin trabajo y él no te podía mantener. Saliste de ahí con tu esfuerzo.

—Tu comentario sarcástico «ahora que estás bien, te toca», *wrong comment, darling.*

—Ok, perdón, nos vemos otra vez.

Y esa fue la última vez que tuve contacto con Tatiana. Estaba en el suelo y ella no estaba por ayudar a nadie. Ni siquiera para pagarle una cena a un viejo amigo. Ella solo existía para recibir.

A veces pienso en los hombres que caen en las garras de mujeres como Tatiana. Coche, buenos hoteles, restaurantes, viajes, ropas, perfumes... ¡Ni pensar en el coste de un divorcio!

No tardé mucho en llamar a Peter, como exsocio y examigo de Severino, que vivía en la misma ciudad y que lo tenía, de tanto en tanto, de cliente en su restaurante, debería saber si la información sobre el cáncer era correcta.

«Con todo en contra, la única salida sería la muerte por enfermedad de Severino», pensé.

El lío que creó le tenía que obligar a dejar todo arreglado antes de morir. Dejar la cárcel, y el escándalo por venir para los demás, no podría ser la manera. Ahora, con los errores cometidos por mis abogados...

«Hace mucho que no lo veo. Pero si esa información fuera verdad, alguien ya me lo hubiera dicho», dijo.

El día que el juez detuvo a mi abogado por veinticuatro horas, por haberlo acusado de corrupto y de coger dinero de la jueza y Severino, me imaginé que los ánimos estarían muy calientes en casa de mi examigo.

Conociéndolo, y viendo todo lo que había hecho, si se estaba muriendo, no saldría de su casa para no delatar su estado. Con el nuevo lío en el tribunal y el escándalo que se armó, tenía que salir. Sabía que la gente sospechaba de su enfermedad. No podía dejar a sus secuaces solos, a su mujer... Me imagino que pensaría que, si presionaba a los de la casa con la subasta, tarde o temprano, yo cedería. Pero si era público lo de su estado de salud, la presión se relajaría. Su muerte pararía la subasta hasta que su heredero lo remplazara. Si es que alguien se iba a arriesgar a sustituirlo.

Cuando vi el nombre de Peter que parpadeaba en el móvil, unos días después del pitote en el tribunal, supe cuál sería el motivo.

—Vino al restaurante —dijo solo responder—. Pero no se está muriendo. Ahora está gordo. No bebió nada de alcohol y solo comió ensalada, pero mucha.

—Mejor que esté sano —respondí—. ¡Así durará más años en la cárcel!

Ya llevaba muchos años diciendo lo mismo y, a pesar del tiempo, gracias a la ineficiencia de mis abogados y la ayuda de la fiscalía no aceptando mis querellas, la cárcel para Severino estaba cada vez más lejos.

Después de acabar de hablar con Peter, fui a la nevera, abrí una cerveza y me la bebí mientras digería la información. Algo no cuadraba.

Si Severino no estuviera enfermo, no hubiera tenido necesidad alguna de pasar por el restaurante de Peter. Tenían todo bajo control. Solo tenían que seguir presionando con la subasta a Ana y Robert, esperando que así yo me rindiera y retirara las demandas. Esa visita en ese momento traía un mensaje, pero ¿cuál?

Acto seguido, le pregunté a mi amigo Google. ¿Efectos secundarios del tratamiento del cáncer de próstata? ¡Bingo! Todo cuadraba, Severino tenía todos los síntomas de estar bajo tratamiento.

Es muy triste que alguien se pueda alegrar con la muerte o desgracia de otros, pero después de lo que él había hecho conmigo no podía controlar mis emociones de felicidad.

Tras investigar las consecuencias para nuestro caso en el Tribunal de Tierras de una reapertura de debates, llamé a Irma. Cuando me dijo que estaba preparando el recurso para la Suprema, no entendí. Entonces decidí llamar a Abelardo —que es quien estaba a cargo de ese caso— para que me lo explicase. Nada.

Opté por enviarle un mensaje al doctor y comentarle el caos de la situación. Nada.

Por Irma me enteré, días después, de que el Tribunal de Tierras había fallado uno de los dos casos mucho antes de lo esperado. Automáticamente, imaginé que en contra. No sabía mucho más. Nadie me explicaba nada.

Unos días más tarde, imagino que, presionado por algún interés, Abelardo me llamó.

—Mañana tengo audiencia por la querella que el juez le puso a nuestro abogado.

Ahora el juez nos estaba persiguiendo.

Cuando le pregunté qué pasaba con los fallos del Tribunal de Tierras, contestó que nada. Que lo verificaría el próximo día, si tenía tiempo.

Eran sobre las nueve y media de la mañana del día siguiente cuando Abelardo me llamó. Yo pensaba que después del desastre que había hecho ya no nos volveríamos a ver. Quedamos en el *lobby* del hotel, y cuando me fui acercando vi que eran dos. Uno no tenía las ropas típicas de abogados.

Cuando me presentó a su mujer, entendí.

Tras transmitirme la mala suerte que estaba teniendo con mis casos y lo bien que le iba en otras ciudades con incidentes similares, pasamos a la subasta de la casa.

—¿Qué tan seria es la situación? —pregunté—. ¿Podemos aguantar hasta el fallo del Tribunal de Tierras? Esa sería nuestra salvación, ¿no? Si deciden, después de ver los *emails*, que los apartamentos son míos, entonces la hipoteca de la casa debería caerse y así parar la subasta.

—Pues eso está bien feo, lamento decirle, estamos esperando que la corte se pronuncie sobre la recusación del juez. Después veremos.

Sin saber que sus colegas me habían dicho que preparaban el escrito de apelación de su último error, esta vez en el tribunal de tierras, siguió su actuación preparándome para lo que iba a venir, pretendía fingir que el fallo, acelerado por su error, no había salido. Que no sabía. Mentía y yo le seguía la corriente para ver a dónde quería llegar.

La corte falló en nuestra contra, antes de tiempo, debido a la reapertura de debates, solicitada por él. Esta vez se olvidó de incluir a los compradores en la apelación para así reforzar la legalidad de la transacción, y los compradores tenían que ir de nuestra mano, ya que, si no, se quedaban sin hacer nada. En primera instancia, a pesar de ser notificados y enviar a un representante, no depositaron ningún escrito de defensa, tan solo se sumaron al nuestro que Miguelina escribió al detalle.

Esta vez había documentos de una entrega de vivienda, del dinero transferido, todos los servicios y facturas de la casa estaban a nombre de los nuevos compradores. Presentaron el precontrato, la depuración del título desde la primera reunión, así como la hipoteca que había reflejada en la vivienda. Después, solicitamos una carta de no oposición para la liquidación de la misma. Al transferir el título, se liquidó esa hipoteca. Todas las evidencias estaban de nuestro lado.

Severino había demandado atacando ese acto de venta, alegando que era una simulación y que la propiedad tenía su hipoteca, pidiendo la cancelación del título en una de sus estrategias para ponerme presión.

El juez en primera instancia, con toda la evidencia y teniendo el caso de los apartamentos con sus muchas pruebas entrelazado, falló en contra.

Era golpeado por las acciones malvadas de Severino, los jueces y las mentiras y estupideces de mi abogado.

Ya despidiéndonos, me pidió pasar al bufet del hotel a desayunar. ¡Era increíble!

—El gerente autoriza eso —contesté intentando ocultar mi irritación—. Y te aseguro que con estas ocupaciones tan bajas nadie desayuna gratis —dije mientras ellos ya se habían desviado e iban camino a su coche. Su lenguaje corporal, con los brazos colgando, indicaba resignación. El mío ira.

Ahora ya sabía por qué había venido a verme. Me suelta un par de mentiras y desayuna gratis en el bufet del hotel, así de simple era la cosa.

Una semana más tarde, me notificaría que el tribunal, favoreciendo a la otra parte y sin considerar ninguna de nuestras pruebas, falló en nuestra contra. Así intentaba camuflar su error. Mentiroso.

Armado con todas las evidencias, escribí al doctor. «Asunto: Abogado mentiroso». No respondió.

Juegos

—¿A que no sabes quién vino ayer? —Apareció en la pantalla del teléfono móvil.

Era mi amigo Raimon, chef y dueño de un restaurante.

—Pues ni idea —respondí, sabiendo que de tanto en tanto alguna celebridad nacional visitaba su restaurante.

—Tu amigo Severino.

—¿Severino?

Automáticamente, en mi cabeza se activó el *fast thinking mode*. «¿Qué habrá venido a hacer al restaurante?», apareció de una vez en forma de pensamiento.

—Vino con Vanesa y otra pareja. Comió chivo.

Mi cerebro se bloqueó. No encontraba nada que decir. Nada que preguntar.

—Parecía un muerto viviente. No pude hablar mucho con él, tenía el restaurante lleno —dijo mi amigo.

Raimon sabía de mis problemas con Severino, en el pasado lo contactó para tratar de enemistarnos. La pregunta «¿Qué habrá venido a hacer?», saltaba por mi cabeza. Esto no era una visita casual. Era un mensaje.

Demanda en simulación, escribí en mi ya amigo Google. Después, busqué la respuesta que encajaba con la legislación de la isla.

«La demanda en simulación es un acto mediante el cual se saca a la luz pública el verdadero motivo de una acción. Siempre viene de una operación donde se simula un acto», ponía.

En mi caso, se simulaba una venta que servía de garantía a un préstamo. La transacción estaba manejada por los abogados-socios de Severino, que a la vez eran los representantes del trabajador que me demandó tras ayudarlo, y quienes multiplicaron por diez su sueldo verdadero, llevándome al principio de este lío.

El informe, basado en una entrevista a una jueza titular de la jurisdicción inmobiliaria, clarificaba paso por paso dicha demanda en simulación e incluso le daba un muy alto grado de éxito. Del 80 % al 99 %, precisaba la documentación. Al toparme con el nombre de la magistrada citada no me lo podía creer. Era Vanesa.

La magistrada señalaba que la acción en simulación siempre es susceptible de nulidad y que es algo seguro que «una demanda en simulación concluirá con nulidad de un contrato o de una transacción».

Aún como jueza, Vanesa, sabiendo la verdadera causa y sus consecuencias, continuó jugando el juego de su marido.

Primero, demandándome reconvencionalmente por casi un millón de dólares por ensuciar su nombre al reclamar mi propiedad que di en garantía en la primera demanda que puse. Después, sacándome de mis apartamentos a la fuerza. Luego, presionando a los compradores de mi casa con la subasta. Por último, la querella en mi contra por estafa. Como mujer de Severino, muy bien podría ser inocente, pero como jueza no podría refugiarse en su falta de desconocer la ley. Severino cometía los delitos y ella, sabiendo la verdad, no hacía nada, lo que imagino la convertía en cómplice. De momento, todos los tribunales estaban con ella, pero con su nombre en los títulos de mis apartamentos, no tendría escape si todo se demostraba.

Le daba vueltas a la situación, a las pistas que tenía. Subasta casa, Severino moribundo, sacando la cabeza por ahí cuando nunca antes lo había hecho, y la espera de los fallos de los múltiples procesos. Todo indicaba que pretendía hacernos creer que estaba vivo y sano. Esa respuesta es la que tenía más lógica.

Cuando los socios de Severino simularon subastar mis apartamentos para sacarme y quedárselos ellos, mi amiga Alina, que seguía el caso desde el principio, me propuso hacer una puja ulterior.

—¿Puja ulterior?, pregunté como un estúpido.

—Una vez se ha subastado el inmueble, la ley permite hacer una puja depositando en los próximos ocho días un 20 % más del precio en que se cerró la subasta —me explicó—. Con eso recuperaríamos los apartamentos —sentenció mi amiga.

Inocentemente, no sabíamos que el juez *que no tenía amigos* jamás iba a aceptar que recuperáramos los apartamentos.

—¿Que es un 20 % más un 10 %? —chilló Alina al leer la sentencia que declinaba la puja.

—Maldito cabrón.

Después, mi amiga apeló la decisión, solo para encontrarse, un año más tarde, con las cuentas del banco embargadas junto con todas las propiedades valoradas en más de un millón y medio de dólares.

—Por costas del proceso —me explicó.

—Pero, ¡pensaba que eso no era gran cosa!

—Se las inventaron, como el sueldo de tu empleado.

Alina apeló la decisión y vivió sacando dinero de su tarjeta de crédito durante meses mientras los abogados defendían su caso.

Por fin, cuando los meses se transformaron en años, la Suprema la condenó al pago de más de ocho mil dólares en costas. Claro que el abogado a cargo del caso, Abelardo, no se preocupó de sacar los gastos que no correspondían al proceso. Mi amiga no solo perdió ese dinero, sino lo que les pagó a los abogados para hacer nada. Así era siempre el juego.

No pudiendo hacer nada más, concertó una cita y fue a liquidar las costas a la oficina de Agapito Espinoso, que aparentaba ser, en los tribunales civiles y de tierras, el abogado de Severino, aunque todo el mundo sabía quiénes eran los verdaderos abogados.

Ella intuía que no podía cometer ningún error en el documento de descarga para saldar de una vez esas malditas costas. Los conocía, sabía que, si había algo sin reflejarse, ellos lo aprovecharían. Estábamos en tierras de bandidos y no nos podíamos descuidar.

El retraso para verificar y corregir el documento final de finiquito hizo que mi amiga llegara tarde al encuentro, lo que llevó a que el abogado se fuera de su oficina. Después de una hora de espera y negándose a responder a su teléfono, por fin regresó.

—Funciono con horario americano —escupió nada más llegar.

—Perdón, doctor —respondió Alina, utilizando su personalidad parte Lucrecia Borgia—. Tuve que corregir unos pequeños errores.

La oficina, como el jardín que la antecedía, estaba abandonada. La mala hierba crecía por las rendijas entre las grietas del camino de cemento que conducía a la puerta. Dentro, las paredes con la pintura pelada, las marcas de filtraciones en los techos y el suelo con baldosas emergentes desniveladas, daban testimonio de eso. El librero típico de cada despacho contenía tan solo una decena de libros de derecho. Unos cuantos diplomas intentaban adornar las paredes y darle título al abogado, que parecía vivir en un mundo de tinieblas.

El licenciado miraba a mi amiga con desprecio, odiaba su glamur, su riqueza y seguridad. Alina era la antítesis del abogado y él lo sabía. De seguro se paseó a escondidas por su recién inaugurada oficina inmaculada. Incluso sin entrar, podía admirar el jardín con su césped manicura y toques de decoración paisajística japonesa. La fachada con adornos de roble y hierro macizo, los grandes ventanales de cada oficina y el juego de colores, escogido con el más exquisito gusto, lo debieron irritar, haciendo que el odio justificara el bloqueo injusto a todas sus propiedades. Sabían que a ella no la iban a desalojar, demasiado dinero y poder. Por si acaso decidían embargarla por sorpresa, Alina trajinaba diez mil dólares en efectivo en todo momento, pretendiendo neutralizar así la amenaza de una vez. Conocía a Severino y a sus socios, harían cualquier cosa por ensuciar su nombre, y un embargo sorpresa seguro que era tentador.

Ahora, por primera vez, la tenía delante, escribiéndole un cheque fruto de sus fechorías. Estaba satisfecho, y su lenguaje corporal, con la cabeza altiva, hombros salientes y media sonrisa, lo reflejaba.

Cuando Alina, sin perder la compostura, se despidió del hombre victorioso, justo antes de que saliera del despacho, él le preguntó con tono despectivo:

—Y su amigo, ¿qué piensa hacer su amigo Martín?

—Pues no sé —respondió con humildad hipócrita Alina— no soy su abogado. Pero después de lo que le han hecho, de seguro que peleará hasta el final. Un tipo enviando cartitas a todo el mundo, a casa de su familia. Esa es la persona que usted representa —añadió.

—Que sepa usted que yo no estoy de acuerdo con ese proceder. Su amigo nunca va a recuperar sus propiedades. Es más, está la querella penal en su contra, que aún tiene que responder. Siempre se puede negociar. Al él le conviene negociar, nunca recuperará los apartamentos y perderá la casa que le vendió a esa gente.

El abogado pintaba un sombrío escenario para mí. Luego proponía negociar.

—¿Negociar? Creo que es demasiado tarde para negociar. ¿No cree, doctor? Igual a su cliente le interesaría dejar todo listo antes de partir para el otro barrio.

Cerrando la puerta chirriante, Alina abandonó la oficina. Parecía que el abogado estaba preocupado por el futuro de sus amigos. Nadie negociaría con todas las cartas a su favor, y menos Severino.

—¿Igual esta oferta está conectada con las apariciones de Severino? —le dije a mi amiga cuando me explicó lo sucedido.

De inmediato envié un mensaje a mis abogados para que fueran a investigar la información dada por el abogado. Estaba enfadadísimo, cómo carajos ellos tenían esa información de los diferentes procesos y nosotros no. La respuesta me calmó:

—No hay nada. Todo tranquilo —respondió Irma tras insistir un par de veces. Ningún fallo de los apartamentos, la subasta, ni el caso penal en la Suprema.

«El cabrón del abogado se lo debió inventar para poner más presión y hacerme negociar», pensé.

La subasta fue suspendida hasta que la corte decidiera sobre la recusación del juez *que no tenía amigos.*

Subasta y caos

Estaba sentado en el sofá reponiéndome de mi vuelta en bicicleta. Poco a poco mi forma física regresaba, me sentía bien, no me dolía nada y mis tiempos en el circuito de una hora se reducían hasta llegar a cuarenta y cinco minutos. Sonó el móvil.

—Jordi, puedes pasar por casa. Necesito decirte algo —dijo Alina con voz seria.

—Déjame ducharme y ahora voy —Automáticamente, la frase «nada importante por teléfono», parpadeó en algún lugar de mi cabeza mientras el agua fluía por mi cuerpo.

El corazón se me aceleró y la ducha rápida no paró que siguiera sudando a chorros. Para colmo, el mecánico tenía el *jeep*. Mi amiga vivía a unos escasos dos minutos de casa, así que decidí caminar. Miré mi reloj deportivo y me informó que mi corazón estaba más acelerado que cuando estaba en pleno ejercicio. Al llegar, Alina estaba en la puerta esperándome.

—Ven, siéntate —dijo.

—¿Y ahora qué pasa? —pregunté, mientras sentía los golpes en el pecho.

—Me llamó José Miguel y me trajo esto.

José Miguel era un abogado híbrido, mitad malo, mitad inofensivo, que los abogados de Severino utilizaban para transmitir algún mensaje negociador o amenazante.

—Es una notificación en el periódico de la subasta —continuó mi amiga—. Más bien parece un anuncio difamatorio —dijo, señalando mi apellido una y otra vez en letras mayúsculas—. El maldito utilizó el anuncio de la subasta para arrastrar tu nombre por el suelo.

La presión se incrementaba, notaba una mano invisible empujarme hacia el precipicio, íbamos a perder esa vivienda. Y lo peor, es que no era ni mía. Me imaginaba las caras de Ana y Robert.

—Pero ¿no nos tendrían que notificar?

—Imagino, pero con esta gente uno nunca sabe —respondió encogiéndose de hombros.

Le hice una foto al anuncio y se la envié al doctor y a Irma. Una hora después, ella contestó.

—Mañana envío a verificar el expediente y la recusación al juez.

—Gracias.

El doctor, como siempre, respondió al día siguiente, que le enviara el anuncio y la notificación de subasta.

—No hay notificación —respondí.

—La publicación entonces.

Teníamos veinte días para prepararnos. El abogado de Severino nos llevaba ventaja en los tribunales. Sabían las sentencias y decisiones mucho antes que nosotros. De nuevo insistí en las sentencias pendientes. Después, pedí los números de los expedientes y me propuse averiguarlo yo mismo. No pasaron muchos días cuando recibí una llamada:

—Señor Jordi Martín —dijo una voz desconocida—. Soy el alguacil Fabio Rondón y tengo una citación que entregarle. ¿Dónde podemos vernos?

—¿En la gasolinera de la zona hotelera, le parece bien?

—Sí, ahí en diez minutos respondió.

—Estaré en un *jeep* negro.

—Perfecto.

«¿Y ahora qué?», me preguntaba mientras me vestía y me dirigía al encuentro. Normalmente, siempre me notificaban todo en el hotel, sin llamarme. Todo indicaba que era algo nuevo. ¿Serían los de la casa demandándome?

No pasó mucho cuando vi al otro lado de la gasolinera que un hombre delgado y despeinado, vestido en un par de tallas más grandes, sacaba su móvil haciendo vibrar el mío al instante.

—Estoy aquí —respondí sin apenas dejar el teléfono timbrar.

—Lo veo.

—Tengo esta notificación del Tribunal Penal. Fui a llevársela a la otra parte, pero el abogado no me la quiso recibir, ¿usted sabrá quién me la puede recibir?

—Llévesela a la persona que me demandó —dije sin pensar, imaginándome al pobre hombre localizar la villa de Severino sin calle ni número—. Mejor déjesela con su otro abogado Agapito Espinoso, seguro que lo conoce.

—Sí, a Agapito sí. Tiene la oficina a lado del taller mecánico. Perfecto, eso haré. Gracias.

—Pero este documento está incompleto, le dije solo hojearlo. Falta la sentencia.

—Déjeme verificar y, tan pronto como sepa, le digo algo.

En mi camino de regreso, me preguntaba por qué el abogado que representaba a Zorrilla no quiso recibir el parte. ¿Tal vez por fin se dio cuenta de la verdad? Y ¿Por qué no estaba la sentencia con la notificación? Había ganado ese caso en contra en primera instancia y en la Corte de Apelación. Me moría de ganas de saber por qué la Corte Suprema no había ratificado esa sentencia.

Solo llegar a casa, envié una foto de la notificación a Irma y al doctor.

«Felicidades de nuevo a Abelardo», añadí, recordando su estrategia de no presentar ninguna evidencia más, ya que teníamos *un muy buen fallo a nuestro favor*.

Era increíble, con todas las pruebas a favor, la ineficiencia de mis abogados me llevó de nuevo a los brazos protectores del doctor, que de momento me pidió dinero. La posibilidad de ir a la cárcel de nuevo, seguro que le haría sonreír. Las palabras del licenciado Espinoso iban retumbando en mi cabeza como Nostradamus. Todo lo que le había dicho a Alina se iba materializando.

Déjà vu

Esperaba la notificación de la subasta y el esperado fallo a mi favor del Tribunal Superior de Tierras. Con ese fallo a mi favor, reactivaríamos la querella que teníamos para así parar la subasta. Buscaba inútilmente más fórmulas para detener el proceso.

¿Y la querella al juez?, ¿qué paso con eso? Eso nos haría parar el proceso, ¿no?

Recordaba, repasaba todas las conversaciones que tenía con mi *equipo defensivo* en internet y sacaba lo que creía que me podía ayudar. Eso lo debería parar, pero las palabras escritas por WhatsApp parecían haber desaparecido de la cabeza de mis defensores. Como siempre, el aire se las había llevado.

La notificación de la subasta tampoco llegó.

—¿Cómo sabemos si hay subasta? —pregunté dos días antes del evento, solo empezar el día.

—Hay que ir al tribunal a ver si fijaron edictos —respondió Irma a media mañana—. Revisar si hay audiencia, buscar el acto de fijación de edictos, ver si la recusación fue decidida…

Antes del fin del día, nuestro alguacil me confirmó que a primera hora del día siguiente tendría todo en sus manos.

—Si están fallados, ¿podemos apelar? —le pregunté a Irma.

—¡Claroooo! Ojalá nos den la sentencia.

—¿Nos dará tiempo? —pregunté impaciente y viendo hacia dónde nos dirigíamos.

—Sí, lo haremos, no te preocupes.

Empecé a llamar a Kibian tan pronto el tribunal abrió sus puertas. Las confusiones de siempre aparecieron con los números de expedientes. Sobre las once tuvimos la confirmación de la subasta al día siguiente.

—Envíame esos fallos antes de las doce —salió del WhatsApp de Irma.

Después, me pasé veinte minutos fotografiando y enviando los escritos por el teléfono.

—Lo tienes todo. ¿A qué hora le digo al alguacil que venga para depositarlos?

—A las cuatro, para que dé tiempo a imprimirlos.

A las tres pregunté si tenía algo listo para preparar.

—En la capital entera no había luz —fue la respuesta—. Pero fui preparándolo a mano, lo paso rápido y te lo envío.

Siempre era eternamente lo mismo, en el último momento, sin tiempo de maniobra. En las oficinas del doctor, tener un generador de emergencia no era una de sus prioridades.

Mientras imprimía la primera copia de las apelaciones a cada sentencia, para que el alguacil después hiciera cinco copias más, llamaron de seguridad:

—Tiene un alguacil preguntando por usted.

No me lo podía creer. «¿Y ahora qué?», pensaba mientras me dirigía a paso rápido y sudoroso hacia la puerta.

Ramoncito Díaz me miró con desprecio y sonriente. Sus ojos decían: «ahora te vas a enterar».

Había tantas notificaciones que les hice una foto con todos los números visibles para demostrar lo que recibí. Él no dejaba de sonreír en todo el proceso. No nos podíamos permitir que entre medio de tantos papeles ocultaran una nueva notificación. Él lo sabía, y sus ojos me lo decían sin hablar. También me anunciaban de alguna manera lo que estaba por venir.

Ramoncito también era profesor de universidad y estaba convencido de que sus enseñanzas, sembrando lo inmoral, colaboraban en las nuevas generaciones de licenciados en derecho.

Corrí de vuelta a la oficina. Por un segundo olvidé mi carrera contra reloj para tener las copias listas para depositar la apelación a los casos. La muesca del alguacil me hizo echar un vistazo, mientras caminaba, a los papeles recibidos. Eran las sentencias, todas en contra de las apelaciones que estábamos haciendo. Luego, apareció el fallo del Tribunal de Tierras de la casa y de los apartamentos. Entonces, paré mi rápido caminar en seco. Me concentré en el *tan esperado* fallo de mi propiedad. Al leer que el Tribunal Superior de Tierras no aceptó nuestra apelación, porque Severino y su mujer no eran dueños de los apartamentos, todas mis esperanzas murieron. El tribunal compuesto de *respetables* miembros ni miró de dónde venía el proceso. Tras el embargo por parte del abogado de Severino, los apartamentos eran del nuevo comprador, pero la litis, hasta que hubiera una sentencia firme, definitiva, tenía que aparecer registrada y los jueces no lo podían ignorar.

«Definitivamente, en la isla no hay justicia», pensé mientras me enfocaba en mi labor de fotocopiar. Vamos a ver lo que pasa en la Corte Suprema.

—¡Qué cabrones! —salió del móvil, después de enviarle la foto con las siete notificaciones de sentencia a Irma.

El alguacil salió como pudo, y en medio del caos con el tribunal, a punto de cerrar las puertas, se dejó las sentencias de cada expediente.

—Mañana a primera hora las deposita.

Repasando los documentos más tarde, me di cuenta de que todo lo apelado en el último segundo llevaba cerca de dos meses fallado y dormía en el tribunal sin que nadie se diera cuenta. El fallo de los apartamentos desde hacía cinco. Así era imposible ganar. Por un lado, el tribunal no aceptaba nuestras apelaciones o querellas, y por el otro, mis ineptos abogados. Esos documentos no fueron aceptados, ya que los expedientes estaban incompletos y el juez *que no tenía amigos* no los recibió al abrir las puertas de su tribunal.

La noche

La oscuridad hizo descender el termómetro a la mitad en pocas horas, justo después de la cena, el aire caliente de la estepa árida se enfrió y nos hizo acurrucarnos alrededor de la hoguera. El fuego chispeaba partículas que morían a los pocos metros de elevarse y desaparecían. Poco a poco, el círculo humano que lo rodeaba estaba cada vez más incompleto, las frases se acortaban y el silencio entre conversaciones crecía. Unos se iban por el cansancio del día; ese continuo ajetreo del camión pisando pistas de arena ondulada hacía que todo tú vibraras durante horas; ese montar y desmontar el campamento día tras día. Otros, huían aburridos de mirar al fuego, azuzados, incómodos por la paz del momento. Después, solo se oían millares de insectos, en perfecta armonía, frotar sus alas y chirriar ruidosamente, acompañados del crujido ocasional del fuego que reclamaba atención. A veces, un rugido salido de la nada te ponía los pelos de punta y te hacía erguir la espalda en posición de alerta.

La noche era oscura como una manta negra estrellada que lo cubría todo y robaba hasta las siluetas. El fuego jugaba con las sombras mientras yo rellenaba mi taza de café con un chorro de *whisky*. Hacía frío, mi gabardina me daba el confort suficiente para abandonar la hoguera e irme al otro extremo del campamento, donde había una charca iluminada por un foco que atraía a los animales salvajes a beber. Me acurruqué en el banco de madera y puse los pies en el muro de piedra, que estaba a unos veinte metros del agua. La duda de si esos escasos tres metros de altura de roca me protegerían de alguna fiera, fue diluida por el tiempo y los sorbos de licor. Las guías de viaje aconsejaban no quedarse dormido en esos sitios, no solo por la malaria.

Pedruscos y arena rodeaban el estanque, los arbustos crecían a pocos metros como podían en esa tierra estéril, justo donde la luz artificial moría. Eran de poco más de dos metros de altura, sin apenas hojas, repletos de espinas; a la luz de mi linterna, algún árbol emergía con su follaje diminuto de entre la escasa vegetación. Nada se movía excepto las sombras perseguidas por mi luz. Los coleópteros habían subido el volumen, como anunciando algo. Apagué mi foco y en silencio esperé el momento. Pero nada llegó.

Rellené la taza y tomé un poco de agua de la cantimplora. «Cuando acabe, me voy a dormir», me dije. Fue entonces cuando lo vi salir tímidamente de la oscuridad. Era un chacal de lomo plateado, miraba desconfiado a todos lados hasta que juntó todo su valor y se puso a beber. Bebía rápido y levantaba la cabeza para escanear los alrededores; sus orejas eran como radares tratando de detectar el más mínimo ruido. Tras repetir la operación unas cuantas veces, desapareció de una vez. Los depredadores acechaban siempre por ahí y él lo sabía.

El licor avivaba mis sentidos, notaba la concentración en mi cabeza y cómo mis pensamientos fluían más rápido durante la espera. Una sombra gigante salió a la luz y se hizo rinoceronte. No mostraba temor y bebía tranquilo. Después, otra aún mayor se presentó y lo hizo dudar. El elefante levantó la trompa y sacudió las orejas. *Míster Rino* intentó no hacerle caso, pero el paquidermo no lo quería donde estaba él. Avanzaba y retrocedía intentando comunicar sus intenciones. «Se van a pelear», pensé. Saqué mi libro de identificación de mamíferos, aves y reptiles de África del Sur y busqué su nombre con la foto. «¿Será el blanco o el negro?», me pregunté mientras buscaba la R. La luz y las sombras distorsionaban los colores. Al final aposté por el último. Su boca en forma de pico prensil y sin grandes labios, junto con el segundo cuerno, ligeramente más grande que el de su pariente más claro, hicieron que me decidiera. La batalla por la lagunilla continuaba, el elefante avanzaba y el otro gigante se separó de las aguas bajando el cuerno en posición de ataque. El orejudo cargó y se paró a un escaso metro. Su adversario escarbó el suelo polvoriento levantando una pequeña nube. La adrenalina fluía por nuestros cuerpos, le eché un chorrito más a mi tazón y bebí más agua de manantial. El combate iniciaría en breve. Era increíble estar ahí. El sonido, el cielo estrellado, el fuego consumiéndose al otro lado del campamento. Cuando acabé el segundo trago de agua, uno de los contrincantes había desaparecido, y el elefante bebía agua tranquilo. Esperé visualizando al perdedor salir y aprovechar el momento para clavarle el cuerno en la barriga, su punto más débil seguro. Pero ese momento oportunista nunca llegó y pensé que los animales nunca hacen eso a diferencia de los hombres. No son tan malos y perversos. Las reglas de la nobleza están escritas y se respetan. No planean cómo joder al otro, ni quitarle todo lo que tiene. ¿Qué clase de animal traicionero es ese?

Dejé las botas olorosas y sucias fuera de la tienda, justo debajo del toldo. Los calcetines servían de barricada anti araña, escorpión y serpiente. Estaba tumbado con los ojos abiertos. De repente me di cuenta de que los insectos no se oían y el silencio era total. Recordaba esa calma angustiosa, levanté el cuerpo para escuchar mejor apoyándome en los codos, de inmediato recordé ese instante pasado en la tienda de campaña, y entonces me asusté. El corazón me palpitaba a mil, como si quisiera salirse del pecho, «alguacil», pensé sin sentido. Cogí la linterna y abrí despacio la cremallera. La tierra era roja, en vez de la arena pálida de la sabana desértica del norte de Namibia. ¿Qué carajos? Estaba en Tsavo, lo sabía. Mi instinto me avisaba. Luego oí a los perros, mis perros. De inmediato pensé en el león. ¡Oh, no!

Desperté de un salto, sudaba profundamente y la cama estaba deshecha.

Tribunal Penal

Por algún motivo complicado de entender, la Corte Suprema no ratificó las sentencias a mi favor de la querella por estafa puesta por Severino, y la envió a la corte para conocer el caso de nuevo. Con la cantidad de pruebas que tenía a mi favor, no estaba en absoluto preocupado, pero con los abogados defensores uno nunca sabía. Con el paso del tiempo, la confianza, base de la relación cliente-profesional, había desaparecido. La única regla que los picapleitos parecían respetar en la isla era no entrometerse en los casos de otros colegas. Cuando busqué ayuda tratando de tener otro defensor, todos decían lo mismo:

«Necesitaría una carta de descargo por parte de su abogado».

Cuando les mostraba todos los errores hechos por mi equipo legal, el camino se acababa, estaba atrapado. Nadie me cogía de la mano para guiarme hacia la salida de este lío.

El doctor solo renunciaría a mi caso pidiendo una buena cantidad de dinero, y encima me pediría una carta de no tomar acciones legales en su contra. Después, todo el caso tendría que ser repasado por los nuevos representantes y vuelta a lo mismo. La verdad es que no tenía otra opción que continuar, pasara lo que pasara.

Era la cuarta vez que acudía a la misma citación penal, ya que en las ocasiones previas uno de los jueces ya conoció el proceso y eso era una violación a mis derechos, o a la de la otra parte. A pesar de ser obligatorio, el acusador no estaba presente, lo que daba a entender su estado de salud. Cada vez, Fausto estaba ahí, sentado en el banco de la fila arriba del todo, pegado a la pared.

«Estará supervisando a su muñequito», le comenté a la nueva abogada, Eva, que el doctor envió como substituta de Abelardo, mientras esperábamos nuestro turno.

La nueva defensora lucía impecable, su toga, su peinado, hasta sus uñas le daban un toque de distinción. Antes había sido jueza, escuchaba y analizaba cada palabra que le decía. Ocasionalmente, le echaba un vistazo al expediente y consultaba un librito de leyes.

Cuando tanteé su conocimiento del caso, me encontré con lo de siempre.

«¿Cómo coño puede un abogado defenderte en el tribunal sin conocer el caso?», me pregunté.

Entre cancelaciones de audiencias, donde perdía todo el día yendo y viniendo de la capital, me explicó que no podríamos aportar nuevas evidencias, ya que la Corte de Apelación solo podía revisar el caso con las evidencias ya depositadas. Como Abelardo decidió simplificar el proceso al *máximo,* pues no había mucho que pudiéramos hacer. Mi abogada basó nuestra defensa en uno de los puntos de la sentencia de la corte máxima donde indicaba que no había hechos penales, aunque yo no entendía por qué estábamos en la Cámara Penal, si no había acciones penales que juzgar. Aun así, lo viera por donde lo viera, no percibí ningún tipo de peligro para mí, salvo de mis abogados, que me hacían siempre dudar.

Otro día más, a las nueve menos cinco de la mañana, esperábamos en el lado de la sala reservado para los acusados, rezando para que ninguno de los tres jueces hubiera conocido el caso. La cara de uno de ellos me era familiar y no me cabía en la cabeza que por cuarta vez los jueces fueran incapaces de prever sus audiencias.

—Imagino que harán un receso y cambiarán al juez —me dijo Eva al oído.

Aburrido, miré el móvil y vi siete llamadas perdidas de Ana. Automáticamente, mi corazón se aceleró. Algo grave pasó.

—Tengo que salir un minuto —le dije a mi abogada—. Ahora regreso.

De inmediato hice la llamada. No contestaba. De nuevo. Nada.

«Tengo que entrar», pensé. Justo entonces, sonó el teléfono.

—Dime, Ana —respondí sin aliento, como si acabara de subir rápido por unas escaleras.

—Acabamos de recibir una orden de desalojo. Tenemos quince días.

Noté cómo la respiración se me iba del cuerpo.

—Ana, te tengo que dejar, estoy en el tribunal y tengo una audiencia en unos minutos. Hazme llegar la notificación y se la doy a la abogada que está aquí.

—Ok, en un rato Robert te la lleva.

—Tengo el teléfono en modo de silencio, que me envíe un mensaje cuando llegue. Estoy en el tercer piso. Cámara de Apelación Penal.

Al entrar de nuevo en la sala, mi lenguaje corporal mostró mi enfado y desesperación. Fausto tomó buena nota de eso y de seguro que se lo estaba transmitiendo a Severino. Los muy cabrones lo hicieron a propósito, los alguaciles nunca notificaban a las nueve de la mañana. Sin duda querían ver mi reacción, era admirable la preparación al detalle de sus planes. De seguro que, si hubieran elegido el camino de ser honestos en vez de unos delincuentes, hubieran sido exitosos.

Tras la pausa, un nuevo juez apareció sustituyendo al otro. Por fin.

La audiencia empezó con mi abogada solicitando que solo se juzgue el aspecto civil del caso. Había sido absuelto de los cargos penales. La otra parte se opuso. Después, presentaron a Fausto de testigo —para esclarecer los hechos—.

Habiendo ya declarado antes, mi abogada no vio la necesidad y se opuso.

—El testigo no tiene nada nuevo que aportar.

Tras una breve discusión, la corte aceptó la declaración del testigo, basándose en que ya fue presentado como evidencia anteriormente. De inmediato le dije a mi representante que entonces exigiera el interrogatorio de nuevo a Severino. Segundos después de deliberar en susurros, nos denegaron esa petición, ya que no hicimos la solicitud. Entonces, por primera vez, sentí miedo. Esta gente me quería meter en la cárcel fuera como fuera.

Fraude Ponzi

«El esquema Ponzi es una operación fraudulenta de inversión que implica el pago de intereses a los inversores de su propio dinero invertido o del dinero de nuevos inversores. Esta estafa consiste en un proceso en el que las ganancias que obtienen los primeros inversionistas son generadas gracias al dinero aportado por ellos mismos o por otros nuevos inversores que caen engañados por las promesas de obtener, en algunos casos, grandes beneficios. El sistema funciona solamente si crece la cantidad de nuevas víctimas», dice uno de los muchos portales en Google.

Doña Pilar, su hermano y decenas de ahorradores que buscaban la mejor manera de hacer reproducir sus ahorros, cayeron hipnotizados por el lujo de las oficinas y las palabras de los abogados. A medida que los meses pasaban y el dinero fácil era entregado, su felicidad hacía que recomendaran ese secreto a sus mejores amigos, familiares y así la cosa fue creciendo.

Antes de que se cumpliera el año, los pagos se pararon y los teléfonos de contacto de los hermanos sonaban sin ser respondidos. Doña Pilar tiraba de sus ahorros, pero pronto el miedo se reflejó en el futuro. Sin pensárselo llamó a Antonio.

—Tenemos que ir a ver a esa gente. Hace más de un mes y medio que no recibo el pago acordado y no responden a sus teléfonos. Son parientes de tu mujer, sería bueno que ella tratara de hablar con ellos.

—Ya lo intentamos y nos dijeron que estaban teniendo unos inconvenientes con la venta de unas inversiones hechas. En cuanto se materialice, nos pagan los atrasos.

—¿Y cuándo hablasteis?

—Hace un par de semanas.

Preocupada, Doña Pilar fue en busca de un abogado. El único que conocía había muerto un año después que su esposo, pero su esposa y ella continuaban siendo buenas amigas.

—¿Un abogado?, respondió la dama. Déjame pensar. Creo que el hijo del hermano de Felipe, que en paz descanse, se graduó hace mucho. No lo recuerdo muy bien, desde el entierro no los he vuelto a ver.

—Gracias, María, la verdad es que estoy un poco preocupada.

—Tranquila, que verás que todo se soluciona.

Semanas después, aún sin noticias de los réditos de su dinero, le propuso a su hermano ir a visitar a los abogados.

—Mejor ir sin avisar —dijo ella.

Ese día salieron temprano de la capital para evitar los atascos matutinos. Su hermano conducía ya sin la seguridad de antaño, y a mitad del recorrido, hora y media después, sugirió una parada para ir al baño y tomarse un café. Desde que murió Avelino, ella no había vuelto a cruzar la isla, y todo alrededor de la carretera parecía cambiado, solo las altas montañas y los puentes le recordaban al trayecto que había hecho cientos de veces durante su juventud.

El ascensor los dejó en la tercera planta, justo enfrente de la puerta de vidrio de la entrada a las oficinas. Tras tocar el timbre, la secretaria se levantó y les abrió la puerta sonriendo.

—¿En qué les puedo ayudar? —dijo sin perder la sonrisa.

—Venimos a ver a los abogados —dijo Doña Pilar, mostrando quién llevaba la iniciativa.

No recordaba el nombre y la verdad es que tampoco importaba cómo se llamaran. Las semanas sin respuesta y los muchos mensajes enviados, estériles, le habían hecho perder el respeto por esa gente.

—¿Tienen cita?

—No, hemos llamado muchas veces, pero, o no hay respuesta, o si la hay, nos dice una secretaria, imagino que usted, que nos devuelve la llamada en cuanto llegue a la oficina. Luego nadie llama.

—Denme un momento, por favor. Tomen asiento. ¿Quieren un café, agua?

—¿El baño?, preguntó Antonio.

—Justo ahí, la puerta del fondo.

En susurros, la secretaria hizo una llamada, su cara no reflejaba nada, y si lo hacía, ya por costumbre, ponía cara de póker. Poco después, les dijo:

—El doctor Fausto está en camino. Me dijo que le esperen, por favor.

Esas palabras les relajó. Por fin alguien iba a dar la cara y responder a lo que estaba ocurriendo. Después, admirando en silencio el lujo de las oficinas, se tranquilizaron aún más.

«Estamos en buenas manos», se dijeron ambos a sí mismos.

Horas después, tras la segunda visita de Antonio al baño, la secretaria se levantó y les comunicó que el abogado había tenido un percance en la carretera y no llegaría. El largo camino de regreso los azuzó a salir, no sin antes amenazar:

—La próxima vez, los contactarán nuestros abogados, así que prepárense.

Tiempo después, todo se desmoronaría, la financiera se iría al carajo y la plaza y sus oficinas de lujo saldrían a subasta pública.

Por esos tiempos, cuando pasé por delante de la propiedad y vi el cartel de «SE VENDE», ya conociendo las habilidades de Severino y sus abogados, puse el nombre de la inmobiliaria en Google. No salía nada, como imaginé. Lo normal sería que una reconocida marca de ventas de propiedades estuviera al frente de la venta millonaria, pero no era así. Después, pregunté quién era el nuevo dueño.

—Un canadiense. Tiene una operación de excursiones en una playa exclusiva —me dijeron.

No tardé mucho en averiguar quién era. Un cliente de los abogados que había logrado, gracias a ellos, legalizar una compra de unos terrenos millonarios en la playa. La jueza que legalizó la transacción era la mujer de Severino. Uno de los dueños de la plaza que ahora habían *perdido*. Todo olía mal. Cuando después, por casualidad, me encontré al verdadero dueño de esas tierras a primera línea, reclamando sus terrenos, entendí. Parecía que la jueza saneó esos terrenos en beneficio del nuevo propietario del inmueble. ¿Y ahora él los embarga a ellos? Todo era un juego de los abogados.

—¿Y la tienda de un millón de dólares? «

—Se la quedó la mujer tras el divorcio —alguien me dijo. Por lo tanto, también desapareció y los *ahorrantes* se quedaron sin nada.

Corrupción e injusticia

Allí estaba yo, en el banquillo de los acusados, acusado de estafa, mientras Fausto, el abogado que organizó todo el fraude, se dirigía al estrado a declarar en mi contra por segunda vez, sin que pudiéramos evitarlo.

El caso se ganó por la declaración de Severino durante el interrogatorio en primera instancia hecho por el doctor, donde todas las mentiras salieron a la luz, gracias a las preguntas que yo le pasaba a la asistente-amante del doctor y ella le transmitía durante el proceso.

Rubén King era el abogado que representaba a Zorrilla en este caso. A diferencia de su otro *supuesto* representante, Agapito Espinoso, que se crio con la jueza, este no tenía ni la más remota idea de la verdad. Tan solo lo contrataron y le contaron su historieta, dándole unas directrices a seguir. Tras el interrogatorio de su cliente, seguro empezaba a sospechar que había algo raro en el caso, por eso posiblemente se negó a recibir la notificación del alguacil. Ahora, mostrando seguridad, decisión y un buen fajo de efectivo motivador en el bolsillo, empezó el interrogatorio mientras leía de sus notas, que seguro alguien le preparó.

Tras las primeras preguntas, mi abogada empezó a objetar cada cuestión.

—Magistrados, mi colega aquí parece no saber las reglas del interrogatorio —Fue el primero.

—Ese tipo de pregunta no tiene ningún sentido, no nos concierne. Esa otra no es cerrada —decía con tono de voz potente, poniendo en jaque incluso al tribunal.

Cada vez que la abogada abría la boca, su contrario se encogía. Tenía hasta miedo de que la volviera a abrir y sufrir otro revés. La presidenta de la corte le preguntó a King si sabía lo que hacía, y el títere, poco a poco, apareció. Aun así, todo el interrogatorio estaba preparado, él solo tenía que formular las preguntas de la forma correcta.

El testigo-notario habló de forma indirecta de Severino, como si apenas se conocieran. Sabía que era un hombre de negocios con una importante y sólida reputación en la ciudad.

—Hace ya unos años —continuó mintiendo con una cara sin expresión—. El señor Zorrilla y el señor Martín vinieron a mi oficina para firmar un contrato de venta de un edificio de apartamentos. El señor Martín trajo los títulos de propiedad y todo parecía en regla, después, personalmente verifiqué el estado del inmueble y todo estaba en orden.

Mientras el cuestionario continuaba, yo pensaba en todas las pruebas que contradecían al testigo. Él tenía el título en su despacho, no yo, porque él hizo la declaración de condominio, y en último correo con Severino mencionaba que su abogado tenía los títulos.

—Hablaron de una transferencia —continuó el testigo— para el pago. Luego me enteré de que el acusado dio la vivienda de garantía hipotecaria a otra persona.

El día de la firma de esos contratos, Severino vino a mi casa para cambiar su garantía de un solo título a la individual por apartamento, era un domingo, lo recuerdo a la perfección porque uno de mis perros murió ese día tras una operación por rotura de fémur. Buscando, encontré una conversación en Messenger de la BlackBerry, donde mi entonces amigo me preguntaba si estaba en casa para firmar los nuevos contratos.

La declaración oscurecía la sala y la visión de la cárcel empezó a aparecer en mi cabeza. La acusación en mi contra solo se aguantaba en pie si ellos hacían lo que exactamente estaban haciendo. Mi abogada sería la clave para salir o no de esto, ahora ella tenía que demostrar que todo era una trama entre ellos. Si no lo conseguía, estaría en serios problemas. Igual de ahí iba derecho a la cárcel.

Minutos después, empezó su interrogatorio.

—¿A qué usted se dedica, Señor Ramírez?

—Soy notario público.

—¡Objeción! —chilló el otro abogado—. Esto no va a ninguna parte, eso es obvio.

—Sea más precisa con sus preguntas —dijo la presidenta—. Esa respuesta es obvia.

—¿De qué más trabaja? —prosiguió Eva.

—Soy abogado.

—¿Trabaja para alguien?

—Tengo mi propio bufete.

—¿Y cuántos abogados tiene?

Mientras las preguntas saltaban de su boca, temí que la corte interrumpiera a mi defensora por algún tipo de falta.

El abogado contrario volvió a objetar y la cabecilla del tribunal le dijo a mi abogada que esas preguntas no llevaban a ninguna parte. Entonces mis temores cogieron fuerza. Ese interrogatorio era mi única salvación.

—Déjenme continuar y ahora le explico. ¿Cuántos abogados? —repitió, con un tono hostil, la interrogadora.

—Seis abogados, junto con mi hermano y yo.

—¿Cómo se llama su hermano?

—Facundo —respondió el testigo, mirando a los jueces con cara de: «¿y esta mujer que dice?».

—Eso es todo, señorías. En mis conclusiones les explicaré la importancia del dato.

Sentado en el banquillo de los acusados, todos los errores y falta de acciones de mis defensores desfilaban por mi cabeza. Tenía todas las evidencias a mi favor y, poco a poco, se perdió toda la ventaja. Ahora fácilmente podría acabar en la cárcel, sabía que eso era lo que buscaban. Lleno de rabia, veía que teníamos que haber sometido al testigo la primera vez. Teníamos las evidencias de que él y su hermano estaban con Severino. No solo no lo hicieron, sino que el notario volvió a declarar paseándose y mintiendo sin miedo ante el tribunal, como un torero ante un toro.

Eva empezó sus conclusiones con las descargas penales del caso, lo que hizo al tribunal susurrar. Después continuó:

—El señor Ramírez testificó ante juramento que tiene un bufete junto con su hermano. Ese mismo hermano aparece aquí —dijo la abogada mostrando el título de propiedad de los apartamentos donde salían reflejados los privilegios de su hermano.

En ese momento vi un camino, una luz que me daba esperanza.

—Estamos hablando del mismo edificio —continuó—. Qué casualidad, ¿no? El testigo legaliza una venta, que después es subastada por su hermano, y el supuesto propietario no hace nada para evitarlo. Por no decir que el señor Martín y el señor Zorrilla todavía están discutiendo en los tribunales quién es el propietario de la vivienda. Por eso, hace unos años, el acusado los demandó a todos por estafa y asociación de malhechores. Todo esto, señorías, viene de una demanda laboral, puesta por estos mismos abogados. Luego, el señor Severino presionó al acusado para negociar con sus abogados y socios, que llevan representándolo más de veinte años, hasta que, por casualidad, empezó este caso. Mi cliente les dio en garantía ese mismo edificio a cambio de una línea de crédito para pagar la condena. No solo no cumplieron el trato, sino que le quitaron el edificio. No solo le quitaron el edificio, sino que pretendieron comprarlo y le pusieron una hipoteca a una casa ya vendida, alegando que no tenían garantía del dinero desembolsado. No solo hicieron eso, sino que encima acusaron a la víctima de estafa. Magistrados, todo esto se resume de manera fácil. Si estos apartamentos fueron comprados tal y como alegan, ¿dónde está la prueba de la transferencia hecha? ¿Y por qué el señor Martín vivía en la vivienda si no era suya? Encima pagaba los impuestos. El aquí acusado, no es más que la víctima de un entramado, preparado para robarle todo.

El discurso del abogado contrario se enfocó en la pena de cárcel.

—Como ustedes han visto, el acusado vendió ese edificio y después lo hipotecó. Las evidencias son clarísimas —dijo mostrando el contrato de venta y la hipoteca reflejada en el título.

Eso es estafa. La otra parte solo quiere confundir al tribunal.

Su cierre de argumentos fue más bien breve, me recordó a Abelardo y su *simplificación máxima*.

Justo antes de acabar, pedí al tribunal la palabra. Eran parte de mis derechos. Empecé diciendo:

—Estimados magistrados, el único aquí que parece que no sabe lo que está pasando, es el abogado acusador, que realmente no es el abogado. El testigo es el verdadero abogado y socio del acusador. Ha sido su abogado por más de dos décadas, todo es teatro, comedia, para quitarme mis propiedades. Como ha testificado bajo juramento, el señor Zorrilla es un importante hombre de negocios desde hace mucho tiempo en la ciudad. ¿Ustedes se imaginan semejante persona exitosa, casado con una magistrada desde hace más de veinticinco años, con semejante representante que no sabe ni interrogar a un testigo ya preparado?

Mientras hablaba, repasaba la cara de los presentes, buscaba una pista, una mueca, un gesto. Nada.

—Esa hipoteca se puso porque el edificio era mío, por eso vivía y alquilaba los apartamentos —continué—. El acusador, como concluyó mi abogado, no cumplió con el trato y tuve que hipotecar la propiedad cuando, después de prometerme un desembolso de mi línea de crédito para la expansión de mi negocio, no cumplió, y tuve que buscar urgente otra fórmula de financiamiento. Ese contrato de venta se firmó por un monto figurado que tampoco corresponde con el que dicen que compraron el edificio, sin mencionar que después de firmar ese contrato continué pagando los impuestos a mi nombre. No solo pagué los impuestos, sino que negocié un acuerdo de pago de seis meses, cosa que no tiene sentido si los apartamentos son de Zorrilla y encima habiéndome pagado ciento cincuenta mil dólares por esos apartamentos. ¿Dónde está ese dinero?

Cuando salimos de la sala, las caras de los jueces seguían sin decir nada. Teníamos que esperar tres semanas para que nos comunicaran su decisión. Aparentemente, la cárcel quedaba fuera de mi camino. Tan solo pasar las puertas dobles del recinto, Robert me esperaba con cara de desesperado.

—Hola, Robert —le dije en inglés. Esto no acaba nunca.

Me pasó las dos hojas de la comunicación, eran simples y precisas, tenían quince días para dejar la casa.

—Tan pronto mis abogados me digan qué van a hacer, os dejo saber.

Cabizbajo se alejó.

Semanas después, salió la sentencia, para mi sorpresa me condenaban a un pago de cincuenta mil dólares. Nada tenía sentido. Si me condenaban era porque hice algo mal y lo único mal que podía haber hecho era ponerle una hipoteca a una propiedad que no era mía, pero eso era estafa, no una multa.

Era increíble, con todas las evidencias a favor perdí mis apartamentos y, ahora, encima, me condenan a pagar por los daños ocasionados a los verdaderos estafadores.

—Tranquilo, recurrimos a la Suprema —dijo Eva.

Las demandas y notificaciones para detener el desalojo llovían en mi correo, y después se transformaban en cientos de dólares en copias y honorarios de alguacil. Sospechaba que estaban destinadas a nada. El brío con que Irma avivaba los escritos era lo único que le daba validez a los documentos. Antes de cumplirse el plazo del desalojo, recibimos una citación en la fiscalía para Ana, su marido, Severino y para mí.

«Eso nos daría algo de tiempo extra», dijeron los abogados. El doctor envió a otro nuevo abogado, Tomás, con el cual conversamos brevemente justo antes de entrar en la reunión. El bufete de Asensio & Co. parecía un hervidero de abogados que entraban y salían, reflejando el caos que producía.

Severino brillaba por su ausencia, a pesar de la citación a su nombre y de la foto en Facebook que había puesto de perfil a modo de mensaje, donde se le veía alegre celebrando su cumpleaños.

Agapito Espinoso, una vez más, lo representaba. Me alegraba que viera que Ana y Robert hablaban y bromeaban conmigo. Era un indicador de que ellos sabían lo que pasaba en realidad y que su plan de ponerlos en mi contra no estaba funcionando.

Una vez dentro de la oficina de la fiscal, empezaron las discusiones.

—Magistrada, usted tiene que parar el desalojo hasta que el juez falle todos esos expedientes —exigió Tomás con brío.

—Magistrada, eso viene de una sentencia inapelable de la Corte Suprema — respondió tranquilo Agapito.

El matrimonio, desesperado, intentaba explicarle a la fiscal que ellos tan solo compraron la casa después de verificar el estado del título y ver reflejada, únicamente, la hipoteca del contrato de venta.

—Ustedes tenían que haber gastado su dinero y haber hecho un bloqueo en el registro de títulos —escupió Espinoso.

—Nosotros no somos abogados y pagamos a uno para que nos guiara en el proceso de adquisición —replicaba Ana.

De nuevo, la ineficiencia de los abogados llevaba a gente inocente al desastre, aunque no dudo que, de la misma manera que pusieron de manera fraudulenta ese gravamen, lo hubieran hecho incluso con el título *bloqueado*. En mi mente los compradores tenían que haber exigido garantía a su abogada cuando compraron el inmueble, para eso le pagaron cinco mil dólares americanos. ¿No?

La fiscal callaba y escuchaba atenta a ambas partes. Entendía lo que estaba ocurriendo, pero Agapito atacaba con la sentencia de la Suprema. Nada podía proteger a la pareja, mis abogados intentaban confundir su error fatal demandando y demandando.

—Agapito —chillé—. Como pueda te meteré en la cárcel, con el resto de tus compañeros. Sabes bien que todo esto es un fraude y esta gente es inocente.

El tono de mi voz firme y seguro, respaldado por la frustración que sentía, debieron calarle hasta los huesos. Me miró y, en voz baja, dijo:

—Yo solo soy el abogado.

Sin muchas alternativas, la magistrada concluyó diciendo que examinaría el extenso dosier. Yo le insté a leer los *emails*, donde hacía referencia a la garantía dada. Aun así, ella no podía hacer nada. Los fallos de mis abogados dejaron el caso sin defensa.

—Eso nos dará tiempo —repitió el abogado, ya saliendo del edificio, intentando sembrar esperanzas. De reojo miraba al representante de Severino acercarse a la pareja.

—No permitan que les desalojen de su casa —les dijo—. Cualquier cosa llámenme, esta es mi tarjeta.

La casa

Doña Pilar se reunió con el pariente abogado y le explicó el caso. Lo único que tenía era el contrato que firmaron donde se estipulaba el monto, el porcentaje mensual de réditos del capital, la garantía dada por los abogados y sus firmas. Aun así, el abogado pidió tiempo para e*valuar* el caso y le pidió mil dólares para iniciar las gestiones.

Al tratarse de un familiar se sintió en buenas manos y le dio un abrazo de despedida.

—En unas semanas yo le digo algo, doña.

—Muchas gracias, José. Que Dios te acompañe.

****

Ana y Robert, desesperados por mantener su vivienda, fueron a ver a Agapito. «Total, no teníamos nada que perder», me dijeron después.

El abogado, después de una breve charla, prácticamente los amenazó diciendo que los mozos les destruirían los muebles o les robarían alguna cosa durante el desalojo.

—Ustedes no saben cómo es esa gente —les dijo intentando intimidarlos.

—Pero usted sabe que esa casa nos la vendió Martín sin que tuviera ninguna hipoteca de su cliente —le imploró Ana—. Hemos visto todos los correos, las evidencias, quién es la persona a la que usted representa, le tendría que dar vergüenza.

—Esos *emails* jamás serán aceptados en los tribunales de este país —escupió una vez más el litigante.

—¿Qué quiere usted que hagamos?, nosotros estamos atrapados en este lío entre Severino y Jordi.

—Pídanle a Martín cien mil dólares y que nos firme un descargo de todas las demandas que tiene en contra de mi cliente. Con eso les dejamos tranquilos.

Para entonces, la cara de Robert cambió, me explicaría después Ana. Y se levantó y dijo:

—*Let's get the hell out of here* (vámonos de aquí).

Días después, cuando los abogados seguían con su bombardeo de notificaciones, Ana me llamó:

—Robert me acaba de llamar. Me dice que un coronel del tribunal fue a verlo. Que quería evitar el trauma del desalojo. Que sabía que éramos buena gente.

El proceder me parecía un tanto raro. Al comentarlo con algún *experto*, me dijo que esa gente no avisa, se mete dentro de la propiedad con la menor excusa y los sacan.

Los intentos de negociación de Severino, sus fotos mostrando su buena salud, las apariciones por los restaurantes y ahora esto, me olían a chantaje, a poner presión para negociar. Ana y Robert lo veían como yo, después del encuentro con el abogado. Con Severino muriendo, era casi imposible que tuvieran el valor de sacarlos. Solo quedaba intentar intimidarlos para que yo cediera.

—Por nada salgáis de la propiedad. Es solo un juego.

Entre idas y venidas, nuestro alguacil me preguntó si habíamos puesto una acción de amparo con el juez de paz.

—¿Juez de paz? —pregunté como un completo idiota.

—Sí, ella es la persona que autoriza que se fuerce de la cerradura para entrar a una propiedad. Es muy conservadora y verifica muy bien todo el papeleo. Con eso tendrías un mes de tiempo.

Se lo sugerí a Irma inmediatamente, aunque me pregunté cómo un simple alguacil sabía más que todo el bufete. Al día siguiente, repetí el mensaje, pero como siempre, nadie respondió. Dos jornadas después, viendo la importancia y la ignorancia de los abogados, se lo envié al doctor. Poco rato más tarde, verificando si el doctor se había dignado a responder, vi el mensaje de Ana.

—Ya todo acabó, acaban de sacar a Robert de la casa y está camino a la capital con los perros.

En ese instante el mundo se paró. Eran las siete y treinta y siete de la tarde del cuatro de septiembre. Antes de colgar, Ana me pidió un favor:

343

—He hablado con Robert y los dos estamos de acuerdo. No vamos a tomar ninguna acción en tu contra, pero mete a esos cabrones en la cárcel.

****

Meses después de las primeras acciones legales en contra de los abogados Fausto y Facundo, para recuperar su dinero, doña Pilar empezó a recibir una lluvia de demandas en la puerta de su casa. Asustada, contactó a su abogado. Una de las notificaciones hablaba de querella por difamación, y las palabras «cárcel» y «dos años» asomaba por el escrito. La dama se estremeció, y sus noches se alargaron por el insomnio.

Guerra

Esa noche me fui a dormir derrotado, como cuando una cumbre te escupe y no te deja llegar a ella. Solo que esta vez las implicaciones eran más que una simple «derrota». El futuro se oscurecía más y más. Por mucho que yo quisiera cumplir el deseo de Ana y Robert, eran mis abogados los que tenían que actuar. Si Severino, moribundo, desalojó a los legítimos propietarios de la casa con todas las evidencias que teníamos, debía de saber que sus socios y esposa quedarían al margen de todo. Si no, no entendía nada. Ahora todos los casos estaban en la Corte Suprema, y la verdad es que no tenía mucha fe. Irma me dijo que la otra parte no depositó ningún escrito de defensa y que pedirían el defecto. Tres meses más tarde, le reenvié el mismo mensaje de voz, preguntando el estado de los casos.

«Ni han depositado, ni constituyeron abogados», respondió, y volvió a añadir que pedirían el defecto.

Sin depositar documentos y sin nosotros pedir la falta, el expediente estaba incompleto y quedaba arrinconado hasta que mis abogados la solicitaran, cosa que sospechaba que nunca ocurriría. El hecho de que la otra parte ni se molestara en hacer un escrito de defensa indicaba algo, y no era nada bueno. Cuando pregunté lo que podría significar, solo el silencio

344

me respondió. Esto no iba a ningún sitio, no por ese camino. Esa senda conducía a la profundidad del desierto, a mar abierto, a ninguna parte. Seguirlo me llevaría años, tal vez décadas para recuperar lo que me quitaron. Severino, su mujer y los abogados, me dejaron a las puertas de la Corte Suprema, sabiendo que no los podría tocar. Mis abogados eran parte del problema, no la solución.

Antes de cerrar los ojos, leí el final del libro y concluí el repaso de todos los cambios hechos sugeridos por el último editor que pagué para que hiciera un segundo informe de lectura. El reporte fue desastroso y esta vez no dudé que fuera verdad. La primera reacción fue dejar el mundo de la escritura y concentrarme en lo que venía, pero, poco a poco, cambie de parecer. Luego, repasé los puntos negativos y, con la ayuda de los meses, reconstruí el manuscrito. Eliminé el abuso de gerundios y las largas oraciones subordinadas; añadí más diálogos y no adelanté lo que estaba por venir.

«No adjetivas», decía el reporte, y adjetivé. Estaba listo para editarse y publicarse de una u otra manera.

Antes de medianoche, me levanté desvelado de nuevo y me puse a escarbar por internet. Buscaba víctimas del fraude Ponzi de los abogados con la financiera, pero no había noticia alguna por ninguna parte. La estafa era mucho más grande e involucraba a muchas más víctimas que mi caso. Escudriñaba insistente, necesitaba todo lo que pudiera para demostrar quiénes eran y a lo que se dedicaban. Después, indagué nombres y direcciones de correo de periodistas isleños reconocidos, de seguro los reporteros encontrarían la información interesante.

Faltaba poco para las tres la mañana, cuando localicé el expediente de Facundo, el menor de los hermanos, el que embargó a Severino con mis apartamentos. Ahora era juez del Tribunal Superior Electoral, y me puse a revisar su solicitud. Apunté los nombres de las personas con las que tenía asuntos legales en curso, que aparecían en la sección de casos judiciales que tenía pendientes, y me fui a la página del Poder Judicial. Ahí, en la sección de expedientes, puse sus datos y le di a los de estado de fallo en la Corte Suprema. Tan pronto escribí los implicados, todos los documentos aparecieron, salían los dos hermanos. En una hoja apuntaba los nombres, buscaba gente relacionada con el fraude financiero. Sabía que de alguna manera los abogados engañaron al pueblo y después hicieron desaparecer el dinero hábilmente. Investigando, oí que unos rusos les pidieron su *plata* por las *buenas* y se la buscaron. Para el resto, su dominio en asuntos legales y sus métodos intimidantes de seguro desmotivaron a la mayoría. Después, para los que insistían en recuperar su dinero todavía les quedaban sus contactos en los tribunales y la posibilidad de llegarle al abogado contrario; hacerles gastar dinero, sin ir a ningún sitio. En el tribunal máximo tenían la puerta que *no conducía a ningún sitio,* pero imagino que pocos lo sabían. El monto estafado era de unos diez millones de dólares, pero solo ellos sabrían la verdad absoluta del dinero que cogieron.

Sumergiéndome aún más en la profundidad del ciberespacio, encontré un artículo en un periódico nacional sobre los dos hermanos de hacía más de una década. Los describía como: «artífices de una gran estafa con unos terrenos». Mientras lo leía, me preguntaba: «¿y cómo pudo llegar este tipo a juez?». El aviso colgado en la red que me encontré, hacía unos años, y que salía solo escribir sus nombres en Google, desapareció. Alguna víctima desesperada y, como yo, sin fe en la justicia, lo puso en tres idiomas, con sus fotos y la de la plaza donde tenían sus oficinas. *Gangsters* los llamaba, y avisaba a la gente de la estafa cometida y que vigilaran en cualquier negocio con ellos. Encontré una copia perdida en mis archivos en la nube y la imprimí junto con el artículo.

El hecho de que, durante todo este tiempo, nadie los metiera en la cárcel era un indicativo de sus habilidades y sus influencias. Que no apareciera nada del fraude de la financiera por ninguna parte era asombroso, debían de tener algún contacto en el gobierno muy, muy arriba para salir siempre impunes. Mientras analizaba todo, la posición de juez salpicaba mis conclusiones.

Poco podía imaginarme yo en aquel entonces lo que se gestaba en las altas esferas del poder isleño. La posición de juez del Tribunal Superior Electoral era una breve pista, pero jamás supuse lo que vendría. Tampoco ellos.

Tenía la información dada por Severino de la tienda de un millón de dólares, así que escribí el nombre en un periódico local y... *voilà,* ahí estaba la foto del abogado, su mujer y el obispo. Si ahora el inmueble era de la mujer divorciada, tendría que probar de dónde sacó ese dinero y demostrar que no venía de los inversionistas. Yo sabía de dónde venía el dinero y lo que realmente costó; como en sus oficinas, el lujo lo desbordaba todo. «Claro, con el dinero de otros, quién no», me dije visualizando el lugar y todos esos equipos Apple. Imprimí el nuevo documento como el francotirador que prepara sus balas y las pone una al lado de la otra.

Hacía días que había enviado un correo a una abogada local, pidiéndole a ver si su marido buscón me podía conseguir las actas de matrimonio de Severino y sus dos abogados, que descansaban en alguna parte del ayuntamiento.

«Esto va a ser una bomba», me dijo cuando las recibió, conociendo mi caso.

Las actas, con un lapso de tiempo de veinte años, junto a decenas de documentos como abogados de Severino, testificaban la componenda. La jueza era testigo de boda de Fausto y su hermano era el testigo de boda de Severino y ella. El dato importante era que firmó como testigo un mes después de *desalojar* a su amigo de mis apartamentos. Era increíble.

Con eso en mi poder armé un dosier de pruebas en contra Fausto, por declarar en falsedad. Que el ingeniero de la estafa, encima, declarara como testigo, era surrealista. Lo podríamos someter, pero de nuevo mis abogados jugaban con el tiempo y mi paciencia, las semanas pasaban sin que hicieran nada, como siempre. Les importaba un pepino que el notario declarara en un juicio penal mintiendo para tratar de meterme en la cárcel. El doctor me pidió que le enviara todas las evidencias para demandarlo. Después, el silencio pedía dinero.

Era momento de irme a la prensa. Esto no se iba a quedar así. Escribí correos de presentación a varios periodistas explicando el caso, y contacté a una de las pocas víctimas inversionistas que pude encontrar, Pilar Zapatero. Días después, pude localizar a otro a través de un amigo, pero por algún motivo no quería hablar. Eran los únicos de decenas de estafados.

Sobre las cuatro y media de la mañana me fui a dormir como un jugador de dados moviendo el cubilete. La suerte estaba echada, no más abogados, estaba decidido. Los dados eran la prensa y el libro, ahora necesitaba la suerte de mi lado.

La víctima del fraude Ponzi me contactó de una vez, y la lentitud con la que fluían sus mensajes cuando los escribía por Messenger me hizo preguntarme quién sería. Cuando, rato después, leí:

—Disculpe por el tiempo, pero soy una mujer mayor.

Entendí.

Le pedí el contrato del dinero invertido para asegurarme de que todo era verdad.

—Déjeme buscarlo y en un rato se lo envío —respondió Doña Pilar.

Minutos más tarde, recibí dos fotos del contrato, donde los criminales daban sus casas como garantías. Sus firmas coincidían con las que yo tenía de la sentencia laboral. Sin duda eran ellos y todo era verdad. Luego supe que dieron sus casas de garantía a todos los que estafaron.

Después, ya hablando con ella, me explicó todo, el engaño, las demandas intimidatorias en su contra y la traición de su propio abogado. Cuando escuché lo que le hicieron con ese tono de voz frágil y triste, el corazón se me encogió.

«Malditos», pensé.

—A mi hermano le quitaron todo, ¡no tiene ni para comer el pobre! —respondió con voz cansada cuando le pregunté si conocía a más víctimas.

Nadie hacía nada. Sabían que los abogados y la justicia serían aún peor que el atropello cometido. Solo unos pocos buscábamos justicia, desesperados, y lo que obteníamos era lo que la gran mayoría sabía.

—¿Tiene algún documento más del caso?

—No, el abogado lo llevaba todo. Él me pedía dinero, empezó con mil dólares al inicio, luego tres mil más porque teníamos que defendernos de sus acusaciones y legalizar todo ante notario. Después, para hacer una serie de demandas y notificaciones a la superintendencia de bancos. La última vez que me pidió me dijo que le íbamos a bloquear las cuentas y embargar las oficinas y sus casas; que necesitaba cinco mil más, que ya todo estaba casi listo, que pronto iba a recuperar todo mi dinero más los intereses no pagados. Le di lo poco que me quedaba. De eso hace ya meses y no ha vuelto a responder al teléfono.

Visualizaba la situación, y el odio debió reflejarse en mi rostro. Los abogados, como pirañas hambrientas, estaban acabando con la pobre mujer, prometiendo lo incumplible. Por un lado, los que la engañaron con su dinero la perseguían por haberlos difamado, por el otro, su abogado utilizaba lo que fuera para sacarle dinero. Estaba familiarizado con el asunto. Así funcionaban las cosas en «el paraíso».

Los periodistas empezaban a responder mis correos, y el libro estaba en manos de editores que apostaban por nuevos escritores. Las respuestas eran rápidas. «Envíeme todo el manuscrito», decían. Tenía algo bueno, lo sabía. La esperanza me sostenía a pesar de la situación. Miraba al futuro, como miré a tantas cimas. Sabía que sería difícil, tenía que continuar dando pasitos.

Estaba más que motivado para continuar mi cruzada en tierra de fraudes y mentiras. Como en mi ascenso al «Kili», solo había un camino. Hacia adelante.

«La desesperación hace de nosotros lo que quiere», me dije, viendo las más de cuatrocientas páginas escritas, mientras en mi cabeza se gestaba la segunda parte.

«¿Y cómo lo haré?»

****

Continúa en la segunda parte: Juego de corruptos

Made in the USA
Columbia, SC
01 November 2024

45445719R00193